U0527022

蜜桃 -下册-

张不一 著

青岛出版集团 | 青岛出版社

第十三章
他真的回去了？

陶桃家楼上的那对老两口在帮陶桃看店。

小奶糕确实很乖巧，妈妈离开之后既没哭也没闹，自己玩起了小皮球。这个彩色的小皮球是妈妈昨天刚给她买的，她很喜欢。

她现在最喜欢玩的游戏就是拍皮球。

昨天晚上她在店里一口气拍了二十个，妈妈还夸她很厉害。

小奶糕自己玩了一会儿皮球后，忽然想给爷爷奶奶展示一下自己的拍皮球技术，于是兴冲冲地对老两口说道："我拍皮球给你们看好不好？我能一下子拍二十个！"她的小奶音中透着满满的自信。

老两口相当捧场。老爷子先开口，边笑边点头："可以可以，让爷爷看看你有多厉害。"

老太太也笑着说道："你拍吧，我们给你数数。"

小奶糕开心地点头："好的！"然后她立即开始表演拍皮球。

老两口也很配合，一边笑呵呵地看小家伙拍皮球，一边异口同声地给她数数："一、二、三……十、十一、十二——"

老两口还没数到十三，小奶糕忽然哎呀了一声，与此同时，小皮球从她的小脚上弹了出去，先飞落到了超市门口的地面上，然后骨碌骨碌地朝门外滚了出去。

眼见自己的小皮球滚出了小超市，小奶糕立即去追，同时奶声奶气地对爷爷奶奶喊道："我去追皮球！"

出了超市大门就是一条宽阔的人行道，路边栽种着绿化树，小皮球径直朝正对着超市大门的绿化树的树坑滚了过去。

小奶糕快速捯着自己的小短腿，急匆匆地追自己的皮球。

然而她刚跑到人行道中间，她的小皮球就被别人捡走了。

捡她的皮球的是一个小男孩儿，比她高出将近一头。

小奶糕认识这个小男孩儿，但是一点儿也不喜欢这个哥哥，因为他总是欺负她，还总说她没有爸爸。

小男孩儿是隔壁饭馆老板娘的儿子，比小奶糕大两岁。他抢走小奶糕的小皮球之后，还特别得意地喊了一声："哈哈，我捡到一个小皮球！"

小奶糕急得不行："这是我的小皮球，你快把它还给我！"

小男孩不屑，还一脸猖狂："谁能证明这是你的皮球？上面写你的名字了吗？万一是你在撒谎呢？"

小奶糕急得脸都红了："我没有撒谎，这是妈妈给我买的皮球！"

小男孩："一看你就是个撒谎精，这肯定不是你的小皮球！我捡到了就是我的了！"说完，他转身就跑，边跑还边得意地喊，"耶！我捡到了一个小皮球！"

小奶糕都快被气哭了，强忍着没哭，立即去追他，想把自己的小皮球抢回来。

然而她刚跑出去几步路，前面的那个小男孩儿不跑了，猛然转身，用力地将手中的小皮球朝她扔了过去。

小皮球狠狠地砸到了小奶糕的脑门儿上，她疼坏了，还很委屈，瞬间放声大哭。

小男孩儿还挺得意，开心地大喊：

"大家快来看呀，撒谎精哭鼻子啦！

"你不是要皮球吗？我给你了呀，你怎么接不到？因为你就是个大笨蛋！

"你除了会哭还会干什么？没爸爸的小屁孩儿哭咯！羞羞羞！真丢人——"

后面的话还未说完，他忽然开始惊恐地大喊："啊啊啊！"因为他突然被人拎着后衣领从地上拎了起来。

拎小男孩儿的人是程季恒。

程季恒面色阴沉，咬牙切齿地说道："你说谁没爸爸呢？"

程季恒原本只是想远远地看一眼小奶糕就走，结果还没走到超市门口就看到这小孩儿在欺负小奶糕，还没来得及阻止，这小孩儿就把球砸到了小奶糕的头上。

而且这小孩儿一看就是惯犯，平时肯定没少欺负小奶糕。

别的事情能忍，但有人欺负他女儿，程季恒绝对不能忍，所以才会在女儿面前现身。

只要有他在，这世界上就没人能欺负他女儿。

程季恒像拎小鸡崽儿似的揪着这个小男孩儿的后衣领，把小男孩儿从地上拎了起来，一路拎到小奶糕面前，动作十分粗暴，放的时候也没好好放，几乎是把小男孩儿扔到地上。

小男孩儿趔趄了好几步才站稳。

"跟她道歉。"程季恒脸色阴沉，语气又冷又硬。

如果面前的是个大人，单凭对方那一句"没爸爸的小屁孩儿哭咯"，就足够程季恒动手揍人，但一个成年男人动手打小孩儿太不像话。而且他动手的话，一定会吓到小奶糕。

在女儿的心里，他已经是个坏叔叔了，不能再吓到她了。

所以他只能口头教育这小子。

小男孩儿平时猖狂惯了，他爸妈也不管他，还放任他欺负小奶糕。他妈妈还说过，反正这丫头没有爸爸，欺负了也不会怎么样，所以他欺负小奶糕的时候一点儿也不害怕，想欺负就欺负，反正没人会教训他。

现在忽然冒出来个人教训自己，还是一个特别凶的叔叔，小男孩儿当即吓坏了，惊恐不已地僵在原地，忐忑不安地看着这人。

程季恒加重了语气，眼神也越发凌厉了，厉声呵斥："跟她道歉！"

小男孩儿快被吓哭了，从来没遇到过这么厉害的人，生怕自己挨打，虽然心里非常不服气，但还是对着小奶糕说："对不起。"

小男孩儿说完转身就跑，然而未遂，程季恒再次抓住了小男孩儿的后领，面色铁青，一字一句地警告："以后再敢欺负她，你就给我等着吧。"

小男孩儿吓得瑟瑟发抖，神色中尽是惊恐。

程季恒没有松手，再次启唇，声音冰冷地质问："你听明白了没有？"

小男孩儿点了点头。

程季恒："说话！"

小男孩儿立即大声保证："听明白了，我再也不欺负她了！"

程季恒又给了小男孩儿一个充满威胁的眼神，然后才松手。小男孩儿一下子就窜走了，速度快得如同一只小老鼠，很快就跑回了自家饭店。

小奶糕还在哭，哭得浑身都在发颤，额头上有一个明显的红印，是被皮球砸出来的。

她很委屈，还很想妈妈。

看女儿哭成这样，程季恒的心都快碎了，他特别想把她抱起来哄一哄，但又不敢轻举妄动，还是担心会吓到她。他强忍着想去抱女儿的冲动，快走了几步，把她的小皮球捡了回来，然后蹲在她面前，轻声哄着："乖，不哭了啊，我已经帮你教训过他了，他以后肯定不敢再欺负你了。"

他跟女儿说话时，表情和语气都前所未有地温柔，与刚才训斥小男孩儿的那个"凶叔叔"判若两个人。

小奶糕的哭声小了一些，她抽泣着从程季恒的手中接过了小皮球，虽然还沉浸在悲伤中，但没有忘记道谢："谢……谢……叔……叔叔。"

程季恒这次没有被当成坏叔叔，但是"叔叔"两个字扎伤了程季恒的心。

他有种哑巴吃黄连有苦说不出的感觉。

是他活该。

叹了一口气，他柔声回道："不客气。"犹豫了一下，他还是没忍住抬起了双手，动作轻柔地给女儿擦眼泪，同时语气温柔又不失坚定地对她说道，"只要有我在，以后就不会有人欺负你，我会一直保护你。"

小奶糕眼泪汪汪地看着蹲在她面前的叔叔，原本感觉这个叔叔特别好，但是忽然间发现，这是前几天把妈妈弄哭的那个坏叔叔。

这可把她吓坏了，她像受了惊吓的小兔子似的，转身就跑。

程季恒的手悬在空中，心也跟着空了一下。

这边的小奶糕刚跑进超市，那边的饭店里忽然冲出一对母子。

母子二人皆气势汹汹。

小男孩儿跑回饭店就去找他妈妈告状了，拉着他妈妈的手一走出饭店，就抬起了另外一只手，直接指向程季恒，气呼呼地喊道："妈，就是他刚才打我！"

小男孩儿的妈妈穿着一条红色的裙子，身材瘦高，脸形瘦长，颧骨很高，面相有点儿刻薄，看向程季恒的双眼几乎要冒火，张口就骂："你是哪儿来的臭东西？你这么大人了也好意思打孩子？"

程季恒从地上站了起来，面无表情地看着他们母子，言简意赅："你报警吧，调监控，然后我就可以告你诽谤了。"

小男孩儿的妈妈脚步一顿，半信半疑地瞪着他："你吓唬谁呢？"

程季恒："我只是单纯地不想在你身上浪费时间，有事直接找警察，省时又方便。"

小男孩儿的妈妈冷笑："你打了我们家孩子，还敢报警？"

程季恒没再理会这女人，而是低头看向了她儿子，阴着脸问道："小子，敢报警吗？叔叔可以请你坐警车。"

小男孩儿知道自己撒了谎，生怕自己被警察叔叔戴上手铐抓走，瞬间噤声，立即缩到了他妈妈身后。

这女人不傻，一看自己儿子这样就知道他说谎了，气得不行，却什么惩罚措施都没采取，还反过来瞪了程季恒一眼，依旧理直气壮："你这么大人了跟一个孩子计较什么？"

"因为他欺负我女儿。"程季恒神色阴沉地盯着这个女人，冷声警告："以后要是再让我发现你儿子欺负我女儿，我就替你动手教育他，让他长一辈子的记性。"

他的小奶糕善良温和有教养，是为了和同样善良温和有教养的人交往，不是为了受欺负。

这世界上也不是所有人都有一对会教育孩子的父母。

如果你家孩子仗着我家孩子善良温和就欺负她，那我只能替你教育他了。

这女人刚才只听自己的孩子说有人打他，没听他说人家为什么打他，就直接气冲冲地跑出来找人算账了。程季恒此时说的话令她摸不着头脑，她质问道："谁是你女儿？你女儿在哪儿呢？他怎么欺负她了？"

小男孩儿忽然用力扯了扯他妈妈的手臂，小声汇报："他好像是小奶糕的爸爸。"

这女人不由得一惊，难以置信地盯着面前的这个男人。

刚才在气头上，这女人没有仔细看这人的长相，仔细看过之后才发现，小奶糕和这人长得非常像，一看就是父女俩。

饭馆老板娘一直不喜欢隔壁开超市的女人，因为那个超市老板娘年轻漂亮，身材又好，怎么穿都是个美人，身边又没男人，整条街上的男人都喜欢对她献殷勤，包括饭馆老板娘的老公，有事没事都会往隔壁小超市跑。

那个超市老板娘虽然从来不跟这些献殷勤的男人眉来眼去，对谁都是冷冰冰的，但饭馆老板娘还是烦超市老板娘。饭馆老板娘觉得，超市老板娘假装清高，其实就是个狐狸精。不然怎么会小小年纪就生了孩子，还连个男人都没有？

现在小奶糕的爸爸出现了，饭馆老板娘却更烦超市老板娘了，因为这个男人的形象不符合自己的猜测。

饭馆老板娘曾猜测，小奶糕的爸爸是个不学无术的地痞流氓，他和超市老板娘乱搞男女关系才有了孩子。

但现实情况并非如此，这男人长得又高又帅，气质丝毫不输电视上的一线男演员，穿着打扮也很有品位，一看就是个有钱人。

那个女人凭什么能找到这么好的男人？

小男孩儿的妈妈越想越不服气，又在心里猜测：那个女人是不是给小奶糕的爸爸当过小三？

这时，小奶糕又从超市里跑了出来，身后还跟着那对老两口。

刚才孩子哭着回到超市，老两口慌张不已，赶忙询问她发生什么了。

小奶糕回答说："隔壁的那个哥哥欺负我，抢我的小皮球，还用球砸我，然后有个坏叔叔救了我。"

老两口听后奇怪极了："什么坏叔叔？"

救了她不应该是好叔叔吗，怎么成坏叔叔了？

小奶糕回道："就是把妈妈弄哭的那个坏叔叔。"说完这句话后，她又拧起眉毛，看起来有些困惑，"他好像也不坏，帮我教训了明明，还说以后会一直保护我。"

明明是隔壁那个小男孩儿的小名。

老两口听后更奇怪了，就让小奶糕带着他们出去看一看。

不看不要紧，看完老两口就被惊讶到了：这是小奶糕的爸爸吗？小奶糕简直跟他长得一模一样。

程季恒没想到女儿能再跑出来，惊喜得不行。

既然如此，他不装个可怜的话，多少有点儿对不起孩子的一片牵挂了。

还是送上门的牵挂，他不装可怜就是不知好歹了。

于是他果断选择了装可怜，也不在乎旁边站着多少人，瞬间摆出了一副可怜巴巴的表情，委屈十足地看着自己的闺女："小奶糕，他找他妈妈告状，说我打他，还说要报警让警察叔叔把我抓走。"

小奶糕正义感迸发，当即大喊道："不可以！"她急得小脸蛋儿都红了，毫无畏惧地看着小男孩儿的妈妈，着急地说道，"是明明先抢我的小皮球，还用小皮球砸我，叔叔看到了就让明明给我道歉，叔叔只是批评了明明，没有动手打明明！"

小男孩儿的妈妈就没见过程季恒这种翻脸比翻书还快的人，气急败坏地瞪着程季恒："到底是谁说的要报警？这么大人了你也好意思当着孩子的面撒谎？"

程季恒连个眼神都没给小男孩儿的妈妈，一直将目光定格在自己的女儿身上，神色真挚，语气中还带着点儿委屈："小奶糕，我没有撒谎，是他撒谎了，他说我打他。"

程季恒重点强调自己被诬陷，弱化自己撒谎的事实。

小奶糕坚定不移地相信程季恒："我知道你没有撒谎，我看到了你没有打他！"

程季恒非常满意女儿对自己的维护，压抑了半个月的心情稍微好了一些，终于给了小男孩儿的妈妈一个眼神："听见了吧，我没打你儿子，你以后要好好教育孩子，都是当家长的人了，要给孩子做表率。"说完，他还对自己的女儿说了句，"是吧小奶糕？"

小奶糕虽然不明白什么叫作"表率"，但觉得这个叔叔现在肯定特别需要支持，于是重重点头："对！"

小男孩儿的妈妈从来没见过程季恒这种能把"当面一套背后一套"玩得这么好的人——刚才你威胁我们的时候可没有这么慈眉善目！

虽然快被气死了，但她也看出来这男的不是个善茬，还是决定少惹为妙，冷哼了一声，快速拽着自己的儿子走了。

程季恒没多看那对母子一眼，又将目光定格在了自己的女儿身上，相当真诚地说道："谢谢你帮我赶走了坏人，你真勇敢。"

小奶糕都有点儿不好意思了："不客气。"

小奶糕现在这副神情特别像妈妈，五官却特别像爸爸，程季恒在小奶糕的脸上看到了自己和陶桃的影子，不由得勾起了唇角。

这时，耳畔忽然响起老太太的声音："你是奶糕的——"

她话还没问完，程季恒就回答了问题："是。"

"哦……"老太太和老伴儿对视了一眼，两个人若有所思。

过了一会儿，老大爷朝小奶糕伸出手，"奶糕，店里没有人了，快跟爷爷回去看店。"

"好的！"小奶糕立即朝爷爷跑了过去，临走之前，还朝程季恒挥了挥小手，乖巧懂事地说道，"叔叔再见。"

程季恒目光柔和："再见。"

老爷子带走小奶糕之后，老太太才开口，半信半疑地看着程季恒："你真的是小奶糕的爸爸？"

虽然小奶糕和这个男人长得像，但老太太还是要确认一下。

女儿不在，程季恒就没了顾虑，回道："是，我是她爸爸。"

虽然程季恒很想直接告诉小奶糕他就是她的爸爸，但是不能不考虑桃子的感受和想法。他必须尊重桃子，而且自己现在没资格擅自告诉女儿真相，因为自己是一个不合格的爸爸。

老太太瞪着他："你之前那几年去哪儿了？孩子都长这么大了你才出

现？世界上怎么有这么便宜的事啊？"

老太太是东辅本地人，操着一口标准的东辅口音，脾气相当火暴，一点儿也不给程季恒留面子，劈头盖脸就是一顿指责："桃子一个人生孩子一个人养孩子多不容易你知道吗？她怀孕的时候身边连个照顾的人都没有，快生的时候肚子挺得老高还天天出来做生意。

"生孩子的时候更惨，人家都有男人陪护，就她是一个人，生完之后连个抱孩子的人都没有，还是我这个老婆子从护士手里把孩子抱过来的。

"还有，别的女人生完孩子之后都是舒舒服服地躺在床上坐月子，最多就是跟婆婆置个气吵个架。而她不仅要自己照顾自己，还要又当爹又当妈地照顾孩子的吃喝拉撒，什么事都是她一个人干，你去哪儿了？孩子还不会走的时候，她去哪儿都要背着或者抱着孩子，孩子跟长在她身上了一样，你知不知道一个小孩儿有多沉？孩子生病打针全是她一个人带着去医院，你知道生病的小孩儿多难照顾吗？现在孩子大了，懂事了，该上幼儿园了，不需要人操心了，你回来了，你怎么这么会挑时间呢？突击队都没你会卡时间！"

老太太这番话说得程季恒哑口无言。

程季恒想过陶桃这四年过得有多辛苦，却从未想得这么具体过。

老太太字字如刀，直剜他的心头肉。他心疼得厉害，仿若在遭受凌迟之刑。

全是他的错，是他让她受苦了。

老太太见他的神色中流露出了痛楚与悔意，就给了他几秒钟反思的时间，然后继续开口，说到了重点："我看你这穿着打扮不像是没钱的样子，你要是有能力，想悔改，就赶紧给孩子找个好点儿的幼儿园，桃子这段时间都快跑断腿了。"

程季恒半个月前才找到她们母女，所以根本不知道幼儿园的事情，这几天也没发现什么情况，连忙问道："幼儿园怎么了？"

老太太叹了一口气："那个挨千刀的实验幼儿园把我们小奶糕的名额给了别人，桃子一个月前才知道，后来又急忙给孩子找别的幼儿园，几乎跑断了腿才找到了一个条件不怎么样的愿意收她的私立幼儿园，还是等了半个月，人家有空缺出来的名额，才打电话让桃子去缴费，你要是有本事的话，就——"

不等老太太把话说完，程季恒就斩钉截铁地保证："我一定会让奶糕上全东辅最好的幼儿园。"

全东辅市最好的幼儿园是爱乐国际幼儿园，采用国际化教育模式，拥有全市顶尖的幼师团队和最先进的硬件设施。

为保证教学质量，爱乐国际幼儿园采用小班教学的形式，每个班最多十五名学生，并且入园前家长和孩子必须一同参加面试，通过面试方可录取。

这是一所私立幼儿园，一年的学费高达二十五万元，即便如此，东辅的有钱人依旧争先恐后地把孩子往这儿送。

程季恒是爱乐国际幼儿园的最大股东，手握百分之六十的股权。

幼儿园的上一任最大股东是他的奶奶，那个老太太生前投资了不少私立学校、幼儿园。

奶奶去世前将她自己名下的资产全部留给了程季恒，不过当时程季恒还未成年，并且一直在国外读书，所以程季恒的全部财产由他法律意义上的监护人程吴川代为保管，这是程吴川能在老太太死后当上程氏集团董事长的原因，也是那个老太太的精明之处——既确保了在程季恒回国之前集团不会落入外人手中，又确保了她儿子不会被饿死。

也正是因为这份遗嘱，柏丽清当初才会一而再再而三地想把程季恒弄死。

程季恒正式接手那些学校后，几乎没参与过高层管理。一是因为他不懂学校的运营模式，所以不乱插手、乱参与，把专业的事情交给专业的人去做；二是因为他将工作重心全放在了程氏集团上，平时基本是学校方面做好相关报告送过来让他批阅。

他甚至快忘了自己名下还有好几所私立学校，直到刚才这个脾气火暴的老太太让他给小奶糕找幼儿园，才想起这件事。

离开小超市，回到车上后，他立即给爱乐国际幼儿园的园长打了一通电话。

园长很快就接通了电话，语气相当恭敬地喊了一声："程总。"

"王园长，"程季恒开门见山，"我需要你帮我安排一个三岁的小女孩儿入园。"

听到大股东的要求，王园长不假思索："没问题，您看孩子的家长这两天什么时候有时间，让他们带着孩子来面试。"

程季恒："面试什么？"

王园长："主要是考察家长的基本素养和测试孩子的英文水平。"

"哦。"程季恒不慌不忙地说道，"这个小女孩儿好像还不会说英语。"他特意补充说明，"她刚满三岁，还小呢。"

虽然不能不给大股东面子，但王园长还是有点儿为难："您也知道，咱们幼儿园的入园标准向来很高。"

程季恒："她是我女儿。"

言外之意：你自己看着办吧。

王园长："……"

一位成功人士需要掌握的必备基本技能之一就是随机应变，王园长瞬间改口："面试就是个流程，她会不会英语都无所谓，咱们是双语教学。"

程季恒认真地询问："她以后在幼儿园跟不上进程怎么办？那样会不会打击她的自信心？"

王园长："没关系，我们可以找外教单独辅导她，再跟班上的老师说说，让老师平时多夸奖多鼓励，绝对不会出现打击孩子自信心的情况！而且都是三岁的孩子，除非是混血和外籍，否则英语水平再好能好到哪儿去？您就放心吧，绝对不会有问题，包在我身上了！"

程季恒放心了："行，那就麻烦您了。"

王园长连声回答："不麻烦不麻烦，一点儿也不麻烦。九月一日报到，到时候您和您夫人直接带着孩子来就行。"

程季恒："好的，谢谢。"

挂了电话后，他舒了一口气，终于为自己的女儿做了一件事情，虽然只是打了一通电话，但总比过去四年什么都没做强。

为女儿解决好幼儿园的事情后，他从驾驶座与副驾驶座中间的储物盒里拿出了另外一部手机。

这部手机刚买半个月，手机卡也是半个月前新办理的，他还用这张手机卡注册了一个新微信号。

虽然这个微信号上一个好友都没有，但他还是天天发朋友圈，一天发好几条，连图片带文字，接连发了半个月的月饼推广广告。

季疏白临走前，将陶桃的手机号给了程季恒。

有了四年前的前车之鉴，这次程季恒当场就将她的手机号背了下来，并且烂熟于心。

打开新手机上的微信后，他毫不迟疑地点击了右上角的"+"，然后选择添加好友。

搜索界面弹出后，他不假思索地将陶桃的手机号输了进去，然后提交好友申请。

他接下来需要做的，就是等待申请通过。

陶桃给女儿缴完学费后本打算立即回超市，然而刚走出幼儿园的大门就接到了苏晏的电话。

苏晏托朋友从国外给小奶糕买了一套玩具和一箱零食，但是这几天太忙了，一直没时间送过去，所以打电话问陶桃能不能来医院拿一下。

从幼儿园门口坐公交车到医院也就四站的路程，跑一趟并不麻烦，更何况是送给小奶糕的东西，陶桃毫不犹豫地答应了他。

这个时间段，公交车上没什么人，陶桃上了车就有座位，坐下后立即拿出手机打开了微信，本想给老两口发一条消息，告诉他们自己要去一趟医院给小奶糕拿东西，刚一点开微信，就看到了一条好友申请："月饼供应商禾先生"申请添加您为好友。

看到对方的昵称后，陶桃不由得一惊：早上才有人来找她批发月饼，现在就出现了月饼供应商的好友申请，这也太巧了吧，不会是骗局吧？

但是哪有骗子先给钱的？骗子设局不都是骗钱吗？

是不是她想多了？

思量再三，秉持着一种想要弄清真相的态度，陶桃通过了对方的好友申请。

这位禾先生像是一直守在手机前等她回复似的，她这边刚通过好友申请，那边就发来了消息："您好！"

陶桃没有立即回复消息，而是先去看对方的朋友圈。

中秋将至，如果对方真是供应商，一定会天天在朋友圈打广告。

事实也确实如此，这人确实天天在朋友圈打广告。陶桃点进他的朋友圈后，满屏都是月饼的图片，朋友圈封面也是月饼的图片，并且有公司地址有联系电话，连微信签名都是"提供各大品牌月饼，厂家直销，质量保证，假一赔十，合作请联系：158××××××01"，看起来一点儿也不像是假的，唯一的可疑之处是，他的朋友圈内容太少了，只有半个月的。

思来想去，陶桃回复了一句："您好。"

月饼供应商禾先生："您就是桃子超市的陶老板吧？"

陶桃奇怪不已："您是怎么知道我的联系方式的？"

月饼供应商禾先生："刚才做地推的时候去了您的超市，您女儿的姥姥姥爷说您不在，我就向他们要了您的联系方式。"

中秋节前销售员挨家挨户地做地推很合理，而且现在她的小超市里确实是两位老人带着一个孩子，虽然他将两位老人误认为是孩子的姥姥姥爷，但描述是没错的，说明他真的去过。

原来是这样，陶桃已经信了八成，剩下的两成疑惑来自他的朋友圈只有半个月的状态这一点。

对方好像能猜到她心里是怎么想的，下一条消息就是："马上就到中秋节了，您有进购月饼的打算吗？有的话希望您能联系我，我刚入职半个月，还在试用期，需要冲业绩，希望您多多支持我的工作！"

原来是新职员，怪不得这么努力，大热天的还出来做地推。

最后两成疑惑也被打消了，想了想，陶桃回了一句："我们下午再联系吧，现在我要去一趟医院，没有时间谈生意。"

月饼供应商禾先生："好的！谢谢您的信任与支持，等待您的回复！"

这条文字看起来积极向上，实际上发信人却一点儿也高兴不起来。

程季恒盯着手机屏幕，眉头紧锁，原本愉快的心情瞬间变得烦躁。

虽然她没有在回复中说明去哪家医院，但他轻而易举地就能猜出来，肯定是东辅医学院附属医院。

陶桃去看病的可能性不大，因为刚才那个老太太说了，陶桃是去给女儿缴学费了，缴完就能回来。陶桃没有直接回超市，而是去了医院，说明去医院是临时决定的。

那么问题来了：陶桃为什么要去医院？

答案呼之欲出——找苏晏。

程季恒再一想，今天是七夕节，他的心情越发低落，还特别酸。不就是个破节嘛，有什么好过的？

七夕节要真是个什么好节日，牛郎和织女也不至于过完这天之后要再等一年才能见面。

这说明什么？说明这个节日不能过，谁过谁第二天就要和另一半分手。

虽然不停地在心里安慰自己，但程季恒还是越想越酸，比吃了一百颗柠檬还要酸。

结束微信聊天后不到十五秒，他就做出了一个决定——去医院。

没有原因，他就是想去。

东辅医学院附属医院的门诊部大楼十分宏伟高大，进进出出的人流不断，一楼大厅的两部电梯前挤满了排队上电梯的人，拥挤程度堪比大年初一的电影院。

心血管科在门诊部大楼的六楼。

陶桃护着手机和背包在人群中挤了好久才到六楼。

下了公交车后，她就给苏晏发了微信，他到现在都没回复她。陶桃猜测他应该还在给病人看病，没看到手机，不然一定会给她回电话。

想到这儿，她就没给他打电话，因为不想打扰他工作，于是就坐在了分诊台旁边的长椅上等他的消息。

她旁边坐着两个正在聊天的老太太。

可能是因为人多嘈杂,她们俩听不清对方说话,也可能是因为年纪大了耳背,所以两个人的说话声音都很大。陶桃离两个老太太比较近,虽然无意偷听,但这俩老太太的对话还是一字不漏地传进了陶桃的耳朵里。

其中一个老太太体形较胖,说话声音相当洪亮:"人家医生在治疗之前已经和那个老太太的儿子说明了情况:溶栓要及时,但不能确保百分之百成功,还特意说明了溶栓失败的话会有死亡的风险,因为那个老太太的情况不是特别好。医生也没有建议溶栓,而是让家属自己选择,不溶栓的话就保守治疗。当时那个老太太的儿子也听进去了,选择给他妈妈溶栓,也签了同意书,结果溶栓失败了,就翻脸不认人,骂人家医生草菅人命,让医院赔钱。"

另外一位老太太身形瘦弱,嗓音比较尖细,语气中满是诧异:"这是什么时候发生的事?"

胖老太太回道:"就刚才,那个男的在人家医生办公室大吵大闹,还掐人家医生脖子,把人家医生的眼镜都打碎了,跟疯子一样,来了三个保安才把他拉走。"

瘦老太太气急败坏地说道:"这男的真是不讲理啊!"

陶桃很赞同瘦老太太的话,人家医生把该做的事情都做了,治疗前也把利害关系摆明了,又没有逼着家属签同意书,而且溶栓这种事情本来就有不确定性,怎么能说医生草菅人命呢?

瘦老太太又问道:"是哪个医生这么倒霉?"

胖老太太回道:"就那个特别帅的,戴个眼镜,好像叫……苏愿?"

苏晏?

陶桃惊愕又担心,就在这时,苏晏出现在了她的视线中。

等待区和问诊区是分开的。

苏晏一从问诊区走出来,陶桃就看到了他,但是下一秒,她的耳畔就传来了一声惊恐的尖叫声。与此同时,她看到一个身穿黑色短袖、手里拿着一把明晃晃的短刀的男人如同发了疯的牛一般冲出人群,径直朝苏晏冲了过去。

持刀男人速度很快,眨眼间就冲到了苏晏的面前。

苏晏根本来不及躲闪。

那一刻,陶桃的心几乎跳到了嗓子眼儿。

然而在这个持刀男人下手的前一秒,苏晏猛然被推开了,下一秒,持刀男人手里的刀就捅进了忽然冒出来的那个人的腹部。

陶桃清楚地看到,推开苏晏的人,是程季恒。

程季恒并没有立即感觉到疼痛，只是感觉刀很凉。这一刀也没有影响程季恒的反应能力，程季恒抬手就给了那个持刀男人一拳，精准地打中了对方的太阳穴，直接将其放倒了。

这一拳似乎用尽了他全身的力气，挥完这一拳之后他产生了前所未有的虚弱感，低头看了一眼自己的腹部，刀身已经全部没入了他的身体，仅有刀柄露在外面，半个身体都被染红了。

程季恒的白衬衫上的血迹，红得刺目，此情此景令陶桃的脑子瞬间一片空白，她几乎是从凳子上弹起来的，不顾一切地朝程季恒冲了过去。

她好像在尖叫，却感觉不到自己在尖叫。

周围乱糟糟的，却又安静极了，视野中的一切开始变得虚幻，除了程季恒。

她此刻像是一头狂躁的野兽，歇斯底里地挤进人群，疯了一样冲到程季恒的身边。到了他身边之后，她又不知道自己该怎么办了，不敢碰他不敢摸他，甚至发不出声音，像是哑巴了。

不知从哪一刻开始，她看不清他的脸了，只觉得自己的眼前濡湿一片。

她想问他为什么。

你疯了吗？你为什么要帮苏晏挡刀啊？

"你哭什么呀？"程季恒的脸上已经没有了血色，双唇苍白如纸，声音也没了力气，他还是勉强地朝她笑了一下，有气无力地安抚她，"我没事。"

陶桃说不出话，嗓子像是被什么东西给堵了，发不出一个完整的音节，只能发出含混不清的呜咽之声。

程季恒知道她想问什么，但是自己已经快站不住了，在倒下之前，用尽最后一丝力气回答了她的问题："因为你爱他。"

我讨厌苏晏，因为你爱他。

也正是因为你爱他，我才会豁出命去救他。

只要是你爱着的人，我都会拿命护着。

保安很快就赶到了事发现场，趁那个持刀男人昏迷，将他拖进了附近的一间办公室锁了起来。

现场早就有人报了警，过了不到十分钟警察就赶来了，那时程季恒已经被推进了手术室。

虽然事发突然，现场还很混乱，但这里毕竟是医院，抢救工作做得相当及时。

从手术室大门上方的那盏印有"手术中"字样的红灯亮起的那一刻起，

陶桃就像失了魂一般僵立在手术室外,整个人六神无主、呆滞茫然。

她的脑子里很乱,各种思绪纷扰,心更乱,她像是被封闭在了一个无形的空间中,有一堵透明的墙将她与整个世界分隔开了。她听不到周围的声音,也看不到周围的人和物,只能看到手术室紧闭的大门,心里想的全是他刚才对她说的话——

"因为你爱他。"

这句话虽然只有短短五个字,但每一个字都带有千钧之力,如滔天巨浪一般来势汹汹、势不可当,狠狠地砸在了她的心头。

她心底某个坚硬无比的地方被砸出了一条裂缝,裂缝下是她埋藏了四年的记忆。

过去的四年里,她几乎没想过他。

起初是逼着自己不去想他,后来女儿出生,她的生活就被女儿填满了,也没那个精力去想他,久而久之,她就把他忘了,可以说忘得一干二净。只有女儿要爸爸的时候,陶桃才会被迫想到他,即便想到了,内心也没有什么波澜了。

过去的四年里,她曾面对过许多绝望无助的时刻,印象最深刻的是她刚生完孩子后的那一个月。

按理说她应该躺在床上坐月子,但现实不允许她躺下。

她要是躺下了,就没人照顾孩子了,也没人给她做饭吃,不吃饭她就没有奶,没有奶就没办法喂养女儿。

她还没有带孩子的经验,时常会被孩子无缘无故的哭闹折磨到濒临崩溃,也不能睡一个完整的觉,精神萎靡又恍惚,却不得不强打起精神哄孩子。

绝望到极点,身边却一个人都没有,她想求救都不知道该去找谁。

那一个月,她曾无数次地想过直接从阳台上跳下去,甚至还有好几次已经站在了阳台上,最后还是女儿的哭声把她拉了回去——生了孩子后,她连死都不敢死了。

那段时间,她也曾怨恨过他,特别恨,恨他抛弃了她,恨他欺骗她,恨他玩弄她的身心,恨他让她有了孩子。

但是随着时间的推移,她对他连怨恨都没有了。

四年已过,她当初对他那么浓烈的感情被现实生活消磨得一干二净。

她确实是不爱他了,就连后来重逢的时候她的内心都没有泛起过什么波澜,只是担心和害怕,怕他跟自己抢女儿。

他有钱有势,如果真的要和她抢女儿的话,她一定抢不过他。

幸好他没有那么做。

她还记得重逢那天,他出现在小超市后,对她说的第一句话是:"桃子,我真的回去了,就晚了两个月。"

她不信,只要是他说的话,她一个字都不信。

过往的经历告诉她,他就是个骗子,最擅长演戏。

四年前她已经上过一次当了,四年后绝对不可能再上当。

她只想让他赶快消失,再也别在她面前出现了,再也别来打扰她们母女的生活了。

为了让程季恒彻底死心,她还告诉程季恒自己爱上了苏晏。

其实她不爱苏晏,只是喜欢,可能连喜欢也不算,更多的是感激和依赖,完全没有到爱的程度。

她感激苏晏对小奶糕那么好,依赖他的温柔、关心和体贴。

当了四年的单亲妈妈,经历过许多次绝望与无助,她已经很难再去爱上谁了,所以将自己爱不爱一个人的标准变成了这个人对女儿好不好。

苏晏对小奶糕很好,他无论做什么事情都会考虑小奶糕,小奶糕也很喜欢他。所以在程季恒问她爱不爱苏晏的时候,她回答的是爱。

她没有想到,他会因为她的一个"爱"字去为苏晏挡刀。

他这种没心没肺的骗子,也能干出这么伟大的事情吗?这多讽刺呀!

程季恒不应该盼着苏晏去死吗?程季恒怎么可能为苏晏挡刀呢?

他是不是又在演戏给她看?他是不是又在骗她?

但是……有哪个骗子能做到赌上自己的命去演戏呢?这骗子图什么呀?

陶桃想不明白,心里乱极了。

从目睹了程季恒挺身而出为苏晏挡刀的那一刻起,她的心就开始乱了,感官也像是被屏蔽了,她听不到外界的声音,也说不出话,只能感觉到冷。

手术室外的走廊幽长清冷,冷冰冰的地板反射着她头顶的白炽灯的光。

明明是夏天,她却觉得自己像是身处寒冬,露在短袖外的两条胳膊上都被冻出了鸡皮疙瘩。她下意识地抱紧了自己的胳膊,缩着身体抵御寒冷。

她不知道自己为什么冷,但就是冷,还很害怕。

她像是回到了四年前,奶奶去世的那一天。

同样是在医院,同样是在手术室门外的走廊上,同样是害怕又期待地等待着手术室门口的红灯熄灭。

他刚才流了好多血,她从来没见过那么多血。

血红得刺目,他的脸色却苍白极了,他在被推去手术室的途中,意识就开始模糊了,目光也开始涣散……

她很害怕，不停地喊他的名字，一声比一声大。

她想把他喊醒。

推平车的医生们跑得很快，在和死神比速度，她也快速地追着平车跑，边跑边对他喊："程季恒！程季恒！程季恒！"

但是她怎么喊都没用，阻止不了他越发涣散的目光，他的眼皮也越来越沉，几乎要合上。

她怕他闭上眼睛后就再也睁不开了，喊声也越发声嘶力竭。后来，他的眼皮终于睁开了一些，她还以为是自己的喊声起到了作用，本想继续喊他，他却打断了她："我给小奶糕找了一个幼儿园。"

他的目光已经空洞了，他却还在努力地看向她。她能感觉到，他在拼尽全力使自己的声音大一些，好让她听清楚："爱乐国际幼儿园，九月一日你直接带她去就行。"

那一刻她明白了，他不是被她的喊声唤醒的，而是被他对小奶糕的牵挂唤醒的。

他给小奶糕找了一个不错的幼儿园。

他要告诉她这件事，好让她按时去送女儿去幼儿园。

她不喜欢他这种交代后事般的话。

心头被砸出来的那道裂缝越裂越大，像是被人活生生地撕开了，被埋藏了四年的记忆在顷刻间涌上心头。

记忆很清晰，如昨天才发生过一般，心如刀割般疼，她的视线更加模糊了，她哭着对他喊道："你自己送她去！我才不会送她去你给她找的幼儿园，你自己送她去！"

但程季恒根本没将她的话听进去，坚定地看着她，语气微弱却认真："桃子，我要是死了，你就去找季疏白，就是今天上午去找你买月饼的那个人，让他带你去找我的律师，拿我的遗嘱。"

他能感觉到自己的生命在流逝，不确定自己能不能活过今天。

如果不能，那他必须为她留好后路。

他四年前不告而别，让她吃够了苦，这次绝对不能再次不辞而别。

他很庆幸自己早就立好了遗嘱，在严重酗酒的那段时期。

那段时间，他曾不止一次地希望自己能够忽然猝死，那样就能凭借着自己的身份和突发性死亡事件上一次新闻，然后她就能在新闻上看到他了。

他还希望，她能在他死后重新念起一点儿他的好，能去参加他的葬礼。

在与她分开的四年里，他最怕的事情不是死，而是这辈子再也见不到她。

在那份遗嘱中，他将自己名下的财产全部留给了她。

陶桃很抵触这句话，甚至恨这句话，因为这句话加剧了她的恐惧。

她很害怕他会死。

她不想让他死。

她开始威胁他："程季恒，你要是敢死，我明天就嫁给苏晏，还要让小奶糕改姓，而且一辈子都不会告诉她你是她爸爸。"

谁知道这句话并没有威胁到他，他听完还笑了一下，整个人很虚弱，神情却很认真："可以，苏晏对你很好，对小奶糕也好。"

程季恒虽然很讨厌苏晏，但并不否认苏晏对她们母女很好，如果自己死了，苏晏能照顾好她们。

说完这句话后，他又很不放心地叮嘱道："婚后千万别跟他那个神经病老妈住在一起，你会被欺负。"

苏晏哪儿哪儿都好，就是那个妈不行，但如果那个疯女人能一直留在云山，不来东辅打扰他们的生活，程季恒也可以接受桃子嫁给苏晏。

程季恒如果能够确定自己可以活下来，绝对不会对她说这种话。

他现在不确定，所以才会这么大度。

这也是他被推进手术室前，对她说的最后一句话。

等待手术的过程中，陶桃一动不动地站在手术室门前，像是在那里扎了根，自动屏蔽了周围的所有人和物，甚至没意识到苏晏给她披了件衣服。

她不会原谅程季恒四年前对她的所作所为，但不想让他死。

因为他是小奶糕的爸爸。

医院调来了最好的外科医生为程季恒做手术。

手术进行了很长时间，陶桃之前从未感觉过时间过得这么慢。

红灯熄灭的那一刻，她的心脏骤缩，像是被一只手用力地捏住了，她很害怕四年前的历史重现。

手术室的大门被缓缓推开，医生给她带来了一个好消息和一个坏消息，还有一袋程季恒的私人物品。

好消息是程季恒没有死，坏消息是他并没有脱离生命危险，需要送进ICU进行进一步的观察和治疗。

那袋私人物品里没有衣服，只有一把车钥匙、一只手表、两部手机和一条项链。

他的衣服因为上面沾满了血，做手术之前被医生剪开了，成了一团医疗垃圾。

陶桃从医生手中接过了那个装着程季恒私人物品的透明密封袋，本无心细看，却被一只小银锁吸引了目光。

小银锁上穿了一条黑色的绳子，被他做成了项链。

银锁的表面已经微微发暗，却很干净，想来是主人戴了很长时间，并且很爱惜。

这只锁陶桃很熟悉。

锁的背面刻着一幅莲花童子的图案，正面看不到，被手机挡住了。

陶桃失了神，怔怔地盯着那只锁。许久后，她才抖着手打开了密封袋，将这只小锁拿了出来。

深深地吸了一口气，她将锁翻了过来，终于看到了上面刻着的人名，是她和程季恒的名字，她的视线瞬间模糊了。

四年前，程季恒将她背上了云山，和她一起去了云山寺，在月老祠中，他们买了这把锁。程季恒在红纸上写下他们的名字，又找老师傅仿着红纸上的字体在锁上刻上了他们的名字。

他的字很好看，刚则铁画，媚若银钩，当时还惊艳到了她。

刻好同心锁后，他们去做了结发扣，然后将锁穿到了结发扣上，最后又一同将结发扣挂到了月老树上。

她还曾在月老树下许愿，祈求月老保佑她和程季恒长长久久、白头到老。

许愿的时候，她无比虔诚。

但是她的虔诚没什么用，他一走就再也没回来过。

当发现他对她说过的每一句话、做出的每一件事都是在骗她后，她彻底死了心。离开云山之前，她还特地去了一趟云山寺，将他们的结发扣取了下来，一把火烧了。

结发扣被烧成了灰，小银锁却烧不掉，只是被大火熏黑了。

但是她没再管这把锁，将它扔在了堆满灰烬的铜香炉中。

她从未想过，自己这辈子能再看到这把锁。

这四年来，他一直贴身戴着这把锁吗？

所以，他真的回去了？

第十四章
这个叔叔是我的爸爸吗？

程季恒被推出手术室的时候意识还未完全清醒，陶桃没能跟他说上话，只能寸步不离地跟在平车旁，和几位医生一起护送他去了楼上的ICU病房。

医院对ICU病房的管理十分严格，家属不能随意进出，只能在规定的时间进入病房探望病患，还要穿戴全套无菌服。

陶桃本想和医生一同将程季恒送进病房，走到重症监护区大门口的时候却被负责管理ICU病房的护士拦了下来。

护士告诉她，家属只能在每天下午的四点到四点半之间来探望病人，其余时间不准入内。

重症监护区大门口的墙上刚好挂着钟表，陶桃抬头看了一眼时间，刚过下午两点，还有两个小时她才能进去看他。

虽然时间并不长，但是她很不安。

其实就是门里门外的距离而已，少送这一段路程也没什么，但没能亲自将他送进病房，没能亲眼看到他被安顿好，她就是不放心。

她只是想确保他被安顿好了而已，能让她进去看一眼就行。于是她开始跟那个小护士说好话："你能让我进去看一眼吗？就一眼，求你了，他是我女儿的爸爸。"

护士态度坚决："不行，规定就是规定，哪能单独为你们家搞特殊？你进去之后不会打扰别的病人休息吗？"

陶桃无奈，可还是不想离开，继续哀求："我发誓我肯定不打扰别人，就进去看一眼。"

护士还要拒绝陶桃,然而就在护士准备开口的时候,有人对护士说了一句:"让她进去吧,领导问责的话我负责。"

护士扭头一看,发现是心血管科的苏医生。

苏医生可是全院女医生和女护士心中的男神,这位护士当然愿意为了苏医生网开一面,而且现在整个医院都知道上午有人持刀医闹的事情了,听说有个人挺身而出替苏医生挡了一刀。刚才护士还在想到底是什么样的英雄好汉会舍命救医生呢,现在知道了,那位见义勇为的热心群众应该就是面前这个女人的老公,既然是这样,让这个女人进去看一眼也是应该的。

"行吧,进去之后不要大吵大闹,不要大声喧哗。"护士一边从柜子里给她拿无菌服一边叮嘱道,"看完了就早点儿出来,要是被领导发现了,我和苏医生都是要被问责的。"

陶桃感激又激动,忙不迭地点头:"我知道!谢谢!"从护士手中接过无菌服后,陶桃立即向帮自己说话的人道谢,回头一看才发现,那人竟然是苏晏。

她很惊讶,因为她根本就没有察觉苏晏的存在,自始至终,一直都没有。

陶桃的心很乱,她很担心程季恒,以至于完全忽视了周围的一切,甚至没有听出来苏晏的声音,只听到有人帮她说话,即便是这样,也没有回头看那人一眼。因为陶桃一直在满眼哀求地看那位守在门口的护士。

与苏晏对视的那一刻,陶桃十分尴尬,也很愧疚,甚至不知道该怎么面对他,欲言又止了好几次,也只能对他说一声:"谢谢。"

苏晏的神色有些黯然,他也并未多说什么,只是温声回道:"快进去吧。"

陶桃点头,迅速穿好了无菌服,匆匆进入了重症监护区。

门后是一条宽阔的走廊,走廊两侧有四间重症监护室,编号分别为A1、B1、A2、B2。

陶桃刚才听医生说程季恒被安排在了A1区的3号床,此刻也只有A1区的大门是开着的。

一走进A1区,陶桃就看到了程季恒。程季恒的主治医师还没走,正站在床边和负责照顾程季恒的护士交代注意事项。

医生正对着大门站着,先看到了陶桃,但是没有管她。负责照顾程季恒的护士之后才看到陶桃,那个时候陶桃已经走到病床边了,那个护士立即训斥道:"你怎么进来的?谁让你进来的?现在还——"

医生打断了护士的话:"病人家属,没事。"随后他补充了一句,"院长等会儿也要来。院长很重视这件事,也很关心患者,要我们务必尽全力救治病患,你们也要好好照顾他。"

他这句话既是说给小护士听的,也是说给病人家属听的,为了安抚家属的情绪。

听完这位医生的话后,陶桃确实放心了不少,院长都发话了,程季恒肯定会被好好照料。

医生交代完注意事项就走了。

随后护士对陶桃说了句:"你看完就早点儿离开,不要在这儿待太久。"护士说完也回到了自己的工作区。

程季恒的病床边仅留下了陶桃。

程季恒安静地躺在病床上,床头两侧的治疗仪器全部亮着灯,时刻监控着他的生命体征。

病房里很安静,安静到陶桃只能听到治疗仪器运作的声音。

躺在这间病房里的,全是与死神抗争的人。

这种环境令人压抑,陶桃莫名地有些气短。她一点儿也不喜欢这个地方,想尽快离开,不是自己离开,而是带着他一起离开。

但是程季恒还没有苏醒。

他身着蓝白相间的病号服,面色苍白,双目紧闭,鼻端还挂着辅助呼吸的氧气管,安静地躺在病床上,对周围的一切毫无感知。

这个场景和四年前如出一辙。

陶桃不确定自己能否把他喊醒,但还是想试一试。

人总是贪心的,没进 ICU 之前,她只是想看他一眼,确定他被安顿好了就离开。

现在她终于进了 ICU,也确定了他被安顿得很好,但还是不放心,因为他还没清醒。

她又开始担心自己走了之后他就再也醒不过来了。

所以她想把他喊醒。

为了不打扰其他病人休息,陶桃弯腰俯身,将唇贴在了他的耳边,小声喊道:"程季恒,程季恒,程季恒!"

她接连喊了三声,他什么反应都没有。

但是陶桃没有放弃,犹豫了一下,又对着他的耳朵喊了一声:"程小熊。"

程季恒的眉头蹙了一下，陶桃捕捉到了这个细节，有些激动，又轻轻地在他的耳边喊了两声："程小熊，程小熊。"

程季恒的眉头再次蹙了起来，眼皮也在不断地颤动，他似乎是在努力地睁开眼睛，但又差了一些力量，陶桃见状又在他的耳畔说了一句："小奶糕来看爸爸了。"

程季恒猛然睁开了眼睛。

陶桃长舒了一口气，一直悬着的那颗心也踏实了一些。

周围的环境很陌生，程季恒的眼神中尽是茫然，他问道："这是哪儿？"他的语气十分虚弱，嗓音也很沙哑。

陶桃面无表情："ICU。"

程季恒明白了，自己虽然被救回来了，但是随时有被"带走"的可能。

不过人对自己的死亡是有一种神奇的感知的，在被送进手术室抢救之前，他确实是感受到了生命的流逝与死亡的逼近，但是现在没有这种感觉了。

他很确定自己能活下来。

意识逐渐恢复，紧接着，他想到了自己进手术室前和陶桃的对话——

"程季恒，你要是敢死，我明天就嫁给苏晏，还要让小奶糕改姓，而且一辈子都不会告诉她你是她爸爸。"

"可以，苏晏对你很好，对小奶糕也好。"最后他还补充了一句，"婚后千万别跟他那个神经病老妈住在一起，你会被欺负。"

现在想想，他觉得自己的回答完全可以用"感人肺腑"四个字来形容，如果非要再添上四个字，可以是"大爱无疆"。

程季恒成功地为苏晏送上了好几分。

撤回是来不及了，肯定来不及了，所以他只能另辟蹊径，争取悬崖勒马。

酝酿了一下情绪，程季恒半抬起双眸，虚弱又疲惫地看着陶桃，缓缓启唇："桃子，我现在很累，真的很累，不知道自己能不能挺过去，如果我没有挺过去，你千万不要难过，我不值得你为我难过。"

他本就虚弱，此时说话不用装就自然带着一股有气无力的矫情劲儿，再适当地添上几分离愁别绪，伤感的气氛瞬间就被营造了出来。

ICU病房的环境本就压抑，再添上点儿伤感的气氛，陶桃的情绪瞬间就被程季恒的这几句话带跑了，她完全沉浸在了生离死别的悲伤中，丝毫不怀疑他是在演戏，直接红了眼眶，心尖一颤一颤地疼。

程季恒不想弄哭她，但是为了收回自己之前说的那几句"大爱无疆"的话，不得不继续表演："我知道自己对不起你。我不是个好男人，也不是个好爸爸。如果我真的死了，你千万不要告诉小奶糕我是她的爸爸，我不配当她的爸爸。"

陶桃哭着回道："你本来就不配！"

程季恒叹了一口气，有气无力地说道："我知道，是我对不起你们，我不该晚回去。如果我真的死了，你和苏医生在一起也可以，反正你们本来就是青梅竹马，要不是因为我，你们俩早就在一起了，是我拆散了你们。"

他的话里带着自责，带着忏悔，又带着愧疚，听起来似乎真的很后悔自己当初的所作所为，但是沉默了一秒钟后，他忽然一转话锋："不过，我们还是真心相爱过的对吧？如果我不在了，你会永远记得我吗？"

陶桃原本只是伤感，但是听到"如果我不在了"这六个字之后，忽然就变成了伤心。

她不喜欢听他说这种话，呜咽着回道："你能不能别说话了？"

程季恒怔怔地望着她："你回答我，如果我不在了，你会不会永远记得我？"

陶桃泣不成声。

她不想回答这种有关生死的问题。

因为她不想让他死，想让他好好活着。

无论他们现在是否还相爱，最起码曾经是相爱过的。他们还有一个女儿，女儿是他们的血脉的结合，所以他们两个无论如何也不可能彻底断绝关系。

如果他真的不在了，她一定一辈子都忘不了他。

程季恒能感觉到她心软了，但这还不够，必须让她亲口承认："我想知道你的答案，这对我来说非常重要。"

他的语气虚弱无力，他看起来可怜巴巴的，给人一种"人之将死其言也善"的感觉，陶桃不忍心让他失望，哭着回道："会。"

程季恒放心了，她能一辈子记得他，就说明她心里还有他，只要她心里还有他，他就还有机会，只要还有机会，他就能翻身，一百个苏晏都不是问题。

程季恒瞬间觉得这刀挨得值。

他并未得意忘形，而是回道："谢谢你，我也会永远记得你。"

他说话时语气认真，又带着虚弱与伤感。

陶桃心里难受极了，极力地压抑着自己的哭声，避免惊扰隔壁床的病人，但病房里太安静了，任何细小的声音都会被放大无数倍。值班护士还是注意到了陶桃，然后一脸严肃地朝陶桃走了过来："探视的时候家属要控制情绪，不要太激动，否则会影响病人的情绪，不利于病人康复。"

被批评了，陶桃赶忙抬起手擦了擦眼泪："对不起，我不是故意的。"

护士又看了一眼时间，催促道："已经十五分钟了，探视完了就尽快离开，不要打扰别的病患休息，四点的时候你再来吧。"

话都说到这个份儿上了，陶桃也不好意思继续赖着不走，更何况能在现在进来已经是医院格外照顾了，再不走人就是得寸进尺了，立即对护士说道："我现在就走。"随后陶桃又看向程季恒，对他说道，"我先走了。"

程季恒连忙追问："你还来吗？"他不想让她走，一点儿也不想。

陶桃："四点的时候再来，那个时候是正式探视的时间。"犹豫了一下，她补充道，"到时候我带小奶糕一起来。"

程季恒脱口而出："别带她来！"

陶桃一愣，诧异地看着他。

他不想见到小奶糕吗？

程季恒解释道："这儿是ICU，等我出去了你再带她来。"

陶桃明白了，他是担心这里的气氛会吓到小奶糕。

ICU病房的气氛压抑，陶桃在这儿都有点儿不舒服，更别说小孩儿了。

小奶糕胆子很小，最怕来医院，要是让她进ICU病房，一定会吓到她。

是她这个当妈的欠考虑了，但是……

陶桃吸了吸发酸的鼻子，泪眼汪汪地看着程季恒："你要是出不去了怎么办？"

陶桃担心小奶糕以后再也见不到自己的爸爸了。

程季恒明白了，是他的戏演过了，这颗傻桃子已经开始考虑带女儿来见他最后一面了。

他不得不向她保证："我一定会从这里出去。"他现在虽然虚弱，但是神情笃定，一字一句地说道，"为了你，也为了小奶糕，我一定会活着出去。"

陶桃擦了一把眼泪，点了点头，随后离开了病房。

一走出重症监护区的大门，她就看到了苏晏。

他一直在等她。

但是陶桃现在不知道该怎么面对他。

程季恒替苏晏挡了一刀,这一刀不仅挨在了程季恒的身上,也在她和苏晏之间劈开了一道鸿沟。

她跨不过这道鸿沟,就像四年前,苏晏说要带她离开云山时一样。

在当时的情况下,她如果没有怀孕,说不定真的会跟苏晏走。因为那时她的身边一个亲人都没有,最爱的人又抛弃了她,她绝望又无助,而苏晏是唯一一个愿意对她伸出援手的人。

可是当时她有了程季恒的孩子。她不想拖累苏晏,所以不能答应他,不能跟他离开。

那时,她肚子里的孩子是横在他们之间的鸿沟,一道她无法跨越的鸿沟。

现在,挨在程季恒身上的那一刀,又成了一道横在她和苏晏之间的,令她无法跨越的鸿沟。

程季恒豁出命挡在苏晏身前,只因为她的一句谎话,这使她无论如何也无法再对程季恒视而不见、置之不理。

程季恒以性命为赌注,再次闯入了她的生活。

而且,程季恒还是小奶糕的爸爸。

她没办法继续以一种朋友以上、恋人未满的形式与苏晏相处。

她做不到前进一步,因为无法忽略程季恒挨的这一刀,也无法忽略程季恒与小奶糕的关系。

她也不想原地不动,更不能原地不动,那样对她和苏晏都没好处。

她只剩下了一个选择——后退,和苏晏回归普通朋友的关系。

感情这种事情说不清道不明,但当事人必须对自己和对方负责。

她的心不大,她也没有那么大的本事,不可能同时对两个人负责。

她虽然还没有原谅程季恒,但是无法再忽视他。

程季恒这个人就是这么讨厌,和四年前一样讨厌,无论是出现还是消失,从来不会提前通知她。他总是能以一种强势的姿态闯入她的世界,从来不给她拒绝的机会。

所以她只能拒绝苏晏。

病区外的走廊幽长、安静,走廊上只有她和苏晏两个人。

两个人又是相顾无言,同四年前一样。

许久后,她打破了这种死寂,嗓音沙哑:"谢谢你喜欢我,也谢谢你对小奶糕——"

苏晏似乎猜到了她要说什么，打断了她的话："我送你回家。"

陶桃盯着他看了一会儿，无力地长叹了一口气，语气中带着些许苦涩，却直截了当："苏晏，我们还是算了吧。"

苏晏从未想过，程季恒会为自己挡刀。

苏晏应该感激程季恒，如果不是程季恒替自己挡了一刀，现在躺在ICU病房里的人应该是自己。

但是苏晏宁可现在躺在ICU病房里的人是自己，也不愿意让程季恒替自己挡这一刀。

这一刀从苏晏这里夺走了桃子的心。

从程季恒被推向手术室的那一刻起，苏晏就有了一种预感：桃子会回到程季恒身边。

现在预感成了真，他明白她的那句"算了吧"是什么意思，但是他不能接受。

他们两个自幼相识，却总是错过彼此，兜兜转转了许多年，现在他好不容易重新遇到了她，终于要牵到她的手了，她却要收回手、退回原点。

他接受不了这种结局，也不想这么轻易地放弃，她可是他喜欢了许多年的姑娘啊。

她的那声"算了吧"如利刃般刺在了他的心头，他不由得攥紧了垂在身体两侧的双手，迫使自己忽略掉心头的刺痛感，深深地吸了一口气，努力地使自己保持冷静，说道："我觉得，我们都需要先冷静几天。"

他的语气十分平静，听起来真的很理智，但是他的眼神出卖了他，陶桃从他的眼神中读出了无助与惊慌。

那一刻她心里很难受，也很愧疚，觉得自己对不起他，辜负了他。

她是真的想过和他在一起。

如果程季恒没有出现的话，说不定她真的会和苏晏在一起，因为苏晏很合适当一名丈夫。

对于现在的她而言，爱情已经是次要的了，主要的是两个人是否合适。

苏晏很温柔、很体贴，对小奶糕又好，可以让她们母女依靠，完全符合她理想中的丈夫形象，所以即便她不爱他，也愿意和他在一起，因为他合适。

但是，程季恒出现了。

程季恒就像一个"破坏大王"，霸道又猖狂，搞破坏之前从来不会跟她商量，总是擅自闯入她的生活，肆无忌惮地破坏她的感情世界。

在过去的人生中，她失去了太多东西，经历过太多次的绝望与无助，所以很想要一种安安稳稳的人生。苏晏能给她一种安全感，但是程季恒不能。程季恒能走第一次，就能走第二次，即便程季恒为苏晏挡了一刀，她也不会再轻信程季恒的承诺，不会原谅程季恒当初的所作所为，更不可能与程季恒重修旧好。但是她无法将程季恒从自己的世界彻底驱逐。

他太强势了，强势到令她的世界动荡。

她讨厌他的这种强势，却又无法抵抗。

她觉得自己上辈子一定是欠了程季恒的债，还是那种杀人放火、灭他满门的血债，不然这辈子怎么会被他缠上？

她无法摆脱程季恒，所以只能远离苏晏。

苏晏说她需要冷静几天，但她心里清楚，自己冷静不下来了，从程季恒说出"因为你爱他"这句话起，她就冷静不下来了。

虽然不想承认，但是在程季恒被推进手术室抢救期间，她确实想起来了他所有的好。

他会给她准备早餐，喊她起床，接送她上下班，替她去医院照顾奶奶，帮她分担生活压力。

她在云山寺烧香的时候不小心烧伤了手背，他紧张又担心，直接将她搂在了怀里，护着她离开了人群，焦急不已地带她去找水龙头，小心翼翼地给她冲伤口。后来下山的时候，他们俩单独坐在缆车里，他为了缓解她手背上的疼痛感，将她的手抬到了他的唇边，轻轻地给她吹伤口。

自从父母去世后，他是除奶奶以外唯一一个对她那么好的人。

他曾在她最孤苦无依的时候牵起了她的手，陪她一同面对奶奶的死亡。

在奶奶的灵堂内，他陪她一同披麻戴孝，陪她一同对他不认识的长辈一一下跪磕头。

他将她背上了云山，背了两次，和她一起在月老树上挂上了结发扣……

她守候在手术室门口的那段时间，那些记忆一一浮现在她的脑海中，挥之不去、深刻清晰，如昨天才发生过一般。

她用了四年的时间去遗忘那段记忆，回想起来却只用了一个瞬间。

她再也忘不掉程季恒了，再也冷静不下来了。

"对不起。"面对苏晏，她真的很愧疚，愧疚到自责，感觉自己伤害了他。

在这个世界上,她最不想伤害的人就是苏晏。

他对她而言是一个与众不同的存在,他是她整个青春的仰望。

但她需要果断一些。因为她心里清楚,自己无法再付出与他相对等的感情了,如果不果断一些,只会将他伤得更深。

陶桃深深地吸了一口气,迫使自己的语气变得决绝:"我冷静不下来了,也没办法——"

然而她的话还未说完,又一次被苏晏打断:"我送你回家。"

这次,他的神色和语气中多出了几分固执,也带上了一些哀求。

陶桃的眼眶红了,心里很难受,她也不知道该怎么办。

气氛陷入了死寂,好在这时有人来了,帮助他们打破了僵局。

来人是程季恒的主刀医师:"小苏,院长让咱俩一起去一趟办公室。"

不消多想,院长找苏晏肯定是因为今天的医闹事件。

陶桃松了一口气,对苏晏说道:"你快去吧,我自己回家。"说完,她没再停留,快步朝电梯走了过去。

在回家的路上,她心里一直很乱,今天发生的事情完全出乎她的意料,彻底打乱了她平静的生活。

陶桃回到店里的时候已经三点多了,小家伙午睡还没醒,那对老两口也没走,老爷子在看报纸,老太太在缝东西。

陶桃回来后,老太太停下了手上的针线活儿,问了一句:"你怎么才回来?"语气中带着点儿着急,又带着点儿长辈惯有的审问的意味,丝毫没有见外的感觉,老太太像是在问自己的亲闺女。

老爷子也放下了手中的报纸,接了句:"我们小奶糕刚才想你想得睡不着觉,给你打电话你怎么也不接?"

陶桃也不知道该怎么讲述今天发生的事情,但没打算隐瞒这两位老人,因为他们对她来说和亲人没什么区别。

他们对她像是对待自己的亲生女儿。当初她刚生完孩子,坐月子期间,老两口只要有时间就会下楼照顾她,还经常给她炖鲫鱼汤喝。老太太说,鲫鱼汤下奶。

如果没有他们两个,当时她说不定真的会崩溃到直接从楼上跳下去。

但陶桃如果直接告诉他们小奶糕的爸爸出现了,还被人一刀捅进了ICU,老两口可能会被吓到。

想了想,她尽量用一种能让他们接受的方式说道:"今天上午有人医闹,伤人了,我刚好就在旁边。"

老爷子吃惊不已："医生受伤了吗？"

老太太追问："伤着你了吗？"

陶桃摇头："我没事。"顿了一下，她补充道，"医生也没事。"

老太太："那伤着谁了？"

陶桃沉默片刻："小奶糕的爸爸。"

老爷子和老太太震惊不已。

老太太："他上午不是还好好的吗，怎么忽然去医院了？"

老爷子："医闹怎么会伤到他？"

这回震惊的换成了陶桃："他上午来了？"

不过她问完这句话后，脑子里忽然冒出一个微信昵称——月饼供应商禾先生，程，禾……

陶桃忽然有些哭笑不得。

还地推，亏他想得出来。

老太太回道："上午隔壁饭店的那个坏小子又欺负小奶糕了，被她爸发现了，教训了那小子一顿，还连带着把那小子的妈妈也收拾老实了。"

老爷子接道："我估计他一直守在附近呢，看到小奶糕被欺负了才出来。"

陶桃没说话，心里却有些触动。

隔壁的那个明明，一直欺负小奶糕，她发现过许多次，也教育过那个小孩儿许多次，但完全没有用，他根本不怕她。陶桃也不止一次地去找过明明的妈妈，但是那个女人蛮不讲理，不但不教育明明，反而谴责她跟一个小孩子计较。

她对那对母子束手无策，只能让小奶糕离明明远点儿。

但是从现在起陶桃再也不用担心小奶糕被人欺负了，因为程季恒会保护他的女儿。

她束手无策的事情，程季恒全都能解决。

陶桃忽然想到了奶奶在世的时候对自己说过的话："你的性子太软了，他比较硬气，会保护你。"

陶桃忽然觉得奶奶是对的，不论程季恒对自己怎么样，他都一定会护着小奶糕。

老太太可能从她的神色中发现了什么，犹豫了一下，说道："我看奶糕她爸的条件应该挺不错的，就跟他提了一下孩子上幼儿园的事。他答应了，还说要让孩子上全东辅最好的幼儿园，我觉得他没骗人。不论你们俩之前感情怎么样,你现在还是应该多为孩子考虑考虑。"

老爷子补充道:"也不是非要让你和奶糕爸爸怎么怎么样,不和他搞得太僵就行,你可能会委屈,但不能委屈孩子。他有能力,有本事,能给孩子更好的生活,咱们奶糕才三岁,以后要用钱用人的地方多了去了。"

陶桃明白老两口的意思。

在今天之前,她可能会很抵触这番说辞。因为她不信任程季恒,觉得他就是个只会撒谎的人渣,也害怕他会跟自己抢女儿。

但是现在她不会了。

那把小银锁表明,他没有骗她,最起码在"他真的回去了"这件事上没有骗她。

她轻轻地点了点头,回道:"我知道,我明白。"

老太太舒了一口气:"你明白就行。"

老爷子忽然想到了什么:"对了,奶糕爸爸怎么被伤了呢?"

老太太也想到了这件事,连声追问:"严重吗?"

挺严重的,现在还躺在 ICU 病房里呢,但为了不让老两口担心,陶桃只能回道:"误伤,不太严重。"

"那就行。"老太太边收拾东西边说,"那我们就先回家了,出来一天了,猫还没喂呢。"

老爷子也从凳子上站了起来。

陶桃见状立即说了句:"我……我等会儿可能还要把孩子送上楼。"

老太太:"又要出去?"

陶桃不能说实话,只好编了个谎话:"我……我今天早上去缴学费的时候看到幼儿园旁边的蛋糕房开了个烘焙培训班,就去报了个名,每天下午四点到五点上课。我准备……准备以后自己烤点儿饼干卖。"

老两口毫不怀疑。

老太太回道:"行,到时候你把孩子送过去就行。"

老爷子问了句:"要上几天的课啊?"

陶桃也不确定程季恒要在 ICU 病房待几天,只好回道:"我报了一个三天的速成班,先体验一下,行的话继续上,不行的话就算了。"

她曾经是个说谎话就会脸红的姑娘,但是被生活踩蹋了四年之后,不但说谎不会脸红了,编谎话也鲜有破绽。

这大概就是,她接受社会教育的结果吧。

连她自己都觉得她现在越发程季恒化了。

老两口走了之后，她走到了柜台后。

小奶糕躺在小床上，睡得正香，肉嘟嘟的小脸蛋儿红扑扑的，像极了一颗小苹果。

陶桃一看到女儿，心就会变得很软，像化了一般，目光也会变得似水般柔和，想把自己的温柔与爱全给女儿。

她忽然想到了以前在网上看到的一句话：你可能会烦死那个和你一起生孩子的男人，却会永远爱着你们一起生出的孩子。

她觉得这句话真的很有道理。

她现在烦死了程季恒，却爱死了他的孩子。

虽然接下来还有重要的事情要做，但陶桃还是先在女儿的小脸蛋儿上亲了一下。

之后她坐到床边的凳子上，从包里拿出手机，点开通讯录，翻出了季疏白的联系方式——早上交换微信时留下的。

当时她真的以为季疏白是个人傻钱多的傻老板，没想到季疏白竟然是程季恒的同党，演技还挺不错，他们俩不愧是好兄弟。

陶桃无奈一笑，拨通了季疏白的电话。

现在程季恒进了医院，她需要通知他的家人。她没有程季恒的家人的联系方式，只能给季疏白打电话，让季疏白通知程季恒的家人。

季疏白很快就接了电话。

"你好。"季公子身上惯有的那股懒散劲儿不见了，语气认真，演技在线，"已经联系好月饼厂家了吗？"

陶桃："……"

果然，男人之间的友谊坚如磐石，时刻谨记帮对方兜底。

她有点儿想笑，但是忍住了，不然对方一定会很尴尬，开门见山地说道："不是，和月饼没有关系，是程季恒出事了。"

季疏白瞬间明白了，自己和程季恒的骗局败露了，有点儿尴尬，不过语气依旧镇定，像是什么事都没发生过一样，询问道："他怎么了？"

"他住院了。"陶桃把今天发生的事情跟对方大体上讲了一下，然后说道，"我没有他的家人的联系方式，通知不到他们，我想你应该能联系到他们。"

季疏白沉默片刻："他没有家人。"

陶桃怔住了。

季疏白："他应该……告诉过你，他的身世吧？"

陶桃呼吸一窒，心头隐隐作痛，像是被针扎了。

他告诉过她，但是她不信。

她以为他是在编故事骗她，为了博取她的同情心。

季疏白："他的母亲在他很小的时候就去世了，他的父亲在四年前死了。"犹豫了一下，他又说了一句，"他也没有其他的家人，只有你和小奶糕。"

陶桃感觉心口更疼了。

他真的没有骗她。

她曾经还以为，他有很多女人，也有别的孩子。

原来他只有她和小奶糕。

除了她们，他什么都没有了。

挂了季疏白的电话后，陶桃一直在发呆，心里想的全是程季恒。

她还有些迷茫，因为自己对他的认知又一次被打破了。

这四年来，她一直把他当成一个玩弄她感情的骗子，但是今天忽然发现，他好像……也没有那么坏。

如今，种种迹象都在表明，他没有编造身世，没有玩弄她的感情，也没有一去不复返。但他四年前的所作所为又该如何解释呢？如果他没有骗她，为什么会晚回去？他为什么要在离开云山之前给她留下一个假地址？他为什么整整四个月都没有联系她？

陶桃无论如何也想不明白。

不知过了多久，陶桃的耳畔忽然传来了女儿的声音："妈妈。"

小家伙睡醒了。

陶桃瞬间回神，转身看向女儿。

小奶糕已经坐起来了，脸蛋儿依旧红扑扑的，脑袋上的两个可爱的小辫子有点儿凌乱，乌溜溜的大眼睛中透着刚睡醒的迷茫。陶桃转身后，小奶糕立即朝妈妈伸出了小胳膊，奶声奶气地撒娇："抱抱。"

陶桃的心都快化了，她不假思索地将女儿抱入怀中，又在女儿的小脸蛋儿上亲了一下，笑着说道："你要变成小睡虫了，中午睡这么久，晚上还睡吗？"

小奶糕拧起眉毛，不服气地说道："人家才不是小睡虫呢。"

陶桃："都三点多了，你还不是小睡虫？"

小奶糕超级认真地说道："你中午没有回来，我都没有睡着，因为我特别特别想你，后来我特别特别困了，才睡着了。"

陶桃被女儿一本正经的表情逗笑了。

小奶糕抬头看着妈妈："你刚才去哪里啦？"

陶桃沉默了，不知道该怎么回答女儿的问题，或者说，不知道该怎么跟女儿介绍程季恒。

她答应了程季恒，等他从ICU病房出来后，就会带女儿去看他。但是陶桃此刻很纠结，是直接告诉女儿程季恒就是她的爸爸，还是先让女儿跟程季恒接触一段时间，之后再决定要不要告诉女儿真相？

思量许久，陶桃选择了后者。因为她还是不能彻底原谅他，也不能完全信任他——一朝被蛇咬，十年怕井绳，她担心他会再次消失。

女儿很想要爸爸，她也想满足女儿的愿望，但是更担心女儿会失望。如果程季恒再次消失，一定会给女儿带来巨大的打击，所以在确定程季恒这次没有骗她们母女之前，她不敢直接告诉女儿真相。

而且陶桃不确定女儿能否一下子接受程季恒就是自己的爸爸这件事。因为对女儿而言，程季恒还只是一个陌生的叔叔，所以在告诉女儿真相之前，陶桃需要让女儿先熟悉他、亲近他。

想了想，陶桃用一种孩子能理解的方式回道："今天有一个特别坏的人去了医院，要伤害医生，有一个叔叔挺身而出救了医生，但是这个叔叔受了伤，流了好多好多血，需要住院，妈妈今天中午一直在医院照顾这个叔叔。"

小奶糕听完后瞪大了眼睛看着妈妈，稚嫩的小脸上写满了"好怕怕"。

陶桃立即安抚道："不用担心，这个叔叔很厉害的，不光保护了医生，还把坏人制伏了。"

小奶糕没有那么害怕了，但还是不放心地问了一句："坏人被警察叔叔抓走了吗？"

陶桃点头："当然！"随后她又说道，"你知道这个厉害的叔叔是谁吗？"

小奶糕摇头。

陶桃："就是今天上午保护你的那个叔叔。"

小奶糕惊讶极了："是让明明给我道歉的那个又好又坏的叔叔吗？"

陶桃哭笑不得："什么叫又好又坏的叔叔？"

小奶糕一板一眼地回答："他把你弄哭了，所以是坏叔叔，但是他帮我教训了明明，还说会永远保护我，所以又是好叔叔。"

"……"

功是功,过是过,记得一清二楚,你这个小家伙还挺是非分明。

陶桃忍俊不禁,犹豫片刻,说道:"他……不算坏,你可以把他当成好叔叔。"随后,她又说道,"过两天,我们一起去看看他好不好?"

小奶糕乖巧地点头:"好。"

陶桃舒了一口气,盯着怀里的女儿看了一会儿,从包里拿出了那条穿着同心锁的项链,把它挂到了女儿的脖子上。

项链很长,同心锁一直垂到小奶糕圆滚滚的肚子上。

小奶糕低头,伸出白白胖胖的小手,好奇地将小银锁捏在手中:"这是什么?"

陶桃:"是爸爸送给你的礼物。"

小奶糕再次瞪大了眼睛,惊喜又激动地看着妈妈:"爸爸回来了吗?"

陶桃柔声回道:"快了。"她又补充了一句,"就看你爸爸表现得好不好了。"

小奶糕:"什么意思?"

陶桃一边为女儿调整项链的长度,一边回道:"如果爸爸表现得好一点儿,他回来得就会快一点儿。"

小奶糕:"什么叫表现得好?"

陶桃反问:"妈妈平时没有告诉过你吗?"

小奶糕:"要听话!"

陶桃点头:"对,要听话!"

程季恒在 ICU 病房里躺了三天,终于脱离了生命危险,第四天被转到了普通病房,陶桃去探望他的时候,答应他第二天一早带小奶糕来看他。

结果第二天早上还不到七点,她就被他的微信轰炸。

六点半,骗人精(陶桃给程季恒设置的备注)发来了第一条消息:"起床了吗?"

隔了三分钟,骗人精又发来了一条:"小奶糕醒了吗?"

又隔了三分钟,骗人精:"你们什么时候来?"后面还附带一个"萌萌兔期待脸"表情包。

六点三十九,骗人精:"不用做饭,你们直接来就行,我让阿姨送饭了。"

六点四十二,骗人精:"司机马上到你们家楼下了。"

陶桃："……"

我就不该通过你的好友申请！

看到第一条消息的时候，她没打算理会，但是看到第五条的时候，意识到自己如果再不回复这人，他绝对会把她烦死，于是满含威胁地回了一句："你要是再给我发一条消息，今天就别想见到小奶糕！"

骗人精："好的，但是你们要快一点儿哦。"

他发完之后，立即撤回，完美演绎"只要我撤回得够快就不算'再发一条'"。

陶桃都被气笑了。不过被他这么一闹，她也不困了，索性起了床，但是她并未叫醒女儿，时间还早，想让小家伙多睡一会儿。

起床后，她先去洗漱，然后换衣服，收拾背包，最后才喊小家伙起床。

可能是平时早起习惯了，小奶糕被妈妈喊醒之后没有赖床，也不闹人，伸了个懒腰就乖乖起床了。

女儿起床后，陶桃先带她去卫生间洗漱，然后给她换衣服。

陶桃今天为自己和女儿选择了母女装——浅蓝色的背带裤配米黄色的短袖，加上一双小白鞋。

换好衣服后，陶桃给自己扎了马尾辫，给女儿梳了两个可爱的小南瓜髻。

今天是小奶糕和她爸爸第一次正式见面，陶桃不由自主地想把小丫头打扮得漂亮一些。

一切准备就绪后，陶桃带着女儿出发了。

楼下停了一辆黑色的宾利，车旁还站着一个身穿正装的男人。

陶桃牵着女儿的小手刚走出单元楼，男人就迎了上去，恭恭敬敬地询问："是夫人和小姐吧？"

陶桃蒙了：什么夫人和小姐？这是什么高档称呼？

小奶糕也很蒙，仰起了小脑袋，困惑地看着妈妈。

男人看出了母女俩的茫然，连忙解释了一句："是程总让我来接你们的。"

程总？

程季恒？

好一会儿，陶桃才反应过来，面前这个人应该就是程季恒的司机。

但她还是有点儿蒙，因为那声"程总"。

她知道程季恒是个有钱人，却从来没深想过他到底多有钱，也没具体了解过他的身家背景，所以在她的印象里，他的"有钱"只是一个模糊的概念，从未具体过。

司机的这声"程总"，强而有力地令这个模糊的概念具体了一些。

一般被称为"某总"的人不应该是不苟言笑狂跩炫酷的霸道总裁吗？可是程季恒平时的表现不仅和"霸总"二字毫不相干，甚至与其背道而驰，"程总"这两个字和他放在一起有点儿不搭，所以她一直把他当成一位玩世不恭的大少爷。

她没想到，他竟然是程总。

陶桃冷静了好一会儿，才慢慢接受了这个现实。

宾利车的后座上早就安装好了儿童座椅，陶桃抱女儿上车的时候，司机还相当敬业地用手挡着车门上框，以防夫人撞到头。

这贴心又周到的服务，搞得陶桃特别不好意思，她接连跟司机说了好几遍谢谢。

一直到车子启动，陶桃都是蒙的，感觉这一切不太真实，跟做梦似的。同时她特别好奇——程季恒到底是干什么的？

她对自己女儿的爸爸的身家背景一无所知，甚至有点儿怀疑自己四年前认识了一个假的程季恒。

犹豫了好久，她实在是按捺不住心头的好奇，就问了司机一句："你们程总，是哪个公司的老总？"

司机回道："禾凌集团，不过圈内都称程氏集团。"

陶桃不是圈内人，不知道程氏集团，但知道禾凌集团，著名的房地产开发集团。

或者说，禾凌集团是做房地产开发起家的，主营房地产开发规划以及物业管理，后来涉足旅游业和金融业，总部在东辅，但是在全国各个城市都有投资项目，资产少说也有上千亿。

陶桃得到答案后，心头那股不真实的感觉反而更强烈了。

程小熊竟然这么霸总？

清晨，路上车少，司机很快就将母女二人送到了医院，随后又领着她们去了住院部，他的任务是将夫人和小姐送到病房门口。

早晨，医院人多，陶桃怕女儿被人群淹没，就没让女儿下地，一路将女儿抱在怀里。

即将走到住院部门口的时候，她远远地望到了一道熟悉的身影。

是苏晏。

那一刻她有些尴尬，因为从程季恒被送入ICU病房的那天起，她和苏晏就再也没有过联系。

苏晏说，他们两个都需要冷静几天。

或许他说得有道理，在当时的情况下，他们的思绪都很混乱，毕竟事发突然，谁都没有思想准备，确实需要冷静。

但是冷静过后，她越发坚定了自己的想法。

这几天她考虑了很多，主要还是考虑女儿的未来，其次才是考虑自己的未来。但无论从哪个方面来说，她都无法忽略程季恒，所以必须拒绝苏晏。

她不想也不能再耽误苏晏了。

但是她还没想好该怎么把自己的决定告诉他，因为不想伤害他。

这次忽然看到苏晏，她不知所措。

不过万幸的是，苏晏并没有看到陶桃。他正在和别人聊天，那人陶桃也认识，是苏晏的妈妈。

苏晏的妈妈是一个厉害又难缠的角色，陶桃也知道她不喜欢自己，所以没打算和苏晏打招呼。陶桃本想直接抱着女儿进去，然而在他们即将踏入住院部大楼的那一刻，怀里的小家伙忽然伸出了小手，激动地喊了一声："苏叔叔！"

小奶糕很惊喜，因为她已经好久没有见到苏叔叔了。她很喜欢苏叔叔，因为苏叔叔长得帅，还对她很好，总是带她出去玩，还会给她买好多好多的玩具和零食。

陶桃的脚步不由得一僵，她千算万算，没算到这个小家伙这么"明察秋毫"。

不过陶桃也不能责怪女儿多话，女儿什么都不懂，只是在热情地表达自己的喜欢而已。

小孩子的世界很简单，没有那么多的情感纠葛，小孩子也不会隐藏内心的真实想法，所以才有"童言无忌"这种说法。

苏晏原本是背对着陶桃他们站着，听到小奶糕的呼喊后，他立即回身看去，有些意外："桃子？"

陶桃不得不转身，然而刚一转过身，就对上了苏晏的妈妈的视线。

四年未见，苏妈妈看起来老了一些，眼角浮出了难以用化妆品遮盖的皱纹，腰身没有以前那么纤细了，体态也略显老迈，整个人看起来比之前矮小萎靡了许多，但没变的是她那盛气凌人的目光。

· 338 ·

陶桃很不喜欢苏妈妈看自己的眼神——锋利、高傲，丝毫不带尊重。

苏妈妈看向陶桃时，眼神中明显地透露着厌恶和鄙夷。

这种眼神令陶桃不舒服，她甚至想直接转身离开，但是出于礼貌，还是简单地回了苏晏一句："我带女儿来看程季恒。"然后她就抱着孩子走了。

苏晏下意识地想去追陶桃，却被他妈妈抓着胳膊拦了下来。

他妈妈面带愠怒又满目警惕地瞪着他，厉声质问："你要去哪儿？"

苏晏无奈地叹了一口气，忽然感觉很累，特别累，这种令他不堪重负的压力来自面前的母亲。

她对他的管束和关注令他窒息。

弟弟活着的时候，她全心全意地照顾弟弟，对他不管不顾，不闻不问。

弟弟死了之后，她终于注意到了自己还有一个儿子，于是开始关注苏晏。

但苏晏感受不到热情的母爱，只能感受到母亲的偏执。

她似乎没有把他当成儿子，而是把他当成了寄托情感的载体。因为她失去了她最爱的小儿子，所以不得不把对小儿子的那份爱转移到另外一个她不爱的儿子身上。

她从来都不在乎他的感受，只想要一个符合她要求的儿子。

苏晏早已被她的这种偏执的母爱压得透不过气，可她的精神状态岌岌可危——弟弟的死亡带给她的那种痛苦并没有随着时间的推移而消失，反而历久弥新，任何一点儿小的刺激都能使她病发。苏晏没有办法也不忍心反抗她，他只能躲避。

苏晏几年前出国，回国后留在东辅，其实都是为了躲避她。

她却对他穷追不舍。

压力到了顶点人就会爆炸，她的这声质问，变成了压垮骆驼的最后一根稻草。

苏晏用力地甩开了他妈妈的手，终于将压在心底多年的那句话说了出来："我的事情，不用你管。"他的语气中，甚至带着几分咬牙切齿。

苏妈妈僵住了。

她没想到自己的儿子竟然会反抗。

在她的印象里，这个儿子很懂事也很听话，或者说，很好摆弄，从来不会反抗她，对她一直是言听计从，所以她可以肆无忌惮地对他提出任何要求。有时他也会不高兴，但是没关系，她只要假装发病，他就会对她唯命是从。

他是她的儿子，本就应该对她言听计从。

她无论如何都不能容忍他为了一个女人反抗自己。

而且她根本没想到，自己的儿子竟然还跟那个女人有联系！

那个女人不是早就消失了吗？她怎么又出现在东辅了？

苏妈妈几年前还听人说过，那个女人的男人跑了，那男的跑之前还把那个女人的肚子搞大了。苏妈妈之前还怀疑传闻是假的，现在确定了，是真的，那个女人连没爹的小杂种都生下来了！

这种不要脸的女人有什么好的？苏晏竟然对她念念不忘，准备上赶着给人家当后爹？

如果不是她忽然来东辅看望他，怕是这辈子都发现不了！

她越想越愤怒，怒火升到了顶点，彻底爆炸，也不管这里是哪儿，也不在乎这里有多少人，直接大吼了起来："那个女人到底给你灌了什么迷魂汤，把你迷得颠三倒四？人家连孩子都有了你还对她念念不忘呢？你也是贱，你就是个贱坯子，从小就贱！你弟弟要是还活着，你看我管不管你？！"

苏晏只觉头痛欲裂，他妈妈的每一个字都像是一记重锤，狠狠地砸在他的头上和心上。

周围有很多人在看他们，但是他已经顾不得旁人的眼光了。

他闭上眼睛，深深地吸了一口气，再次睁开眼时，他的眼神中仅剩下苦涩与无奈。

是的，他的母亲，一直是这种人，丝毫不在意他的感受，也不在意别人如何看待她。

她只想让他对她言听计从。

他的母亲这次来东辅，是为了逼他跟一个他不爱的女人结婚，因为那个女人的父亲是云山当地一家知名食品生产企业的董事长。

他不可能和一个自己不爱的人结婚。他只想和自己爱的人在一起。

他不想妥协，更不想继续忍受这种令他窒息的母爱了。

他直勾勾地盯着他妈妈，冷冷地启唇："你以为我愿意当你儿子吗？如果你想苏裕的话，你可以去找他，以后再也不要来找我，也不要再来插手我的生活，我不会再回云山，也不想再看到你。"

言毕，他没多看这个疯女人一眼，转身就走，甚至没有回过一次头。

离开的时候，他没有觉得愧疚，也没有担忧，只有如释重负的感觉。

他妈妈快被他气疯了，面色铁青，咬牙切齿，呼吸急促，浑身都在发抖,像是一只处于癫狂状态的母老虎。

她气得快把自己的牙咬碎了,但是没有去追自己的儿子,而是将目光转向了住院部一楼大厅。

就算是一间一间病房地找,她也要把那个不要脸的女人找出来!

住院部一楼的六部电梯前皆挤满了等待上楼的病患和家属。

看这架势,不等上个十几二十分钟压根儿挤不上去,陶桃毫不犹豫地选择了爬楼梯。

好在程季恒的病房在三楼,她爬楼梯上去也没什么压力。

爬楼梯的人不多,走进安全通道之后,陶桃就把小家伙放了下来,柔声说道:"你自己上楼吧。"

小奶糕乖乖地点头:"好的!"随后她牵住了妈妈的手,和妈妈一起爬楼梯。

爬到一半的时候,小家伙忽然问了句:"刚才和苏叔叔说话的那个奶奶是谁?"

陶桃回道:"是苏叔叔的妈妈。"

小奶糕抿了抿嘴唇,然后抬头看着陶桃:"妈妈,我觉得苏叔叔好可怜呀。"

陶桃不解地问:"你为什么这么说呢?"

小奶糕:"因为苏叔叔的妈妈好凶呀。"

小孩子很敏感,能够轻而易举地察觉大人的情绪变化。

小奶糕又很担心地问道:"他妈妈会不会天天说他?她会不会不让他看动画片?"

陶桃哭笑不得,也不知道该怎么回答这个小丫头的问题,只好回道:"苏叔叔是个很听话的好孩子,他妈妈当然不会说他。"

小奶糕再次追问:"那她让苏叔叔看动画片吗?"

陶桃:"听话的好孩子都可以看动画片。"

小奶糕急切地说道:"我也是听话的好孩子,你为什么不让我看动画片?每次我想多看一集《小猪佩奇》,你就说我。"

陶桃:"……"

合着你绕了这么大一圈,就是想指摘你妈?

最气人的是,这小家伙的逻辑十分完整,陶桃这个当妈的竟然无法反驳。

这一刻陶桃忽然发现，这小丫头完美地从她那个烦人的爹那儿继承了强大的逻辑思维。

从他们俩嘴里说出来的话，不听到最后一句，对方永远不知道他们要表达什么。

虽然小奶糕以前也显露过这种本领，但从来没有这次这么明显。

看来不给你一点儿颜色瞧瞧，你就不知道你妈多厉害。

陶桃故意板起了脸："妈妈什么时候不让你看动画片了？你平时看动画片看得还少吗？多看两集《小猪佩奇》，你就该像猪爸爸一样戴眼镜了！"

小奶糕不服气地噘起了嘴巴。

陶桃又气又笑，真想在女儿的小脸蛋儿上咬一口。

说话间，他们到了三楼。

司机带母女二人来到了3020病房门前："程总就在这间病房里。"

说着，他为母女二人打开了病房门。

这是一间单人病房，整洁宽敞，朝向也好，光线十分充足。

病房里有两张床，程季恒躺在里侧的那张床上。

病房门被推开的那一刻，程季恒直接从床上弹了起来，完全忘记了自己腹部的刀口还没愈合，伤口撕扯的剧痛感由腹部传遍全身，疼得他龇牙咧嘴，又瘫回了床上，还低声嘀咕了什么。

陶桃担心得不行，生怕他的伤口裂开，又急又气地冲他喊道："你别乱动！"

程季恒的脸都白了，他虚弱无力地瘫在床上，缓了好一会儿才把这股疼劲儿缓过去，然后柔情地看着小奶糕，矫情地开口："小奶糕，我受伤了，现在特别难受，特别特别需要安慰，你能来安慰我一下吗？"

陶桃："……"

四年不见，你依旧白莲。

小奶糕听妈妈说了，这个叔叔是因为救医生才受伤的，还打败了坏人，所以他不是坏叔叔，是好叔叔。

好叔叔现在很难受，需要她的安慰，她必须去安慰好叔叔，于是立即松开了妈妈的手，嗒嗒嗒地朝好叔叔跑了过去，然后站在病床边，仰着小脑袋看着他，送上了奶声奶气的安慰："没关系的，你马上就不难受了。我发烧的时候也很难受，但是妈妈说等我病好了就不难受了，我现在不发烧了，就不难受了，所以等你的病好了，你就不难受啦！"

程季恒心满意足，一脸真挚地回道："被你安慰后我真的不难受了，谢谢你。"

小奶糕超级有成就感。

程季恒趁热打铁:"你可不可以一直陪着我,我怕我一会儿又难受了。"

小奶糕重重地点头:"可以的,你放心吧,我会一直陪着你!"

陶桃:"……"

你这就要一直陪着他了?

你们俩还腻歪起来没完没了了,是不是把我当空气了?

陶桃越想越不服气,气急败坏地说道:"不可以!"

程季恒和小奶糕同时看向陶桃,两个人也不说话,就是盯着陶桃看,眼神中都透露着无辜,又透露着祈求。

面对两张几乎一模一样的面孔,陶桃忽然感觉自己像极了第三者。

程季恒忽然开口,温柔又认真地对小奶糕说道:"妈妈不同意就算了,我们要听妈妈的话。"言及此,程季恒话锋一转,"不过,你还是会关心我的对吧?"

小奶糕点头:"对!我会一直关心你!"

陶桃:"……"

我就知道你没那么容易放弃。

她简直不知道该摆出什么表情,深深地吸了一口气,气呼呼地瞪着程季恒:"你少装可怜!"

程季恒一脸无辜:"我才没——"话还没说完,他用余光扫到了挂在小奶糕脖子上的同心锁。

四年前他没能找回她,只找到了这把锁,这把锁也是她给他留下的唯一一件东西。

从云山回来后,他就把锁做成了项链,四年来一直挂在心口。

进了ICU病房后,他才发现这把锁不见了,不过猜到是被她拿走了。

但是他没有想到,陶桃会将他们的同心锁送给女儿。

程季恒看向陶桃,陶桃却回避了他的目光,随后他看向小奶糕,温声询问:"这是谁给你的小锁?"

小奶糕:"我爸爸!"她又超级开心地补充道,"我妈妈说我爸爸快回来了!"

对着女儿满含期待的目光,程季恒忽然特别难受。

如果他当时没有晚回去就好了,可是世界上没有后悔药。

叹了一口气,他很认真地对小家伙说道:"嗯,爸爸马上就回来了,他

343

以后再也不会离开你和妈妈了。"

小奶糕："我妈妈说爸爸要听话才行,爸爸听话才能回来得快一些。"

程季恒立即看向陶桃,不假思索,斩钉截铁地说道:"我特别听话!真的特别特别听话!超级听话!"

陶桃无动于衷:"我不信。"

这时,小奶糕也叹了一口气,看着程季恒说道:"我也特别听话,但是妈妈还是不让我看动画片。"

小奶糕对她的《小猪佩奇》念念不忘。

程季恒先看了陶桃一眼,犹豫片刻,还是决定从孩子这儿下手:"妈妈怎么能这样呢?哎,我要是你爸爸就好了,我要是你爸爸的话,我就天天让你看动画片。"

陶桃:"……"

眼看着女儿马上就要被程季恒的鬼话迷惑了,陶桃当机立断,打断了他们俩的对话:"马上就八点了,你们两个不吃早饭了吗?小奶糕,乖乖吃早饭,吃完之后妈妈可以奖励你看一集《小猪佩奇》。"

小奶糕的注意力瞬间被《小猪佩奇》转移了,她问道:"真的吗?"

陶桃点头:"真的,妈妈带平板了。"

小奶糕的眼睛都亮了,她超级积极地响应妈妈的号召:"我要吃饭!"

陶桃看向程季恒:"饭呢?"

程季恒特别乖巧:"桌子上呢。"

陶桃看向两张床之间的桌子,这才看到桌面上堆满了保温饭盒,少说也有七八个,不由得一惊:"怎么这么多?"

程季恒:"我不知道你们想吃什么,就让阿姨多做了一点儿。"他补充道,"墙角有张儿童餐椅。"

陶桃闻言转身,在墙角看到了一把崭新的粉红色儿童餐椅,一看就是新买的,又想到她们早晨坐的那辆车上也安装了儿童座椅。

她不得不承认,程季恒这人虽然令她捉摸不透,但确实很细心。

随后,陶桃将儿童餐椅搬到了病床边,不过并未立即将女儿抱上椅子,而是弯下腰去摇病床下的把手。

随着她的动作,病床的上半部分慢慢地立了起来,程季恒背靠床板,腹部不需要发力就能坐起来,也不用担心会扯到伤口。

调好病床的角度后,陶桃又从病床下拿出了小桌子,打开四条腿,将桌子摆在程季恒的身前,然后开始摆饭。

这一套流程，和四年前一模一样，她简直是轻车熟路。

程季恒一直在盯着她看，目光中泛着温柔的笑意，又带着几分得意。

陶桃打开了第一个饭盒的盖子，里面装的是烧卖，把饭盒放到桌面上的时候，瞪了他一眼："你笑什么？"

程季恒："我在想是哪个男人这么好命，能有个这么贤惠温柔的孩子妈。"

陶桃现在根本就不吃他这一套。

他就是个骗人精，嘴里吐不出来一句真话。

"反正你没这命。"陶桃完全不给他好脸色，说完也没再搭理他，继续摆饭。

她这明显是生气了。

程季恒想哄她，可完全找不到切入点，因为不知道自己怎么惹她生气了。

但是不哄又不行，不哄的话，估计他这辈子都不能把这颗桃子追回来了。

随后，他小心翼翼地打量着陶桃的脸色，特别卑微地问了一句："你生我的气了？"

陶桃看都没看他一眼，重重地把第二个饭盒放到了桌面上："我哪儿敢生程总您的气呀。"

他当初说自己什么身无分文，什么无家可归，什么创业失败，全是骗她的！

他就是想利用她的同情心，让她带他回家！

程季恒这个骗子！

程季恒明白了，陶桃这是开始秋后算账了。

这种时候，任何解释都是苍白无力的，所以他果断选择道歉："对不起，我不该骗你。"

陶桃气呼呼地瞪着他："你只骗了我这一件事吗？"

事已至此，程季恒只能坦白从宽："我不该晚回去两个月，不该骗你说我是西辅人，对不起。"

陶桃："还有呢？"

程季恒认真地反思了一下，其他的好像也没什么了，又绞尽脑汁地想了一番，终于又想出来一条罪行："我不该骗你说那二十万的手术费是苏晏给你出的，对不起。"

陶桃依旧在气头上:"还有呢？"

程季恒:"……"

程季恒有点儿慌了，怎么还有？

看来他四年前确实没少撒谎，怪不得现在自己说什么她都不愿意相信。

是他活该。

但这回他实在是想不出来了，但又不敢承认自己想不出来了，沉默片刻，小心翼翼地说了句:"你能给点儿提示吗？我受伤了，记性不太好。"

陶桃:"……"

你的伤口在肚子上，你记性不好跟肚子受伤有什么关系？

但是她现在没有心情跟他计较这些无关紧要的小事。

深深地吸了一口气，她板着脸问:"你把电影票给苏晏了吗？"

听到这儿，程季恒瞬间不乐意了，脸上写满了"我就是没给他你能把我怎么样？"，理直气壮地答道:"我没给他。"

陶桃气得不行:"你为什么要骗我呢？"

她现在倒不是气他毁了自己的初恋，而是气他骗人。

凡事一涉及苏晏，程季恒就决不让步:"这不算骗，这叫善意的谎言，我是为了帮你看透苏晏是个什么样的人。"

陶桃:"你这张嘴就没说过一句真话！"

程季恒反驳:"我说我爱你是真的，千真万确。"

陶桃:"……"

承认错误你不行，犟嘴你是第一名！

就在这时，病房内忽然响起了一声小小的惊呼声。

随后，二人同时看向女儿。

小奶糕瞪大了眼睛看向程季恒，小奶音中充满了诧异:"你爱我妈妈？"随后又着急忙慌地说道,"你不可以爱我妈妈，我妈妈是我爸爸的，只有我和我爸爸可以爱她，你不是我爸爸！"

小家伙急得脸都红了，生怕妈妈被抢走。

女儿的小奶音稚嫩又可爱，却如针一般扎在了程季恒的心间，尤其是那句"你不是我爸爸"，他瞬间觉得疼痛难忍。

他的女儿，还不知道她的爸爸就在她的面前。

他很想告诉她:"我就是你的爸爸。"但是，他没有底气。

如今所遭受的一切，都是他活该，谁让他四年前那么浑蛋呢？

现在面对女儿的误解，他只能选择沉默。

病房里的气氛忽然陷入了死寂，空气像是凝固了。

陶桃也没再说话，闷声不响地摆饭盒。

摆好之后，陶桃从包里拿出儿童餐具和围嘴——只要带女儿在外面吃饭，这两样东西她必定会随身携带。将东西都放到桌子上之后，陶桃牵起女儿的手，柔声说道："我们先去洗手。"说完，她就带着女儿朝卫生间走了过去。

卫生间在病房门口处。

病房门上部有一块透明的玻璃，陶桃领着女儿走到卫生间门口的时候，察觉门外有人扒着玻璃朝里面看。

陶桃下意识地朝外看了一眼，结果竟然正对上了苏妈妈的视线。

下一秒，病房门被用力推开，苏妈妈冲进病房，抬起手就往陶桃的脸上狠狠地抽了一巴掌，之后一把抓住陶桃的头发。

陶桃毫无防备，发出了一声惊恐的尖叫声。

小奶糕直接被吓哭了。

苏妈妈一边打陶桃一边破口大骂："可算让我找到你了！我让你勾搭我儿子，今天我非得打死你不可！小时候你就是个贱——"

骂声戛然而止，因为她的手腕被人抓住了。

抓她的人是程季恒。

听到陶桃叫声的那一刻他就冲下了床，看到自己的女人被打，瞬间怒不可遏，面色阴沉无比，直接抓住了苏妈妈的手腕，力气大得像是要把她的骨头捏碎。

手腕上传来了剧痛，苏妈妈不得不松手，下一秒就被程季恒拖进了卫生间。

砰的一声，卫生间的门被程季恒关上了，还上了锁，紧接着里面就传来了苏妈妈的阵阵惨叫声。

男人的底线应该是不打老人和妇孺，但并不意味着能够纵容这类人欺负自己的女人和孩子。

他如果连自己的女人和孩子都保护不好，还当什么男人？

保护自己的女人和孩子是程季恒的底线，他决不允许任何人欺负他的女人和孩子。谁敢动她们两个，他必定加倍奉还回去，即便对方是个上了年纪的老太婆。

如果不是担心会吓到女儿，他根本不会多此一举把这个疯女人拖进卫生间，直接就在原地动手了。

陶桃被吓坏了，生怕程季恒失手打死苏妈妈，也顾不得去哄哇哇大哭的女儿，惊慌失措地拍打卫生间的门，撕心裂肺地大喊："程季恒你出来，快点儿出来！你别动她，她年纪大了！你女儿才三岁，她不能没有爸爸！"

苏妈妈的惨叫声并未停止，她后来甚至扯着嗓子大喊："杀人了！"

许久后，卫生间的门才被打开，程季恒从里面走了出来。

陶桃先看了苏妈妈一眼。

这个女人正躺在卫生间的地面上哎哟哎哟地叫着，看样子离死还远着呢。

陶桃不由得舒了一口气，随后满面怒火地瞪着程季恒，气急败坏地吼道："你疯了吗？你跟她计较什么？你把她打死了怎么办？"

程季恒的脸色有点儿白，他无所谓地笑了一下，安抚道："没事，我下手有分寸。"

要是他下手没分寸的话，这个疯婆子早就被他打死了，根本没机会大喊大叫。

他时刻谨记着自己是有老婆和孩子的人，再生气也不可能下死手。

随后他伸出手，温柔地捧住陶桃的脸颊："让我看看你的脸。"

陶桃的右脸被打青了一块。

然而他的手刚碰到她的脸颊，就被她用力推开了。

陶桃心有余悸："你别碰我。"她刚才真的很担心他会把苏妈妈打死。

虽然这个女人是自找的，但陶桃不想让他因为这个疯子毁了自己的前程。

程季恒知道陶桃还在气头上，叹了一口气："行，我不碰你。"他的语气有些无力，唇色十分苍白。

小家伙还在哭。

随后他弯下腰，将女儿从地上抱了起来，极其温柔地哄道："乖，不哭了啊，也不用害怕了，我已经教训了坏人，只要有我在，没有人能欺负你和妈妈。"

这时陶桃才注意到，他的病号服下摆已经被血染红了。

此刻她惊恐到了极点，死死地盯着他衣服上的血迹，双唇开始发颤："程……程季恒……"

程季恒知道她想说什么。自己的身体自己最清楚，他知道是伤口裂开了。

伤口处持续传来剧痛，他的额头上已经渗出了冷汗，但是为了不吓到她们母女，他一直在忍。

"没事。"他温声安抚她，神色十分自然，看起来真的跟没事人一样，"不用担心。"

陶桃根本不相信他的话，转身冲出病房，焦急又惶恐地朝值班大夫的办公室跑去。

两三分钟后，她带着一名医生和几名护士回来了。

两名护士合力把苏妈妈抬了出去。

医生留在了病房。

程季恒一直没把小奶糕放下，一直将她抱在怀里哄着。

陶桃回来的时候小奶糕已经不哭了。

医生要检查伤口，程季恒就把孩子交给了陶桃，对陶桃说道："你带着孩子出去吧。"

他不想吓到她们，更不想让女儿看到他被疼痛折磨的一面。

陶桃很不放心他，但是不能让女儿看到那么血腥的画面，只能抱着女儿出去。

走廊上很安静，陶桃的心却很乱，她又开始害怕了，怕程季恒会出事。

怀里的女儿忽然问了陶桃一句："这个叔叔是我的爸爸吗？"

陶桃僵住了。

小奶糕用乌溜溜的大眼睛看着陶桃，神色中满是期待："刚才叔叔说他就是我的爸爸，还说以后我就是他的小公主，他是我的骑士，会永远保护我，不会让任何人欺负我。"

陶桃的心头猛然一颤，眼眶也跟着红了，她吸了吸发酸的鼻子，目不转睛地看着女儿，郑重地回答："是，他是你的爸爸，爸爸回来了。"

第十五章
可你心里还有我

伤口严重开裂,程季恒又一次被推进了手术室,好在伤口没有感染,只需要重新缝合。

陶桃一直抱着孩子守在手术室门口。

程季恒被推出手术室的时候,已经快十点了,小奶糕的肚子已经饿得咕咕叫了。

刚才苏妈妈闯进病房打陶桃的时候,程季恒迅速冲下病床。当时他的身前还架着小桌子,早饭全摆在桌面上,但是情急之下他顾不上那么多,下床的时候直接把小桌子掀翻了。

好好的一顿早饭,就这么被苏妈妈毁了。

重新回到病房后,陶桃从包里拿出了一个小面包给女儿,让女儿先垫一下,然后开始扫地。

在陶桃清理地面的时候,程季恒拿手机订餐,小奶糕则是一动不动地站在病床边,一边吃小面包一边仰着小脑袋,目不转睛地盯着爸爸看,一双乌溜溜的大眼睛里充满了好奇。

叔叔忽然变成了爸爸,这对她来说是一件很神奇的事情。

程季恒从未得到过如此高的关注度。他此时觉得自己像极了稀珍大熊猫,嘴角一直在情不自禁地上扬,又故作矜持,明知故问:"你在看什么?"

小奶糕笑着回答:"我在看爸爸!"

程季恒心满意足:"你喜不喜欢爸爸?"

小奶糕点点头:"喜欢,超级喜欢!"

女儿的小奶音软软的,程季恒的心都快化了,他说道:"爸爸也喜欢你,爸爸最喜欢你了!"

小奶糕却拧起了眉毛,困惑地说道:"可是你刚才还说你最爱我妈妈。"

程季恒:"……"

正在扫地的陶桃冷声道:"妈妈不需要他爱。"说话的时候,她连头都没抬。

程季恒赶紧找补:"你和妈妈都是爸爸的最爱!"

小奶糕眼睛一亮,看着爸爸,满脸期待地问:"那你更爱谁?"

攀比是女人的天性,三岁的小孩儿也不例外。

这个问题很危险,程季恒瞬间警觉,果断转移话题:"你想吃什么?爸爸给你点。"

陶桃听出了他的意图,虽然不怎么在意他的答案,但就是不想让这个骗人精太过得意,于是停下扫地的动作,冷眼瞧着躺在床上的病号:"说吧,你更爱谁?"

程季恒:"……"

他更爱谁都不行。

沉默片刻,他坚定地回答:"没有更爱,只有最爱,你们俩都是我的最爱。"

陶桃就知道他会这么回答:"你就是个油嘴滑舌的骗人精!"

"我说的都是实话。"程季恒发誓道:"但凡我刚才说了一句假话,就让我这辈子都娶不到你。"

陶桃呼吸一窒,立即低下头,继续扫地,没好气地说道:"谁要嫁给你了?"

小奶糕的目光中却闪烁着八卦的光芒,她兴奋又激动地看着爸爸:"你要娶我妈妈当老婆吗?"

程季恒先看了陶桃一眼,然后坚定地回答:"当然啦,爸爸的老婆只能是妈妈。"

小奶糕更开心了:"我可以参加你们的婚礼吗?我想吃喜糖。"

参加婚礼是其次,她主要是想吃糖。

程季恒被这小家伙逗笑了:"你当然可以参加爸爸妈妈的婚礼,到时候让你当花童,给你一篮子的喜糖。"

"哇!"小奶糕开心极了,满脸期待地追问,"那你和妈妈什么时候结婚?"

程季恒:"要听妈妈的,妈妈是权威,以后咱们都要听妈妈的话。"

他时刻谨记"要听话"这条准则。

小奶糕立即将小脸扭向妈妈:"妈妈,你什么时候和爸爸结婚?"

陶桃:"……"

我可真是被你们俩安排得明明白白。

陶桃压根儿就不想参与这个话语,抬起头,面无表情地看着他们父女俩:"你们俩不吃饭了?"随后陶桃又单独看向女儿,"你不看《小猪佩奇》了?"

知女莫若母,陶桃知道现在只有《小猪佩奇》能转移这小丫头的注意力。

小奶糕立即把婚礼和喜糖抛到了脑后,急切地说道:"我要看《小猪佩奇》!"

陶桃:"那你就赶紧让爸爸订饭,不要跟他说话。"

小奶糕点头:"好的!"可能是担心自己不跟爸爸说话的话爸爸会伤心,于是她又特意跟爸爸解释了一句,"爸爸,我不能跟你说话了,不然我一会儿就不能看《小猪佩奇》了。"

程季恒:"那你先跟爸爸说说你想吃什么,报菜名不算说话。"

陶桃板着脸瞪着他:"你就不能教她点儿好的?"

程季恒一脸疑惑:"我就是想让她跟我说说她想吃什么。"

陶桃:"你们俩不能说话就是不能说话,报菜名怎么就不算说话了?你这不是教她阳奉阴违吗?"

程季恒:"……"

程季恒忽然就理解了老季和老白为什么从来不跟他们的媳妇儿讲道理了,因为讲不过。

男人解释得越多就错得越多,不如直接认错。

程季恒果断道歉,态度诚恳又卑微:"对不起,我以后再也不敢了。"

陶桃这才放过他,然后看向女儿:"你跟爸爸说说你想吃什么。"

小奶糕一脸困惑:"那样算说话吗?"

陶桃:"不算。"

程季恒:"……"

陶桃补充道:"妈妈说不算才不算。"

小奶糕点了点头:"好的!"

程季恒看明白了,这件事和"阳奉阴违"完全没关系,关键在于谁有话语权。

显然,他是个没有话语权的人。

虽然很无奈,但他还能怎么办?他只能惯着。

小奶糕认真思考了一会儿,对爸爸说道:"我想吃炸鸡。"

程季恒："可以，点。"

陶桃无奈地看着女儿："宝宝，你昨天晚上才吃过炸鸡呀。"

小奶糕："可是人家现在真的好想吃炸鸡呀。"

程季恒："想吃就点，你想吃什么爸爸都给你买。"

陶桃气得不行，感觉这个骗人精就会添乱！她先是气呼呼地瞪了他一眼，然后看向自己的女儿，叹了一口气："炸鸡吃多了不好，你看看你的小肚肚。"

小奶糕低头看了一眼自己浅蓝色的背带裤包裹着的圆滚滚的肚子，还用小手轻轻地拍了两下。

陶桃和程季恒全被她这个动作逗笑了。

小奶糕抬起头看着妈妈，不服气地说道："人家才不胖呢！"随后她又看向爸爸，噘起了小嘴巴，"妈妈总是说我胖，还叫我小肉肉。"

陶桃："……"

你还会告状了？

程季恒一听就不乐意了："胖什么胖？我女儿都快瘦成皮包骨头了还胖呢？"

陶桃无语地盯着他看了几秒钟，然后震惊地发现，这人没在开玩笑。

他是认真的。

那一刻她终于明白了什么叫父爱如山。

眼睛里没有十层厚的滤镜，他绝对看不出他女儿"瘦成皮包骨头"。

小奶糕点了点头："我也这么觉得！"

陶桃被这俩人气笑了，不愧是父女，一个敢说，一个敢听。

随后，她叹了一口气："随你们便吧，想吃什么就点什么。"

小奶糕："那我可以吃炸鸡了吗？"

陶桃无奈一笑："可以！"看在你明天就要被送进幼儿园的分儿上，你妈今天就纵容你一回。

小奶糕开心极了："耶！"

程季恒点完餐，陶桃也扫完地了，但是地面还有些油渍，需要再拖一遍。于是陶桃把女儿抱到另外一张床上，还把平板给了她："妈妈现在要拖地，你自己看一会儿动画片。"

小奶糕："我想和爸爸一起看，我可不可以和爸爸躺在一张床上？"

程季恒和陶桃同时开口，一个回答"可以"，一个回答"不可以"。

回答"可以"的是程季恒，他一脸哀求地看着陶桃："让她过来吧。"

陶桃没搭理他，而是对女儿说道："爸爸身上有伤，你过去会压到他的。"

小奶糕："那可不可以把这张床推到爸爸那边？"

床的四脚都有轮子，床头柜的四脚也有轮子，推起来很方便，但是陶桃不想那么干。

她可不想看到这俩人腻腻歪歪没完没了，所以假装没看到轮子："可是妈妈推不动。"

小奶糕失落地叹了一口气："那好吧……"

这时，程季恒小声提醒了一句："床下有轮子。"

陶桃："……"

小奶糕重燃希望，满脸期待地看着妈妈："求求你了！"

程季恒也学着女儿的样子和语调说了句："求求你了！"

看着几乎一模一样的五官配合着一模一样的表情，陶桃忽然觉得自己像是多余的。

最后，万般无奈之下，陶桃妥协了。

但是在妥协之前她必须重振一下自己的威严。

她先看向小奶糕："妈妈可以把床推过去，但是你要向妈妈保证，中午要按时睡觉。"

小奶糕点了点头："好的！"

然后她看向程季恒，还不等她开口，这人就认真地保证："你说什么我都答应！"

她没好气地说道："我才不管你呢。"之后她没再搭理他，开始推床头柜。

将床头柜移到墙角之后，她先把两张床中间的地面拖了一遍，然后开始推床。

刚把两张床并在一起，小奶糕就朝爸爸滚了过去，跟一团小面团似的，吓得陶桃赶紧抓住女儿背后的衣服："小心点儿，不要撞到爸爸的伤口。"

程季恒笑了一下："没事。"

小面团被迫停止滚动，撅着屁股从床上爬了起来，拿起平板，乖乖地躺在爸爸身边，娴熟地操作起平板界面，打开了《小猪佩奇》。

画面中最先出现的是一只身穿蓝色衣服的小猪，小奶糕指着视频中的卡通小猪，问程季恒："爸爸，你知道他是谁吗？"

程季恒信心满满："佩奇。"

小奶糕："不对，他是乔治，佩奇的弟弟。"

程季恒有点儿蒙："佩奇还有弟弟？"

他只知道小猪佩奇。

小奶糕点了点头："对啊，佩奇的弟弟叫乔治。"她又伸手指向画面，"这个才是佩奇，佩奇是女生，穿着粉色小裙子。"

紧接着，画面中又出现了一只身穿粉色衣服长着两只耳朵的白皮肤的小动物，小奶糕又指着这个小动物问："爸爸，你知道她是谁吗？"

程季恒："……"

爸爸真的不知道。

爸爸对动画片的赏析水平还停留在《天线宝宝》时代。

知识的匮乏让程季恒感受到了时代的差距，然后他向陶桃投去了求助的目光——申请场外支援。

陶桃虽然在拖地，但一直密切关注着他们俩的动向。

她接收到了程季恒的求助信号，但并不打算伸出援助之手，只想看好戏，假装没看见，继续拖地。

程季恒无奈地叹了一口气，又看了一眼那只身穿粉色衣服长着两只耳朵的白皮肤的小动物，实在猜不到它叫什么，只能猜物种："小兔子。"

谁知道他连物种都没猜对。

小奶糕直接否定了他的答案："不对，她是小羊苏西！"

程季恒："……"

这明明就是个兔子的模样，怎么能是羊？

动画片像是在解答他内心的疑问，镜头一转，画面中出现了一只身穿浅蓝色裙子的小兔子。小奶糕立即指着小兔子说道："这才是小兔子，她是佩奇的好朋友，叫瑞贝卡。"

程季恒："……"

是我眼拙了。

看着他一脸吃瘪的表情，陶桃都乐出声了。

果然这世界上能收拾你这个浑蛋的人只有你闺女。

听到陶桃的笑声后，程季恒抬头看了她一眼，叹了一口气，无奈一笑："你就尽情地嘲笑我吧。"

陶桃忍笑，一本正经："落后的人注定要被时代淘汰。"

程季恒实话实说："我现在连葫芦娃七兄弟分别是什么颜色的都记不清了。"

陶桃瞬间狂笑："哈哈哈哈哈哈哈……"

在接下来的剧情中，又接连出现了小猫坎迪，小狗丹尼，小马佩德罗以及小象艾米丽。

每出现一个新人物，小奶糕就要问一句："爸爸，你知道他是谁吗？"

程季恒什么都不知道，只能茫然摇头，不过中间也尝试着回答过一次，那次还信心满满："大灰狼！绝对是反派！"

他的话音还没落，耳畔就传来了陶桃的窃笑声，那一刻他就明白了，自己又错了。

果不其然，下一刻小奶糕就扭脸看向他，还拧起了眉毛，严肃又认真地纠正："不对，他是小狗丹尼，他不是大灰狼，他是好人，小狼温蒂也是好人，不是反派。"说完，她又轻轻叹了一口气，"哎，爸爸你怎么什么都不知道？"

那一刻程季恒简直羞愧到了极点，感觉自己辜负了女儿的殷切期望。

陶桃斜眼瞧他，幸灾乐祸："就是，你怎么什么都不知道？"

程季恒沉默片刻："我上一次体会这么错综复杂的人物关系，还是在读《百年孤独》的时候。"

陶桃再次狂笑："哈哈哈哈哈哈……"

看着她这副乐呵的样子，程季恒也勾起了唇角，目光如水。

他很喜欢看她笑，也很愿意逗她笑。

她一笑，他就会产生一种心满意足的感觉。

这时忽然传来了一阵敲门声，打断了病房里的欢声笑语。

陶桃扭脸朝门口看去，透过门上的玻璃，看到了身穿明黄色制服的送餐员。她将手中的拖把靠放在墙角，对这父女俩说道："送餐的来了，我去拿饭。"

小奶糕："耶！我的炸鸡来啦！"

陶桃被女儿逗笑了："你就是个小馋猫！"

她笑着走到门口，打开房门，下一秒，她的笑容就凝固了。

门外除了站着外卖员，还有苏晏。

苏晏在门外站了很久，他是来替他母亲道歉的，却迟迟不敢敲门。

因为他没有勇气。

他是真的没有想到他妈妈会来找桃子，更没有想到他妈妈会伤害桃子。

陶桃知道自己不能迁怒于苏晏，但那个疯女人是他妈妈，这一点是不能改变的。

那个疯女人不光打了陶桃，还吓到了小奶糕，这也是陶桃最无法原谅的一点。

"对不起。"苏晏的嗓音十分沙哑。

他很愧疚，也很绝望。他能感觉到，他与她之间的那道鸿沟越来越宽了，越来越无法跨越了。

陶桃没有说话，接过了送餐员递过来的外卖，却没有回病房，而是走出了病房，关上了病房门。

沉默片刻，她再次对他说道："算了吧苏晏。"

苏晏的神色彻底黯然。

他终究还是失去了自己最心爱的姑娘。

他很想挽留她，很想最后争取一次，但是想到自己的家庭，想到自己的母亲，就没了底气。

他的母亲就像一颗定时炸弹，只要他稍微靠近陶桃一点儿，他的母亲就会爆炸，就会去伤害陶桃，而他又摆脱不了自己这个偏执的母亲。

他只能向现实妥协，只能放弃。

割舍掉多年的牵挂不容易，他冷静了许久，终于鼓起勇气说出了一个字："好。"

将那个字说出口的那一刻，他就红了眼眶，声音也哽咽了。

陶桃的眼眶也红了，她努力克制才没让自己哭出来："谢谢你喜欢我。"

苏晏深深地吸了一口气："也谢谢你喜欢过我。"

陶桃垂下了眼眸——她看不得苏晏现在失魂落魄的眼神。

苏晏："我走了。"

陶桃："再见。"

苏晏："再见。"

道别之后，苏晏转身离去。

陶桃在门口站了好久。

程季恒一直在陪小奶糕看《小猪佩奇》，眼睛虽然盯着平板，心却早已飞到门外。

程季恒知道是谁来了，也大概能猜出来苏晏为什么来。

陶桃回来后，情绪依旧比较低落。

程季恒见状对小奶糕说了句："你去抱抱妈妈吧，妈妈现在很难过。"

小奶糕立即扭着小屁股朝妈妈爬了过去，很担心地问："妈妈，你怎么啦？"

陶桃把外卖放到桌子上，看了程季恒一眼。

小奶糕已经跪在床边张开双臂等着陶桃抱了。

陶桃朝女儿走去，将女儿抱了起来，又在女儿的小脸蛋儿上亲了一下：

"妈妈没事。"

小奶糕："爸爸说你很难过。"

陶桃："妈妈没有很难过，你别听爸爸胡说。"

小奶糕困惑地看向爸爸。

程季恒没有看自己的女儿，一直将目光定格在陶桃身上，少顷后，很认真地询问："我是不是可以追你了？"

陶桃没想到他会忽然问这个问题，没好气地回道："不可以！"

程季恒置若罔闻，神色认真，语气温柔且坚定："我要开始追你了。"

九月一日，陶桃将女儿送去了幼儿园，不是她已经缴完学费的那所私立幼儿园，而是程季恒为女儿找的爱乐国际幼儿园。

陶桃虽然并没有打算和程季恒重新在一起，也没有原谅他，但是不能拒绝他对女儿的付出与关心，因为他是女儿的爸爸，更因为他能给女儿带来更好的成长环境。

爱乐国际幼儿园是全东辅市最好的幼儿园，小奶糕在这儿上学能接受顶尖的教育，这令陶桃无法拒绝。

这天早上，陶桃一个人送女儿去了幼儿园，程季恒没来的原因是他没办法出院，不过他安排了司机送她们娘儿俩。

和很多小朋友一样，第一天上幼儿园，小奶糕哭得惨痛极了。

在教室门口，小奶糕死死地抱着妈妈的腿，说什么都不让妈妈走，边哭边哀求："妈妈……妈妈你别不要我，呜呜呜，我……我保证会乖乖……乖乖听话，再也不看动画片了……呜呜呜……"

小家伙哭得可怜极了，肉乎乎的小身体一抽一抽的，浑身的小肉肉都在跟着发颤，尤其是圆滚滚的肚子。

陶桃又是心疼又是想笑，虽然很想赶紧把这只充电五分钟就能续航一整天的"四脚吞金兽"送进"动物园"，但是不得不安抚女儿的情绪。于是陶桃蹲在地上，将小家伙搂在怀里，柔声安慰道："宝宝，妈妈不是不要你了，妈妈下午就来接你呀。"

小奶糕泪如雨下，呜咽着说道："可是……可是我不想和你分开，一分钟都不想，妈妈……妈妈我离不开你呜呜呜呜呜……离开你我会很难过的呜呜呜……"

孩子哭得这么惨，说出的话还这么伤感，陶桃觉得自己应该伤感，但不知道为什么，不但一点儿也不伤感，反而特别想笑。

如果真的笑出声了，就太对不起孩子了，陶桃只得强忍笑意，继续安抚："妈妈也不想和你分开，但是你要上幼儿园了呀，幼儿园只收小朋友，妈妈已经不是小朋友了，所以妈妈不能留在幼儿园陪你。"

　　小奶糕："我不想上幼儿园了……"

　　陶桃："那怎么能行呢？幼儿园里虽然没有妈妈，但是有漂亮的老师，还有好多小朋友陪你玩。"

　　小奶糕白里透红的小脸蛋儿上挂满了晶莹的泪水："别的……别的小朋友，都……在……哭！呜呜呜呜……"

　　陶桃："……"

　　妈妈竟然无言以对。

　　你这缜密又刁钻的逻辑思维，真是越来越像你爸了。

　　叹了一口气，陶桃向女儿保证："妈妈发誓，今天下午一定第一个来接你，还给你带你最喜欢吃的小蛋糕！"

　　可能是感觉到自己无法说服妈妈，于是小奶糕换了策略，哭着喊道："我要爸爸！"

　　陶桃彻底无奈了。

　　今天早上她们俩上车之后，司机应该是给程季恒发了消息，然后程季恒就开始不停地给陶桃打视频电话。

　　她担心他会添乱，就一个视频电话都没接。

　　现在女儿哭成了这样，她不得不给程季恒回一个视频电话。

　　程季恒几乎是在一秒钟内就接起了视频电话，陶桃还是担心他会添乱，一脸严肃地看着视频里穿着病号服的男人，叮嘱道："小奶糕现在不想去幼儿园，你要好好劝劝她！"

　　程季恒语气坚定："保证圆满完成任务！"

　　陶桃又给了他一个警告的眼神，才将镜头移向小奶糕。

　　小奶糕看到手机屏幕之后哭得更惨了："爸……爸……"第一个"爸"字还是正常发音，到了第二个"爸"字，直接变成了号啕，继而开始放声大哭："我不想去幼儿园呜呜呜……我想和你在一起……呜呜呜爸爸，你快救救我，爸爸……"

　　程季恒的心都快被女儿哭碎了，他瞬间就忘了刚才做出的保证，急切不已地对着屏幕说道："桃子，要不你带她回来吧，明年再上幼儿园！"

　　小奶糕瞬间停止了哭泣，立即扭脸看向妈妈。

　　陶桃气得不行，恨不得隔着屏幕揍人。

男人只会添乱，这句话真是一点儿也没错！

为了避免这人再添乱，她直接把电话挂了。

小奶糕又要哭，陶桃不得不拿出妈妈的威严，用一种温柔又不失严厉的语气说道："不许哭了，再哭妈妈今天晚上就不带你去见爸爸。"

小奶糕立即撇着小嘴，眼泪汪汪地看着妈妈。

陶桃恩威并施："你乖乖和老师进教室，妈妈就下午第一个来接你，还给你买你最喜欢吃的蜂蜜蛋糕，然后我们带着蛋糕一起去看爸爸，好不好？"

小奶糕撇着嘴巴纠结了一会儿，最终还是点了点头，可怜巴巴地说了句："好吧……"她又不放心地叮嘱了一句："你一定要第一个来接我，我想早点儿看到你……"

说到最后，小家伙的眼睛中再次蓄满了晶莹的泪水，她看起来可怜弱小又无助。

陶桃哭笑不得，再次向女儿保证："妈妈一定第一个来接你。"

小奶糕这才同意跟老师进教室。

在牵着老师的手往教室门口走的时候，小家伙一直扭着头看妈妈，眼眶里的泪水就没断过，还不停地朝妈妈挥手，依依不舍地跟妈妈告别："妈妈再见，妈妈再见……"

白白嫩嫩的小肉肉伤感到了极点。

陶桃也有点儿伤感了，不停地跟女儿挥手，不放心地叮嘱道："你要乖乖听话呀。"

等女儿跟着老师进了教室后，陶桃又躲在窗户边偷偷观察了一会儿，确定女儿已经被老师安顿好了之后，才带着一种伤感又开心的复杂心情离开。

陶桃伤感的是，女儿长大了，都上幼儿园了，今天整整一天都看不到女儿了。

陶桃开心的是，这个小家伙终于被送进幼儿园了，自己终于解放了！

除了伤感与开心，她还有一点儿担心，担心小奶糕适应不了幼儿园的生活。

就在她即将走出教学楼的时候，身后忽然有人喊了一声："程夫人！"

陶桃脚步一停，回头看去，喊她的人是这所幼儿园的园长。

从陶桃和小奶糕踏入这所幼儿园的那一刻起，这位王园长就一口一个"程夫人"地喊着陶桃，表现得可谓是鞍前马后。王园长先是关切地向陶桃询问了程总的身体情况，然后亲自带着她们俩参观幼儿园，详细地为陶桃介绍幼儿园的发展历史以及教学模式，亲自领着她们俩去了小奶糕的班级，最后又仔仔细细地向陶桃介绍小奶糕的老师，对她们母女俩的态度极为恭敬，搞得陶桃都有点儿不好意思了。

连夸带捧地介绍完老师之后，这位王园长才离开，去巡视别的班级。那时陶桃还不禁长舒了一口气——她从来没有体验过如此与众不同的礼遇，猛然来一次还搞得她有点儿不适应。

现在这位王园长又唤着"程夫人"出现了，那种不适应感再次袭来，不过她并未将不适应感表现出来，礼貌地站在原地，耐心地等待王园长过来。

王园长人到中年，大腹便便，一路小跑到了陶桃身边，气喘吁吁地问："您要走了吗？"

陶桃点头："嗯，小奶糕已经进教室了。"犹豫了一下，她不放心地说了一句，"她刚满三岁，比别的孩子要小一些，麻烦你们多照顾她一下。"

女儿是六月份出生的，现在才三岁三个月，陶桃刚才看了一眼教室里的其他小朋友，大部分孩子的个头儿比小奶糕高。

王园长保证道："您就放心吧，我已经跟班主任和生活老师交代过了，他们一定会照顾好孩子的！"

"真是谢谢您啦。"道完谢后，陶桃忽然想到了什么，立即询问道，"我刚才看咱们幼儿园的招生简章，上面写着入园前需要面试孩子的英语水平，平时也是双语教学，但是小奶糕还不会说英语，会不会跟不上课程？"

她很担心，也很自责。

她早点儿教女儿英语就好了。

王园长再次保证："您放心吧，这件事程总已经交代过我了，我也交代了英语老师，让她平时多多关注小奶糕，绝对不会出现您担心的情况。"他补充道，"孩子现在才三岁，正是语言启蒙的阶段，幼儿园里大部分学生的父母都会给孩子请英语家教，或者让孩子去辅导机构学英语，您也可以给小奶糕请个家教或者报个班，那样她会学得比较快。"

陶桃谨记在心："好的，我知道了，谢谢您。"

王园长："不客气，应该的！"

随后王园长又亲自将陶桃送到了幼儿园门口。

司机一直在幼儿园门口等陶桃。她一走到车旁，司机就为她拉开了后车门。

陶桃到医院时刚过八点半。

病房里，两张床依旧保持着并在一起的状态。

程季恒身后的床板已经支了起来，身前架着小桌子，桌面上还放着一台笔记本电脑，陶桃走进病房的时候，他正在翻阅助理给他送过来的工作文件。

整间病房里弥漫着总裁办公室的味道。

陶桃还是第一次看到程季恒工作的样子。

他工作起来十分投入，甚至没有注意到她来了，目光一直停留在手中的文件上，俊朗的眉宇间尽显认真专注，气质十分成熟稳重，与平时的那个不着调的骗人精简直是判若两人。

嗯，他看起来有点儿像总裁了，就连他身上穿着的那套松松垮垮的病号服似乎也变成了整洁笔挺的西装。

陶桃不得不承认，这个骗人精认真工作的模样很有魅力。

她不想打扰他工作，特意放轻了脚步，走到了另外一张床的床边，弯腰从地上拿起了另一张小桌子。

她也要学习了。

女儿上了幼儿园，陶桃就不用再时时刻刻照顾孩子了，时间相对自由了不少，所以想考研究生。

其实上大学的时候陶桃就想继续读研究生，甚至已经争取到了保研的名额，但是临近毕业的时候，奶奶突发重病，她不得不放弃保研的资格，回到云山照顾奶奶、赚钱给奶奶治病。

后来奶奶离世，陶桃想过继续考研或者考招教，但是她怀孕了，于是计划再一次被搁浅。

不过她一直没有放弃继续读书的想法，半年前就开始重新计划着考研究生，每天中午趁女儿睡觉的时候查资料、浏览东辅市内各大高校的研究生招生简章、选择适合自己的专业。

她本科是在东辅大学读的化学专业。大学四年，她几乎每学期期末考专业第一，最差的一回也没出前三名。

那时她努力学习有三个目标，一是拿奖学金，二是报答奶奶，三是追上苏晏。

东辅大学每学年设置的奖学金很丰厚，一笔奖学金足够她一年的开销了，对于她这种家境贫寒的学生来说，那笔钱真的很重要。

奶奶养育她不容易，她想凭借自己的努力为老人家创造安逸舒适的晚年生活，报答奶奶的养育之恩。

苏晏是她喜欢的人，也是她的榜样，她在整个青春期始终追随他的脚步。他在读大学期间，每回考试都是专业第一，她努力让自己变得和他一样优秀。

在这三个目标的引领下，她变成了一个品学兼优的人。

然而四年已过，今非昔比，原来牢记在脑子里的知识早就还给了老师，她想考化学专业的研究生是不可能了。

查了好多资料之后，她决定考东辅大学学前教育专业的专硕，读在职研究生——女儿还小，她需要继续赚钱，所以没办法读全职研究生。

在东辅大学放暑假之前，陶桃就去学校书店买好了考研需要的专业资料，只等着九月份女儿开学。

这回她考研究生不是为了报答谁或者追上谁，而是为了让自己更优秀。

这四年来，她经历了太多的事情，也明白了很多道理。

没有人会永远陪伴她，能让她永远依靠的人只有她自己，这是生活教会她的最深刻的一条道理。

她需要改变自己，让自己变得越来越强大，越来越优秀，坚强且独立地活下去。

上大学的时候，她从未想过自己会变成单亲妈妈，也从未想过自己会成为一家小超市的老板娘，变成"廉价劳动力"。

读了那么多年的书，她一点儿也没用上。

但是生活没有给她别的选择。

孩子三岁之前是最难照顾的，时刻离不开人，又没有人帮她带孩子，她只能自己带，开小超市是最好的选择。

现在她终于熬过了最难的三年，终于可以放手规划自己的人生了。

她计划先考研，然后半工半读，研究生毕业之后就去找一份自己喜欢的工作。

她还是想当老师，因为那是她父母热爱了一生的职业，她想继承他们的这份热爱。

小桌子的四条腿上有弹簧扣，他们平时不用小桌子的时候可以将四条腿折叠起来，用的时候再打开。

为了不打扰程季恒工作，陶桃动作很轻，但是弹簧扣弹出的时候还是发出了声音，在安静的病房里这声音显得特别清脆。

程季恒闻声扭头，终于注意到了陶桃："你什么时候回来的？"

陶桃索性放开了手脚，一边动作麻利地架小桌子一边说道："刚回来。"

程季恒追问："你走的时候她还哭吗？"

"怎么不哭？"提起这事陶桃就来气，瞪着他说道，"我让你劝她乖乖上幼儿园，你是怎么劝的？"

程季恒立即解释："孩子都哭成那样了，还哭着喊着让我救她，我能怎么办？我也是情不自禁。"

陶桃没好气："好人都让你当了，坏人留给我做呗？"她打开书包，从里面拿出了文具和课本，最上面的一本是考研英语，她忽然想到了什么，立即对程季恒说道，"你能给她找一位英语老师吗？或者辅导机构也行。我看别的小朋友都会说英语，只有我们小奶糕不会。"

她对程季恒提出这个要求，是因为她心里清楚程季恒一定会给孩子找到非常好的老师。

她不得不承认，在为孩子提供教育和物质资源方面，自己比不过程季恒。

程季恒感觉到了她的着急，温声安抚道："放心吧，已经联系好了，周六上午十点你直接带她去上课就行。"

陶桃有些意外，没想到他竟然早就安排好了，她也有些动容。

他确实很细心，考虑得也周全，是真的在乎小奶糕。

陶桃现在已经不在乎他对自己好不好了，只在乎他对小奶糕好不好。

陶桃不需要他对自己好，但是小奶糕需要爸爸的爱。

只要他爱小奶糕就行。

想了想，她很认真地对他说了句："谢谢你。"顿了一下，她补充了一句，"幼儿园的事情也谢谢你。"

程季恒愣住了，没想到她会对他说谢谢。

他感觉到了她的客气，也感觉到了她的疏离。

她依旧把他隔离在她的世界之外，把他当成一个外人。

他不喜欢这样，也接受不了被她当成外人。

"你为什么要谢我？"他目不转睛地看着她，黯然地说道，"我是她的爸爸。"

陶桃垂下了眼眸，避开了他的目光："不是替她谢你，是我自己谢你。"

她在与他划清界限。

程季恒忽然感觉心口疼，像是被刀割开了一个口子，目光黯淡："我不需要你谢我。"

陶桃明白他的意思，但是现在还是没有办法接受他，也没有办法彻底原谅他。

她无法忽略自己这四年来所经历的一切，也无法忘记他曾经对自己的欺骗。

直到今天，她还能清清楚楚地记得自己独身去西辅找他时所体会过的那种绝望感，那天所发生的一切历历在目。

他能骗她第一次，就能骗她第二次；他能走第一次，就能走第二次。

她无论如何也做不到再次把自己交给他，也不想跟他争执什么，淡淡地回了一句："那我收回。"

程季恒没有说话，感到惶恐。

他曾自信满满地认为，她一定会重新回到他身边，因为她心里还有他。

但是现在他忽然发现，她或许会重新爱上他，但不一定会重新和他在一起。

沉默许久后，他终于鼓起勇气问了一句："你会嫁给我吗？哪怕你只是为了给小奶糕一个完整的家。"

陶桃不假思索："不会。"

程季恒不死心："可你心里还有我。"

陶桃沉默片刻："那是因为我们有一个孩子，不是因为我爱你。"她清楚明了地说道，"我或许会再次爱上你，或许会因为某些事情感动，对你心软，但绝对不会嫁给你，宁可不给小奶糕一个完整的家，也不会嫁给你。"

她无法忽略他的存在，也很在乎他的生死，但绝对不会再全心全意地信任他了，也不会将自己的终身托付给一个曾经欺骗过自己的男人。

她会为了小奶糕和他保持联系，但绝对不会为了小奶糕嫁给他。

最后，她又说道："我只需要你对小奶糕好，别的我什么都不需要。"

程季恒知道她现在还是无法信任他。

他也明白，自己当年的晚归之举让她这四年来承受了太多的痛苦，她不可能轻易原谅他。

事已至此，多说无益，他只能用自己的余生去弥补她。

深深地吸了一口气，他强压下了心头的那股焦虑感，再次抬起眼眸时，目光中的惆怅退去。他没继续这个话题，像什么都没发生一样，语气平静地询问道："你要看书吗？"

陶桃也想赶紧结束这个话题，很配合地回答："我想考研。"她不想和他在感情问题上有过多的纠缠，只想和他保持一种朋友的关系相处下去。

程季恒："还考本专业？"

"我都快把原来的知识忘光了，肯定不能考本专业了。"陶桃摆好了书本和文具，脱鞋上床，盘腿坐在小桌子前，"我准备考东辅大学的学前教育专业。"

程季恒："需要请老师吗？"

陶桃知道他是想帮她："不用，我先自己学着试试。"她又相当自信地说道，"我当年读书的时候可是学霸。"

程季恒被她逗笑了:"行,需要找老师的话你跟我说一声。"

"嗯。"陶桃翻开了书,轻声道,"不用管我了,你快工作吧。"

程季恒置若罔闻:"幼儿园几点放学?"

陶桃:"五点。"

程季恒又惊讶又不满:"这么晚?"

"五点还算晚?太阳还没落山呢。"陶桃无奈地叹了一口气,瞪着他说道。

程季恒担心又心疼:"今天才第一天开学,这么晚放学孩子受得了吗?"

陶桃:"过两天她就习惯了。"

程季恒沉默片刻,试探着说道:"要不……吃完午饭就把她接回来吧。"

"……"

你想得美。

陶桃斜眼瞧他,没好气地说道:"你要是再说一句话,我今天下午接完她就直接回家,不带她来见你。"

这个办法威胁小奶糕管用,威胁她爹也管用。

程季恒瞬间噤言。

陶桃再次警告:"你不许说话,不许打扰我学习!"

程季恒乖乖点头,还比了个"OK"(好的)的手势。

陶桃没再搭理他,开始埋头学习,然而没学几分钟,书面上忽然多了一个白色的小纸团。

陶桃瞬间感觉自己回到了高中——上晚自习的时候,同桌之间不敢说话,害怕被神出鬼没的班主任发现,只能通过小纸条交流。

陶桃又生气又想笑,咬牙强忍笑意,扭头瞪着程季恒。

程季恒一脸无辜地摇了摇头,用眼神表示"我没说话"。

只要我不发出声音,就不算是说话。

陶桃气得不行:"你就阳奉阴违!"她不想理他,但又有点儿好奇这人在纸条上写了什么,纠结了一会儿,还是没按捺住自己的好奇心,打开了小纸条。

他的字迹一如既往地好看,写出的内容却毫无价值:你中午想吃什么?我让阿姨送饭。

打开纸条的那一刻,陶桃特别后悔。

怪不得上学的时候班主任一定要把成绩好的和成绩不好的学生的座位分开,否则太影响成绩好的学生学习了!

她气呼呼地对他说了句:"我什么都不想吃!"然后她下了床,趿着运动鞋抓住床板的边缘,将并在一起的两张床拉开了,中间至少隔了半米远,又义正词严地警告,"从现在开始,咱们俩谁都不许说话,不许过界,物品也不可以过界,包括小纸条!"

程季恒蒙了:"我都小学毕业十几年了你还给我划三八线?"

陶桃:"谁让你一直影响我学习呢?"

程季恒回道:"我就是想问问你中午想吃什么,如果真的打扰到你了,我跟你道歉,对不起。"

说话的时候,他还摆出了一副可怜巴巴的模样,俊朗的眉宇间尽显委屈。

他身上还穿着病号服,配上白皙的肤色和无辜的眼神,整个人看起来像是受了莫大的冤屈。

他这副模样搞得陶桃都有点儿心虚了,她感觉自己像个正在欺负病弱男同学的霸道女学生。

明明知道他可能是在演戏,可她不好意思继续冲他发脾气,毕竟他是个病号。

深深地吸了一口气,她严肃又认真地回道:"吃什么无所谓,你别再打扰我学习就行。"

程季恒点了点头,乖巧地说道:"好的,我保证再也不打扰你学习了。"话音刚落,他的手机就响了。

陶桃也不知道是谁打来的电话,但是清清楚楚地捕捉到了他的神色变化。

接通电话的那一刻,他脸上那副乖巧的表情瞬间就不见了,取而代之的是成熟稳重的神色,连声音中都透着冷静与沉稳:"说。"

虽然他只说了一个字,声音也不大,语调轻而缓,却极有力度,令人无法抵抗。

现在这个程季恒与刚才那个可怜巴巴的病号判若两个人。

陶桃看得目瞪口呆,从未见过变脸变得这么快的人,他简直是在白莲模式与霸总模式之间无缝切换。

但她不得不承认,霸总模式的程季恒很有魅力。

果然,认真的男人最帅。

电话那边的人好像是在汇报什么事情,程季恒耐心地听了一会儿,然后看了一眼电脑屏幕上的时间,言简意赅:"通知投资部高层,十点开视频会议。"

对方回应之后，他挂断了电话。

他再次抬眸看向陶桃时，眼神里的严肃与沉稳不见了，取而代之的是专注与温柔："我十点要开会，可能会打扰你学习。"

陶桃肯定不能耽误他工作，立即回道："没事，不打扰。"

程季恒用一种夸奖小奶糕的语气说道："真乖。"

陶桃："……"

好好一个霸总，怎么就长了这么一张嘴呢？

她没好气地白了他一眼，脱鞋上床，盘着腿坐到小桌子前，继续学习。

程季恒也没再打扰她，继续工作。

病房整洁、明亮又安静，像极了高中教室。

到了十点，程季恒开会。在接通视频之前，他先提醒了陶桃一句："我要开会了。"

"哦。"陶桃刚才听到他在电话里对助理说是高层会议，那么这个视频会议应该是涉及商业机密的，想了想，询问了一句，"需要我回避吗？"

她表情认真，手里还握着黑色签字笔，一双好看的眼睛里尽显真诚，看起来乖巧极了。

程季恒忽然特别想笑。

这颗桃子还是那么傻。

"不需要。"他神色柔和地回道，"你录音都行。"

"哦。"陶桃放心了许多，"那你开会吧，我学习。"之后她没再打扰他，重新将注意力集中到面前的书本上，却怎么也学不进去了，眼睛盯着书，耳朵却竖得像天线，不停地接收程季恒的声音。

吸引她的不只是他充满磁性的声音，更是他认真工作时散发出的魅力。

他是领导者，也是决策者，会议期间没有说一句废话，发言简洁明了，一语中的。她看得出来，他具有很强的洞察力与分析能力。

而且无论是参与讨论还是下达命令，他身上皆散发着一种王者气度，自信又从容，他的话令人无法不信服。

陶桃就算是不抬头看也能感受到他强大的气场，甚至能想象出他的神态。

他的眼神，一定特别专注、冷静，如磁石般具有令人无法抗拒的吸引力。

身在同一间病房里，她根本无法忽略他的声音与气场，像是着了魔。

他开了多久的会，她就听了多久的会。其间她一个字都没看进去，一直保持着一副假装学习的样子，腿都快盘麻了也没动一下。

差不多过了一个半小时，视频会议才结束。

程季恒关掉视频的那一刻，陶桃在心里舒了一口气——终于可以学习了。

她本以为自己刚才的偷听天衣无缝，谁知道刚把注意力重新集中在课本上，耳畔就传来了程季恒的声音："你听够了？"他的语气中带着笑意，又带着点儿得意。

陶桃的脸瞬间就红了，她羞耻又尴尬，恨不得自己能凭空消失。

虽然她刚才确实在偷听，但是绝对不能承认，不然就太丢人了。

"我才没偷听呢。"语气十分坚决，她却根本不敢抬头。

程季恒看着她微微发红的耳根，眼中的笑意更深了，忍不住想欺负她："你真没偷听？"

陶桃死不承认："真的没有！"

程季恒漫不经心地启唇："一个半小时，你一页书都没有翻？你的学习效率是不是太低了？"

陶桃感觉自己的脸快热到沸腾了，恼羞成怒，扭过脸瞪着他，气呼呼地说道："那是因为我想小奶糕了！"

程季恒立即顺着她的话说道："要不你现在就去把她接回来吧！"

"……"

不就是上个幼儿园吗？看把你急的！

陶桃语气决绝，丝毫没有商量的余地："不可能！"

程季恒："已经快十二点了，她都在幼儿园待了快四个小时了！"

陶桃气得不行："她在幼儿园里待四个小时怎么了？老师又不会虐待她。别人家的孩子都能老老实实地在幼儿园里待着，就你家孩子不行？你家孩子特殊？"

程季恒理直气壮："我女儿就是特殊，她就是世界上最特别的小孩儿！"

陶桃："……"

你为什么不能一直当一个高冷霸总呢？

她懒得再搭理他，也不想多看他一眼，直接把头埋了下去，气呼呼地说道："从现在开始你不许说话，不许打扰我学习。"

程季恒："都快十二点了，你不休息一下吗？"

陶桃知道这人又开始没话找话了，头也不抬地回道："不休息。"

程季恒置若罔闻："你要劳逸结合，不然学习效率会越来越低。"

陶桃咬了咬牙，扭过脸看他："程季恒，现在要是在上自习课，我一定把你的名字记在黑板上！"

程季恒被她逗笑了："你凭什么记我的名字？"

陶桃："你自己不学习就算了，还打扰同桌学习！"

程季恒挑眉："要是这么说，我也要把你的名字记在黑板上。"

陶桃瞪着他："你凭什么记我的名字？"

程季恒看了一下两张病床间的距离，一本正经地说道："咱俩是同桌，你偏要把自己的桌子往外拉，严重影响了班容班貌。"

陶桃不甘示弱："我就是要通过这种方式向班主任申请换座位，我才不想跟你当同桌呢。"

程季恒："没有这个可能性。"

陶桃："那你也别想把我的名字写在黑板上。"

程季恒："只能你写我不能我写你？"

陶桃："今天晚自习的负责人是我，不是你，所以你没有权力记人名。"

程季恒："……"

陶桃从笔记本上撕下来一张纸，提起笔就在上面写了一遍程季恒的名字，然后看着他说道："从现在开始，你每打扰我学习一次，我就记一遍你的名字，记满三次你今天就别想见到你女儿。"

程季恒不服气："你这不是'挟天子以令诸侯'吗？"

陶桃："你还有两次机会。"说完，再次低下头，准备继续学习，这时病房的门忽然被敲响了，她不得不放下手中的笔，下床开门。

来的是程季恒家里的阿姨。

阿姨是来送饭的，也没进屋打扰他们，把东西交给陶桃就离开了。

她又没办法学习了……

陶桃拎着东西回到病房，无奈地说了句："吃饭吧。"

程季恒舒了一口气，然后说了句："放学了，现在是中午休息的时间，你不可以记我的名字。"

陶桃又气又笑："你就会钻规则的空子。"说着，她将拎在手里的装饭盒的袋子放到了墙角的桌子上，然后走到床边，将自己的书本和文具从小桌子上拿下来放到床上，又将床推了回去。

程季恒也将电脑和工作文件从面前的桌子上拿了下来。

陶桃取了饭盒回来。

袋子里装了四个保温饭盒，三个方的一个圆的。圆桶饭盒里面装的是汤,西湖牛肉羹;一个方形饭盒里面装的是米饭;剩下的两个方形饭盒,一个里面装了清炒西蓝花和醋熘土豆丝,另一个里面装了可乐鸡翅和红烧肉。

陶桃打开装荤菜的饭盒盖子后看见可乐鸡翅,瞬间就开始难受了,闷闷不乐地对程季恒说了句:"我们小奶糕最喜欢吃可乐鸡翅了。"

她想女儿了。

说完,她立即拿起了手机,去看今天早上刚加进去的班级群。

班主任说每顿饭都会发在群里,她要看看女儿离开自己之后吃的第一顿饭是什么。

刚才在学习,她的手机一直是飞行模式,她关闭飞行模式之后才发现老师今天上午在群里发了好多照片和视频。可能是由于园长叮嘱过了,班主任还单独给她发了只有小奶糕的照片和视频。

陶桃如获至宝,一条接一条仔仔细细地看。

前面几条都是照片,她看的时候还特意放大了好几倍。

照片后面是视频,她点开之后立即出现了幼儿园开学第一天独有的一群小孩儿同时哭爹喊娘的背景音。

程季恒听到之后猛然抬头,眼巴巴地看着陶桃:"你看什么呢?"

陶桃头也不抬地回道:"老师发的小奶糕的视频。"

程季恒迅速抓起自己的手机:"在哪儿发的?为什么没给我发?"

陶桃:"你又不在群里。"

程季恒急得不行:"你快把我拉进去!"

"你可真烦人。"陶桃还没看完第一条视频呢,不得不退出界面,把程季恒拉进班级群。

进群之后,程季恒立即变老实了,没再说一句话,安静地看视频。

照片加视频差不多十几条内容,两个人埋头看了将近十五分钟,快到十二点的时候,老师终于发了今天的午餐照片和各位小朋友吃饭的视频。

午餐十分丰盛,格子状的餐盘中有两荤一素三道菜和一份米饭,旁边有一个小碗,里面装着水果,小碗旁边还有一瓶儿童牛奶。

视频里的小奶糕十分听话乖巧,头上扎着两个可爱的小辫子,穿着一条白色印花的百褶连衣裙,白白肉肉的小手中拿着一个粉色的小勺,认真专注地吃饭,粉嘟嘟的小脸上还沾了两粒米饭。

陶桃从来不担心女儿吃饭的问题,这小丫头从来不挑食。

这条视频程季恒反复看了好几遍,越看心里越难受。看完第六遍之后,他抬头看向陶桃，半是感慨半是伤感地说：“她都能自己在幼儿园吃饭了。”

陶桃：“……”

吃个饭而已，你为什么要摆出一副快哭出来的表情？

她长叹了一口气：“她都三岁了，还不能自己吃饭吗？”

程季恒：“我说的重点是我们不在她身边，她自己在幼儿园。”

陶桃知道这人又在变着法儿地要把女儿接回来了，毫不留情地说道："她现在才上幼儿园你就这样了？以后她要是住校呢，出国呢，结婚嫁人呢？"

程季恒的脸色瞬间变得严厉，他斩钉截铁地说道："高中毕业之前我不会让她出国，大学毕业之前我绝对不同意她谈恋爱！"

陶桃目瞪口呆："大学毕业？"

程季恒蹙眉深思了一下，感觉有点儿不合适，于是改口道："研究生，研究生毕业之前都不可以。"

陶桃气急败坏："我看你是想让她一辈子嫁不出去！"

程季恒："那我就养她一辈子。"

陶桃无言以对，白了他一眼，没再搭理这人，摆好碗筷后就上了床，盘腿坐在小桌子前。

一张小桌子上摆不下这么多饭盒，只能将两张小桌子并在一起。

吃饭的时候，陶桃将自己的水杯放到了桌上，然后将手机靠在水杯上，一边看电视剧一边吃饭。

她最近正在追一部非常火的狗血虐心言情剧，这部剧看得人欲罢不能，还特别催泪，尤其是虐心部分，每一集都看得人泪流满面，仿佛眼泪不值钱。

这部电视剧一周只播三集，每个星期一的中午十二点更新，这周更新到全剧的高潮部分了。

为了看这部电视剧，陶桃还特意充了会员。

十二点刚过十分钟，她就点开了"东辅娱乐追剧"APP，打开了该剧最新的一集。

弹幕已经密密麻麻的一片了，为了不影响观剧体验，陶桃只好关闭了弹幕。

程季恒从来不关注娱乐新闻，也不爱看电视剧，尤其是偶像剧，但是现在不得不陪着孩子妈一起看电视剧。

剧情很抓人心，陶桃都忘了吃饭，嘴里咬着筷子，目不转睛地盯着手机屏幕。

程季恒没看过前半部分，看得云里雾里，但就刚才看的这部分剧情来说，只有两个字的评价——离谱。

男主角怎么就认为孩子不是自己亲生的了？他怎么就误会女主角和男配角有一腿了？女主角怎么就想不开要带着孩子开车自杀了？孩子才刚满月，他招惹谁惹了？

就在他看得晕头转向的时候，耳畔忽然传来了哭声。

扭过脸一看，他震惊地发现，陶桃竟然哭了，哭得还特别伤心，吓得他赶紧去拿抽纸。

"你哭什么呀？"他一边着急忙慌地给陶桃擦眼泪一边难以理解地问，"这有什么好哭的？"

陶桃含着泪瞪了他一眼，抢过了纸巾，一边给自己擦眼泪一边气急败坏地说道："你懂什么？男人都是狗！你最狗！"

程季恒："……"

你看电视剧就看电视剧，迁怒于我干什么？

虽然有点儿委屈，但是他敢怒不敢言，谨小慎微地解释："我没有看过前面，不太懂这集讲的什么。"

"不懂你就别说话。"陶桃嫌他话多，影响自己看剧，之后就没再搭理他，继续将目光锁定在手机屏幕上。

她看着看着又哭了。

第十六章
我好喜欢这个小哥哥呀

程季恒也不敢说话,默默地吃饭,吃着吃着拿起手机,打开了微信,点开了与季疏白的对话框:"老季,你老婆最近有没有看一部叫《唯独爱你》的电视剧?"

季疏白:"看。"

程季恒:"哭吗?"

季疏白:"天天哭……"

程季恒:"你问过她为什么哭吗?"

季疏白:"嗯……"

程季恒:"挨骂了?骂你是狗?"

季疏白:"你到底有什么事?"

一看季疏白这种回避问题的态度,程季恒就知道季疏白肯定也挨骂了,内心瞬间就平衡了:"也没什么事,就是想问问你知不知道男主角为什么会觉得孩子不是他亲生的。"

季疏白:"我怎么知道?我到现在都不明白那个孩子为什么会和男配角长得像。"

程季恒:"?"

季疏白:"你没看前面?"

程季恒:"我只陪她看了半集。"

片刻后,季疏白发来了四个字:"你真幸福。"

程季恒盯着对话框上的"你真幸福"这四个字，陷入了沉思。

这到底是一部什么样的离奇电视剧？能让老季都觉得恐怖！

有点儿意思，这部剧成功地吸引了程季恒的注意力。

差不多二十分钟之后，一集电视剧结束了，陶桃几乎是从头哭到尾，眼都快哭肿了。

实在是太虐心了，感觉像是吃了一嘴的玻璃碴儿，为了缓解情绪，她先按了暂停，没有立即去看下一集，而是拿纸巾擦眼泪。

程季恒早就吃饱了，趁此时小心翼翼地问了句："你可不可以给新观众讲一下孩子到底是不是男主角亲生的？"

陶桃先擤了擤鼻涕，然后才回答："都是误会！孩子就是他的！"

程季恒："那他为什么会觉得孩子不是他的？"

陶桃："特别复杂！要从男女主角小时候讲起。"

程季恒一脸求知欲："我特别想知道。"

陶桃本来没想讲，但是看着他求知若渴的目光，决定好好给他介绍一下这部电视剧，甚至转了个身，盘着腿正对着程季恒，绘声绘色地讲述："他们俩是青梅竹马，男主角的家庭背景特别复杂，男主角的亲爸是首富，但男主角是私生子，不过男主角他妈不是真小三，是"被小三"了，她发现自己"被小三"之后就毅然决然地离开了那个坏男人，然后嫁给了一个深爱了她多年的男人。"

程季恒言简意赅地总结："备胎。"

"……"

陶桃面无表情地盯着他。

程季恒果断认错："对不起，您接着讲。"

陶桃这才继续讲述："男主角的继父是女主角家的管家，所以男主角和女主角从小就认识，青梅竹马、两情相悦，两个人还约定好了大学毕业就结婚。但是好景不长，在女主角十八岁的时候，恶毒的女配角出现了。"

程季恒心想：好景要是长的话这部剧三集就全剧终了。

陶桃："女配角是男主角的表妹，没有血缘关系的那种——是他继父的侄女。这个女配角也喜欢男主角，于是就使用阴谋诡计破坏男女主角的感情，特别坏，诬陷女主角和男配角去酒店开房。"

程季恒："男主角信了？"

陶桃："男主角刚开始是不信的，但是天有不测风云。女主角他爸的公司出了变故，资金链断裂，急需救援，于是女主角他爸就答应和男配角家联姻，女主角为了救爸爸不得不和男配角结婚。为了让男主角对她死心，她就向男主角承认自己和男配角开房了，其实她没有，是骗男主角的。"

程季恒："……"

这种剧情，真是苦了天天陪老婆看电视剧的老季。

陶桃："看到这儿的时候我还以为男主角没戏了，结果你猜怎么着？"

程季恒实话实说："我真的猜不出来。"

陶桃："男主角他亲爸的嫡长子死了，男主角成了家族唯一的继承人，摇身一变成了大佬！"

程季恒："……"

这剧情真是跌宕起伏。

陶桃："然后男主角就强行破坏了女主角家和男配角家的联姻，硬是把女主角娶回了家。但是两个人之间的感情已经出现了裂缝，无论女主角怎么讨好男主角，他都一直对她爱搭不理。"

程季恒忍不住插了句嘴："他对她爱搭不理，他们俩怎么来的孩子？"

陶桃："他们俩是夫妻呀，总是会有夫妻生活的嘛。"

程季恒脱口而出："凭什么？他们俩都闹成那样了还有夫妻生活呢，咱俩的孩子都三岁了，咱们为什么不能有夫妻生活？"

陶桃的脸颊瞬间变得通红，她又气又羞："你能不能正经点儿？"

虽然心里清楚现在跟她提这件事情不合适，但程季恒还是忍不住说了句："四年了，我都要成和尚了。"

陶桃红着脸回道："这跟我有什么关系？你想找谁就找谁去。"

程季恒："你同意我给小奶糕找后妈吗？"

陶桃没说话。

答案很明显，她不同意。

感情因素倒是次要的，陶桃主要是担心女儿会受到伤害。

虽然程季恒会不会找别的女人结婚和陶桃没有关系，毕竟他们俩现在既不是情侣关系也不是夫妻关系。陶桃没有资格干涉他的感情问题，但如果他以后和别的女人有了孩子，那个孩子一定会分走他对小奶糕的爱。

小奶糕好不容易才等到了爸爸，还那么喜欢爸爸，如果爸爸喜欢上了别的小孩儿，她一定会伤心的。

母亲都是自私的，陶桃也一样。她不同意程季恒给小奶糕找后妈，希望程季恒全心全意地对小奶糕好。

她又不能直接把自己的态度说出来，因为她没有立场。

她和程季恒什么关系都没有，凭什么不同意他找别的女人结婚呢？

她只能沉默以对。

虽然陶桃没有说话，但程季恒已经知道了她的答案，也能猜出来她在担心什么，既是安抚又是保证地说道："放心吧，我不可能给她找后妈，也不会再有别的孩子。"说完他又感觉这句话不严谨，立即补充了一句，"除非是你生的。"

陶桃的脸更红了，她回道："你想得美！"

程季恒置若罔闻，继续认真地和她讨论夫妻生活的问题："你不同意我给小奶糕找后妈，我不同意你给小奶糕找后爸，所以咱们俩只有彼此了，我不和你讨论这件事情和谁讨论？"

"……"

真是毫无破绽的逻辑链条。

陶桃瞪了他一眼："夫妻才有夫妻生活呢，咱们俩又不是夫妻。"

程季恒："只要你想，咱们俩随时可以是夫妻。"

陶桃："……"

程季恒："你想吗？"

陶桃："我不想！"说完她就不再搭理他了，转过身准备继续看电视剧。

程季恒不想让她看电视剧，因为她一看电视剧就不理他了。

他绝对不能让这部电视剧毁了来之不易的二人世界。

于是他立即追问："你还没给我讲完接下来的剧情呢，男主角为什么会觉得孩子不是他的？"

其实他也不是特别好奇，只是想通过这种方式吸引这颗桃子的注意力。

陶桃不想搭理他，只想追剧，不耐烦地回道："等我看完给你讲。"

程季恒不死心，故意说道："那个孩子不会真的是男配角的吧？"

这句话成功地吸引了陶桃的注意力。

"什么呀？！就是男主角的孩子！"陶桃急得不行，立即摁下暂停键，开始讲述关键剧情："婚后，男主角对女主角的态度很冷淡，女主角很难过，于是就和好朋友一起去国外度假散心了。她们俩出去玩了一个月，回国那天好巧不巧地在机场遇到了男配角。男配角其实也很喜欢女主角，喜欢了好多好多年，就主动上前和女主角打招呼，女主角的朋友又在这种关键时刻上厕所去了，于是就被男主角看到了他们俩说说笑笑的一幕，误会就这么产生了，唉……"

陶桃讲得十分投入，程季恒却听得一头雾水："男主角不是特别爱女主角吗？为什么结婚后他对她那么冷淡？"

陶桃无奈地解释道："哎呀，刚才不是跟你说了吗？他们俩婚前有隔阂。"

"我觉得这样不对。"程季恒一脸真诚地看着陶桃，语气认真，"如果是我的话，一定不会这么对你。我最大的梦想就是把你娶回家，你要是愿意当我老婆，我宠你还来不及呢，怎么会对你冷淡呢？我一分钟不宠你都不行。"

陶桃隐隐感觉这话有点儿矫情，还有点儿故意卖乖。于情于理她都应该义正词严地反驳他。

但是，她又莫名地感觉他这话说得特别真诚，听着心里特别舒服。

她义正词严地反驳他好像不太合适，伸手还不打笑脸人呢。

沉默片刻，她鬼使神差地回了一句："人和人不一样嘛，剧中的男主角还是很爱女主角的。"

程季恒依旧保持一脸真诚的模样："那他就更不应该怀疑孩子不是他的了，就像我，你和我分开了四年，我也没怀疑过小奶糕不是我的女儿。"他又略带骄傲地补充了一句，"但还是要具体情况具体分析，我女儿和我长得像，一看就知道我们俩是父女。"

陶桃看着他那副得意的样子就来气，心理不平衡极了。但是事实胜于雄辩，在"女儿到底长得像谁"这个话题上，她毫无优势，甚至可以说是不战而败，于是果断终止了话题："你还听不听我讲了？不听我就继续看剧了，别浪费我的时间，我下午还要学习呢。"

程季恒见好就收，乖巧地回答："听。"

陶桃白了他一眼，继续讲道："男主角是特意飞去国外接女主角的，也没提前告诉女主角，准备给她一份惊喜，结果却在机场看到了女主角和男配角单独在一起，所以就认定女主角这一个月都和男配角在一起，后来女主角怀孕了……"

"等等，"程季恒本不想打断她的讲述，但这个剧情实在是过于扑朔迷离了，忍不住地想提出质疑，"女主角在国外待了一个月，刚巧那段时间男配角和她在一个国家，回国之后她就怀孕了，男主角真的没有被'戴绿帽子'吗？怎么算这孩子都是男配角的！"

陶桃急忙解释："这个孩子就是男主角的，是女主角出国前怀上的，她怀孕的时间刚好就是出国旅游的前几天，所以男主角就误以为这个孩子是她和男配角在旅游的途中怀上的。"

程季恒："然后男主角跟女主角离婚了？"

陶桃："没有离婚，我不是说了吗？男主角很爱女主角，即便是以为女主角怀了别人的孩子，也没跟她提出离婚。"

程季恒："……"

大爱无疆，这才是真正的大爱无疆。

陶桃越讲越激动："后面虐心的地方就来了！女主角发现自己怀孕之后满心欢喜地去找男主角，结果男主角看到验孕棒之后竟然问了女主角一句'孩子是谁的？'，女主角当时特别伤心，我根本无法向你形容她当时的那个眼神有多么悲伤和绝望，这个演员演得太好了！"

程季恒："……"

这剧情太离谱了，他开始心疼老季。

陶桃："就因为这件事，女主角对男主角很失望，也开始冷淡他了，两个人之间的隔阂与误会越来越深。"

程季恒："女主角就没解释吗？"

陶桃："解释了呀，男主角不相信她。不对，他也不是不相信，是半信半疑吧。女主角说过孩子是男主角的，那个时候他也是相信她的，但是孩子出生后竟然和男主角长得不像，还和男配角有点儿像，你说气人不气人？"

"……"

这不是气人不气人的问题，女主角出轨是板上钉钉的了，能怪人家男主角冷漠无情吗？

程季恒越发感觉这剧情离谱："所以……这个孩子到底是——？"

陶桃急了："我都跟你说了多少遍了？这个孩子就是男主角的！"

程季恒蒙了："那孩子为什么会和男配角长得像呢？"

陶桃："我也不知道，这要问编剧。我个人觉得这里有点儿不合逻辑了，孩子怎么能不像爸爸像外人呢？"

程季恒深表赞同："就是，孩子怎么能不像爸爸呢？"他又强调了一句，"我女儿就和我长得一模一样。"

陶桃白了他一眼，继续说道："其实也没有很像男配角，就是个别部位有点儿像。在之前的剧情中提过女主角和男配角长得就有点儿像，所以应该可以理解为孩子和女主角长得像，然后男主角就误以为孩子和男配角长得像。"

程季恒："女主角和男配角之间不会有什么见不得人的血缘关系吧？"

陶桃被问住了："这个……应该没有吧。"

程季恒："按照编剧的这个思路，说不定真的会有。"

陶桃听出了他是在抬杠，没好气地说道："你别打岔！"她继续讲道，"男主角的冷漠和不信任导致女主角得了产后抑郁症，甚至产生了轻生的想法，接下来就是你刚才看到的那一集的剧情，女主角带着孩子自杀了，不过还是舍不得带着孩子一起死，就在自杀前把孩子放在了路边，然后自己开着车冲出了正在维修的大桥的围栏，连人带车掉进了河里。"

刚才看这一集的时候，程季恒就一头雾水，现在听完前面的剧情，更蒙了："女主角死了？"

陶桃："肯定不能死呀，女主角死了还怎么往下演？"

程季恒无言以对，想破头都想不出来，这剧情还能怎么开展。

陶桃："后面两集我还没看，不过我看网上的剧透，说是女主角被救回来后好像失忆了。"

程季恒："……"

程季恒不由得在心里嘀咕：意料之外，又在情理之中，这编剧厉害。

陶桃："还是选择性失忆症，从小到大所有的人和事她都记得，只遗忘了和男主角有关的部分，男主角绝对特别痛苦！"

程季恒捕捉到了一个关键信息："选择性失忆？还有这种失忆症呢？"

陶桃点头："有，真的有！我还上网搜了呢，网上解释的是，人的脑部受了重伤或者刺激之后会选择性地遗忘自己不想记得的事情，就好比剧中的女主角。男主角给她带来了太多的痛苦，所以她才会选择性地遗忘了和男主角有关的一切。"

程季恒若有所思地回了一句："这样啊。"

陶桃："你还有别的问题吗？没有的话我要继续看剧了。"

程季恒："没了。"

陶桃舒了一口气，他终于不烦她了，真是难得。

手机已经自动锁屏了，她不得不重新摁亮屏幕，这时才发现竟然快一点了。

一集电视剧四十分钟，她还有两集没看。

她做不到看完一集之后忍着不去看第二集，但后面两集全都看的话太浪费时间，看完就两点多了，四点多就要去接小奶糕，中间也剩不下多少时间去学习了。

虽然很想继续往下看，但是为了保质保量地完成今天的学习任务，她不得不拒绝电视剧的诱惑，忍痛把视频关了。

程季恒奇怪地问："你不看了？"

陶桃一边收拾东西一边说："不看了，我下午还要学习呢。"

程季恒积极配合陶桃的学习计划："我下午也要工作，咱们俩一起学习，一起进步。"

陶桃："我才不要和你一起进步呢，我要独自美丽。"

程季恒不乐意了："咱俩不是好同桌吗？"

陶桃嫌弃地回道："谁跟你是好同桌？我是被逼无奈才和你当同桌的。"

程季恒挑眉，语气中带着点儿威胁的意味："这要是在高中，我一定天天在你回家的必经之路上堵你。"

陶桃瞪大了眼睛看着他："你还准备霸凌我呀？"

程季恒："那怎么可能？我堵你是为了送你回家，向你表达我的关心，让你心甘情愿地和我做同桌。"

陶桃毫不留情："我不需要。"

程季恒："咱俩要是在一个高中你绝对需要，因为你肯定会喜欢我。"

陶桃："我上高中的时候最讨厌的就是校霸。"

程季恒并没有否认自己是校霸，但补充了一句："我还是学霸。"

陶桃："那我也不会喜欢你，我喜欢斯文的、儒雅的、温柔的。"

总结来说，就是她喜欢苏晏那样的。

程季恒觉得陶桃青春期的审美不行，必须给她纠正过来："苏医生是好，特别好的那种，唯一的缺点就是他在上学的时候总是和别人谈恋爱。"

一刀捅在了陶桃的死穴上，她根本没有反驳的余地，恼羞成怒之下狠狠地在程季恒的胳膊上打了一巴掌："不说话没人把你当哑巴！"

其实程季恒一点儿都不觉得她打得疼，却摆出了一副被重创的样子，捂住了自己的胳膊，可怜地说道："我上学的时候又不谈恋爱，你打我干什么？"

陶桃："谁知道你说的是真话还是假话？"

程季恒语气坚决："千真万确，从小到大我就只有你这么一个女人。"他又叹了一口气，可怜巴巴地说道，"我现在的处境和你看的那部电视剧里面的女主角一模一样，爱人总怀疑我在外面有外遇，孩子还长得像我，幸好我不能生孩子，小奶糕要是我生的，我跳进黄河也洗不清了。"

陶桃瞬间被逗笑："你就会强词夺理。"

程季恒:"什么叫强词夺理?我这是在阐述事实。"

陶桃没搭理他,开始专心致志地吃饭,吃完饭后,收拾了一下小桌子,又去卫生间把饭盒洗了,回来后准备午睡半小时。

往床下放自己用的那张小桌子的时候,陶桃问了他一句:"你睡吗?睡的话我就把你的床放下去。"

程季恒不困,想继续工作,但是听完问话之后,毫不犹豫地改了主意:"睡。"

陶桃绕到了他那一侧的床边,将他的桌子放到了地面,又把他的床摇了下去,还帮他放好了枕头,然后才回到自己那一侧的床边,脱鞋上床。

这会儿才九月份,夏季的余热还未消散,秋老虎肆意横行,所以病房里一直开着空调。

陶桃身上穿着短袖,担心睡觉的时候会冷,就把叠放在床角的薄被子拉了过来,盖在了身上。闭上眼睛在床上躺了不到一分钟,她忽然意识到一件事情,立即把眼睛睁开了,扭过脸看向程季恒。

与他对视的那一刻,她的脸红了——她忘记把床拉开了。

昨天小奶糕在,午睡的时候小家伙一定要睡在爸爸妈妈中间,为了满足孩子的愿望,陶桃就没把床拉开。

昨天中午睡觉的时候陶桃并没有觉得不好意思,毕竟中间隔着孩子。

现在他们俩之间什么都没隔,猝不及防间和他"同床共枕"了,陶桃又尴尬又羞赧,连忙起身,准备下去把床拉开。

然而她在准备起身的那一刻,忽然被他拥入怀中。

她的第一反应不是抗拒,而是担心,她气急败坏地看着他:"你能不能别乱动?一会儿伤口又崩了!"

程季恒满不在乎:"没压到伤口。"

其实伤口还是会疼,但是为了抱着她,这点儿疼他可以忽略不计。

陶桃感觉这人就是在胡闹,又急又气地瞪着他:"松手!"

"我不。"程季恒不但没有松开她,反而把她抱得更紧了,"除非你推开我。"

陶桃根本不敢乱动,怕碰到他的伤口,所以没办法大幅度地推他,小幅度地推又推不开,只能瞪着眼睛干着急。

程季恒的眼神中浮现出笑意,是一种心满意足中又掺杂着些许得意的笑,他现在像极了一个成功偷吃到糖果的小男孩儿。

他早就猜到了她舍不得推他,所以才会抱她。

他们好久没有这么亲密地接触过了，陶桃的脸都快红透了，心跳也开始莫名地加快，她能感觉到他的呼吸，能感受到他的体温，能听到他的心跳，这一切都令她觉得既陌生又熟悉。

程季恒很喜欢看她脸红的样子，那样子看起来十分诱人，所以又忍不住想欺负她："你害羞什么？咱们俩以前又不是没在一张床上睡过。"

陶桃的脸又红又烫，她气呼呼地说道："你快松开我！"

程季恒置若罔闻，哄孩子似的说道："你快睡觉，睡醒去接小奶糕。"

陶桃又气又无奈："她第一天上幼儿园，你能不能不变着法儿地让她早退？"

程季恒："女儿不就是上个幼儿园吗？你早点儿把她接回来怎么了？"

陶桃态度坚决："不行，她上幼儿园就相当于上学了，必须开个好头，绝对不能让她养成早退、旷课的习惯。"

程季恒不死心："就一次，她怎么会养成习惯呢？"

陶桃："有第一次就会有后面的无数次，所以就不能给她开这个头！"

程季恒："不可能！"

陶桃斜眼瞧他："你怎么知道不可能？"

程季恒："谁以前上学的时候没有逃过学旷过课？"

陶桃："我！"

程季恒沉默片刻，实在是按捺不住内心的好奇："你一不逃学，二不旷课，三不早恋，那你上学的时候都干什么了？"

陶桃："学习呀！上学不学习，那还上什么学啊？你以为别人都跟你一样，天天不好好学习？"

程季恒："胡扯，哥当年上学的时候成绩稳居年级前三。"

其实程季恒上初中的时候考过一次年级第三十名，那次考试，季疏白考了第三十一名，因为他们俩跟隔壁学校的一伙人约架，缺了一场数学考试。

不过这件事他不好意思跟陶桃提。

年纪越大，他越觉得年少时的自己是个傻子。

陶桃怎么看都看不出这人是个学霸，所以对他的话深表怀疑："真的假的？"

程季恒："骗你我是狗。"

陶桃："你本来就是狗！"

程季恒摆出了一副无辜又委屈的表情："你怎么能骂我呢？我要找老师

告状。"

陶桃又气又笑："你找校长告状也没有用。"

程季恒："就咱俩现在这种搂搂抱抱的姿势，校长来了肯定要说咱俩早恋，然后咱俩一起被记过处分。"

陶桃："我可没对你搂搂抱抱，是你对我耍流氓！"

程季恒置若罔闻："你还睡不睡了？不睡的话咱俩讨论一下孩子的家庭完整问题。"

陶桃："什么家庭完整问题？"

她看向他的眼神中全是防备和质疑，程季恒立即解释道："我不是逼着你嫁给我，是想给小奶糕一个完整的家。"

陶桃："所以呢？"

程季恒："我想让你们搬过来和我一起住。"

陶桃想都没想就要拒绝他，然而程季恒又抢在她之前说道："你先别急，听我把话说完。我没有逼着你和我住在一起，只是想让小奶糕和别的孩子一样，有爸爸妈妈陪在身边。我缺席了她生命中的最初三年，不想继续缺席了，而且一个良好的家庭环境也有利于她的成长。"

陶桃这回不像刚才那么坚定了。

虽然她不会为了女儿嫁给程季恒，但在其他事情上，她可以为了女儿做出改变。

程季恒说得没错，小奶糕确实需要一个完整的家庭，一个更好的成长环境。

之前她的生命中一直没有爸爸，所以比起别的孩子，她会缺乏一些安全感，现在爸爸终于回来了，能时时刻刻陪伴在她身边当然是最好的。

看陶桃的态度有所动摇，程季恒继续说道："家里还有阿姨，你和孩子搬过来之后阿姨可以帮你照顾孩子，那样你就有时间去做自己想做的事情了，考研也可以考全日制的，专业选择也会更宽泛。"

陶桃又动摇了几分，可还是有顾虑："我的小超市怎么办？"

程季恒："想开就继续开，我每天早上送你去超市；不想开就转让出去，或者雇一个店员。"

陶桃："我一个月才挣多少钱？哪来的钱雇店员？不赚钱了？"

程季恒："不是有我呢吗？我养你呀。"

陶桃："我不用你养。"

程季恒："不行，我必须养你，你是我遗嘱上的唯一继承人。我必须让

384

你记得我的好，以防我哪天忽然没了，你用我的钱养别的男人还让我的女儿喊他爸爸。"

陶桃气急败坏："那你就好好活着，别天天不拿自己的身体当回事！"

程季恒赶忙安抚："我肯定要好好活着，不然怎么养你和小奶糕？"

陶桃没搭理他。

程季恒解释道："我不是阻止你去赚钱，是想让你做一份有意义的工作，以你的能力，不应该只守着一间小超市。"他语气温柔，也很认真，"我知道你开超市是为了方便照顾小奶糕，如果没有孩子，或者说没有遇到我，你的人生会比现在精彩。是我耽误了你四年，我想弥补你，以后你的理想就是我的理想，你想去做什么我都会全心全意地支持你，你不用有任何后顾之忧，只管去做，哪怕把天捅塌了我也会给你顶着。"

程季恒的声音很柔和，又不失坚定，具有安抚人心的力量。

陶桃说不感动是假的。

陶桃被他的话打动了，却并未因此丧失理智。

她愿意为了小奶糕和他生活在同一个屋檐下，但不确定他说这些话是不是又在骗她，更担心他会再次消失。

四年前他也是这般深情款款地对她做出过许多承诺，却一条也没有兑现。

她无论如何也做不到毫无顾忌地把自己和女儿交付给他。

她害怕再次被骗。

更重要的是，如果他再次消失，一定会对女儿造成无法估量的伤害。

沉默许久，陶桃回了一句："我考虑一下。"

程季恒明白她有顾虑，也知道造成如今这种局面的罪魁祸首是他自己，所以并未逼着她做出选择，轻叹了一口气，回道："行，我等你的答案。"他又语气坚决地保证，"放心吧，这次我肯定不会消失。"

陶桃不置可否，闭上了眼睛："我要睡了，困了。"说完之后，她忽然想起自己没定闹钟，又睁开眼睛，去拿手机。

这时程季恒说了句："不用定了，我一会儿喊你。"

陶桃："你不睡了？"

程季恒："不困。"

陶桃瞪了他一眼："那你刚才还跟我说你想睡觉？"

程季恒："我不是看你想睡觉吗？你想想看，你睡觉的时候我在一边学习，会不会对你造成心理压力？"

陶桃又气又笑:"强词夺理。"

程季恒温声哄道:"快睡,睡醒学习,不然下次月考你就考不过我了。"

陶桃忍俊不禁:"半小时后叫我起床。"

程季恒:"好。"

陶桃放心地闭上了眼睛,没过多久就在他怀里睡着了。

程季恒目不转睛地看着怀里的人。

四年的时光,好像没给这颗桃子带来太多的变化,她睡觉的模样也同四年前一样,乖巧极了,像一只小猫,令他心旌摇曳。

确定她睡熟了之后,他悄悄地在她的额头上亲吻了一下,随后松开了她,从床上坐了起来,继续工作。

陶桃让他半小时之后喊她,他谨记于心。两点的时候,他准时喊她起床,同时轻轻地戳了戳她的脸颊,同四年前一样。

但是陶桃不光没醒,还下意识地翻了个身,并且用被子蒙住了脑袋。

程季恒无奈一笑。

考虑到她最近又要早起照顾女儿又要跑到医院照顾他,肯定是累坏了,他不由得有些心疼,就没再喊她起床,想让她多睡一会儿。

本想再过半小时喊她起床,结果助理忽然给他发来了一份市场部刚交上来的新项目可行性分析报告,他看着看着就把喊她起床的事情给忘了,让她睡到了自然醒。

病房里安静,且温度舒适,陶桃这一觉睡得十分舒服,甚至有点儿睡蒙了,尤其是刚睡醒的那几秒钟特别迷茫,甚至忘了自己身处何地。

眯着眼躺在床上愣了许久,她才回过神,从枕边摸出手机一看时间,瞬间清醒,竟然都四点了!

她几乎是从床上弹起来的,看到"两耳不闻窗外事,全心全意搞工作"的程总后,气不打一处来:"你怎么不喊我?都四点了!"

全身心投入工作的程季恒浑身一僵,这才意识到自己把陶桃安排的任务忘了,赶忙解释:"我两点喊了你一次但是没喊醒,然后我想你这两天肯定累坏了,就想让你多睡一会儿。"

陶桃没好气:"要你们男人真是一点儿用都没有!"说着,她掀开被子,迅速下床穿鞋,快步朝门口走去。

程季恒看她一副匆忙的样子,以为她要走了,连忙问道:"你去哪儿?"

陶桃头也不回地说道:"去厕所!"

那是该急。

程季恒没往下问，乖巧地回了个："哦。"

上完厕所之后，陶桃洗了把脸，然后站在镜子前重新把头发扎了一遍，又整理了一下衣服。从卫生间出来后，她开始收拾背包。

她这回好像真的是要走了。

程季恒又问了一遍："你去哪儿？"

果然有其女必有其父，这父女俩真是一样黏人。

陶桃长叹了一口气，瞪着他回道："我去接你闺女！"

程季恒："现在不是才四点吗？你不是说不能让她早退吗？"

陶桃一边把不需要带的东西从包里往外拿一边回道："我早上答应她了要第一个去接她，去晚了幼儿园门口肯定人特别多，而且还要给她买蜂蜜蛋糕。"

程季恒立即拿起了手机："我给司机打电话。"挂了电话后，他安抚道，"司机十分钟就能到医院，放心吧，你绝对不会迟到。"

陶桃舒了一口气，把刚才从包里拿出来的几个玩具和几本童书推到了程季恒身边，叮嘱道："她来了之后你不许陪她看《小猪佩奇》，可以陪她玩亲子游戏，或者陪她看绘本。"

玩具都装在包装盒里，程季恒拿起了一个蓝色包装的盒子，上面写着"企鹅破冰积木"这几个字。

陶桃又叮嘱道："你要多跟她互动，别天天带她看动画片，看成小近视眼就麻烦了。"

程季恒相当自信："我女儿绝对不可能近视，我们家就没有近视眼的基因，我小时候天天看葫芦娃也没近视。"

陶桃没好气："怪不得她这么喜欢看动画片呢，就赖你的基因！"

程季恒笑了，随后问道："你刚才说她喜欢吃蜂蜜蛋糕？除了蜂蜜蛋糕、炸鸡、可乐鸡翅，她还喜欢吃什么？"

陶桃叹了一口气："你女儿就没有不喜欢吃的东西。"

程季恒又问道："她最喜欢吃什么？"

陶桃想了想，回道："她最喜欢吃的东西有很多，她的'最'不是我们认为的'最'，她的喜好可以分为五个等级，依次是喜欢、超喜欢、最喜欢、最最喜欢和最最最喜欢。有三个'最'的东西才是她最喜欢的东西。"

程季恒："那她……最最最喜欢什么？"

陶桃："她最最最喜欢吃牛排。"陶桃忽然想起来自己还欠小家伙一顿

· 387 ·

牛排呢。

程季恒不理解："牛排有什么好吃的？"

陶桃："你敢这么问她吗？"

程季恒立即改口："我就是随便问问。"

陶桃白了他一眼，看了一眼时间，已经快到十分钟了，于是没再和程季恒废话，背着包下楼了。

她走到医院东门的时候，司机已经将车停在路边等她了。

陶桃先让司机开车带她回了一趟家，在小区旁边的那间面包房给小奶糕买了蜂蜜蛋糕，然后才去幼儿园接孩子。

车停到幼儿园门口时已经过了四点四十。

陶桃一下车就被眼前的"壮观"景象震惊到了，放眼望去全是豪车，在车与车的缝隙间站满了等待幼儿园放学的家长。

那一刻，陶桃的脑海中只浮现出四个字：竞争激烈。

想挤过这一群望眼欲穿的家长占据有利地形，可真是不容易。

为了抢占有利地形，陶桃在人群中见缝插针地往前挤，但是挤到中间部分的时候，再也挤不进去了——前方竞争对手们的战斗力太强，且斗志昂扬，严防死守，不给后面的对手一丝一毫的机会。

眼看着自己要让女儿失望了，陶桃也只能站在人群中干着急，焦急地看着前方不远处的幼儿园大门，恨不得自己有瞬移术，直接移动到最前方，同时在心里发誓明天一定要早点儿来，争取成为第一梯队的一员。

陶桃在心里慨叹：哎，这年头，接个孩子也需要强悍的实力。

幸好她把蛋糕放在车里了，不然早就被挤扁了。

就在她感慨当妈不易的时候，她的脚后跟忽然被踩了一下，踩得不重，但也不轻。在陶桃回头的那一瞬间，不小心踩到她的那位家长连忙道歉："对不起，我不是故意的。"

陶桃先听到声音，后看到人。

那位家长的声音很温柔，不对，应该是温婉，如同江南水乡的涓涓细流，沁人心田。

对方一定是个很美的女人，在看到那位家长的那一瞬间，陶桃确定了自己的猜测。这确实是个很美的女人，乌发如墨，眉目如画，肤色白皙，身形高挑，气质出众，十分端庄大气。

男人抵抗不了美人的诱惑，女人更抵抗不了。

可以这么说，女人比男人还要喜欢看美女。

陶桃不由自主地对这个女人产生了好感，笑着回道："没关系的。"

女人也对陶桃笑了一下，目光柔和，略带无奈地解释道："我今天来晚了。"

陶桃明白了，这也是一位试图后来者居上挤进第一梯队的妈妈，顿时有了一种"同是天涯沦落人"的感觉："没关系，可以理解。"

人与人之间的相识与相处很多时候是靠眼缘的。

陶桃对这个女人有眼缘，这女人也对陶桃有眼缘。闲来无事，这女人就和陶桃聊了起来："看你比较面生，孩子刚上幼儿园吧？"

陶桃点头："嗯，今天第一天上幼儿园。"说完，她又叹了一口气，"早上送来的时候她都哭惨了。"

女人安慰道："孩子都一样，我儿子刚上幼儿园的时候也哭，第一个星期送来的时候就没有一天不哭的，一个星期之后就好了。"

陶桃："我女儿刚三岁三个月，我还有点儿担心她年纪太小，会跟不上课程。"

女人回道："我女儿上幼儿园的时候也是刚满三岁，那个时候我也担心这个问题，不过后来并没有出现跟不上的情况，孩子的接受与成长能力比我们想象的要强得多。"

陶桃安心了不少，同时也捕捉到了一个信息："你还有一个女儿？"

女人笑着点头："嗯，现在七岁了，我儿子四岁。"

陶桃惊讶："都七岁了？"

这样一算这女人应该也有三十岁了，可她真的一点儿也看不出来有三十岁了，看起来还跟二十四五岁似的。

女人似乎看出了陶桃的疑惑，大大方方地回道："我都三十二岁了。"

两个孩子的妈妈还能有这么好的状态，陶桃不禁夸奖道："你保养得真好。"

女人笑了，神色中显露着幸福："老公和孩子比较省心吧。"

陶桃犹豫了一下，忍不住问道："你女儿刚上幼儿园的时候，你老公是什么反应？"

女人无奈地回道："早上八点才送进去，九点就说要去接，给我气得不行。"

陶桃心理平衡了，忍不住开始抱怨自家男人："我女儿她爸也是，一小时一问什么时候去接。"

女人回道："男人对女儿都这样，女儿是他们的心头肉，对儿子就不一样了，女儿是宝，儿子是草。我儿子去年上幼儿园的时候嗓子都哭哑了，他爸走的时候连头都没回一下。"

陶桃笑着感慨："差距也太大了吧？"

女人无奈一笑："可不是嘛，儿子跟捡的一样。"

她的话音刚落，人群忽然开始骚动，两个人抬头一看，是负责开门的保安站到了大门后。

陶桃拿出手机看了一眼时间，还有一分钟就开门了，瞬间进入备战状态——即便当不了第一，也必须在前三名里！

女人的神色也专注了起来，还好心地向陶桃传授经验："现在落后没关系，大门开了之后人群会分散一些，到时候见缝插针往前冲就行。"

陶桃点头："嗯！"

五点钟一到，保安准时打开了大门，如开闸放水一般，乌泱泱的人群顷刻间涌进了幼儿园。

如闻枪响，陶桃拔腿就跑，像一条鱼似的穿梭在人群中。

幼儿园很大，大班、中班、小班各有自己的教学区，陶桃是第一个跑进小班教学区的妈妈，那一刻她自豪极了。

班主任和生活老师全守在教室门口，来一个家长放走一个孩子。

今天第一天开学，老师和家长还不熟悉，陶桃走到女儿的教室门口时，班主任先询问了一声："您是谁的家长？"

陶桃："陶多乐。"说着，她将目光投进了教室，一眼就看到了她的小奶糕。

小奶糕也看到了妈妈，激动又惊喜。老师一喊她的名字，她就从小凳子上跳了起来，在全班小朋友羡慕的目光中，嗒嗒嗒地朝教室门口跑去。

小奶糕跑着跑着小嘴巴就撇了起来，眼圈也红了，跑到妈妈面前就哭了。

陶桃蹲在地上，将女儿揽入怀中，哭笑不得地问道："宝宝，你怎么哭了呀？"

小奶糕紧紧地搂住妈妈的脖子，生怕妈妈走了似的，呜咽着说道："我好想你呀妈妈，我真的好想你呀，特别特别想你，我好害怕你不要我了……"

陶桃的鼻子忽然就酸了，她把女儿从地上抱了起来，柔声安抚道："妈妈不会不要你的，你是妈妈的小宝贝。"

小奶糕伏在妈妈的肩头，哭得一颤一颤的，看起来可怜极了。

陶桃轻轻地拍着女儿的后背，以示安抚，同时对她说道："跟老师说再见吧，我们去找爸爸。"

小奶糕立即抬起肉乎乎的小手，忍着哭腔乖乖说道："老师再见。"

和老师道别之后，陶桃就抱着女儿离开了，在朝幼儿园大门走的途中，她一直安抚女儿，直到上了车，看到了蜂蜜蛋糕，小家伙的眼泪才算止住了。

车开动后，陶桃问了女儿一句："你要不要吃一口蜂蜜蛋糕？"

小奶糕很坚决地摇头："不要，我要和爸爸一起吃。"

陶桃略有些心理不平衡了："你怎么不和妈妈一起吃？"

小奶糕很认真地看着妈妈，一本正经地说道："因为妈妈以前吃过了，爸爸没有吃过，我不能只陪你吃，也要陪爸爸吃，不然爸爸会难过的。"

"……"

你这小丫头还真是雨露均沾啊。

陶桃无奈一笑："好吧。"

司机把母女俩送到了医院的东门，下车后，陶桃牵着女儿的手朝住院部走去，还没走到住院部门口，小家伙就伸出了小手，指向前方，兴奋地喊道："啊啊啊啊啊啊爸爸！"

陶桃抬头一看，果然在住院部门口看到了身穿病号服的程季恒。

他真是身残志坚啊。

小奶糕惊喜得不行。

这时周围的人不多，陶桃就松开了女儿的手，小家伙立即朝爸爸跑了过去，两条小短腿捯得飞快。

司机在返程之前就给程季恒发了消息，接到消息后，程季恒就从病房里溜了出来，下楼等她们母女俩。

女儿飞奔到他面前的这一刻，程季恒忍痛弯下腰，将小家伙从地上抱了起来，在她肉嘟嘟的小脸蛋儿上亲了一口："想不想爸爸？"

小奶糕紧紧地抱住爸爸的脖子，眼圈又红了，撇着小嘴说道："特别特别想……"

哎哟，扎心的感觉，他真是受不了。

程季恒就是看不得女儿哭，他的眼眶莫名地跟着红了："爸爸也想你了，特别特别想。"

陶桃看着他们俩现在的样子，简直无语到了极点。

不就是一天没见吗，你们至于这么伤感吗？！

她不得不催促:"别在这儿站着了,赶快回病房。"

一家三口回病房的途中,小奶糕兴冲冲地对爸爸说道:"爸爸,我和妈妈给你带了蜂蜜蛋糕,一会儿我们一起吃。"

程季恒笑着回道:"爸爸也给你准备了好吃的。"

小奶糕双眼放光地看着他:"什么好吃的?"

陶桃也一脸好奇地看着他。

程季恒卖了个关子:"保密。"

小奶糕叹了一口气:"好吧。"

到了病房,小奶糕终于知道答案了,是蛋挞。

小家伙开心极了,因为她最最喜欢吃蛋挞。

陶桃则一脸不解地看着程季恒:"你什么时候买的蛋挞?"

程季恒面不改色:"我刚才没事干随手订了个外卖。"

"……"

这就是你背着我给她准备惊喜的理由?

陶桃瞪着他:"就你这争宠的手段,在宫斗剧里你一定能活到最后一集!"

程季恒:"最后一集都不是我的目标,我的目标是统领后宫。"

陶桃又气又笑,没再搭理他,带着女儿去了卫生间,给女儿洗手。

洗完手之后,小奶糕就脱鞋上了床,和爸爸一起分享蜂蜜蛋糕和蛋挞。

陶桃暂时不想吃东西,就盘着腿坐到了另外一张床上,继续学习。

其实程季恒并不爱吃甜食,但是女儿给他带的东西,再不喜欢吃他也要逼着自己吃下去。

小家伙则吃得不亦乐乎。

女人和孩子都在身边的感觉,简直是幸福极了,程季恒笑着问了女儿一句:"今天在幼儿园有没有遇到什么开心的事情?"

小奶糕点了点头。

陶桃也抬起了头。

陶桃在回来的路上已经问过小家伙这个问题了,所以她现在的关注点不在小家伙身上,而是在程季恒身上。

程季恒:"可以和爸爸分享一下吗?"

小奶糕忽然有点儿不好意思,但还是点了点头,笑着说道:"可以的!"

程季恒也笑了,柔声问道:"什么事让你这么开心?"

小奶糕没有立即告诉爸爸，而是严肃地叮嘱了一句："你不可以告诉别人哟。"

程季恒点头，保证道："爸爸发誓，绝对不告诉别人。"

小奶糕这才放心，但还是压低了嗓音，说道："我遇到了一个小哥哥。"

程季恒："……"

这是什么值得开心的事情吗？

陶桃清清楚楚地捕捉到了程总眼神中突然蹦出的惊愕，差点儿就笑出声了。

小奶糕特别害羞，又忍不住想和爸爸分享："那个小哥哥特别帅，还给我巧克力吃。"

程季恒的脸都快黑了，他深深地吸了一口气，严肃又认真地教育女儿："爸爸告诉你，除了爸爸，所有给你零食吃的男生都是坏人，以后不许接他们的零食，想吃什么告诉爸爸，爸爸给你买。"

小奶糕拧起了眉毛，很认真地反驳："不是的，小哥哥不是坏人，他特别特别好，是好人！"

程季恒压着脾气说道："你才认识了他一天，怎么会知道他好不好呢？"

小奶糕："今天上午老师带着我们去玩滑梯，但是我特别想你们，就哭了，老师没有看到我哭。后来我的脚边滚过来一个小皮球，小哥哥过来捡皮球，看到我哭了，就问我为什么哭，我说我想爸爸妈妈了，他就跟我说爸爸妈妈下午就来接我们了，还给我巧克力吃，让我别哭。"

程季恒一脸不屑："就这？"

小奶糕点了点头，然后害羞地笑了："我好喜欢这个小哥哥呀。"

程季恒产生了会心一击的感觉，他的脸更黑了，额头的青筋都快鼓起来了。

他再次深深地吸了一口气，目不转睛地盯着自己的女儿："听爸爸说，你这不叫喜欢，这是感激，还有，以后不许随便接男生送给你的东西。"

小奶糕一脸困惑："为什么？"

程季恒："因为他们不安好心！"

陶桃没忍住说了句："幼儿园的小孩儿哪有什么不安好心的？人家小男孩儿也是为了安慰我们小奶糕好不好？多温暖呀，而且小奶糕当时都哭了。"

程季恒面无表情地看着陶桃，斩钉截铁地说道："反正就是不能要，咱们家啥都有！"

"……"

他急了他急了他急了。

陶桃还从来没见过程季恒这么气急败坏的样子呢，又是无奈又是想笑。

程季恒一脸严肃地跟她商量："明天别送她去幼儿园了，长大一岁再送。"

这回换陶桃急了："明年她就遇不到小哥哥了？"

程季恒沉默片刻："要不……请老师在家教吧。"

陶桃："……"

我看你是要疯了。

她没再搭理他，继续低下头学习，然而此时病房的门忽然被敲响了。她不得不放下笔，下床开门，同时奇怪地说道："现在能是谁来呀？"

程季恒依旧沉浸在"小哥哥"带来的打击中，蔫蔫地靠在病床上，闷闷不乐："应该是老白。"

陶桃："老白是谁？"她只知道老季，昨天下午他还带着老婆来了一次。

程季恒回道："一个朋友，来探病的。"

"哦。"陶桃迅速整理了一下自己的头发和衣服，然后去开门。打开病房门的瞬间，她就被眼前的人惊讶到了，瞪大了眼睛看着站在病房外的女人："怎么是你？"

苏颜也很意外，笑着回道："我也没想到是你。"

站在她身边的白星梵身材高大，英俊不凡，十分意外地问道："你们认识？"

苏颜回道："今天在幼儿园门口我不小心踩到了她的鞋。"随后她低下头，柔声对站在身边的女儿和儿子说道："快向阿姨问好。"

姐姐白怀瑾和弟弟白傅瑜异口同声地说道："阿姨好。"

"你们好。"陶桃回答的同时，侧身给门外的这一家四口让路。

小奶糕听到来小朋友了，跪在病床上，好奇地看向门口，肉乎乎的手里还拿着一块小蛋糕，唇边沾了点儿蛋糕屑。

一大一小两个孩子一走进病房，小奶糕的眼睛忽然亮了，她开心又惊喜地看着小男孩儿，发出了和妈妈刚才同样的感慨："怎么是你？"

小小的白傅瑜也很惊喜，笑着回道："我也没想到是你！"

这俩孩子竟然认识，大家都很惊讶。

陶桃看了看白家的那个可爱帅气的小男孩儿，又看了看自己的女儿，忽然明白了什么："小奶糕，这位就是送你巧克力吃的哥哥吗？"

小奶糕点了点头。

陶桃了然，幸灾乐祸地看了程季恒一眼。

果不其然，这人的脸色更难看了。

程季恒再次深深地吸了一口气，面无表情地盯着白星梵："你忙吗？忙的话就先走吧。"

陶桃："……"

这就是你的待客之道？

白星梵无动于衷："不忙，还可以待很久。"言必，他摸了摸自己儿子的小脑袋瓜儿，语重心长地说道："你现在是小哥哥了，以后要好好照顾妹妹，明白吗？"

小家伙点了点头："我明白！"

白星梵慈爱一笑——不错，孺子可教。

程季恒："……"

白家人在病房里待了一个多小时，主要是因为孩子们玩得很开心，大人们也不忍心打扰他们，一直到将近晚上七点，夜幕降临，白星梵和苏颜才带着孩子们回家。

白家人离开之前，小奶糕和白家小哥哥互相说了好几遍再见，还依依不舍地说了好几遍明天见。

程季恒全程面无表情，周身气压低至冰点。

就跟故意的似的，白星梵临走的时候特意跟程季恒打了个招呼，义正词严地说："季恒，早日康复，等你出院之后，我一定会带着七七和十五登门拜访。"

七七和十五分别是白家姐弟的小名，因为这姐弟俩一个是七夕出生的，一个是八月十五出生的。

要不是有伤在身，程季恒一定会直接把白星梵打出去。他强忍着想打人的冲动，硬挤出一个笑容："不用，太麻烦了。"

白星梵："不麻烦，走路也就五分钟的事。"

这才是最麻烦的地方！

程季恒现在特别后悔当初开发东湖畔别墅区的时候，特意给白星梵和季疏白一人留出来一栋别墅。

沉默片刻，程季恒面不改色地回了句："我明天就搬家了。"

陶桃："……"

你是说真的吗？

白星梵："没关系，你搬去哪里我们就去哪里登门拜访。"

程季恒："……"

白星梵略一颔首，谦卑有礼："那我们就先告辞了。"

程季恒毫不留情："快走不送。"

白星梵带着老婆和孩子走了之后，病房里骤然安静了下来，程季恒不由得长舒了一口气——可算是清静了。

这时，陶桃好奇地问了一句："你跟他们住得很近吗？"

真是哪壶不开提哪壶，程季恒完全不想面对现实："不近。"

陶桃不信："我刚才都听人家说了，走路五分钟就到了。"

程季恒："那是在我搬家之前。"

陶桃白了他一眼，忍无可忍地说道："你真作。"

小奶糕好奇地看着妈妈，奶声奶气地问："妈妈，什么是作？"

陶桃："就是闲着没事干了非要瞎折腾。"

小奶糕一脸懵懂："爸爸为什么要瞎折腾？"

陶桃看了程季恒一眼，感觉这人的血已经快被白家小哥哥放干了，整个人看起来脆弱到不堪一击。

女儿果然是男人们的软肋。

陶桃没忍住笑了一声，轻轻地点着女儿的小鼻尖："当然是怕小奶糕被偷走。"

小奶糕瞪大了眼睛，害怕地说道："我不要被偷走！"

陶桃心想：就怕你到时候自己就跟小哥哥跑了。

程季恒斩钉截铁："放心，有爸爸在，谁都别想把你偷走！"

小奶糕舒了一口气，不再害怕了。

程季恒靠在床上，抬起手臂，朝女儿招招手："过来，让爸爸抱抱。"

小奶糕没有过去，很认真地跟爸爸商量："爸爸，我可不可以一会儿再让你抱，因为我现在想去拉臭臭。"

她一本正经地说要去拉臭臭。

陶桃被逗笑了，程季恒也忍俊不禁："好，爸爸等你。"

随后陶桃带着女儿去了卫生间，把女儿抱上坐便器之后，叮嘱道："妈妈去外面等你，拉完了喊妈妈。"

小奶糕："好的，但是你不可以关门！"

"知道啦。"从卫生间出来之后，陶桃走到病床边，开始收拾玩具。

刚才三个孩子玩得不亦乐乎，将各种玩具铺了满床。

程季恒看着她，可怜巴巴地说道："你不过来关心我一下吗？"

真是个小作精，陶桃无奈："你又怎么了？"

程季恒先看了一眼卫生间的方向，然后压低了嗓音："她刚上幼儿园就有喜欢的小哥哥了，以后可怎么办？"

陶桃哭笑不得："她才三岁，你想那么多干什么呀？离她嫁人还早呢。"

程季恒长叹了一口气："只要一想起来她以后要嫁人我就有种心碎的感觉，特别特别难受。"

陶桃看着他那副可怜的表情，不知道该说些什么好。

她真是从来没见过男人如此感性。

她索性换了话题："等她拉完臭臭，你就陪她吃饭，不许再陪她玩了，吃完饭我就要带她回家了。"

程季恒不想让她们母女俩走，商量道："这才七点多，你们多待一会儿吧。"

陶桃态度坚决："不行，吃完饭就快八点了，回到家我还要给她洗澡呢，她明天还要上幼儿园，九点半之前必须睡觉！"

程季恒："你们不能在这儿住吗？"

陶桃："不能！"

程季恒不死心："就一天！"

陶桃："一天也不行，她现在已经上学了，必须养成规律的作息习惯。"

程季恒退而求其次："那你周五晚上带着她过来陪我行吗？"

你怎么这么黏人呀？

陶桃没好气地说道："你都多大人了？非要让人陪？"

程季恒："我只是一个虚弱的病号。"

陶桃没再搭理他，重新把小桌子架了起来，刚准备摆饭，卫生间里就传出了女儿的声音："妈妈，我拉完了！"

陶桃停下了手上的动作："好，妈妈现在就去给你擦屁屁。"

谁知道小奶糕下一句喊的竟然是："不要，臭，让爸爸来！"

程季恒："……"

爸爸果然是捡的。

陶桃瞬间狂笑："哈哈哈哈哈哈哈哈……"

虽然被安排了"臭味任务",但女儿安排的任务程季恒不能拒绝。程季恒长叹了一口气,一边掀被子一边艰难起身,同时心甘如饴地喊道:"爸爸这就来。"

陶桃摁住了他的肩膀:"你躺着吧,以后有的是机会闻臭味。"说完,她朝卫生间走去,同时回应女儿,"爸爸身上有伤口,等爸爸的身体好了你再给他安排任务。"

给女儿擦完屁屁后,母女俩一起洗了手。

一走出卫生间,小家伙就嗒嗒嗒地朝病床那边跑了过去,撅着屁股努力往床上爬,陶桃赶忙走到女儿身后,及时托了她的小屁股一下,将她托到了床上,然后给她脱鞋。

拉完臭臭的小奶糕相当守诚信,立即爬到爸爸身边,兑现让爸爸抱的承诺。

程季恒将女儿揽入怀中,轻轻地捏了捏她肉乎乎的小脸蛋儿,故作不满:"爸爸在你眼里就是用来闻臭味的?"

小奶糕认真地解释道:"不是的,是因为妈妈能闻到臭味,你闻不到,所以我才让你去给我擦屁屁。"

程季恒哭笑不得:"爸爸为什么闻不到臭味?"

小奶糕:"因为妈妈昨天晚上说你是臭男人,所以你闻不到臭味。"

陶桃:"……"

千防万防,孩子难防。

昨天晚上小家伙就是不睡觉,哭着闹着要给爸爸打视频电话,陶桃气得不行,心理还有点儿不平衡,就随口说了一句:"爸爸就是个臭男人。"

谁知道这小家伙竟然记在心里了,还会"活学活用"了。

看来以后陶桃在这小丫头面前不能随便说话了。

程季恒看向陶桃,挑着眉问道:"你在背后说我坏话?"

陶桃死不承认:"我没有!"

小奶糕噘起了小嘴巴:"妈妈撒谎,撒谎不是好孩子!"

程季恒附和:"就是,撒谎不是好孩子。"

陶桃看着他们父女俩一唱一和的样就来气,瞪着他们俩说道:"你们俩还吃不吃饭了?"

强权之下必有屈服,父女俩生怕挨训,瞬间老实了,一个比一个听话,异口同声:"吃。"

陶桃这才放过他们俩。

阿姨六点多的时候就把晚饭送过来了，但那时白家人还没离开，程季恒他们也不能吃饭。幸好饭菜都装在了保温饭盒里，他们吃的时候饭菜还是热的。

吃饭的时候，小家伙坐在了儿童椅上，胸前戴着儿童专用的防漏围嘴。陶桃先将女儿的饭菜拨了出来，将儿童餐盘放到女儿面前的时候，叮嘱了句："你乖乖吃饭，不许玩，也不许和爸爸聊天，明天还要上幼儿园，今天要早点儿回家。"

小奶糕一脸哀求地看着妈妈："可不可以晚点儿回家，我不想和爸爸分开。"

程季恒那颗不安分的心瞬间死灰复燃，同样摆出了一副哀求的嘴脸："我也不想和小奶糕分开。"

小奶糕："妈妈，求求你了！"

程季恒："老婆，求求你了！"

小奶糕超级兴奋地捧住自己的小脸，激动得不行："哇，爸爸喊妈妈老婆！"

陶桃的脸颊猛然一红，她气呼呼地瞪着程季恒："谁是你老婆？"

程季恒毫无畏惧，面不改色："反正就是求求你了！"

陶桃毫无动摇："不行，她今天必须早点儿回家！"

小奶糕失落地叹了一口气。

程季恒也叹了一口气，不过并没有就此放弃，将目光投向女儿，温声安抚："没关系的，妈妈也是担心爸爸的身体，而且你明天还要上学，必须早点儿回家睡觉。"

陶桃这才消了一些气，然而紧接着，程季恒一转话锋："不过等爸爸出院之后我们就能天天在一起了，我今天跟妈妈商量了，让妈妈带着你搬过来和爸爸一起住，就是不知道妈妈同意不同意。"

小奶糕瞪大了眼睛，一脸期待地看着妈妈。

陶桃虽然想打死程季恒这个浑蛋，但是看着女儿期待的目光，又不舍得让女儿失望。

想了想，她板着脸回了一句："看你们俩这几天的表现吧。"

小奶糕立即表态："我一定会好好表现！"

程季恒："我也是！"

陶桃没继续这个话题，无奈地催促这对不省心的父女："快点儿吃饭！"

小奶糕:"好的!"

程季恒:"好的!"

陶桃:"……"

你们俩就比着装乖巧吧,看看谁的演技好。

就在她准备拿起筷子吃饭的时候,手机忽然振动了一下,屏幕亮起,弹出微信消息提示。

是小奶糕的班主任发来的消息。

陶桃立即去拿手机,点开了微信。

老师在群里提醒家长,明天有体育课,让家长给孩子穿运动鞋、运动裤。

看到消息的家长们都在回复"收到"。

陶桃也赶紧跟着回了个"收到",然后退出了聊天界面,返回好友聊天列表界面,这时发现程季恒竟然将头像换成了陶桃和小奶糕。

女人看到自己照片后的第一反应就是放大,然后仔细观察,看看是否有美中不足的地方。

陶桃立即点开了程季恒的头像。

看照片上是陶桃搂着小奶糕睡觉的画面,枕套、床单、被子全是洁白的,看样子是他昨天中午趁她们俩睡觉的时候偷拍的。

放大后仔细看了一会儿,陶桃不满地看着坐在对面的男人:"谁让你用我的照片当头像了?"

程季恒刚要解释,结果陶桃的下一句竟然是:"你都不给我P(通过Photoshop等软件对原图进行美化、变更、修复、拼接等,以达到美观的目的)一下?哪怕是给我加个滤镜呢!还有,你那是什么拍照技术啊?我的头发都乱死了,拍照之前你就不能帮我整理一下?"

程季恒:"……"

唉,女人……

叹了一口气,他无奈地回道:"你已经够漂亮了,还P?我是想给你P,但是设备和软件不允许,你说说还有哪个软件能把你P得更漂亮?在我看来没有了,任何软件P出来的效果都没有你的素颜美。"

"……"

没有人比你这个臭男人更懂得如何拍马屁了。

陶桃不得不承认,自己很吃他这一套,甚至有点儿无法抵抗,但还是有点儿不好意思:"你也不跟我商量一下就用我的照片当头像了,你的微信好友都能看到。"

一个单身男人的头像忽然变成了一对母女的照片，肯定特别引人注意，尤其是程季恒这种外形出众又事业有成的男人。

用头发丝想都知道，喜欢他的女人一定特别多。

虽然他朋友圈里有多少女人陶桃不清楚，但是难保不会有人把他的头像保存下来，发给对他有意思的人看。

想了想，陶桃说道："要不你换了吧。"

程季恒神采飞扬，得意地回道："不换，我就是让他们看呢。"

陶桃明白了，这人不光能作，还爱显摆。

不过陶桃也没有很反感他将自己和小奶糕的照片当作头像，甚至产生了一种莫名的安全感——

最起码，他没有遮遮掩掩，没有嫌弃她们母女，愿意毫无保留地向身边的所有朋友承认她们的存在。

第十七章
你是我见过的最完美的女人

半个月后,程季恒出院了,这天刚好是星期五。

其实医生让他星期六上午八点之后再办理出院手续,但他叛逆,不想多在医院浪费一个晚上,强行在星期五下午办理了出院手续,然后和陶桃一起去了幼儿园,接女儿放学。

他之前一直在住院,这是第一次来接女儿放学,早上还特意叮嘱陶桃不要告诉小奶糕,准备给小奶糕一个惊喜。

因为办理出院手续耽误了一点儿时间,陶桃和程季恒来到幼儿园的时候已经四点五十了,幼儿园门口被堵得水泄不通,车根本开不进去。程季恒让司机把车停在了路口,和陶桃一起下车步行过去。

一走到幼儿园门口,程季恒就蒙了,难以置信地看着面前的人海:"这么多人?"

陶桃斜眼瞧他,冷冷地说道:"你以为接孩子容易呀?"说完,她又叹了一口气,"今天来晚了,当不了第一了。"

程季恒:"当什么第一?"

陶桃:"当班里面第一个接孩子的家长呀。"

程季恒不解:"为什么一定要当第一?第一有奖励吗?"

陶桃解释道:"不是家长想当第一,是宝宝们都想第一个见到自己的爸爸妈妈。"她又忍不住抱怨了一句,"你女儿也是,我每天下午来接她的时候都要参加一场多人长跑竞赛,今天当不了第一了,她肯定要失望了。"

程季恒满不在乎："当不了就当不了吧,谁也不能次次都得第一,应该让她体验一下落后于人的感觉。"

陶桃没好气："你也就敢在我面前说这些——哎,你去哪儿呀?"

她话还没说完,就被程季恒牵着手拉走了。

程季恒头也不回,步伐坚定地穿梭在人群中："不往前挤挤怎么当第一?"

陶桃："……"

口是心非的男人。

她看了一眼被他紧紧牵住的自己的右手,挣了一下,没挣开,反而被他握得更紧了,她微微蹙起了眉头,不满地说道："谁让你牵我的手了?"

程季恒回头看着她,理直气壮："人这么多,咱们走散了怎么办?"

陶桃："走散了就用手机联系。"

程季恒："那多耽误时间呀,一会儿咱俩还要带小奶糕去吃牛排呢。"

陶桃瞪大了眼睛："我什么时候答应了要和你一起带她去吃牛排?"

程季恒："马上。"

陶桃："……"

程季恒："我都订好位置了。"

陶桃："你这就是先斩后奏!"

程季恒一脸无辜,语气卑微："我只是想给你们准备一份浪漫的惊喜而已,你应该不会不高兴吧?"

陶桃："……"

话都让你说完了,我还能说什么?

说话间,人群忽然骚动了起来,程季恒第一次来接孩子,还不知道发生了什么,但陶桃已经有了经验,不假思索地拉着他往前跑。

幼儿园的大门缓缓打开,蓄势待发的家长们一拥而入,长跑比赛就此开始。

陶桃对幼儿园内的地形和路线十分熟悉,回回接孩子都是第一名,可是这回带了个不认路的程季恒,严重拖慢了她的速度、拉低了她的实力,等两个人跑到小班教学区的时候,前面有好几个家长已经冲到教室门口了。

陶桃一下子就甩开了程季恒的手："都是你添乱!"

"没关系,还可以弥补。"程季恒开始策划,准备弥补女儿没有第一个被接走的遗憾,"你先去接她,我在门口等你们,别告诉她我来了。"

"行吧。"陶桃叮嘱道,"你往旁边站点儿,不然她一出教室就能看到你。"

程季恒立即照做，藏在了教学区大门左侧的柱子后面。

陶桃这才朝教室那边走去。

家长们已经在教室门口排起了队伍，过来一个家长，老师叫一个孩子的名字。

因为是小班教学，一个班里才十六个孩子，轮到陶桃的时候，班里已经有一半的孩子被接走了。

老师一喊名字，小奶糕就从小板凳上跳了起来，嗒嗒嗒地朝门口跑去，先乖巧地跟班主任说了一声"老师再见"，然后才去找妈妈。

"妈妈，你今天都没有第一个来接我。"小家伙拉住妈妈的手，仰着小脑袋说道，"我等了你好久。"

陶桃："妈妈给你准备了一份礼物，所以才来晚了。"

小家伙的眼睛瞬间亮了，她期待地问道："什么礼物？"

陶桃卖了个关子："现在不可以告诉你。"

小奶糕开始撒娇："求求你告诉人家嘛……"

陶桃忍笑回道："你马上就知道了。"

说着，母女俩走到了教学区门口，这时，程季恒忽然从柱子后面走了出来，笑着喊道："小奶糕！"

小奶糕瞪大了眼睛看着爸爸，超级意外，激动得原地蹦跶："啊啊啊啊啊爸爸！爸爸！"

程季恒将女儿从地上抱了起来："想不想爸爸？"

小奶糕点了点头："超级想！"

程季恒："爸爸也超级想你。"

陶桃忍不住嘲笑："才一天没见，你们俩有什么好想的？"

程季恒一本正经："思念是一种很玄的东西。"

小奶糕点头："对！"

陶桃又气又笑："你知道是什么意思吗，你就对？"

小奶糕："我爸爸说的一定是对的！"

程季恒："我女儿说的也一定是对的！"

陶桃："……"

这父女俩真是一对小作精。

随后两个人带着女儿离开了幼儿园，上车的时候，小奶糕满脸期待地问了一句："爸爸今天晚上是不是就能和我们住在一起了？"

程季恒和陶桃同时开口——

程季恒:"是。"

陶桃:"不是!"

小奶糕一脸困惑地看着爸爸妈妈:"到底是不是呀?"

程季恒保证道:"爸爸一定不让你失望。"

陶桃直接转移了话题:"你不是要带她去吃牛排吗?"

小家伙的眼睛瞬间亮了,她超开心地看着爸爸:"真的吗?"

程季恒无奈地叹了一口气,又笑着点了点头:"真的。"

小奶糕激动地举起两只小手:"耶!"

菲林餐厅是东辅市的顶级西餐厅之一,菜品原料只选用最新鲜的进口食材,负责烹饪的大厨是最专业的法国厨师。

餐厅在东辅河畔,环境优美,景色宜人,店内装修奢华高档。

格调高,名气足,菜肴佳,所以这家西餐厅颇受欢迎。

为了给顾客营造一个幽雅的用餐环境,餐厅严格控制用餐人数,每天只接受预订顾客。

这家餐厅最早可提前七天订位,所以程季恒早在一个星期前就把位置订好了。

他订的位置靠窗,窗外河面宽阔,波光粼粼,两岸高楼林立,壮观大气,放眼望去,一派繁华景象。

小奶糕坐在儿童餐椅上,正对着窗外,优哉游哉地晃着一双小短腿,小胳膊支在桌面上,双手托着下巴,目不转睛地盯着窗外的美景,奶声奶气地说道:"爸爸妈妈,这里好漂亮呀,我觉得我什么烦恼都没有啦!"

不光程季恒和陶桃被这小丫头逗笑了,连站在一边的女服务员都被逗笑了。

陶桃笑着问:"你之前有什么烦恼呀?"

小奶糕回答:"今天上舞蹈课的时候,老师说我们下周的舞蹈课需要两个人一组,一个男生和一个女生,班里有三个男生找我当舞伴,我不知道该选谁。"

美女的烦恼……

陶桃被逗得不行,强忍笑意,看了一眼坐在对面的程季恒,果不其然,这人的脸又黑了。

随后陶桃又问女儿:"你为什么不知道该选谁?"

小奶糕忽然有点儿不好意思,表情十分害羞,但还是告诉了妈妈答案:

"因为我想让白白哥哥当我的舞伴。"小家伙又叹了一口气，略带失落地说道，"但是白白哥哥比我大，我在小班，他在中班，他不能给我当舞伴。"

陶桃明白了，这才是孩子烦恼的根源：不能和喜欢的小哥哥一起跳舞。随后她又看了程季恒一眼，发现这人的脸更黑了。

程季恒现在一听见"白白哥哥"这四个字就不舒服，叹了一口气，将菜单放在女儿面前的小桌板上："不许想白白哥哥了，看看你想吃什么。"

陶桃无奈："她都不认字你让她怎么看？"

程季恒："看图片，想吃哪个点哪个。"

小奶糕以前从来没有拿菜单点过菜，都是妈妈问她吃什么，所以在小家伙的认知中，只有大人才可以拿着菜单点菜。现在爸爸将菜单给了她，她又惊讶又激动，兴奋地看着爸爸："真的吗？"

程季恒点头："真的！"

小奶糕又向妈妈投去了询问的目光。

陶桃也不知道程季恒在搞什么鬼，无奈地看向坐在对面的男人："她才三岁，你让她怎么点菜？"

程季恒："从现在开始练习，以后才不会被臭小子骗走。"随后他又看向女儿，严肃地教育："小奶糕，你要记好爸爸说的话，以后要是有臭小子在请你吃饭的时候不让你点菜，或者不让你随便点你想吃的东西，你就不跟他吃饭，找爸爸吃，爸爸什么都愿意给你买！"

他在自己的能力范围内满足女儿的一切需求，女儿以后才不会轻易地被臭小子骗走。

陶桃哭笑不得，都不知道是该说这人深谋远虑，还是该说他想得太多，不过她没继续阻止他，而是对女儿说道："我们今天就分开点菜吧，爸爸妈妈自己点自己的，你也自己点自己的，不过你不可以点太多，不然的话吃不完会很浪费，好孩子不可以浪费食物。"

小奶糕点了点头："好的！"

小家伙虽然不认字，但是菜单上的每一道菜都有一张对应的实物图片。

她最最最喜欢吃牛排，所以上来就点了一份牛排。菜单上有好几张牛排的图片，她选了最漂亮的一张，然后学着妈妈的样子，伸出小手指着图片，对站在一边的服务员说道："阿姨，我要这个。"

服务员看了一眼菜单，然后将小家伙选的菜品的名称念了出来，并询问孩子父母的意见："和牛西冷牛排，确定要这个吗？"

程季恒听后看向女儿，温声跟她商量："爸爸比较喜欢吃西冷牛排，你把这份让给爸爸好不好？爸爸再给你点一份菲力牛排。"

其实是因为西冷牛排的肉质比较韧，不适合小孩子吃。

菲力牛排是牛里脊肉，肉质最嫩，适合老人和孩子食用。

之所以这么跟孩子说，是因为这是她人生中第一次自己点菜，他不想打击她的自信心。

小奶糕非常大方："好的！"

程季恒："谢谢你。"随后他又给女儿点了一份炭火神户菲力。

点好牛排后，小奶糕继续往后翻菜单。后面的图片不好看，没有什么吸引她的地方，所以她翻得很快，直到翻到印有甜品的那一页，就不往后翻了，着了魔似的盯着菜单，看哪个都想吃。

陶桃一看女儿这样就知道是怎么回事了，不得不叮嘱："你只可以点一样，甜食吃多了会长蛀牙。"

小奶糕看看这个，又看看那个，最后又抬起头看了看妈妈，小声哀求道："我可以点两个吗？"

还不等陶桃拒绝，程季恒就接了一句："点两个吧，爸爸也吃。"

小奶糕超级开心："耶！"

陶桃瞪了程季恒一眼："你就惯她吧！"

程季恒一脸无辜："怎么能是惯呢？就两道甜点，分量特别小，一口就能吃完那种。"

陶桃没搭理他。

点完甜点之后，小奶糕又给自己点了一杯橙汁，然后超级满足地把菜单递给了妈妈："我点完啦！"

陶桃无奈一笑，接过菜单，打开一看直接蒙了，被价位吓蒙的。

她来之前也做好了这里的消费水平高的心理准备，却没想到竟然这么高。

刚才小家伙点的那份和牛西冷牛排要九百八十元，这还算是整体牛排类菜品中比较便宜的，后来程季恒给小家伙点的那份炭火神户菲力要一千三百元。

有钱人的世界果然与众不同。

随后她看着菜单陷入了沉思，实在不知道该点哪份牛排，与此同时，她忽然特别赞同程季恒让女儿自己点菜的想法。最起码女儿长大之后面对同样的境况时，不会像她妈妈此时一样不知所措。

这时，她的耳畔忽然传来了程季恒的声音："我又不想吃西冷牛排了，咱们俩一起吃肉眼牛排吧？"

陶桃怔了一下，下意识地回答："好。"但很快她就反应过来了，他应该是看出了她的窘迫，在通过这种温和的方式化解她的窘迫感。

陶桃心头一暖，感动于他的细心和贴心，情绪却忽然低落了下来。

她清楚地感觉到了他们两个人之间的差距，不仅是经济方面的差距，还有眼界与格局。

其实她一直都明白自己和他之间有差距，却从未像此时明白得这么彻底——她曾经带女儿吃过的最贵的牛排也就一百三十元，但他随便一点就是一千三百元的，差距体现在具体的衣食住行上，更令人感触深切。

她给不了女儿的东西，他全都能给，他们之间不只是有一段不能提的过去，更有一段无法忽略的距离。

她明白，时间一长，这种差距带来的矛盾会越来越明显，曾经有几分动摇的想法在这一刻又忽然变得坚决了——她不能嫁给他，绝对不能！

但她想让他一直对女儿好，永远不离开女儿。

最起码，在女儿长大成人之前，他不要离开。

吃完牛排，程季恒并没有立即送她们回家。

西餐厅附近有一个河畔广场，他和陶桃带小奶糕去了广场。

已经入秋了，天黑得比较早，广场上灯火通明，热闹非凡，不少住在附近的家长会在晚饭之后带着孩子来广场玩。

这是小奶糕第一次和爸爸妈妈一起出来玩，所以很开心。

爸爸妈妈和她比赛跑步，陪她坐广场上的小火车，看她玩蹦蹦床，还陪她坐了好几遍旋转木马，她觉得自己这天晚上超级幸福。

时间似乎一下子就过去了，当妈妈对她说已经八点了、必须回家的时候，她特别不舍，还有些难过，仰起小脑袋满脸期待地看着妈妈："你和爸爸以后还会带我出来玩吗？"

陶桃感受到了女儿的不安，也明白女儿为什么会不安。女儿从出生起就缺少爸爸的陪伴，比在完整家庭中成长的孩子缺少一份安全感。只有爸爸妈妈都在身边的时候，女儿才会有安全感——她很害怕会再次失去爸爸。

女儿的担忧令陶桃心疼又心酸，那一刻陶桃忽然做了一个决定：无论如何也要给女儿一个健康的成长环境。

她需要留下程季恒，不能再把他往外推了。

随后，她弯腰将女儿从地上抱了起来，柔声安抚道："当然会呀，爸爸妈妈永远不会离开你。"

程季恒也感觉到了女儿的不安，语气坚决："爸爸妈妈会一直陪着你，只要你想，爸爸随时可以带你和妈妈出来玩。"

小奶糕舒了一口气，紧紧地搂住妈妈的脖子，小奶音中满是依恋："爸爸妈妈，我好爱你们呀，我不想离开你们，我想一直一直和你们在一起。"

孩子的声音稚嫩，感情纯粹，十分戳心，陶桃的心尖猛然一颤，眼眶也酸了，她强忍着才没让自己哭出来，在女儿的脸蛋儿上亲了一下："妈妈也爱你。"

程季恒握住了女儿的小手，嗓音低沉而温柔："爸爸也爱你。"

可能是因为幸福过头了，小奶糕在回家的路上就睡着了，白面团似的仰在儿童座椅上，睡得特别香。

即将到家的时候，忽然下起了雨，雨不算大，却淅淅沥沥地不间断，司机将车停到了单元楼门口。

车里只有一把伞，程季恒先打着伞下了车，去接陶桃，然后二人打着一把伞绕到另外一边去抱孩子。

陶桃本想把小奶糕喊醒，却在张口的那一刻犹豫了，最终没舍得把女儿喊醒，从程季恒手中接过雨伞的时候，还轻声叮嘱了一句："别把她弄醒了。"

"嗯。"程季恒弯下腰，上半身探入车内，动作轻柔又小心地将熟睡中的女儿从儿童座椅上抱了下来。

小家伙在睡梦中换了个舒适的睡姿，趴到了爸爸宽阔的肩膀上。

一家三口朝单元楼走的时候，陶桃高高地举着雨伞，竭力把雨伞往父女俩那边移，生怕女儿被雨淋了，走进单元楼的时候，她的半个身子被淋湿了。

单元楼很老旧，楼梯间拥挤又狭窄，楼道里的灯还坏了，漆黑一片。

陶桃忽然想到了什么，四年前的记忆瞬间浮现在脑海中，立即看向程季恒，快速将手机从包里拿了出来："我开手电。"

程季恒轻声回道："我没事。"

陶桃打开手电，诧异地看了他一眼——他不会连怕黑也是骗她的吧？

程季恒从她的眼神中读出了怀疑，想解释，却欲言又止，因为不知道该怎么解释，最终只回了一句："有你和小奶糕在我就不怕。"

陶桃也不知道他到底是不是在骗她，没再说什么，默默地用手机给他照明。

她住在四楼，东户，面积不大，不到六十平方米，两室一厅。

一进门左手边是卫生间和厨房，正对着防盗门有两间小卧室，中间是客厅，客厅里没有窗户，无论是白天还是晚上都需要开灯。

打开房门后，陶桃没有开灯，担心会惊醒女儿。进门后，她小声对程季恒说了一句："直接把她抱回卧室吧，别喊醒她。"程季恒抱着女儿走进客厅后，陶桃轻轻地关上了房门，随后领他去了主卧。

房间里一片漆黑，外面还下着雨，仅有些许微光从窗外投了进来。

在程季恒往床上放女儿的时候，陶桃再次叮嘱道："你小心点儿，别弄醒她。"

程季恒轻声回道："放心吧。"话说得虽然轻松，但实际操作起来一点儿也不简单，他需要一直弓着身体，小心翼翼地抱着小家伙，一点点地弯腰将她往下放，跟放炸弹似的。

孩子成功"着陆"的那一刻，程季恒和陶桃皆舒了一口气。

卧室里漆黑又安静，陶桃给孩子盖上了被子。看着女儿稚嫩的脸庞，陶桃忽然想到了什么，对程季恒说了一句："我想和你谈一些事情。"

程季恒："什么事？"

陶桃起身："出去说吧，别影响她睡觉。"说完，她朝卧室外走去。

程季恒只好跟上。

陶桃走出卧室之后，没在客厅停留，而是走进了旁边的那间小卧室。

程季恒有点儿奇怪，但还是跟了进去。

陶桃依旧没开灯。他刚想问她有什么事，她忽然抱住了他的脖子，将唇印在了他的唇上，开始吻他。

程季恒浑身一僵，呆若木鸡。

她很主动，也很热情，一切都在程季恒的意料之外。

愣了好几秒钟，程季恒才反应过来发生了什么，瞬间就被点燃了，一把将她揽入怀中，同时用另外一只手扣住了她的后脑勺儿，变被动为主动，疯狂又贪恋地亲吻着她。

她的唇和四年前一样柔软、香甜，似乎上面沾着一种蛊惑人心的毒药，他越陷越深，欲罢不能。

漆黑的卧室里交叠着炽热的喘息声……

他还是那么强势，陶桃有些招架不了，气喘吁吁地回应着他的吻，同时去解他的领带。她之前没有给任何人解过领带，怎么努力都解不开，反而把领带弄得更紧了。

程季恒不得不暂时离开她的唇，一边单手扯领带一边喘着粗气说道："我看你是想勒死我。"

"我又不是故意的。"陶桃没敢看他的眼睛，继续解他的衬衫扣子。

她身上穿了一条宽松的牛仔背带裙，一件白色的打底卫衣，脚上的运动鞋还没有脱。

他将她压在床上，没脱她的衣服，也没脱她的鞋，甚至没有脱她的底裤。

他很急，一切全靠往上撩或者往旁边拨。

陶桃横躺在床上，纤细白皙的小腿垂在床边，呼吸紊乱，脸颊绯红，不由自主地咬住了下唇。

就在她以为他会非常蛮横地闯入的时候，他却忽然停了下来。

在紧要关头，程季恒想到了一件非常重要的事情，深深地吸了一口气，用尽最后的理智从她身上起来，一边快速地穿衣服一边说道："等我一会儿，我去买套。"

他不能再让她怀孕了。

陶桃没想到他忽然终止的原因竟然是这个。她都已经打算明天去买避孕药了。

那一刻，她忽然觉得自己特别……低贱。

她垂下眸，轻轻地点了点头："嗯。"

程季恒穿好衣服后，在她的脸上轻轻地吻了一下："等我。"

他走了之后，陶桃从床上坐了起来，已经被撩到锁骨处的衣服和裙子自然垂落了下来。

那一刻，她眼睛发酸，忽然特别想哭。

她抬起手背抹了抹眼泪，把鞋子和袜子脱了，怕鞋底弄脏床单。

之后她没再脱任何一件衣服，就好像不主动脱衣服就能缓解她心头的罪恶感一样。

她现在根本不确定自己爱不爱他，甚至从来没想过要跟他结婚。

她不在乎他到底把自己当成什么，也不在乎他这次对自己的新鲜感能保持多久，只是想留下他，甚至愿意为了让他一直陪着小奶糕而讨好他。

对小奶糕而言，没人能代替得了程季恒，无论是在感情上还是在物质上。

她给不了女儿最好的，只能帮女儿留下那个能给她最好的一切的人。

窗外雨声淅沥，在漆黑的卧室里，交叠的喘息声一直延续到深夜。

四年没有过了，他像是疯了一样地要着她，恨不得一次将这四年积累的思念与渴望尽数发泄出来。

最后一次结束的时候，陶桃已经精疲力竭，绵软无力地躺在床上，急促地喘息着，脸颊泛着潮红，眼眶和鼻尖也是红的。

她刚才哭了。

从下午的那顿牛排开始，她就感觉自己是一个很廉价的人，当他再次占有她的时候，这种感觉逐渐到达顶峰。

她甚至不确定自己到底是不是一个好妈妈。

她很爱小奶糕，愿意为女儿付出自己的生命，因为女儿是她在这个世界上唯一的亲人了。

小奶糕是她活下去的动力。

但是和程季恒比起来，陶桃什么都给不了女儿，不能让女儿上最好的幼儿园，不能给女儿找最好的英语老师，不能带女儿吃一顿一千三百元的牛排……他轻轻松松就能给女儿的东西，陶桃一样都给不了。

她只能通过这种出卖自己的方式去为小奶糕换取更好的生活。

结束的那一刻，她甚至有种解脱的感觉。

程季恒感觉她有些奇怪，却不知道她怎么了。

她今天这么主动，让他惊喜，也让他安心了不少。

他以为她原谅他了。

但是从开始到结束，他都没有感觉到她对他的渴望，她似乎只是一味地在用身体迎合他、讨好他。

以前结束后，她会像一只小狐狸一样主动地钻进他的怀里，或者趴在他的胸膛上。

但这次她没有。

结束之后，她就闭上了眼睛，还翻了个身，蜷起了身体，看样子是想睡觉。

他从身后抱住了她。

他想这么抱她一辈子。

他弄丢了她一次，绝对不能再弄丢她第二次。

他不知道现在立即跟她谈论以后的生活合不合适，但还是忍不住对她说了一句："我们结婚吧。"

他想娶她，做梦都想。

在遇到她之前,他的世界封闭又黑暗,是她的出现为他带来了光明,也是她让他明白了什么是爱,如何去爱。

她是他唯一的信仰,所以他只愿意"皈依"她。

陶桃睁开了眼睛,想拒绝他,却不知道该如何拒绝。

她不想嫁给他,又不能推开他。

沉默许久,她说了一句:"明天上午十点小奶糕有英语课,把她送到英语班我就回来收拾东西,晚上就能搬到你家。"

这不是他想要的答案,程季恒知道她在回避结婚这个话题,却不死心,又说了一遍:"我想娶你。"他的语气很坚定,还带着几分哀求。

陶桃咬了咬下唇,犹豫片刻,说道:"我不会离开你,小奶糕也不会。"顿了一下,她补充道,"只要你能一直对小奶糕好。"

程季恒神色一僵,忽然明白了什么。

她今晚的主动不是因为她爱他,而是为了女儿。

她怕他会抛弃小奶糕,所以想用这种方式将他留在身边。

归根结底,她还是不信任他。

她一直没有原谅他,只是为了孩子在委屈自己。

她还是那颗傻桃子,却又不是那颗傻桃子了。

他忽然感觉到了一股深切的惶恐,害怕自己再也找不回那颗桃子了。

他深深地吸了一口气,极力使自己保持冷静,一字一顿地跟她保证:"我不会再走了,这辈子都不会离开你了。"

不知道为什么,听到这句话的时候,陶桃忽然回想起奶奶去世那天。

在手术室门口,他也是这么跟她保证的。

他让她别害怕,说他会一直陪着她,这辈子都不会离开她。

可他最后还是离开了她。

她不会再相信他的承诺了,狼来了的故事经历一遍就够了,没必要经历第二遍。

她轻叹了一口气,回了一句:"睡觉吧,我困了。"

程季恒置若罔闻,再也无法保持冷静,将她抱得更紧了,恨不得将她融进自己的身体里:"我要娶你!"

陶桃看不到他的神情,却能感觉到他的偏执。片刻后,她说道:"我说了,我不会离开你,只要你对小奶糕好。"

程季恒不知所措:"她是我的女儿,我一定会对她好!"

陶桃重申:"只要你对她好,我就不会离开你。"

程季恒感到了一股深深的无力感，自己明明已经将她抱在怀里了，却又怎么都拥抱不到她。

他的嗓音忽然沙哑了："我想让你爱我。"

他不想要她的讨好，不想让她为了女儿委身于他，更不想她是为了女儿才和他在一起。

他只想让她爱他。

他哽咽着说道："你能再爱我一次吗？我求你……"他从未对任何人这么低声下气过，因为他从来没有这么爱过一个人，爱她胜过爱自己的生命。

她是这个世界上唯一能让他感受到温暖的人。

但是他的要求，陶桃做不到。

她上次爱他，换来的是绝望，谁知道这次会换来什么？

她不敢再去爱他了。

最后，她无力地回道："睡觉吧，我困了，明天还要送小奶糕上课。"话还没说完，她就闭上了眼睛。

程季恒也沉默了。

漆黑的卧室里，气氛忽然陷入死寂。

许久后，她听到他起誓般对她说了一句："我会一直爱着你。"

她没有回应他，紧紧地闭着眼睛，呼吸均匀，看起来像是睡着了。

实际上，她一直没睡。

窗外又开始下起了雨，雨水打在窗户上，滴答声不断。

不知过了多久，她重新将眼睛睁开，身后传来了平稳的呼吸声。

她以为他睡着了，轻轻地握住他的手腕，将他环在自己腰间的手臂抬了起来，然后小心翼翼地从床上坐起，穿上鞋，将散落了一地的衣服捡起来。

她把他的衣服叠好，放在了床边，然后拿着自己的衣服悄无声息地离开了这间屋子。

小家伙今晚睡得早，估计半夜会醒，醒来后发现妈妈不在身边一定会哭。

走出卧室之后，陶桃关上了房门。

房门关上的那一刻，程季恒就睁开了眼睛。

他一夜无眠。

天蒙蒙亮的时候，他听到了隔壁传来的声音，是女儿的声音。

小家伙的声音很清脆，十分有活力："妈妈，我们今天还和爸爸一起去坐小火车好不好?"

他听不清陶桃回了什么,因为陶桃的声音比较小,只听到小家伙很激动地回了句:"真的吗?"几秒钟后,他又听到女儿很大声地喊了一声:"爸爸!"

"你小声点儿,爸爸还在睡觉呢!"

这回他听到了陶桃的声音,她只要一着急,嗓音就会不由自主地提高。

小家伙的声音变小了,因为他再也没听到她的声音。

没过多久,他又听到隔壁传来了脚步声,是桃子的脚步声。

她走出了卧室,越过客厅,朝门口走去了,他听到了鞋柜开合的声音。

他以为她现在要出门,但谁知道她的脚步声忽然转了方向,她朝他所在的房间走了过来。走到门口,她停下了脚步,轻轻地推开了房门。

一走进房间,她就对上了他的目光,不由得有些惊讶:"你什么时候醒的?"

他回道:"刚醒。"其实他是一晚上没睡。

陶桃弯腰将手中拿着的一双黑色的男式拖鞋放到了床边的地面上。

这是她前几天从小超市带回来的拖鞋——考虑到他出院之后一定会经常来看小奶糕,所以她才会提前为他准备拖鞋,只是没想到今天就用上了。

然后陶桃叮嘱了一句:"你醒了就赶快穿衣服,她一会儿肯定要来找你。"

"好。"程季恒立即从床上坐了起来,开始穿衣服。

陶桃没再说什么,将套在垃圾桶里的垃圾袋拎了起来。

这个房间常年没有人住,垃圾桶里根本没有垃圾,但是昨晚多出来了几个用过的避孕套。

在她弯腰取垃圾袋的时候,程季恒看到了她胸口和锁骨处的片片红痕,某些痕迹比较重的地方甚至是紫红色的。

昨晚他确实失控了。

"我是不是弄疼你了?"他的语气中带着自责。

陶桃低着头回道:"没有。"其实弄疼了,昨晚的他就像是一匹饿狼,野蛮又粗鲁,尤其是第一次的时候。

她都快被他撞散架了,也不知道刚出院的人哪儿来的这么好的体力。

虽然她否认了,但程季恒还是对她说了一声:"对不起。"

陶桃没有回应他的道歉,而是对他说:"快穿你的衣服吧。"说完,她就拎着垃圾袋离开了卧室。

程季恒刚把衣服穿好，小家伙就嗒嗒嗒地跑进了他的房间，看到他之后，激动地喊道："爸爸！"

这是第一次早晨一起床就看到爸爸，所以她很开心。

小家伙身上穿着一件粉红色的睡衣，上面还印有许多红色的小樱桃，乌黑柔软的头发随意地披散在肩头，肉乎乎的小脸蛋儿白皙粉嫩，看起来可爱极了。

一看到女儿，程季恒的心就变得无比柔软，他笑着问道："你怎么醒这么早？"

小奶糕相当自豪："我每天都醒这么早，妈妈说我是勤奋的小宝贝。"

程季恒点头表示赞同："对，你是最勤奋的小宝贝！"

得到了爸爸的认可，小奶糕很开心，又忽然伸出小手指向床头柜的方向，好奇地问道："那是什么，糖果吗？"

程季恒顺着小家伙手指的方向一看——是避孕套的盒子，颜色鲜亮，确实像糖果。

"不是糖果。"他的语气自然，他牵起女儿的小手，一边带她朝房间外走一边说道，"是爸爸的药，爸爸刚出院，还需要吃几天药。"

小家伙抬起了小脑袋，一脸担忧地看着爸爸："你要快点儿好起来！"

程季恒的心猛然一颤。

怪不得有人说男人不能有女儿呢，这么贴心，谁顶得住？

他立即跟女儿保证："放心吧，爸爸马上就好了。"

他的话音刚落，陶桃的声音就从卫生间里传了出来："小奶糕，过来洗脸刷牙。"

"好的！"小奶糕松开了爸爸的手，嗒嗒嗒地朝卫生间跑去。

程季恒赶紧回到卧室，把避孕套的盒子收了起来，顺便铺了铺床，随后就没什么事可干了，坐在客厅的沙发上，耐心地等待母女俩从卫生间出来。

陶桃先监督女儿洗脸刷牙，然后用女儿的小毛巾给女儿擦脸，又将架子上的儿童护肤霜拿了起来，给了女儿，交代道："让爸爸给你抹香香。"

"好的！"小奶糕从小板凳上跳了下来，嗒嗒嗒地跑去找爸爸，将手中的粉色小瓶子交给了他，并交代妈妈布置的任务，"妈妈让你给我抹香香。"

"好。"程季恒爽快地接过了瓶子，拧开瓶盖，往手心挤了点儿护肤霜，放下瓶子后，双掌一并，搓了几下手心，然后将两只手同时捂在孩子的小脸上，开始抹香香。

他真的是在"抹"香香。

在爸爸的一双大手下，小奶糕的脸蛋儿像极了一团面团，被肆意揉搓，稚嫩可爱的五官都变形了。

陶桃刷牙的时候朝客厅那边看了一眼，差点儿气死，一口就把嘴里的牙膏沫吐了，气急败坏地瞪着程季恒："你那是给孩子抹脸吗？你那是擦皮鞋！"

程季恒还挺不服气："我怎么就擦皮鞋了？"

陶桃长叹一口气："你应该先在她的脸蛋儿上、额头上、鼻尖上、下巴上各点一点儿，然后再用手指头一点点地揉开。"

程季恒一脸茫然："我先在手心揉开然后抹在她脸上不一样吗？"

陶桃："……"

爸爸带娃，果然是活着就行。

他们吃完早饭才七点半，距离送孩子上英语课还有一段时间，也没有别的事情可干，陶桃就开始收拾行李，准备搬家。

为了避免那父女俩来烦她，她就让程季恒待在客厅陪小奶糕玩填色游戏。

她本以为需要带走的东西会很多，但实际收拾起来才发现，其实没有那么多。

她只需要带走自己和女儿的衣服、鞋子以及一些程季恒家里没有的东西，比如她和女儿学习用的书、女儿的玩具、她一直带在身边的老相册。

她的衣服不多，大部分还是四年前买的，或者说，除了怀孕那段时间不得不买孕妇装，她这四年来就没怎么给自己买过衣服，去商场购物或者网购，大多是给孩子买东西。

四年前，她卖掉了父母留给她的唯一一件东西——房子。

那套不到七十平方米的房子，承载着她的童年与青春，也承载着她人生中最幸福的时光。

所有与父母和奶奶有关的回忆，全在那套房子里，如果不是情非得已，她一定不会卖掉那套房子。

她现在住的这套房子是她来东辅之后买的，五十平方米，五十万。

云山的那套房子卖了六十五万，到手将近六十万，她买了这套房子之后，手中仅剩下不到十万，之后又花了七万元盘下了她现在经营的这家小超市，当时店主着急用钱所以低价转让了。

剩下的不到三万元，她生孩子用了。

四年下来，所挣的每一笔钱她都要精打细算着花，手中的余钱不多，所以不舍得将钱花在自己身上，只舍得花在孩子身上。

她所有的衣服只用了一个大纸箱就装完了，之后她开始收拾女儿的衣服。

孩子的衣服都很小，比大人的衣服省空间，而且孩子还在不断地长身体，衣物的更新速度很快，即便是这样，她还是用了一个半大纸箱才装完。

她用透明胶带将两个装满了的纸箱封了起来，然后开始往那个没装满的纸箱里放女儿的毛绒玩具。

小家伙特别喜欢买毛绒玩具，尤其是和动画片有关的玩具，比如小猪佩奇家族、花园宝宝家族、疯狂动物城系列以及小黄人和大白。

陶桃记不清自己到底给女儿买了多少毛绒玩具，小奶糕却对自己的这些玩具视若珍宝。

半个箱子装不下女儿的宝贝们，所以陶桃又打开了一个新纸箱——家里有许多纸箱，是她之前从超市拿回来准备收纳杂物用的。

就在她继续往纸箱里装玩具的时候，程季恒走进了房间。

她听到了脚步声，抬头看了一眼，随即又低下了头，继续装东西："不是让你陪她玩填色游戏吗？"

程季恒回答道："我来看看你需不需要帮忙。"

陶桃头也不抬地回道："不需要。"

程季恒："行，我帮你。"

陶桃："……"

程季恒走到她身边，和她一起将摆放在床上的毛绒玩具往箱子里装。

拿起一个头上带棕色圆点，身穿粉色、棕色相间的衣服，造型酷似天线宝宝的毛绒玩具时，程季恒好奇地问道："这是什么动画片里的人物？她是不是特别喜欢？"

他之所以猜女儿喜欢，是因为相同造型的玩偶居然有三个，另外两个除了头上点点的颜色和衣服的颜色和他手里的这个不一样，整体造型几乎一模一样。

陶桃抬头看了一眼，轻声回道："汤姆布利柏哦。"

程季恒笑了一下。

陶桃："笑什么？"

程季恒实话实说："你这样说话还挺可爱。"

"……"

陶桃明白了，这人以为句末的那个"哦"是她在学小奶糕说话。

陶桃无奈地叹了一口气："我说，它叫汤姆布利柏哦。"

程季恒："我记住了，汤姆布利柏。"

"不是汤姆布利柏，是汤姆布利柏哦。"陶桃伸手指着另外一个身穿粉色、黄色相间的衣服的玩偶，"它叫汤姆布利柏安。"又指了指最后一个身穿红色、绿色相间的衣服的玩偶，"它叫汤姆布利柏咦。"她又补充说明，"'哦''安''咦'不是语气词，是他们的名字。"

程季恒："……"

陶桃再次叹了一口气，没再理他，继续往箱子里装玩偶。

程季恒看了一眼手中的玩偶，又看了看摆在床上的另外两只玩偶，心里特别不是滋味。

除了这三个玩偶，床上摆着的一大半玩偶他都不认识。

女儿的喜好，他一概不知。

这四年，他不仅错过了陪伴在她们母女身边的时光，更没有担负起作为男人和父亲的责任。

他欠她的不只是一个道歉。

他看着她，很认真地说了一声："辛苦了。"

陶桃顿了一下手上的动作。

陶桃将女儿视为自己的生命，为女儿付出的一切都是自己心甘情愿的。

她不需要任何人的认可和心疼，也不需要回报，更是从未想过会有人对她说一声"辛苦了"，程季恒突如其来的一句"辛苦了"，还令她有些不知所措。

沉默片刻，她回道："你再也别离开她了，她很喜欢你，也很需要爸爸。"

程季恒语气坚决地保证："我不会离开她，也不会离开你，我一定会对你们好。"

陶桃不置可否："你对她好就行了。"之后她没再说话，闷头收拾玩偶。

程季恒再次产生了一种无力感，不知道该怎么做才能让她相信自己。

他也不希望陶桃为了女儿重新和他在一起，不想再让陶桃委屈自己，于是起誓般说道："无论我们两个有没有在一起，你爱不爱我，愿不愿意嫁给我，我都会对小奶糕好。"最后，他又一字一句地补充道，"哪怕你一辈子都不愿意嫁给我，我也会爱你一辈子。"

陶桃还是那句话:"我只需要你对小奶糕好。"将最后一个玩偶装进箱子里后,她扣上了箱盖,一边扯胶带一边对程季恒说道,"你出去陪她吧,我真的不需要帮忙,没有多少东西。"

程季恒不想走,想一直赖着她。

这时,客厅里忽然响起了女儿的声音:"我——们——一——起——学猫叫,一起喵——喵——喵喵喵,在你——面前撒——个娇,哎哟喵——喵喵——喵喵——"

小奶音十分清脆,就是音调忽高忽低,断句不合理,程季恒蹙着眉头听了半天也没听出来小家伙在念什么,于是就问了陶桃一句:"她在读什么?"

陶桃沉默片刻,不得不承认:"她在唱歌,《学猫叫》。"

程季恒:"……"

陶桃对女儿唱歌跑调这件事已经习以为常了,这小家伙自从学会唱歌,就没有一句歌词唱准过。再严谨点儿来说,小家伙唱歌根本就不是跑调,而是压根儿找不到调。

别人家孩子顶多是五音不全,这小丫头压根儿就没有五音。

陶桃唱歌不跑调,还曾得过校园歌手大赛一等奖,她实在想不明白自己的女儿唱歌怎么会难听成这样。

现在,她忽然有了一个猜测:她从来没有听过程季恒唱歌,一次都没有,哪怕是在他洗澡的时候,莫非……

为了证实这个猜测,她盯着程季恒问道:"你唱歌跑调吗?"

程季恒一脸乖巧地看着她:"什么?中午吃什么?吃什么都可以,我不挑。"

陶桃:"……"

她大概有答案了。

她又问了一句:"你能唱一句让我听听吗?"

程季恒面不改色:"吃火锅?可以,等她上完课我们就去吃火锅!"

陶桃:"……"

小家伙唱歌没调的原因是家族遗传……

确定了答案之后,陶桃没再往下问,又从床底下拿出了一组纸板,纸板展开后变成了一个大纸箱。

随后她开始收拾书架。

程季恒没有离开,帮她一起收拾。

这四年，她买了不少书，从胎教启蒙类到新生儿护理类，再到儿童教育和心理类。除此之外，书架上还摆着许多儿童读物与绘本。

程季恒第一次看到这么多有关儿童教育的书，装了一整个箱子都没有装完。

为了女儿，她真的付出了所有。

忽然间，他特别佩服这颗傻桃子，她是他见过的最有韧性的女人，也是他见过的最完美的女人。

如果没有生活的束缚，她一定会成为一个非常出色的人，她的人生也不应该一直被生活束缚着。

在她封箱子的时候，程季恒问了一句："你什么时候考研？"

陶桃回道："今年肯定来不及了，只能准备明年的考试。"

程季恒："读完研究生之后有什么打算吗？"

陶桃："我想当老师。"

程季恒："哪个学段的老师？"

陶桃垂下头，忽然有些难为情。

她觉得自己可能没有那个实力，达不到那个目标，觉得自己有点儿痴人说梦。

程季恒似乎猜出了她的想法："大学教授？"

陶桃脸红了，下意识地否认："我没有，我就想当个初中老师，和我爸妈一样。"

程季恒直言不讳："你为什么觉得自己不行？你能考上东辅大学的化学系，还总能考年级第一，甚至争取到了保研的资格，为什么会觉得自己不配当大学老师？"

陶桃心跳加速，有种秘密被无情戳穿的感觉，又像是被钉在了耻辱柱上，而他连一条遮羞布都没给她留。

她讨厌程季恒。

她甚至快哭了，红着眼圈看着他："跟你有什么关系？"

她才不需要他的认可，也不需要他的点评，更不需要他的施舍。

她就是一个生活在社会底层的人，干着一份没有多大意义的工作，拿着微薄的收入，不能给女儿提供更好的生活，甚至要靠出卖自己来满足女儿的愿望。

她这么低贱的人，怎么可能成为一名大学教授呢？她也没那个能力成为教授。

评教授职称起码得是博士生，她现在连研究生都不一定考得上。

看着她泪眼婆娑的模样，程季恒忽然明白了什么——四年的时光，消磨了她的意志。

现在的她很敏感、不自信，做任何事情都小心翼翼。

紧接着，他想起了昨天的那顿牛排。

或许是那顿牛排促使她做出了昨天晚上的决定。

他应该早点儿想到这一点。

是他的错，不只是因为昨天的那顿牛排，更是因为四年前他给她带来的伤害。

她将自己隐藏在了黑暗中。

是他亲手将她推向了黑暗。

现在，他要亲自带她走出来。

"这个世界上没有人可以看不起你，哪怕是你自己也不行。如果连你都看不起你自己，谁能看得起你？"程季恒直视陶桃的目光，神色认真，语气温柔又坚定，"你是我见过的最完美的女人，我爱你，也很佩服你，在我眼里，这世界上再没有女人比你优秀。"

陶桃怔怔地望着程季恒，视线越来越模糊，泣不成声。

这四年来，她每天都很忙碌，却又活得浑浑噩噩，将生活的重心全部放在赚钱养女儿上。

没有人夸奖她，没有人鼓励她，更没有人认可她。

这是她这四年来第一次得到认可。

最可笑的是，认可她的人竟然是程季恒。

她才不需要他的认可，可是又无法忽略这份久违的被认可的感觉。

她真的很讨厌他，特别特别讨厌，忍无可忍，呜咽着说道："要是能再来一次，我一定不会把你送到医院。"

千错万错，全都错在她当初太单纯。

如果那天晚上直接骑车走了，她现在也不会过得这么惨。

第十八章
你女儿呢？

程季恒一本正经地说道："你我本无缘，全靠你花钱。"他又补充道，"当初我吃了几个月软饭也没觉得不好意思，所以你没必要因为一顿牛排而自卑。"

陶桃原本沉浸在悲伤之中，听到这句话之后，忽然特别想笑，又觉得自己如果哭着笑出来一定特别丢人，只好学小奶糕，真假参半地哭，以掩饰内心的那份窃喜，号啕着说道："我可没你脸皮厚呜呜呜……"

程季恒忍笑，一脸严肃地说道："我也不能一直占你便宜，你独自抚养了小奶糕四年，我是小奶糕的爸爸，于情于理我都应该补偿你，但是咱俩之间要是提钱就俗了。要不这样，我供你上学，你想念多久的书都可以，直到你当上大学老师。如果你觉得不好意思的话，那就在你当上老师之后让我去蹭几节课。"

陶桃哭着说道："我才不让你去蹭课呢。"

程季恒："为什么？"

陶桃："因为我讨厌你。"

程季恒满不在乎："你现在才讨厌我已经晚了，孩子都这么大了。"说完，他扭头朝卧室门的方向喊了一声，"小奶糕，过来。"

"来啦！"

陶桃赶忙擦了擦眼泪，气急败坏："你喊她干什么呀？"

陶桃的话音刚落，小奶糕就嗒嗒嗒地跑进了卧室，看到妈妈哭了，吓坏了，立即朝妈妈跑了过去，站在妈妈的脚边，仰着小脑袋担忧不已地问：

"妈妈你怎么了？"

陶桃连忙安抚女儿："妈妈没事。"

程季恒弯腰将女儿从地上抱了起来："妈妈没自信了，你夸夸妈妈。"

陶桃瞪了他一眼。

小奶糕立即开启夸妈妈模式："妈妈最厉害了，妈妈最漂亮、最聪明！我的妈妈是世界上最好的妈妈，我最最最爱妈妈了！"

陶桃再次红了眼眶。

女儿的嗓音稚嫩，却很戳心，女儿说陶桃是世界上最好的妈妈，没有一句话能像这句话这样令陶桃知足。

陶桃忽然觉得，得到女儿的肯定，是自己这四年来最大的成功。

程季恒看着陶桃，笑着说道："听听，这小嘴多甜，随我！"

陶桃没好气："随你，和你一样会拍马屁。"

小奶糕一脸疑惑地看着爸爸，问："爸爸，什么是马屁？是马的屁股吗？"

童言无忌，陶桃和程季恒全被小家伙逗笑了。

程季恒一本正经地回道："这里的屁不是屁股的屁，是夸你嘴甜。"

小奶糕似懂非懂地点了点头："哦……这样啊！"

陶桃："你就不能教她点儿好的？"

程季恒置若罔闻，看着女儿说道："妈妈现在心情不好，咱们俩一起给妈妈唱歌听吧？"

小奶糕超级喜欢唱歌，重重点头："好的！"

程季恒："你想唱什么？"

小奶糕："喵喵喵喵喵！"

程季恒："好，就唱喵喵喵喵喵，一起数一二三然后一起唱。"

小奶糕："好！"

陶桃一脸惊恐："不用！"

父女俩置若罔闻，同时开口"一、二、三！我——们———起——学猫叫，一起喵——喵——喵喵喵，在你——面前撒——个娇，哎哟喵——喵喵——喵喵——"

陶桃："……"

他们俩的歌声简直可以用鬼哭狼嚎来形容。

最可怕的是，这俩人的调竟然出奇地同步，好像这首歌的调原本就是这样的，只听了三句，陶桃就忘了这首歌原来是怎么唱的了。

十点钟，小奶糕开始上英语课。

将女儿送去英语班后，陶桃和程季恒又回了家，将刚收拾好的行李搬下楼、装车——搬家。

临行之前，陶桃并没有忘记去跟楼上的那对老两口告别。

这四年来，这对老两口真的帮了她们母女很多，他们不仅很关心陶桃，也很疼爱小奶糕。这份恩情，陶桃绝对不会忘，打算以后经常带小奶糕回来看望他们。

告别了老两口，陶桃就跟着程季恒离开了。

程季恒的家在东辅最有名的湖畔别墅区。

东辅这座城市环山抱水，风景优美，最有名的水不是东辅湖，而是卧龙湖。

湖畔别墅区在卧龙湖畔，开发商是禾凌集团，也就是业界所称的程氏集团。

这个项目在程氏集团的董事长还是程季恒的母亲时就启动了，不过那个时候仅开发了西畔别墅区。

西畔别墅区竣工后，东畔的项目还没来得及启动，程季恒的母亲就出了车祸，后来程吴川那个废物接手了集团，东畔项目被彻底搁置，直至程季恒接手集团，这个项目才被重新启动。

车驶进东畔别墅区的时候，陶桃看向了窗外，东边是高端大气的别墅群，西边是碧波荡漾的卧龙湖，明媚的日光下，湖面开阔，波光粼粼，风景如画。

陶桃放眼朝远处望去，还能看到一座郁郁葱葱的湖心小岛。

就在陶桃有些好奇该怎么抵达那座小岛的时候，轿车忽然驶过了一座小码头，水边停靠着不少白色的游艇。

答案显而易见：坐船。

车子朝北行驶，陶桃又朝前方望了一眼，看到了一座青山。

山虽然不高，但轮廓很像云山，这个场景勾起了她对家乡的几分思念。

她将目光定格在那座青山上，轻声问程季恒："那座山可以爬吗？"

"可以。"程季恒回道，"山下还有一个广场，是东西两片别墅区的交汇处。"

陶桃点头，又轻叹了一口气："小奶糕还没爬过山呢。"

她平时很忙，忙到几乎没时间带孩子出去玩，即便出去也是带着孩子去动物园、海洋馆这种地方，从没带孩子爬过山。

对于三岁的孩子来说，爬山太危险，陶桃一个人照顾不过来。

程季恒："明天早上就可以带她去。"他又说道，"我们一起带她去。"

陶桃看了他一眼，犹豫了一下，说道："我很想带她回云山看看。"

她当年从云山离开，不只是因为担心会被街坊邻居指指点点，更是因为想逃离那个充满了痛苦回忆的地方。

四年前从云山离开的时候她还发誓，以后再也不会回去，但是随着时间的流逝，痛苦的记忆逐渐被忙碌的生活冲淡了，如大浪淘沙一般，仅留下了美好、幸福的记忆。

这些记忆弥足珍贵，令她对云山朝思暮想，那是她出生、成长的地方呀。

然而再想回去就难了，一是因为女儿太小，二是因为要经营小超市，陶桃根本没法儿回去。

生活在她的身上锁了好几把锁，将她牢牢地锁在了东辅。

但是现在情况不一样了，她身边有程季恒。

虽然是为了女儿才重新和他在一起，但再怎么说陶桃现在不再是一个人了。

程季恒听后不假思索地说道："如果你想回去，等小奶糕下课我就开车带你们回去。"

陶桃回道："我是想带她在云山多住几天，今天回去的话明天就要赶回来，太匆忙了。"

程季恒："为什么明天就要回来？"

陶桃："她还要上幼儿园呢。"

程季恒："请一个星期假。"

陶桃："不行！你怎么能无缘无故给孩子请假呢？"

程季恒不服气："怎么就无缘无故了？女儿和爸爸妈妈一起去旅游，多有意义的事情！"

陶桃没好气地说道："那也不行，反正就是不能请假！"她着重强调，"现在必须给她养成良好的上学习惯，不然以后想纠正过来就难了，你别天天想方设法地带她逃学旷课。"

程季恒叹了一口气："行，你说什么时候带她去，咱们就什么时候带她去，反正我也没有发言权。"

陶桃的脾气一下子就上来了，她瞪着他质问："你少把自己说得那么可怜！把话说清楚，我怎么就没给你发言权了？"

"……"

他忽然就明白了老季和老白每次跟老婆说话的时候为什么都那么谨小慎微。

　　男人稍有不慎，就会引来无妄之灾。

　　程季恒果断选择道歉："对不起，是我口误。"

　　陶桃斜眼瞧着他，等他的下一句话，看他还能怎么圆。

　　程季恒一脸真诚："我有发言权，我没有的是决策权，咱们家掌握决策权的只有一个人，那就是你。"

　　陶桃不得不承认，这人非常会说话。

　　她没再跟他计较，说道："我想等放寒假的时候再带她回去。"为了表明自己没有剥夺他的发言权，她又特意问了程季恒一句，"你觉得呢？"

　　程季恒毫不迟疑："我觉得可以！"

　　陶桃："你就没有别的意见？"

　　程季恒摇头："没有，我觉得这个时间选择得非常棒。"

　　陶桃忍笑，故意追问："棒在哪里了？"

　　程季恒毫不迟疑，张嘴就来："首先是人文环境，云山和东辅虽然离得近，但是不同的地区肯定有不同的风俗习惯，寒假去云山，可以留在云山过年，让她感受不同的新春文化。"

　　陶桃努力忍着才没让自己笑出来："还有呢？"

　　程季恒："其次是寒假时间充裕，我们可以在云山待得久一点儿，也不会耽误你学习。"

　　陶桃："没了？"

　　程季恒："最后，这是小奶糕人生中的第一个寒假，一定要在一个有意义的地方度过，没有任何地方比妈妈的故乡更有意义了。"

　　陶桃："继续。"

　　"……"

　　沉默片刻，程季恒说道："陶老师，在开始考试之前您总要告诉我这道分析题至少需要列出几条答案吧？不然我会觉得您在针对我。"

　　陶桃又气又笑："我就是想看看你到底有多能扯！"

　　程季恒一脸无辜："我没有扯，我一直在认真回答您的问题。"

　　陶桃毫不留情："我要给你打零分！"

　　程季恒不服气："为什么？"

　　陶桃："因为我在针对你。"

　　程季恒："……"

· 427 ·

两个人说话间，司机将车开上了某栋别墅大门前的车道上。

车道尽头有两扇门，一扇是车库大门，一扇是别墅大门。

车库大门有自动感应装置，车头一过线，门自动升起。

这个车库能停放两辆车，此时左侧的那个车位是空着的，另外一个车位上停着一辆红色超跑。

车库的最里面有直接通往别墅一楼的门，因为一会儿要往下搬东西，所以司机先将车掉了个头，倒车入库。

下车后，三人一起往车下搬东西，后备厢里和后车座上都堆满了箱子。

陶桃和女儿的东西不多，但也不少，整整打包了七个大纸箱，还都不轻，尤其是装书的那两个纸箱，死沉死沉的。

后来阿姨也出来了，帮忙搬东西。

幸好家里有电梯，不然将这几箱东西一箱箱地往上搬着实能把人累死。

从车库最里面的那扇门走进屋子后，先是一道玄关，玄关旁有鞋柜，再往里走一点儿就是电梯。

陶桃从来没住过带电梯的房子，更别说带电梯的别墅了，一时间有些局促不安，往屋子里走了一步就停下了脚步，小声询问程季恒："我用换鞋吗？"

程季恒回道："你是女主人，这个家你说了算，你想换就换，不想换就不换，谁都没有权力管你。"

这句话程季恒既是说给陶桃听的，也是说给阿姨和司机听的。

陶桃的心头不由得一暖，那种局促不安的感觉顿时减轻了许多，她想了想，说道："我还是换鞋吧。"

程季恒："行，我去楼上把拖鞋拿下来。"

陶桃急忙说道："那还是算了，怪麻烦的，我到楼上再换。"

"都行。"程季恒再次重申，"在这个家里，你想怎么样就怎么样。"

其实陶桃做不到像他说的那样无拘无束，因为这里是他的家，不是她的家。

她是因为小奶糕才决定搬过来和他一起住。

不过他的话确实让她安心了不少，她也明白他是在安抚她不安的情绪，所以她轻轻点了点头，嗯了一声。

因为东西比较多，电梯塞不下，于是陶桃和程季恒先带了几个箱子上去，阿姨和司机一起在楼下等第二趟电梯。

进电梯后，陶桃看到电梯按键上一共有四层按钮，地下一层，地上三层。

程季恒摁下了二楼的按钮，同时对陶桃说道："主卧和次卧在二楼，三楼是客房和阿姨的房间，书房在一楼，负一层是健身房和家庭影院。"

陶桃问道："小奶糕的房间也在二楼？"

程季恒点头："不过刚装修好，再晾几天吧。"

给女儿装修房间，他选择的都是最环保的装修材料，即便是这样他还是有点儿不放心。

陶桃诧异地问道："你重新装修了？"

程季恒："小公主怎么能住普通房间？她当然要住公主房。"

"……"

陶桃竟无言以对。

她轻叹了一口气，又问："你从什么时候开始装修的？"

程季恒实话实说："遇到你们的第二天。"

陶桃都不知道该说他有先见之明好，还是该说他老谋深算好。

不过足以见得他对小奶糕是真的很用心，这对她来说就足够了。

电梯很快就到了二楼，电梯门打开后，他们将纸箱搬出了电梯。

装小奶糕的衣服和玩具的那两个箱子比较轻，两个人一人搬起了一个纸箱，随后陶桃跟着程季恒朝主卧走去。

主卧的面积很大，不仅有独立的空中阳台和独立的书房，还有两个衣帽间，一个供男主人用，一个供女主人用。

男主人的衣帽间里放着程季恒的衣物，女主人的衣帽间一直是空着的。

不对，也不完全是空着的，陶桃走进衣帽间后，看到梳妆台上摆着四个大小不一的礼品盒，盒子很精致，让人忍不住想看看里面到底装了什么。

陶桃好奇地问了句："那是什么？"

程季恒沉默片刻："你的生日礼物。"

陶桃怔住了。

四年，他为她准备了四件生日礼物。

她忽然想起一件很久以前的事，那时他们还在一起。

某天晚上，她做了一个梦，梦到了已经去世的奶奶。

在梦里，奶奶叮嘱陶桃一定要好好记住自己的生日，因为奶奶走了之后就没人给陶桃过生日了。

然后陶桃就哭了，痛哭流涕地哀求奶奶不要走，但是奶奶走得很坚决。

她再一次体会到了被抛弃的滋味。

她不想被抛弃，也很怕被抛弃。

后来,她被他喊醒了,却依旧沉浸在悲伤之中,缩在他的怀里泣不成声。

他一直很耐心地哄她、安抚她,紧紧地将她搂在怀里,像哄孩子似的轻拍着她的后背,语气温柔得像是浸了水。

等她的情绪稳定下来之后,他才询问她梦到什么了。

她把自己的梦告诉了他。

说完之后,她更难受了,眼眶又红了。

她很想奶奶,很想爸爸妈妈,很想有人给她过生日。

就在她倍感无助的时候,他对她说了一句:"以后我给你过生日。"他的语气依旧温柔似水,却不失坚定,他像在发誓,"每年都过,一年不少,直到我死。"

那时她把他当成自己唯一的依靠,对他深信不疑。

但是他一走就再也没回来过,还给她留了一个假地址。

她一直以为他在骗她。

但是那把同心锁和这四个礼物盒子又向她证明了他没有骗她。

他真的回去了,也真的每年都会给她准备生日礼物。

陶桃忽然感觉心脏疼,像是被刀割了一下。

陶桃努力控制着自己的情绪,抬头看向程季恒,压抑着怒火问:"你为什么要晚回去两个月?"

她以前从来没想过问他这个问题。

四年的时光足以将她对他所有的感情消磨殆尽,她不再爱他,也不再怨他。所以对她而言,他当年是否回去过已经不重要了。

但是现在,她真的很想知道他为什么要晚回去两个月,为什么要给她留下一个假地址。

程季恒没有回答她的问题,不是不想回答,而是不敢回答。

当时的他有恃无恐,自信地以为她永远不会离开自己,也没有意识到自己有多爱她,所以没有将她放在心里最重要的位置。

他明明能在两个月的期限内去接她回来,却偏要将东辅的事情全部处理完再去接她。

她把他当成了生命中的唯一,他却将她放在了一个次要的位置。直到她消失了,他才意识到这颗桃子对他来说有多重要。

是他亲手将她弄丢了。

这四年来,他每天都生活在悔恨与自责之中,但再怎么折磨自己,也无法弥补自己所犯下的错误。

更何况，他所承受的那些痛苦比不上她所遭受的千分之一。

陶桃被他的沉默激怒了，再也无法克制情绪，眼泪夺眶而出，怒不可遏地开口，逼迫他回答问题："你说话呀！你为什么要晚回去？"

如果他没有晚回去，一切都会不一样吧？

程季恒眉头紧蹙，欲言又止，垂在身体两侧的双手攥紧又松开，松开又紧攥，最终却只能对她说一句："对不起。"

陶桃的视线模糊了，这不是她想要的答案。她听他说过无数遍对不起，可她不需要他的道歉，一点儿也不需要。

她只想知道他为什么要那么对她。

那股被她压在心底的怨恨在顷刻间爆发。

她抬起手擦了擦眼泪，目光冰冷地看着他，一字一顿地说道："我不接受你的道歉，也不会原谅你，这辈子都不会原谅你！"

程季恒感觉到了她的怨恨与愤怒，却无能为力。

他不能跟她说实话，不能承认自己过去有多么有恃无恐，最起码不能亲口承认，不然她更不会原谅他。

他沉默着打开鞋柜，从里面拿出一双红色的拖鞋，放到她的脚边。

拖鞋的鞋面上印着卡通米老鼠的头像。

在云山时，她给他买过一双黑色的印有卡通米老鼠头像的拖鞋，他第一眼看到那双拖鞋的时候嫌弃极了，觉得那双拖鞋又丑又幼稚。

但是他回到东辅之后才发现，自己竟然无比喜欢那双拖鞋。

拖鞋意味着家，是她为他带来的人间烟火的一部分。

所以他又买了一双一模一样的，还同时买了一双同款的女式拖鞋。

他之所以给她买红色的拖鞋，是因为她原来在云山穿的那双也是红色的。

这双拖鞋从买回来就一直放在鞋柜里，整整四年，直到今天他才有机会拿出来给她穿。

柜子里还放着一双儿童拖鞋，是粉色的，鞋面上印着小猪佩奇。

陶桃看到红色拖鞋的那一刻，眼眶又湿了。

过去的点点滴滴他都记得，甚至只是一双拖鞋。

她根本无法说服自己相信他不爱她。

程季恒这个人，永远这么讨厌。

这时卧室门口传来了脚步声，听声音应该是司机和阿姨搬着箱子过来了，陶桃赶忙擦了擦眼泪，同时转身蹲下去，装作什么事情都没发生的样子去揭封在箱口的胶带。

不一会儿，司机和阿姨就搬着两个箱子走进了衣帽间，将箱子放下后，二人就离开了，去搬剩下的箱子。

临走的时候，阿姨问了程季恒一句："今天中午会带孩子回来吃饭吗？"

"不回来了。"程季恒计划下午带她们母女去逛街，"晚上再回来。"

正在从箱子里往外拿衣服的陶桃忽然说了一句："回来，别天天带她在外面吃饭。"她补充道，"刚搬家她会不习惯，尽量让她在家吃饭。"

程季恒不假思索："好。"随后对阿姨说道："以后你都听太太的，我也要听她的。"

阿姨笑着回道："好。"然后询问陶桃："太太，中午要吃什么？"

这声"太太"把陶桃的脸都喊红了，她语无伦次地回道："什么……什么都行。"

阿姨工作经验丰富，很懂人情世故，这次将询问范围缩小了一些："吃米饭炒菜还是吃饺子？"

其实陶桃想选饺子，因为这是她们母女俩搬过来后的第一顿饭，应该吃一顿象征着全家团圆的饺子，但是她觉得吃饺子太麻烦了，而且时间太仓促——她和程季恒收拾完东西就要去接小奶糕，阿姨一个人肯定忙不过来。

想了想，她回道："中午吃米饭炒菜吧，晚上再吃饺子。"下午没什么事，她还能帮阿姨一起包饺子。

阿姨点头："好。"

差不多十一点半的时候，陶桃和程季恒一起去接小奶糕回家。

两个人接到孩子后，驱车回家。

在回家的路上，小奶糕好奇又充满期待地问道："妈妈，我们现在是要回爸爸家吗？"

陶桃柔声回道："对呀，妈妈今天早上不是已经跟你说过了吗？以后我们要和爸爸住在一起了。"

小奶糕："我们会一直和爸爸住在一起吗？"

"当然。"这次回答问题的是程季恒，他坐在副驾驶位置，回头看着女儿，"以后我们一家人再也不分开了，爸爸和妈妈会一直陪着你。"

小奶糕感觉超级幸福，立即举起小手，比剪刀状："耶！"

程季恒温柔地笑了，不过纠正了女儿一句："现在我们要回的不只是爸爸的家，也是你和妈妈的家，是我们的家。"

小奶糕点了点头："好的！"她还像个小大人似的认认真真地说道，"因为妈妈是爸爸的老婆，我是爸爸妈妈的小宝贝，所以我们是一家人！"

陶桃又气又笑，轻轻地戳了一下她的小脑袋："你懂得还不少！"

程季恒态度坚决地附和自己的女儿："对！你说得非常棒！等会儿爸爸奖励你吃巧克力！"

陶桃瞪着他："你少拿巧克力诱惑她！"

程季恒理直气壮："怎么能是诱惑呢？这叫合理性奖励，是不是小奶糕？"

小奶糕使劲儿点头："是！爸爸说的都是对的！"

程季恒也点头："我女儿说的也都是对的。"

陶桃："……"

你们俩互相拍马屁，真是难分伯仲。

司机这次没将车子直接开进车库，而是停在了别墅的正门前，是程季恒要求司机这么做的。

他这次要带着她们母女俩从正门回家。

正门前的监控有人脸识别功能，主人往门前一站，门就会自动打开。

大门打开后，映入眼帘的是一栋豪华的三层别墅。别墅左前侧是车库，和别墅楼体连在一起；别墅右侧是一片草地，草地上有一座长方形的游泳池。

小奶糕从来没有住过别墅，看到面前的这栋漂亮房子时，乌溜溜的大眼睛瞪得溜圆，小奶音中尽是惊叹："哇，好大的房子呀，像城堡！"她又看向妈妈，难以置信地问，"妈妈，我们以后真的要住在这里吗？这里好漂亮呀，我不是在做梦吧？"

不知道为什么，陶桃的眼睛猛然一酸，嗓子也跟着哽了一下。

程季恒弯腰将女儿从地上抱了起来，温声说道："当然不是做梦，小公主就要住在城堡里。"

小奶糕："我真的是公主吗？"

程季恒："当然啦，你永远是爸爸妈妈的小公主。"

一家三口进门之后，程季恒将女儿放在地上，然后打开鞋柜，给母女俩拿拖鞋。

程季恒先将女儿的拖鞋拿了出来。

小奶糕看到小猪佩奇后超级开心，然而她在看到爸爸妈妈的拖鞋之后，忽然就开心不起来了，甚至有些伤心，拧着眉头看向爸爸："为什么你和妈妈的拖鞋上面印着米老鼠，而我的上面是小猪佩奇？"

程季恒："你不是最最最喜欢小猪佩奇吗？"

谁知道小奶糕的眼圈忽然红了，下一秒她开始放声大哭。

程季恒瞬间蒙了。

陶桃也有点儿蒙，因为女儿不是爱哭的孩子，现在忽然哭了确实特别奇怪。

但她带娃经验丰富，立即蹲在女儿面前，温声询问道："宝宝，你可不可以告诉妈妈你为什么要哭？"

小奶糕哭着说道："我的拖鞋和爸爸妈妈的拖鞋不一样……"

她想和爸爸妈妈穿一样的拖鞋。

陶桃明白了，小家伙是一个比较缺乏安全感的孩子，现在又处于一个完全陌生的环境，这双和爸爸妈妈不一样的拖鞋给她带来了不安的感觉。

程季恒大概也明白了女儿哭的原因，立即说道："爸爸现在就去给你买！"话还没说完，他就转身朝门口走了过去。

陶桃抓住他的手腕，无奈地说道："算了，还没吃饭呢。"随后她又对女儿说道："宝宝，爸爸给你买这双鞋是因为你喜欢小猪佩奇，他是想哄你开心，不是他不喜欢你了。"

小奶糕的哭声小了一些，她眼泪汪汪地看着妈妈："真的吗？"

陶桃点头："当然是真的，不信你可以问爸爸呀。"

程季恒也蹲在了地上，对上女儿的目光，哄道："爸爸怎么会不喜欢你呢？你永远是爸爸的小宝贝，爸爸最最最爱的就是你和妈妈。"

小奶糕终于不哭了，但眼圈还是红红的，声音小小地说道："可我还是想和爸爸妈妈穿一样的拖鞋。"

程季恒刚要开口，陶桃却抢在他之前对女儿说道："爸爸现在还没有吃午饭，你想让爸爸饿着肚子去给你买拖鞋吗？"

小奶糕立即摇头："不要！"

陶桃故作思忖："那……要不这样吧，妈妈给你出一个主意，你先穿这双小猪佩奇拖鞋，等我们吃完饭再让爸爸去给你买拖鞋好不好？"

小奶糕乖乖点头："好。"

陶桃和程季恒皆松了一口气。

小奶糕乖乖地换上了小猪佩奇拖鞋，却没有立即朝屋子里跑，而是紧紧地握住了爸爸妈妈的手。

陶桃和程季恒一起牵着女儿朝客厅走去。

客厅的面积很大，比她们曾经住过的那栋小房子的全部面积还要大，装修精致又豪华。

小奶糕对房间里的一切都充满了好奇，乌溜溜的大眼睛一直睁得圆圆的，看看这里，又看看那里，像极了一只小白兔。

程季恒笑着对女儿说道："你想不想玩捉迷藏？"这是让女儿快速熟悉环境的最好方式。

小奶糕惊喜极了："真的吗？"

程季恒点头："真的！"

小奶糕非常开心："想！"

陶桃明白程季恒的意思，但还是阻拦了他们父女俩："宝宝先吃饭，吃完饭睡午觉，然后才能玩。"

程季恒很配合："听妈妈的，睡醒再玩。"

小奶糕也很听话："好的！"

吃饭之前陶桃先带女儿去洗手。陶桃带着女儿走进卫生间之后才发现，洗手台前已经准备好了儿童专用的洗手凳。并且在今天上午第一次来的时候，她就发现了家里所有家具的边角处都贴上了儿童防撞软包，所有低处的插电孔上也加上了防触电保护盖。

她不得不承认，程季恒真的是一个很细心的男人。

餐厅里也早就准备好了儿童餐椅。

阿姨今天做了五菜一汤，三荤两素，全是小奶糕喜欢吃的菜。

每次吃饭之前陶桃都要先将女儿的饭菜拨进女儿的小餐盘里。

拨红烧肉的时候，小奶糕忽然说了一句："妈妈，我可不可以不吃肥肉？"

小家伙基本不挑食，唯一不喜欢吃的东西就是肥肉。

大部分孩子不喜欢吃肥肉。

陶桃态度坚决："不可以，你要吃红烧肉就必须瘦的肥的一起吃，不然就不要吃。"

小奶糕皱着眉头纠结了一会儿，向爸爸投去了求助的目光。

程季恒立即说道："不吃就不吃吧，你把瘦的啃下来肥的给爸爸，爸爸替你吃。"

陶桃没好气地瞪着程季恒："你不是不吃肥肉吗？"她清清楚楚地记得这人只要吃一口肥肉就会吐。

程季恒一脸无辜："人总要学会长大。"

陶桃："……"

呵，父爱如山。

她气急败坏："一会儿你要是不吃，就给我等着吧！"

程季恒保证道："我绝对吃！"

陶桃一点儿也不信他的话，都做好了杀鸡儆猴，不对，是"杀父儆女"的准备了，然而令她没想到的是，这人竟然真的把肥肉吃下去了，还是他闺女吃剩下的肥肉。

在这顿饭之前，程季恒最讨厌的食物就是肥肉，更别说别人啃剩下的肥肉了。但这肥肉是女儿给的就完全不一样了，他毫不犹豫地吃下去了，一点儿也不觉得恶心，甚至觉得挺香。

小奶糕吃完一口瘦肉，就要喊一声"爸爸"，程季恒会立即把自己的碗伸到女儿面前，然后小奶糕就会用筷子将肥肉夹进爸爸的碗里。

陶桃面无表情地看着他们父女俩天衣无缝的配合，内心无奈到了极点，同时又默默地在心底为自己未来的女婿祈祷——有这样一个"女儿奴"式的老丈人，女儿对女婿的要求不会低只会高。

程季恒确实把女儿当公主宠。

陶桃不再担心他会抛弃女儿，却开始担心小奶糕会被他宠坏。

不过她很快就改变了想法。

陶桃忽然想到奶奶曾经对自己说过的一句话："女孩儿坚强是好事，但是坚强过了头，就成了坏事，说明她受的苦多。"

事实证明，奶奶是对的——只有幸福的女孩儿才有资格被宠坏。

陶桃宁可让女儿成为一个被宠坏的小公主，也不想让女儿和自己一样。

吃完饭，小奶糕需要午睡。

在哄女儿午睡之前，程季恒和陶桃先带女儿去参观了公主房。

一走进房间，小奶糕就被眼前的画面惊艳到了，下一秒就开始兴奋地尖叫："啊啊啊啊啊啊，这真的是我的房间吗？"

程季恒笑着看向女儿："当然是你的房间，小公主就要住公主房！"

陶桃完全能理解女儿的心情。她上午第一次走进这间房的时候和小奶糕一样激动。

房间内的装修和布局完全符合童话故事中的描述：明亮宽阔的落地窗，精致华丽的窗帘，粉红色的大床，床头还挂着层层纱幔，家具全是北欧式的，华丽又不失典雅，任谁住在这间房子里都会觉得自己是公主。

小家伙超级兴奋，兴奋到不想离开。

当陶桃牵起女儿的小手，要带女儿去睡觉的时候，小家伙还有点儿不情愿："我为什么不可以在这间屋子里睡觉？妈妈，这里好漂亮呀，我想在这里睡觉觉。"

陶桃知道现在跟女儿解释装修后空气中会残留有害气体女儿肯定听不懂，所以回道："在小公主住进公主房之前，会有小精灵来房间里做检查，看看这里符不符合让小公主入住的标准，等小精灵检查完了，你就可以来住了。"

陶桃说完这番话后，程季恒站在女儿背后给陶桃竖了个大拇指，用口型说道：厉害。

陶桃忍笑，一本正经地看着女儿。

小奶糕瞪大了眼睛看向妈妈："真的吗？"

陶桃点头："不信你可以问爸爸。"

小奶糕又看向爸爸。

程季恒也点头："真的。"他补充道，"小精灵检查得比较仔细，所以你要再等几天才能过来住。"

小奶糕轻叹了一口气："那好吧。"跟着爸爸妈妈走出房间之前，她还不忘转身朝房间内挥挥手，很有礼貌地说道："小精灵再见。"

陶桃和程季恒强忍着才没笑出声。

之后他们两个带女儿去了主卧。

把女儿哄睡着后，陶桃从床上坐了起来，准备下楼帮阿姨包饺子。程季恒和她一起走出了房间，轻轻地关上房门后，对她说了句："我去买拖鞋了。"

陶桃又惊讶又无奈："你还真的要去买？"

程季恒："我都答应她了。"

陶桃解释道："她刚才是不熟悉环境才会哭，不是因为拖鞋，下午你陪她玩一会儿捉迷藏就好了。"

程季恒并没有改变主意："答应她的事，我必须做到。"

陶桃叹了一口气："行吧。"她忽然想到了什么，"你确定还能买到一模一样的拖鞋吗？"

程季恒还真的不确定，这两双拖鞋是他四年前买的，估计早就断货了。

陶桃一看他的表情就明白了，回道："你要是买不到米老鼠拖鞋，就买两双大人穿的小猪佩奇拖鞋回来，咱俩陪她穿小猪佩奇。"

程季恒笑了："行。"

随后他们俩一个下楼准备饺子馅，一个出去买拖鞋。

程季恒一点半出的门，快四点才回来，这个时候小奶糕早就睡醒了。

他开着车跑遍了东辅市各大商场和超市，也没找到同款的拖鞋，最后只好买了两双成人穿的小猪佩奇拖鞋回来。

他带着拖鞋回家的时候，陶桃已经开始和阿姨一起包饺子了，小奶糕在看动画片。

随后他陪女儿玩捉迷藏。

吃完晚饭,两个人又带着女儿去别墅区北侧的广场上玩了一会儿。

回来后,陶桃给女儿洗澡,然后哄女儿睡觉。

与之前不同的是,今天晚上给小奶糕读睡前故事的人是程季恒,陶桃抱着腿坐在床边的地毯上,安静地看着他们父女俩。

男人温柔起来,确实没女人什么事了。

程季恒给女儿读故事的时候,认真又温柔,声音如潺潺春水,有一种安抚人心的魔力,听得陶桃都快睡着了。

女儿睡着后,程季恒放下故事书,弯腰在女儿的额头上轻轻地亲吻了一下,然后从床上起身,低声对陶桃说道:"睡觉吧。"

陶桃怔了一下:"哦。"然后她从地上站起来,低着头问程季恒,"去哪个房间睡?"

程季恒:"你陪她睡,我去客房。"在她心甘情愿之前,他不会再碰她。

陶桃抬起了头,诧异地看着他。

程季恒温柔一笑,安抚道:"睡觉吧,别多想。"说完,他就离开了房间。

他离开后的很长时间里,陶桃依旧光着脚站在地毯上。

她也说不清自己心里是什么滋味,反正乱糟糟的。

许久后,陶桃才回过神,上床,躺在女儿身边。

小丫头睡得很熟,粉嘟嘟的小脸蛋儿肉乎乎的,可爱极了。

陶桃在女儿的脸蛋儿上亲了一口,关上了灯,却一直没有闭上眼睛,直到困意席卷了身心,才迷迷糊糊地睡着了。

从那天开始,程季恒一直睡在客房。

一个月后,陶桃带着小奶糕搬去了公主房,把主卧还给了程季恒。

除了分床睡这一点比较奇怪,他们二人平时的相处模式和寻常夫妻也没什么不同。

两个人同居一个屋檐下,共同抚养一个孩子,再复杂的过去也会被时间和生活冲淡。

清晨,他们会在同一张餐桌边吃饭,一起送孩子去幼儿园,一同参加幼儿园举办的亲子活动,周末一起带孩子出去玩,有时间还会一起去逛超市,也会时不时地吵吵架拌拌嘴,日子平淡却不失温馨。

时间如水般流过,转眼间到了年底。

第二天是元旦,今天是小奶糕今年最后一天上幼儿园,也是陶桃的小超市最后一天营业,因为下个月房租就到期了。

吃完早餐,程季恒先开车将女儿送去了幼儿园,然后将陶桃送去了小超市。

下车之前,她特意叮嘱了程季恒一句:"今天下午两点,幼儿园要开元旦联欢会,你千万别迟到。"

今天小奶糕还要上台表演节目呢。

这是女儿人生中第一次上台表演节目,所以陶桃很重视。

程季恒斩钉截铁地保证:"你放心,我绝对不会迟到!"

陶桃:"你要是敢迟到今天晚上就别想吃饭。"

程季恒挑眉:"要不然咱俩比赛吧,看谁先到,输的人连着刷一个星期的碗。"

陶桃忍笑:"比就比,你以为我怕你?"

程季恒笑着回道:"愿赌服输啊,到时候你别赖皮。"

陶桃不甘示弱:"我才不会赖皮呢,因为我根本不会输!"她解开安全带,开车门的时候对他说了句,"我走了,你开车小心点儿,中午记得吃饭,别一忙又忙忘了。"

程季恒无奈一笑,拖长了语调回答:"知——道——了——"

陶桃白了他一眼,没好气地说道:"拜拜!"

"拜拜。"

站在路边,看着他的车开走之后,陶桃才转身走向小超市。

天气已经转凉,室外的气温已经到了零下十摄氏度。

她开门之后做的第一件事是开空调,第二件事是补货。虽然是最后一天营业了,但该做的工作还是要做,不过她也只能补仓库里还有的货。

半个月前,她就不怎么进货了,仓库里剩下的东西并不多。

在她往货架上补薯片的时候,迎客铃忽然响了,小超市迎来了今天的第一位客人。

陶桃抬头看了一眼,怔住了,或者说有点儿被来人的长相吓到了。

来的人是个年轻女人,身材高挑,五官端正,长发如墨,皮肤也很白皙。如果她的右脸上没有那道狰狞又丑陋的巨型疤痕,她一定是个漂亮女人。

她的半张脸都被这道疤痕吞没了,容貌也因此大打折扣,她看起来甚至有点儿恐怖。

对一个女人来说,毁容可谓是灭顶之灾,尤其是对一个美人儿来说。

从轮廓来看,这个女人绝对是个美人儿。

她身穿一件浅棕色机车服，一条蓝色牛仔裤，脚上穿着一双黑色长筒平底皮靴，打扮得时尚又性感，身材也十分不错，但是脸上的那道疤痕实在是太过骇人，会令人忽视她所有的美。

陶桃不禁倒吸了一口凉气。

她从走进店里的那一刻起，双手就一直插在兜里，肩头斜挎着一个水桶包，包里鼓鼓囊囊的，不知道装了什么。

陶桃站在靠近门口的货架前。女人走进超市后，只淡淡地看了陶桃一眼，就朝最里侧的风幕柜走了过去。

风幕柜上摆放着酸奶、鲜奶和芝士等需要冷藏保存的奶制品。

陶桃看她站在了风幕柜前，就轻声说了一句："今天是本店最后一天营业，货品不太齐全，不过所有奶制品都打五折。"

奶制品是比较畅销的商品，不能太早断货，所以陶桃没有暂停奶制品的进货，只是比平时进得量少一些。

由于这类商品的保质期比较短，今天卖不完的话拿回家也喝不完，扔了又可惜，所以陶桃宁可打五折亏本卖完也不想浪费东西。

女人听后淡淡地嗯了一声。

她面朝风幕柜、背对陶桃而站，对着风幕柜扫视了一圈，冷淡地询问："没有辅鲜酸奶了吗？"

"辅鲜"是东辅当地的一个奶制品品牌，大部分东辅人买奶制品会首选辅鲜牌。

辅鲜酸奶的销量一直很好，无论进多少袋，当天一定能全部卖完，所以这也是陶桃唯一一个没有减少进货的酸奶品牌。

听完女人的问话后，陶桃立即回道："有的，在第二层架子的中间。"

女人头也不回地说道："我没有看到。"

陶桃只好放下手头的工作，朝最里侧的风幕柜走了过去。

那个女人就站在风幕柜的正前方，面前就是辅鲜牌酸奶，说看不到简直不可能。

陶桃十分奇怪，但还是走了过去，毕竟顾客是上帝。而且开店四年，她见过的比这个女人更奇怪的顾客多了去了。

印象最深刻的是一对夫妻，他们在她的店里吵架，把小奶糕吓坏了，她怎么劝架那两个人都不听，越吵越激烈。

吵架就算了，后来竟然动起了手，是丈夫单方面暴打妻子——妻子被丈夫死死掐着脖子摁在地上，丈夫一拳接一拳地打，妻子的鼻血流了满脸，那场景直接把小奶糕吓哭了。

为了不吓到女儿,也为了救那个快被打死的女人,陶桃不得不去阻拦那个暴力狂男人。

去阻拦那个男人的时候,她拿上了每天都放在包里的防狼喷雾,毫不犹豫地喷在了那个暴力狂的脸上。

暴力狂被喷雾喷了眼睛,大叫着松开了被他打到半死的妻子,陶桃趁机又推了他一下,想把他推远点儿。

结果也不知道是自己用力过猛了,还是那个男人压根儿就没站稳,她竟然一下子就把那个五大三粗的男人推倒了,他倒过去的时候还撞倒了一排货架。

陶桃并没有管那个男人,而是立即去扶那个女人,谁知道手刚碰到那个女人的胳膊,脸上就忽然挨了一巴掌——是那个女人打的。

最气人的是,那个女人扇完陶桃耳光之后还骂骂咧咧:"谁让你动我男人的?"

然后,那个女人一把将陶桃推开,从地上站起来后立即去扶自己的老公。

那一刻陶桃简直无语到了极点,虽然平白无故挨了一巴掌,但并没有感觉委屈,只是愤怒,同时特别怒其不争。

她见过不知好歹的人,却没见过这么不知好歹的人。

然而更过分的事情还在后面,那对夫妻竟然报了警,理由是陶桃故意伤害。

警察来了之后,那对夫妻倒打一耙,口径一致地跟警察说是陶桃无缘无故打人,向陶桃索赔一千块钱。

幸好店里有监控,不然陶桃跳进黄河都洗不清。

那件事是一年前发生的,那个时候小奶糕才两岁多。

那件事也是她经营小超市以来遇到过的最离奇的事情。

跟那对夫妻比起来,这个脸上有疤的年轻女人对酸奶视而不见的行为简直可以说是正常行为——见识过那对夫妻后,再奇怪的顾客陶桃都见怪不怪了。

陶桃走到风幕柜前,站在这个女人身边,从架子上拿起一袋辅鲜酸奶递给她:"给你。"

女人面无表情地接过酸奶:"原来就在这里。"

这句话是在表达惊讶,但是语气中一点儿也体现不出惊讶,她更像是在读一句枯燥无味的台词。

陶桃刚要离开，女人忽然对她说了句："你喜欢喝这个牌子的酸奶吗？"

陶桃不得不停下脚步，回道："还行吧。"其实她觉得辅鲜酸奶并没有多好喝，她最喜欢喝的酸奶是云山牌的，但是小奶糕很喜欢喝辅鲜酸奶，程季恒也比较喜欢。

不过陶桃并未提及家里的事情，毕竟对方是个陌生人，只说："每个人有每个人的口味。"

女人低头看向手中的酸奶："我很喜欢喝，小的时候，我妈天天给我买。"

陶桃注意到，提起妈妈的时候，女人的语气不由自主地就放柔和了，还带着点儿难言的思念与伤感。

陶桃猜测，这个女人的妈妈可能去世了。

果不其然，女人下一句说的就是："我妈死后，我就没再喝过酸奶。"她的语气沉了下去，温柔与思念不见了，仅剩下坚冰一般的冷硬。

陶桃不清楚这个女人身上发生了什么，却很能理解失去母亲的感受。

犹豫了一下，陶桃回道："斯人已逝，活着的人还是要朝前看，生活一直在继续，人总不能止步不前，也不能辜负逝者的期望。"

女人轻笑了一下："你说得倒是容易。"

陶桃怔了一下，略有些尴尬。

女人一直没有看陶桃，始终垂眸看着手里的酸奶。

她的手很好看，白皙修长，指如削葱根，指甲上涂着一层樱桃红色的指甲油，右手的无名指上戴着一枚钻戒。

酸奶的白色包装将她樱桃红色的指甲衬托成了殷红色，看起来十分刺目。

她再次启唇，说的话十分刺耳："未经他人苦，莫劝他人善，这道理你不懂吗？"

陶桃不知所措。

陶桃根本没有劝这个女人宽容，只是在安慰她。

既然对方不接受，说明是自己自作多情了，陶桃只好说道："抱歉。"

女人却自顾自地说道："我妈是被人逼死的，那个人不光害死了我妈，还害了我的丈夫，折磨死了我的父亲，害得我家破人亡。你说，我能放过他吗？"

陶桃越发不知所措。

听这个女人的描述,她的遭遇确实很不幸,那个害得她家破人亡的人也确实心狠手辣。

但是,这和自己有什么关系?这个女人为什么要跟自己说这么多?

预感告诉陶桃,最好尽快远离这个奇怪的女人,于是陶桃直接终止了话题,言归正传:"酸奶四块钱一袋,打完折两块,你要几袋?"

女人听明白了陶桃的意思,却置若罔闻:"你知道吗?把我害得这么惨的人,就是我的好弟弟。那个小杂种,从出生起就开始抢我的东西,抢了我的爸爸,抢了我的地位,抢了我的继承权,抢走了我的一切,最后又毁了我的人生。"说到这里,她的语气越发冰冷,她咬牙切齿地说道,"他把我害得这么惨,自己却活得那么幸福,天底下哪有这么便宜的事?我一定要把他的老婆、孩子全部剁了喂狗。"

陶桃越发不安,说句不好听的,感觉这女人的精神状态有点儿问题,这女人像个极端的疯子。

在陶桃看来,比起那对不讲理的夫妻,眼前的这个疯子似乎更可怕。

陶桃想让这个女人立即离开小超市,所以说话的态度也变强硬了:"你还买吗?不买赶紧走吧,我还要做生意呢。"

女人这回终于抬起了头,对陶桃笑了一下:"你老公养不起你吗?还需要你出来做生意赚钱?他不愿意给你花钱吗?"说着,她将手中的酸奶放回了风幕架上,再次将双手插进了外套的口袋里。

陶桃微微蹙眉,虽然知道自己现在应该尽快把这个女人赶走,但忍不住为程季恒解释了一句:"不是的,是我自己想出来赚钱。"

女人眉头一挑,眼尾上翘:"哦?你还挺独立。"说完,她又笑了一下,眼神中却没有笑意,目光阴沉得令人不寒而栗,轻启红唇,漫不经心地问,"你女儿呢?"

陶桃浑身一僵,周身瞬间被恐惧感笼罩了——这个女人怎么知道自己有个女儿?

陶桃下意识地想远离这个可怕的女人,然而还没来得及迈开双腿,这个女人就掐住了陶桃的脖子,又加大了力度。

与此同时,这个女人从兜里拿出了电击器,将开关开至最高挡,捅向陶桃的腹部。

陶桃眼前一黑,瞬间丧失了知觉。

第十九章
程季恒，你不会是装的吧？

下午一点五十，爱乐国际幼儿园的大礼堂内座无虚席，喜庆热闹，一派欢度元旦的节日气氛。

程季恒站在礼堂门口等了二十多分钟，也没等到陶桃。

再过十分钟表演就要开始，家长们几乎到齐了，就差程季恒他们两口子。

小奶糕他们班的节目被排在第一个，他不由得有些着急，又给陶桃打了个电话。

他已经记不清这是自己给她打的第几通电话了。

电话一直能打通，却一直没人接，所以除了着急，他还有点儿担心。

举着手机等了一会儿，手机里再次传来机械女音："对不起，您所拨打的电话暂时无人接听——"

没听完这句话，程季恒就把电话挂了，点开了微信，继续给陶桃发消息："到哪儿了？需要我去接你吗？"

在这条消息上面，也全是他一个人发出的消息，最早的一条是一个小时之前发出的，他告诉她自己已经出发了。

又等了几分钟，她还是没有回复消息，程季恒的眉头越蹙越紧，他抬手看了一眼腕表，距离女儿的表演开始还有三分钟。

犹豫了一下，他拿起手机给白星梵发了一条消息："我联系不上孩子她妈了，现在要去找她，你帮我照顾一下小奶糕。"

白星梵很快就回复了消息："好，放心吧。"

程季恒很了解白星梵的为人——言出必行。看到白星梵的消息后，程季恒舒了一口气，就在这时，手机忽然振动了一下，是陶桃发来的消息。

他立即点开了对话框，映入眼帘的是一段视频。

程季恒点开视频的那一刻，脸色变得无比阴沉，额角青筋暴起。

视频的背景像是一座废弃的工厂，光线昏暗，四面透风，陶桃的双手缚在头顶，她被吊在半空，嘴上被贴了胶带，脸上布满了被打出来的瘀青。

零下十几摄氏度的深冬，她身上没有御寒的棉衣，只有一件浅棕色的毛衣，毛衣上还沾着几滴殷红的血迹，腰间还缠着一颗黑色的炸弹。

镜头一转，画面上出现了程羽依的脸，在昏暗的光线下，她右脸上的那道伤疤更显狰狞，一如她此时阴沉狰狞的五官。

她背后是一排破碎的窗户，窗框很大，不锈钢材质，上沿直顶天花板，下沿很低，仅到她的膝盖处，窗户上的玻璃早就不见了，寒风呼啸着灌进厂子里。

程羽依左手侧的某扇窗框上系着一条登山绳，和绑在陶桃手上的那条绳子是一样的。

程羽依的右手拿着一把寒光闪闪的小型丛林刀，她对着镜头，语气森森："我给你一个小时的时间，一个小时之后，你要是找不到这里，我就用刀割断这条绳子。"说着，她还用刀刃轻轻地敲了几下那条吊着陶桃的登山绳。

刀刃似乎敲在了程季恒的心上，每敲一次，他的心就跟着骤缩一次，他咬牙切齿地盯着视频里的程羽依，双目赤红，脸色也越发阴沉。

视频里的程羽依敲够了登山绳之后，志得意满地勾起唇角，再次将目光对准镜头，语气冰冷地威胁："我只允许你一个人来，不许带别人，更不许带警察，如果我发现你违背我的要求，我会直接割断绳子。"言及此，程羽依将镜头一转，对准了被吊在半空的陶桃，"看到她身上缠着的炸弹了吗？只要绳子一断，她就会掉下去，不被摔死，也会被炸死，不对，是被炸得粉碎，你女儿就该变成和我一样的没妈的小孩了。"视频到此结束。

程季恒的脸色已经阴沉到近乎结霜，他恨不得立即杀了程羽依。

他这辈子最后悔的一件事，就是四年前放过了她。

担忧与怒火席卷了他的胸膛，心脏剧烈跳动，几乎要爆炸，呼吸也不由得急促了起来，他整个人都在发抖。

但理智告诉他，他现在必须保持冷静，只有他能救桃子。

闭上眼睛深深地吸了一口气，又长长地吐了出来，再次睁开眼时，他的双目恢复了清明，他极力压抑着心头的怒火与担忧，又看了一遍视频。

程羽依只给他一个小时的时间，也没有告诉他具体位置，他只能自己找线索。

第一遍看视频时，他只能判断出她们在一座废弃的工厂里，却判断不出具体的位置。

第二遍看视频时，他注意到了程羽依的身后。

他将目光越过她的肩，窗外是一条宽阔的大河，此时已是深冬，河面上早已结了一层厚厚的冰。

河对面是一条高架铁路，某段铁路的旁边竖立着一栋白色的建筑，上面立着四个醒目的红色大字：东辅北站。

东辅北站位于东辅的郊区，在四环开外，可以说已经脱离了东辅的市区范围，周围一片荒凉，人烟稀少，只有几座工厂坐落于此。

程季恒立即打开了手机地图，输入了东辅北站这四个字，结果很快就弹了出来。

地图上显示，高铁站对岸是一个服装加工厂，名为羽依。

程羽依站在工厂三楼的平台上，几步开外就是平台尽头，陶桃被吊在平台外的半空中。

程羽依背靠窗框而站，优闲地把玩着手中的丛林刀，还扯掉了自己的一根长发，挂在刀刃上，对着它轻轻一吹，头发就断了。

她勾起唇角，很满意这把刀的锋利程度，随后抬起头，将目光定格在被吊在半空的陶桃身上，悠然自得地启唇："我的好弟弟要是再不来，不用我割断绳子，你就会被冻死。"

这个厂子里所有的窗户都被打碎了，深冬的冷风能够肆无忌惮地灌进来，厂子里面冷得如同冰窖。

陶桃已经被冻僵了，浑身上下的每一根神经都是麻木的，她甚至已经感觉不到自己身体的重量了，像是飘在半空。

陶桃身上现在唯一能动的部位是眼睛，右眼眶也早被程羽依打青了。

但是面对程羽依满含挑衅的目光，陶桃的眼神丝毫不闪躲，陶桃正视程羽依的目光，双眸漆黑发亮，眼神中丝毫不见软弱。

程羽依冷笑了一下："你真是和我那个杂种弟弟一样令我恶心。"

听到"杂种"两个字的时候，陶桃的眼神中闪现了愤怒，如果不是嘴巴上被粘了胶带，陶桃一定会反驳。

"哟，这就生气了？"程羽依揶揄道，"看来你还挺爱他，他能有多爱你呢？"她轻轻挑眉，"你猜他愿不愿为了你去死？"

陶桃忽然明白了程羽依的目的——要程季恒的命。

陶桃的心头冒出了一股巨大的恐惧感，同时冒出了一股强烈的愤怒感，原本冻得发青的脸颊瞬间变得通红，身体里忽然冒出一股蛮力，她开始在半空中不停地摇摆挣扎。

程羽依看穿了陶桃的心思，不屑地笑了："你还想为他去死吗？少费力气吧，你以为你有多大的本事，还能挣断登山绳？"

陶桃置若罔闻，不停地挣扎双手，试图挣脱牢牢捆住她双手的绳索。

程羽依冷眼瞧着她："你以为你死了我就拿他没办法了？想想你的女儿吧。"

陶桃瞬间停止了挣扎，眼眶红了。

她忽然很害怕再也见不到小奶糕了，更害怕小奶糕成为和她一样的没有父母的孩子。

程羽依面无表情地启唇："你女儿多幸福呀，有爸爸又有妈妈。"说完，她沉默许久，再次开口，"我以前也这么幸福，是你女儿的爸爸毁了我的幸福，他害得我家破人亡，我怎么能让他的女儿享受从我这里抢走的幸福呢？"

为母则刚，母亲的底线就是孩子。

陶桃不允许任何人对自己的女儿造成威胁，愤怒地看向程羽依，眼睛似乎要喷火。

陶桃从来没有这么恨过一个人，她恨不得立即杀了程羽依。

程羽依再次冷笑："你少拿那种眼神看我，你应该恨的人不是我，而是程季恒，谁让他那么爱你呢？如果他不爱你，我怎么会盯上你？你知道他把我害得有多惨吗？如果你是我，你一定比我更恨他。"

程羽依开始咬牙切齿，眼神中浮现着难以用语言形容的恨意："他害死了我的母亲，折磨死了我的父亲，把我的丈夫送进了监狱。四年前，我跪在他家门口，像一条狗一样低声下气求他把我最爱的人还给我。他是怎么对我的呢？他像扔垃圾一样把我扔了出去。"沉默片刻，她深深地吸了一口气，"那个时候我已经怀孕两个月了。我失去了一切，只有那个孩子了。我不顾一切地保胎，最后还是没能把他留下来，你知道为什么吗？"

陶桃忐忑不安地看着程羽依。陶桃能感觉到，这个女人每说一句话，身上的那种偏执与疯狂的感觉就增添一分。

程羽依没有立即告诉陶桃原因，而是问道："你知道这是哪里吗？"问完，她又自己解答，"这是我妈留给我的服装厂，除了这个厂子，她还给我留下了八十万块钱和一栋别墅，但是她死后没几个月服装厂就倒闭了。"

柏丽清将服装厂留给程羽依，是希望程羽依日后的生活有保障。

但是程羽依根本就不会经营服装厂。

程羽依是被柏丽清捧在手心里养大的。除了撒娇和花钱，程羽依什么都不会。

有很多人说是柏丽清把程羽依养成了废物，也有不少人说程羽依像极了程吴川——一无是处。

母亲活着的时候，程羽依对那些人的指指点点嗤之以鼻，以为他们是嫉妒自己，但是母亲死后程羽依才发现，自己确实是个废物。

比起能独自撑起一个集团的程季恒，她确实是个不折不扣的废物。

所以她不光是恨程季恒，还嫉妒他。

刚接手服装厂的时候，她也曾壮志满怀，想做出一番事业证明自己，想变得越来越强大，因为只有强大起来，才能找程季恒报仇。

但现实比她想象的艰难得多。

她完全不懂经营，每一次决策都是凭感觉，感觉却总出错，不到两个月，服装厂就开始走下坡路，从第三个月开始，就发不起工人的工资了。

回想到这里，程羽依苦笑了一下："我为了给工人发工资，花光了我妈妈给我留下的积蓄，卖掉了她给我留下的房子。但工厂里有两千名员工，这些钱只够发两个月的工资，第三个月开始我就发不起工资了，到了第五个月，开始有人带头闹事，这里的每一扇窗户，都是被他们砸碎的。那个时候我害怕极了，求那几个领头的男人不要砸，他们根本不听我的话，还把我打了一顿，我的孩子就是被他们打没的。"

那个时候，她已经怀孕七个月了，孩子早就成形了，却被打得胎死腹中。

想到自己的孩子，程羽依的情绪开始不受控制，她咬牙切齿地盯着陶桃，语气中全是怨恨："是程季恒害死了我的孩子，我怎么能放过他的孩子呢？"

陶桃诧异地看着这个癫狂到五官狰狞的女人。

孩子的事情，跟程季恒有什么关系？

她怎么能把这笔账也算到他的头上？

她真是个疯子。

此刻，陶桃终于明白了，程羽依恨程季恒根本没有原因，只是单纯地恨他，所以才会把自己的不幸遭遇全部算在他的头上，哪怕这些事和他一点儿关系都没有。

似乎是看穿了陶桃的想法，程羽依冷冷地回道："我知道你在想什么，你一定在想，明明是我自己没用，为什么要恨程季恒。因为他逼死了我妈妈，害了我丈夫，如果我妈妈和我丈夫还在，我怎么可能变得这么惨？"

说完这些话之后，她又笑了一下，原本阴郁的神色瞬间变成了得意，像极了一个喜怒无常的神经病："我承认我是个废物，但也万幸我是个废物，不然四年前他怎么会放过我呢？如果他没放过我，今天我也不会有机会抓到你。"她又轻叹了一口气，故作感慨地说道："我的这个好弟弟，就是太自负了，根本没把我这个废物放在眼里。他却忘了一点，人人都有软肋，只要他暴露了他的软肋，哪怕我是个废物也能弄死他。"

程羽依的语气十分得意，看向陶桃的目光中闪着寒意，程羽依继续说道："我也不会放过你，我会把你们两个全杀了，但是我会留下你们的宝贝女儿。"

陶桃的呼吸开始急促，胸口剧烈起伏，她想破口大骂，但是被胶带封住了嘴，她的声音被堵在了嗓子眼儿，只能发出夹杂着愤怒的呜咽声。

程羽依勾唇冷笑："我是她的姑姑，法院一定会把她的抚养权判给我。我不会让她上学，我要把她送进马戏团，你知道那些地下马戏团会怎么对待被送来的孩子吗？他们会打她、骂她，让她忍饥挨饿，把她当成一条土狗养。我会让她成为这个世界上最低贱的人，一个连狗都不如的人。"

陶桃怒火中烧，怒恨交加之下，浑身发抖，双目通红，咬牙切齿地瞪着程羽依，虽然吐字不清，但还是在歇斯底里地咆哮："我要杀了你！我要杀了你！"

程羽依不屑地一笑，没再理会陶桃，继续把玩手里的刀。

不多时，手机响了，程羽依将手插进兜里，把陶桃的手机拿了出来，是程季恒打来的电话。

考虑了一下，程羽依接通了电话，还特意开了免提，故意让陶桃听着，哂笑着回道："你找到地方了吗？你老婆马上就被冻死了。"

程季恒开门见山："因为你打了她，所以我派人去把你妈的骨灰盒挖了出来，你再敢动她一下，你妈就会被挫骨扬灰。"他的语气十分平静，平静到令人不寒而栗，他继续威胁道，"她今天要是出了什么事，赵秦绝对活不过明天，他会被人剁了喂狗。"

程羽依的呼吸忽然急促了起来，妈妈的骨灰被挖出和丈夫的生命受到威胁都对她产生了强烈的刺激，她忽然很想直接割断绳子，让程季恒这辈子都痛不欲生。

但是在她抬起手的那一刻，她的动作忽然僵了一下，因为手机里再次传来了程季恒的声音。

"你想见到赵秦吗？"程季恒气定神闲地问道。

程羽依却变得无比惊慌失措。

只有犯人的家属和监护人才有资格去监狱探视，但她和赵秦还没有结婚，不是法定意义上的夫妻，所以她连去监狱探视他的权利都没有。

四年了，她每天都想见到他。

两个人的角色在瞬间对调。

程季恒像是在安抚一条不听话的小狗，语气温和地说道："你要是听话，我就让你见他。"

程羽依拿着刀的那只手缓缓垂落了下来，她被这个条件打动了，却越发对程季恒恨之入骨。

他比她想象的狠得多，也比她想象的强大得多，强大到让她觉得自己无比渺小，像一个跳梁小丑。

深深地吸了一口气，她咬牙切齿地对着手机说道："你还有十五分钟的时间，十五分钟后你要是再不来，我就割断绳子。"

程季恒："我到了。"

说完，他挂断了电话。

程羽依放下手机，朝平台边缘走了几步，看到了站在工厂门口的程季恒。

居高临下的感觉让她找回了几分冷静，她勾起了唇角，目光冰冷地盯着下面的程季恒。

然而程季恒根本没把程羽依放在眼里，抬头望了一眼被吊在半空中的陶桃，面色再次阴沉了起来，双拳紧紧攥起，根根骨节泛白。

随后，他踏上了通往三楼平台的楼梯。

程羽依开始气急败坏地喊叫："你站住！你不许上来！你敢再往上走一步我就杀了她！"

程季恒不为所动，步伐很快，且不失坚定，冷冷地回道："我要确定她还活着。"

程羽依怒不可遏，举起了手中的丛林刀，指向吊着陶桃的绳索："我让你停下来！"

程季恒停下了脚步，神色中却丝毫不见惊慌，淡淡地看着程羽依："赵秦可是还活着呢。"

这句话既是警告，也是威胁。

程羽依气得浑身发抖，却无可奈何。

程季恒再次抬起了脚，继续上楼。

很快，他就来到了三楼平台，先看向陶桃。

她像一具木偶一样被吊在半空中，脸上全是被打出的瘀青。

他的脸色在瞬间变得铁青，因为愤怒，额角的青筋再次鼓起，与此同时，他觉得自己特别没用，没能保护好她。

陶桃不能说话，朝他摇了摇头，表示自己没事，让他不要着急。

程季恒再次深吸了一口气，使自己保持冷静，朝程羽依走了过去。

程羽依立即将刀刃放在登山绳上，惊慌失措地大喊："别动！你再往前走一步我就割断绳子。"

她的情绪很激动，随时都会发疯。

程季恒不得不停下脚步。

程羽依舒了一口气，却对他并不放心，冷冷地说道："跪下。"

陶桃再次怒火中烧地瞪着程羽依，嗓子里再次发出一阵含混不清的呜咽声。

程羽依眸光阴冷地看着程季恒，将刀刃抵在紧绷的登山绳上，用力往下压了一下，轻启红唇："我让你跪下。"

绳子随时会被她割断。

程季恒不得不听她的指挥，屈膝跪在了地上。

陶桃看着他缓缓矮下去的身影，视线模糊了，心如刀绞般疼。

程羽依志得意满地看向跪在地上的程季恒："四年前，我也是这么跪在地上求你的，你没忘吧？"

程季恒叹了口气："没忘。"

程羽依："我还给你磕了几个头，我也要你磕头求我。"

陶桃再次剧烈挣扎。

她接受不了他被凌辱，如果自己死了，他就不用受这份侮辱了，也不用受程羽依的威胁了。

随着她的挣扎，绳子在不停地抖动，摩擦着刀刃。

程季恒的心脏骤缩，他猛然回头看着陶桃，厉声喝道："不想让我死你就别动！"

陶桃无力地垂在半空，泣不成声，觉得自己现在就是个累赘。

程季恒舒了一口气，将语气放柔和了："好好活着，你还要照顾女儿。"

陶桃神色一僵，愣愣地望着他。

什么叫她还要照顾女儿？

他不照顾了吗？

这时，程羽依再次启唇，语气中饱含威胁："我让你磕头。"说话的同时，她再次将手中的刀往下压了几分，登山绳的外层已经被割断了一点儿。

程季恒不假思索，立即将额头抵在地上。

陶桃哭得浑身发抖。

程羽依满意地勾起了唇角。

她已经想好了下一个命令——让他从楼上跳下去。

这时一楼忽然传来了警察的声音："里面的犯人，你已经被包围了，尽快放下武器，放了人质，不要做无谓的反抗。"

程羽依浑身一僵，呆若木鸡。

与此同时，她看到程季恒的眼神中闪过一丝冰冷的笑意。

趁她失神的这一刻，他忽然从地上冲了起来，眨眼间就来到了她的面前，死死地抱住她的身体，带着她一起扑出了窗外。

他并不想给她投降的机会，报警只是为了分散她的注意力。

他一直在等这一刻。

这次哪怕是拼上自己的性命，他也要置她于死地。

二人破窗而出的那一刻，还撞掉了几片玻璃碴儿。

工厂紧邻东辅河，河面早已结冰，姐弟二人如连体婴儿般齐齐地从十几米高空坠落，重重地砸在了河面上，将厚厚的冰层砸出了一个大洞。

新年的第三天，下午两点半，东辅市博爱医院。

住院部的走廊整洁明亮，陶桃急切地走在白瓷砖地面上，焦虑不安地去找程季恒的私人医生。

这已经是她今天第二次去找他了。

自从元旦那天上午程季恒从昏迷中苏醒后，她就陷入了一种急躁的状态，恨不得一天去找医生八百遍。

进医生办公室之前，她倒是没忘记敲门。等那位姓杨的医生说完"请进"之后，她立即推门而入，急切地问道："杨医生，有结果了吗？"

杨医生叹了一口气，有点儿无语。

这个问题，他已经回答过无数遍了，但每次他回答完不到三个小时，程太太就会再次来找他，问一遍同样的问题。

他现在看到程太太就害怕，但也理解她的心情，不得不耐心回答她的问题："检查结果显示，程总的脑部没有受到任何撞击。"他补充道，"昨天警察来找程总问话的时候，我也大概了解了一下当时的情况。程总和犯人一起摔在了冰层上，虽然冰层很厚，两个人还是从那么高的地方坠落，人体所承受的撞击力和摔在水泥地上差不多，但是程总在上面，犯人在下面，大部分撞击力被犯人承受了，而且犯人的身体起到了一定的缓冲作用，所以程总没受什么伤，最多是轻微撞击，对他的身体没有多大的影响。"

道理陶桃都明白，可她还是着急："没有影响的话他为什么会昏迷呢？"

杨医生也说不清，按理说程总应该不会昏迷，但他确实是昏迷了。

陶桃还是不放心，再次询问："你确定他的脑部没有受到撞击？"

她的语气中除了急切和焦虑，还有不安和担忧。

那天程季恒抱着程羽依扑出窗外的那一刻，陶桃被吓傻了，心脏骤缩，甚至产生了几秒钟的停跳。

仓库里的空气像被冻住了一样，她突然无法呼吸了，脑子里一片空白，像是有一把刀将她的灵魂从身体里剥离了。

她只感觉到眼睛发酸发胀，却哭不出来，想大喊大叫，嘴上却被贴着胶带。

警察将她救下来的时候，她浑身都是僵硬的。

手腕已经变成了一片黑紫色，双腿也失去了知觉，但她还是跟跟跄跄地朝窗口跑了过去。

河面上围着许多警察，他们在想办法捞人。

她呜咽着跑到窗口，看到了河面上被砸出来的那个大洞。

不过情况比她想象的要好，程季恒已经从水里游了上来，只不过现在昏迷了，浑身湿漉漉地躺在冰面上。

程羽依没有上来，想来是凶多吉少。

冰面被砸出了一个洞，附近的冰层不结实，所以只能派两名警察过去救程季恒。

救护车很快就来了，程季恒被迅速拉去了医院，陶桃和他上了同一辆救护车。

那时她根本没有精力去管程羽依的死活，满心想的都是程季恒。

她很担心他会出事，不只是因为他是小奶糕的爸爸。

直到程季恒清醒，警察来询问当时的情况时，陶桃才得知程羽依已经当场死亡。

程季恒并没有受什么伤，这是好事，但……

他昏迷了将近一天，第二天上午才清醒过来。然而他清醒之后对她说的第一句话竟然是："你是谁？"

那一刻，陶桃整个人都蒙了。

然而他对她说的第二句话是："我女儿呢？"

"……"

你记得小奶糕，不记得我？你装也要装得走心点儿吧？

陶桃气得不行："你不记得我是吧？行，我明天就带着小奶糕嫁人！"

程季恒冷笑了一下："你嫁人就嫁人，为什么要带着我女儿嫁人？我认识你吗？"

陶桃忽然就慌了。

他竟然不在乎她要嫁给别人了。

他不会是真的……把她忘了吧？

之后她连忙去找医生。

医生来了之后，给程季恒安排了一系列的检查，然而检查结果显示，他的脑部没有受到任何创伤，但程季恒就是记不起来陶桃是谁了。

最独特的一点是，除了陶桃，他什么都记得。

医生怀疑程季恒患了选择性失忆症，但是患失忆症的前提是大脑受到剧烈的外部接击或者是患者受到了精神刺激。

既然程季恒的脑部没有受到外部接击，那他应该是受到了精神刺激，医生只能给出"再观察两天"这种治疗结论。

这两天，陶桃一直在观察程季恒，其间还陪他转了院，从人民医院转到了博爱医院。

是程季恒这个小作精强烈要求转院，因为人家看不上人民医院，一定要去找自己的私人医生治疗。

而且他现在不认识她，根本不听她的话。

她没办法，只好答应他转院，都顾不上小奶糕了。

幼儿园举办的元旦联欢会她和程季恒没有参加，被救护车送进医院后，她先被安排做了一系列身体检查，后来被警方问话，调查流程全部走完后，已经将近晚上十一点了。

陶桃的手机是证据之一，但是负责这起案件的女刑警比较近人情，在开始问话之前告诉陶桃有个叫苏颜的女人发了微信消息，说陶桃的女儿被他们接回家了。

陶桃顿时安心了不少。

他们和白家住得很近，孩子们经常一起玩耍，大人也时常去彼此家串门，白家人对小奶糕很好，所以女儿被白家人接走，陶桃一点儿也不担心。

这几天，白家人也在帮忙照顾小奶糕。

陶桃不是不想管女儿，而是不想带女儿来医院。

那天晚上问话结束后，陶桃去白家接女儿的时候已经晚上十一点多了。按理说小奶糕早就该睡觉了，但是她一直没睡觉，在等妈妈。

那时陶桃脸上的瘀青还没下去，小奶糕一看到妈妈就被吓坏了，大哭着问妈妈怎么了。

陶桃肯定不能说实话，只能回答："妈妈今天不小心摔了一跤。"

后来小奶糕又问陶桃爸爸去哪了，陶桃说爸爸出差了，要几天后才能回来。

为了不吓到女儿，陶桃没有带女儿来过一次医院。她把小奶糕交给了阿姨。

这是她第一次这么舍得女儿，因为她要尽早让自己的男人想起来她是谁。

然而他在医院接受了三天的观察，记忆力好像一点儿恢复的迹象都没有。

她接受不了他记得全世界，却唯独忘了她。

这几天，她每天都往主治医师的办公室跑好几趟，医生是她唯一的救命稻草了。

杨医生每次都向她保证，程季恒的身体和脑子没有受到任何影响，想出院的话随时都能出院。

但她还是不放心，这次也一样。

"如果真的没有任何影响，他为什么会失忆呢？"陶桃现在已经快急疯了，"他记得其他所有的事情，只是把我忘记了！"

杨医生："有三种可能，第一，脑部受到重创；第二，精神方面受到了强烈刺激。"

陶桃追问:"第三呢?"

杨医生犹豫了一下:"只能在排除掉前两点之后,才能确定第三点。现在完全可以排除程总的脑部受到了重创。"

陶桃:"他也没受什么精神刺激呀。"

杨医生摇了摇头:"不一定,精神方面的病症比较复杂,据我所知,程总曾接受过长达三年的心理治疗。"他是程季恒的私人医生,所以对他的情况十分了解。

陶桃僵住了,呆呆地看着医生:"你说什么?"

杨医生回想了一下:"大概是三四年前吧,程总频繁地来找我做检查,说他的心脏有问题,总是会疼,而所有的检查结果都表明他的心脏没有任何问题。可是他一直有心疼的症状,我就建议他去看心理医生。"

陶桃愣怔许久,吸了吸微微发酸的鼻子:"那他到底为什么会心疼呢?"

杨医生摇头:"这个我不太清楚,你要去问心理医生。不过给程总进行心理治疗的那位医生是我推荐的,您要是有需要的话,我可以把那位医生的联系方式给您。"

陶桃拿到心理医生的联系方式后,向杨医生道了谢,离开了办公室。

陶桃回到病房,程季恒还在工作。

这间病房是博爱医院的 VIP 病房,三室一厅一厨一卫,三室包括两间卧室和一间书房。

在这家私人医院,病人想住多久就能住多久,只要出得起住院费。

程季恒一直在书房工作。

陶桃本不想去打扰他,可心里乱糟糟的,很想去找他。

她从来没听他说过,他看过心理医生。

书房的门并没有关,但是进书房之前,她还是先敲了敲房门——这几天他一直对她很疏离,也很客气,像是对待一位陌生人,她受不了他这样对待她,却不得不尊重他的态度。

程季恒正坐在书桌前工作,听到敲门声后,抬头看了一眼,微微蹙起了眉头,无奈地说道:"怎么又是你?"

他没有允许她进房间,她站在门口不敢进去,只敢小声回答:"不是我还能是谁呀?"

程季恒叹了一口气:"什么事?"

陶桃:"我下午要出去一趟。"她要去找他的心理医生。

· 456 ·

程季恒压根儿就没问她去哪儿，而是又叹了一口气："你要出去就出去，和我没关系，不用特意来跟我汇报。"他的语气中还带着点儿不耐烦。

陶桃有点儿委屈，眼眶也跟着红了，强忍着才没哭出来，低着头沉默了一会儿，小声回了一句："你是我老公，我当然要告诉你。"

程季恒笑了，笑得特别无奈："你连结婚证都拿不出来，凭什么说我是你老公？"

他只看证据。

但是陶桃手中根本没有任何能够证明他们关系的证据，所以这几天他一直把她当骗子。

这几天她时常会想，要是有本结婚证就好了，他就能承认她了。

有时她也会陷入拿不出结婚证的惶恐之中——他要是一直想不起来她的话，岂不是会一直把她当成外人？

沉默片刻，她回道："我都说了，咱们俩的感情之前出过问题，咱们分开了好久，所以才没有结婚。"

程季恒追问："到底是什么问题？"

她之前一直没告诉过他，此时抿了抿唇，犹豫了一下，说了实话："没感情了。"

程季恒："谁对谁没感情了？"

陶桃："我对你没感情了。"

程季恒："……"

陶桃立即补充："不过后来又有了！"

程季恒往后一仰，靠在椅背上，漫不经心地问道："什么时候又有了？"

陶桃纠结了一下，回道："你替我的初恋挡了一刀的时候。"就是从那一刻起，她重新爱上了他，只不过一直没有意识到而已。

或者说，她不想承认，因为太害怕再次被辜负。

直到他抱着程羽依破窗而出的那一刻，她才真真正正地看清了自己的心。

她很爱他。

程季恒抿了抿唇："没想到……我还挺大爱无疆。"

陶桃想了想，回道："你这应该是爱屋及乌。"

程季恒："……"

他的脸色有点儿难看，他深深地吸了一口气，问："我为什么要替你的初恋挡刀？"

陶桃："因为你以为我爱他。"

程季恒立即追问："那你到底爱不爱他？"

陶桃很坚决："不爱。"沉默片刻，她看着他的眼睛，声音温柔，却很认真地说道，"我只爱过你，爱了两次。"

心理医生姓周，陶桃和周医生约好了下午四点在他的办公室见面。

这家心理诊所在一座高档写字楼里，规模很大，占了整整一个楼层，装修风格简约淡雅，令人倍感舒适。

陶桃走进诊所后，前台工作人员询问她是否有预约，她回答自己已经和周医生约好了。

前台通知了周医生的助理，随后助理带她去了周医生的办公室。

周医生早就在等她了，助理介绍完来人信息后，他立即从办公桌后站了起来，和她握手："你好。"

陶桃："你好。"

寒暄过后，二人坐下，助理离开了办公室。

办公室很宽敞，有一扇落地窗，光线明亮，视野开阔，环境幽雅。

周医生端详着陶桃，随后说道："原来你就是桃子。"

陶桃的眼神中浮现出了诧异，她问："您之前……知道我吗？"

"当然知道。"周医生回答，"你是程总的此生挚爱。"

陶桃的脸红了，紧接着她叹了一口气："可他把我忘了。"

周医生："我听杨医生说了，从程总表现出的症状来判断，是选择性失忆症，但程总的脑部没有受到撞击。"

陶桃点头："对，所以杨医生怀疑是精神刺激导致的失忆，我才会来咨询您。"犹豫了一下，她又说道，"我之前不知道他接受过心理治疗。"

周医生思忖片刻："精神刺激倒也不是没有可能，他曾经确实很想把你忘了。"

陶桃连忙问道："为什么？"

"因为他很痛苦。"周医生回道，"四年前你们分开之后，他一直很痛苦，并且自责。他觉得是他犯下的一个错误导致你们分离。"顿了一下，他又说道，"程总是一个有些偏执心理的人，尤其是对你。他的童年十分不幸，这导致他不相信世界上存在美好的事物，可以说他是个很厌世的人，直到遇见你。对他来说，你象征着光明。"

陶桃怔住了，呆呆地看着周医生，心头隐隐作痛，鼻子也微微发酸："可他……他从来……从来没有告诉过我。"

周医生无奈一笑："他也没有主动告诉我。他是个嘴很硬的人，可以说是我见过的嘴最硬的病患，而且戒备心很强，很难轻信陌生人。他在清醒的状态下从来不会配合治疗，这些信息是我通过催眠手段获取的。"

言及此，周医生忽然想到了什么，笑了一下："他第一次来找我的时候，从进门之后就没说一句话。一般来说，主动寻求心理治疗的，是有强烈的自救心理且急于倾诉的人，但他不是。他当时就坐在你现在坐的这个位置，一言不发地看着我，那眼神更像是领导打量下属，好像这间办公室的主人不是我，而是他。说句玩笑话，对上他的那种眼神，我甚至有种参加面试的感觉。"

陶桃尴尬一笑，替程季恒道了个歉："抱歉，他有时候确实是……不太懂事。"

周医生被逗笑了，摇了摇头："没关系，说明他是个气场强大的人。后来我主动询问他，最近遇到了什么事情，为什么要来这里。你猜他是怎么回答我的？"

陶桃微微蹙眉，试探性地说道："想把我忘了？"

周医生笑着回道："他说他对桃子过敏，一看见桃子就心疼，想把世界上的桃树全部砍掉。"

陶桃又是心酸又是想笑："这都什么跟什么呀？"

周医生："我当时也是这么想的，并且从那一刻起就意识到，程总是一个嘴很硬的人，如果不采用催眠治疗的手段，他绝对不会配合治疗。后来经他同意，我对他进行了催眠，才知道了他的病症和病因。"

陶桃立即追问："是什么？是因为我吗？"

周医生："可以说是因为你，也可以说是因为他自己。他很爱你，把你当成唯一，却因为犯了一个错而失去了你，所以很自责，也很痛苦。他最后悔的一件事，是当初晚回去了两个月。"

陶桃沉默片刻："那他有没有告诉您，他为什么晚回去两个月？"

周医生："他觉得你永远不会离开他，所以有恃无恐，并没有把回去接你当成最重要的事情。"

所以他那个时候是真的不在乎她吗？陶桃忽然有点儿生气："对他来说，最重要的事情是什么？"

周医生："是集团。那个时候他刚从他的继母手中抢回家产，但是集团濒临倒闭，这个集团凝聚着他母亲和奶奶的心血。他当时将拯救集团当成了最重要的事情，这也是他晚回去两个月的主要原因。他想把所有的事情都处理好再接你回东辅。"想了想，周医生补充道，"除了这件事，他的继母也是一个原因。"

陶桃追问："为什么？"

"他的继母是一个比较极端的人，具体情况我就不表述了，到时候你自己看程总的治疗档案就能知道。"周医生说道，"他担心他的继母会伤害你，所以才没有直接将你带回东辅。"

陶桃曾听程季恒讲过一些他家里的事情，倒是知道他的那个后妈有多可怕。

更何况陶桃已经见识过程羽依的疯狂了，他的继母只会比程羽依更疯狂。

所以，他当年是为了保护她才给她留下一个假地址，走了之后和她断绝联系？

忽然间，她感觉心口疼得厉害。

周医生继续说道："可以这么说，程总在遇到你之前，有些情感冷漠的症状，成长环境和原生家庭导致他不信任也不满意这个世界，直到遇到了你，他才感受到了这个世界的温暖和美好。我刚才就说过，你是他的此生挚爱，他很爱你，爱成了他的软肋。所以和你分开之后，他就出现了心理问题，曾有很长一段时间持续出现心疼的症状，并且只能靠酗酒入眠。"

陶桃的心疼得更厉害了，眼眶微红，她诧异地看着医生："酗酒？"

周医生点头："对，程总酗酒大概持续了一年多，到了治疗的第三阶段，情况才慢慢好转。"

陶桃的眼泪一下子就涌了出来，心疼得像是被割掉了一块肉，她从未听他说起过这些事情，也从未主动去了解过他那四年是怎么度过的。

周医生见状给她递过去一张纸巾，说道："你是他的病因，我所有的治疗手段只能起到辅助作用，并不能根治，不过万幸的是，你回到了他身边。"

一听这话，陶桃哭得更厉害了："可他把我忘了呀！"

周医生微微蹙眉："精神刺激导致程总患上选择性失忆症，也不是没有可能，因为过去的四年里，程总确实活得很痛苦，忘掉你，就能让他摆脱那些痛苦，不过……"

说到这里，周医生停了下来，神色中带着些迟疑。

陶桃急切地追问:"不过什么?"

周医生迟疑着回道:"他那么爱你,没道理会把你忘了,况且你现在已经回来了。"顿了一下,他又问了一句,"你最近有没有对他做出过什么比较……怎么说呢,比较伤害他感情的事情,给了他太大的刺激?"

陶桃努力回想了一下,只想到一件事:"我让他按时去参加幼儿园的元旦联欢会,因为我们的女儿要上台表演。我威胁他,如果他迟到了,就不让他吃晚饭。"说完,她忐忑不安地看着医生,"这件事算吗?我伤害他感情了吗?"

周医生:"程总还不至于……这么脆弱。"

陶桃急得不行:"那是因为什么呀?"

周医生:"失忆的原因有很多种,要具体情况具体分析,你带程总过来,让我亲自给他治疗,我才能判断出原因,单是听你描述病症,我无法确定病因。"

陶桃有些失望,但也无可奈何,叹了一口气:"好吧。"

之后周医生将程季恒的治疗笔记交给了她,三年的治疗期,好几本笔记,厚厚的一摞。

笔记上有患者的自述,也有医生的描述。这是周医生自己整理的治疗档案,也是诊所的案例分析材料,陶桃不可以把它们带出诊室。五点钟周医生还要接待其他患者,陶桃只能在休息室翻看程季恒的治疗笔记。

周医生整理得很详细,陶桃看得也很仔细。

翻看到他酗酒的原因时,她哭得浑身发抖,心脏也一抽一抽地疼。

"我要是能这么死了就好了,肯定能上新闻,她就能看到我了,说不定还会重新想起来我的好,然后过来参加我的葬礼。

"我不怕死,只怕这辈子再也见不到她了。

"我要是没有晚回去两个月就好了,那样就不会把她弄丢了。"

治疗笔记很厚,陶桃一页不落地全部看完了,合上最后一本笔记的时候,她的眼睛都哭肿了。

笔记上记录了很多她不知道的事情,比如他的原生家庭、他的童年、他的成长过程。

四年前在云山的时候,陶桃曾因奶奶的病情恶化而崩溃,为了安慰陶桃,他讲了自己小时候的事情。

不过他讲得并不详细,她只了解了一个大概。

翻看完他所有的治疗笔记后，她才彻底了解了他的过去。

她很心疼他。

将笔记还给周医生后，她向医生道了谢，然后离开了心理诊所。

她回到医院的时候，已经快八点了。

那个时候她还没有吃晚饭。

一推开病房的门，她就闻到了一股饭香味，餐桌上已经摆好了晚饭，用保温罩盖着。

程季恒正坐在客厅的沙发上玩手机，听到她的脚步声后，抬眸看了她一眼，没问她去哪儿了，而是催促道："快吃饭，吃完饭回家。"

陶桃一怔："你要出院了？"

程季恒："不然呢？我又没事，为什么天天在医院待着？我女儿明天还要上学呢。"

今天是元旦假期的最后一天，小奶糕明天就要上学了。

陶桃急了："你怎么没事呀？你的病还没好呢！"

程季恒长叹一口气："我没有病。"

陶桃："你就是有病！你还没想起来我呢！"

程季恒："想不起来你就是有病？"

陶桃点头："对！"

程季恒："为什么？"

陶桃："因为我是你老婆，你最最最爱的人就是我！"

程季恒闭上眼睛，抬起手捏了捏眉心，然后睁开眼睛一脸无奈地看着她："你说你是我老婆，可是你拿不出任何证据证明你是我老婆，你让我怎么相信你？"

陶桃不喜欢这种被他当成外人的感觉，想了想，回道："我是你女儿的妈妈。"

程季恒："孩子妈和老婆是两个概念。"

陶桃："……"

你的逻辑思维还真是一如既往地清晰。

她无奈地叹了一口气："你今天要出院也可以，但是明天必须跟我去见周医生。"

程季恒："周医生是谁？"

陶桃："你的心理医生。"

程季恒难以置信："我还看过心理医生？"

陶桃点头："对，我今天下午就是去找他了。"

程季恒："我为什么要去看心理医生？"

陶桃："因为你特别特别爱我，但是我们分开了，所以你很痛苦，然后你就去看了心理医生。"

程季恒一脸不屑："不可能，我干不出来那种矫情事。"

陶桃："怎么不可能？你的治疗笔记比我高三那年做过的卷子都要厚。"

程季恒："……"

陶桃态度坚决："你明天必须跟我去见周医生。"

程季恒严肃地问道："既然我特别特别爱你，为什么会让你离开我？"

陶桃："情况很复杂。"

程季恒："那你就简单地总结一下。"

陶桃："……"

程季恒："总结不出来，就是你在骗我。"

陶桃气得腮帮子都鼓起来了，更像一颗桃子了。

气呼呼地盯着程季恒看了一会儿，她叹了一口气，按要求回答问题："那个时候我们非常相爱，但是你家里出了事，你不得不离开我。你告诉我两个月之后你就能回来，但是你四个月之后才回来。你迟到了很久，我以为你不要我了，我就走了。"

程季恒："其实呢？"

陶桃："你不是不要我了，你是在忙别的事情。"

程季恒挑眉："如果我真的那么爱你，什么事还能比你更重要？"

陶桃："这就是你的问题了，你以为我永远不会离开你，所以你把我放在了一个次要的位置上。直到我离开你了，你才幡然醒悟，追悔莫及。"

程季恒："我都那么对你了，你还愿意当我老婆？"

陶桃沉默片刻："我现在原谅你了，因为我知道了你有多爱我。"

程季恒没什么反应，只是淡淡地哦了一声，与此同时，不再看她的眼睛，扭头看向别处，薄唇紧紧地抿着，下颚线紧绷。

陶桃："你还有别的问题吗？"

程季恒面不改色："没了。"

陶桃："那你明天可以跟我去见周医生了吗？"

程季恒不假思索："不去。"

陶桃："……"

这个人还真是……讨厌！

她气急败坏地盯着他看了一会儿，忽然蹙眉，一脸狐疑地看着他："程季恒，你不会是装的吧？因为是装的，所以你才不敢去看医生！"

面对陶桃的质疑，程季恒先是一怔，继而无奈地叹了一口气，目不转睛地看着她，不疾不徐地反问："我为什么要装失忆？"

"因为……因为……嗯……"陶桃刚才只是突然怀疑了一下，并没有形成很清晰的逻辑。她正准备好好梳理一下这两天发生的事情，放在茶几上的平板忽然振动了起来，打断了她的思路。

是阿姨打来的视频电话，不消多想，一定是小奶糕让阿姨打的。

程季恒立即拿起了平板，接通了视频，下一秒，视频里就传来了小奶糕的声音："爸爸，你什么时候回来？"

小家伙的声音软软的，语气又带着满满的思念，程季恒的心都快化了，他几乎是脱口而出："马上！一个小时后爸爸准时到家！"虽然这几天一直住在医院，但他每天晚上都会和女儿通话。

陶桃没有过去，因为她对小奶糕说爸爸这几天出差了，不在东辅，所以他们俩不能同时出现在视频里，不然就露馅儿了。

程季恒和女儿通话的时候，陶桃朝餐桌走了过去，掀开保温罩，坐在了餐桌边。

为了早点儿见到女儿，陶桃吃得很快。程季恒和女儿结束通话的时候，陶桃也吃得差不多了，随后两个人就离开了医院。

程季恒没让司机来，而是自己开车。

令陶桃奇怪的是，上车的时候，他并没有把行李箱放到后备厢，而是放在了后排车座上。

到家之后，他也没有立即进门，而是给阿姨打了个电话，让阿姨带小奶糕来车库。

程季恒挂了电话不到两分钟，阿姨就带着小奶糕来了。

陶桃每天晚上都会回家，小奶糕可以天天见到妈妈，但是她已经三天没有见到爸爸了，所以她超级想爸爸。

现在爸爸终于回家了，她又惊喜又激动，立即尖叫着朝爸爸跑了过去："啊啊啊啊爸爸！"

跑的时候，她还朝爸爸伸出了两只小胳膊，明显是在让爸爸抱她。

程季恒忍俊不禁，很配合地弯下了腰。女儿一跑到他面前，他就将小家伙抱了起来，接连在小家伙肉嘟嘟的小脸上亲了两口："想爸爸了吗？"

小奶糕抱紧了爸爸的脖子："超级想！"说着，小家伙的眼眶就红了，她撇着小嘴，委屈地说道，"你和妈妈都没来看我表演，别的小朋友的爸爸妈妈都来了。"

程季恒的心尖狠狠地颤了一下，眼眶一下子就红了，他哑着嗓子说道："爸爸错了，爸爸跟你道歉，对不起，下次一定去。"

小奶糕吸了吸鼻子，很认真地看着爸爸说道："没关系的，我原谅你啦，因为你是我最最最爱的爸爸。"

程季恒的眼眶更红了，晶莹的泪水在眼眶里直打转，他说道："爸爸也爱你，爸爸最最最爱的就是你。"

陶桃一言不发地站在一边，冷眼瞧着这对肉麻又矫情的父女，感觉自己十分多余，像极了空气。

也不知道四年前是谁说的，死都不要女儿，男人都是骗子，尤其是程季恒！

虽然现在是冬季，但是家里有地暖，温度很高，小家伙身上只穿了一套粉红色的短袖睡衣。不过车库里比较冷，阿姨担心小奶糕着凉，带小奶糕来车库之前给她穿了一件羽绒服。

羽绒服是白色的，长款，一直包到小家伙的脚踝，小奶糕现在像极了一颗小汤圆。

可能是阿姨带小奶糕出门时比较匆忙，拉链只拉到了胸口，小奶糕的脖子露了出来，程季恒又特意将拉链往上拉了一下，然后抱着小奶糕去了车子后面。

将小家伙放下后，程季恒说道："爸爸给你准备了一份礼物，不要眨眼啊。"程季恒手中拿着车钥匙，抬起脚在车尾下方对着空气踢了一下，后备厢自动开启，逐渐露出了藏在里面的玄机。

后备厢里摆满了粉色和白色的花朵，正中间放着一个半圆形的透明盒子，里面立着一套精致的芭比娃娃。

小奶糕的眼睛瞬间就直了，小嘴巴也微微张开了，震惊了几秒钟后，她开始惊喜地放声大喊："啊啊啊啊啊啊！"

她边喊边跳，更像一颗小汤圆了。

程季恒笑着问女儿："喜不喜欢？"

小奶糕重重点头："喜欢！超级喜欢！"

"你喜欢就行。"说着，程季恒将盒子搬了出来，然后关上后备厢，"走吧，咱们回家，车库里冷。"他左手抱着盒子，朝女儿伸出了右手。

小奶糕立即伸出了小手，牵住了爸爸的手，又走到妈妈身边的时候，伸出了另外一只小手，想牵妈妈的手。结果陶桃竟然没牵小奶糕的手，直接走了。

小奶糕仰起了小脑袋，看着爸爸好奇地问："爸爸，妈妈怎么了？"

程季恒笑了一下，轻声回道："妈妈吃醋了。"

小奶糕一脸不解："妈妈为什么要吃醋？醋好酸呀，一点儿也不好吃。"

程季恒没有回答女儿的问题。

此时早已过了小奶糕平时睡觉的时间，回家之后，陶桃立即领着女儿去洗漱，然后哄女儿睡觉。

或者说是程季恒哄女儿睡觉，陶桃抱着腿坐在床边的地毯上，听他给女儿讲睡前故事。

陶桃很喜欢听程季恒讲故事。

虽然这人唱歌不好听，完全找不到调，但他的声音是真的好听，如春水般沁人心脾。

爸爸妈妈都在身边，小家伙很有安全感，很快就睡着了。

程季恒合上了手中的书，弯腰低头，在女儿的额头上轻轻亲吻了一下。他将书放在了床头柜上，从床上起身。

陶桃也跟着站了起来。

程季恒看着她，神色中闪过了一丝犹豫，看起来是想说些什么，却不知道该怎么开口。

陶桃看出了他的纠结，主动询问："怎么了？"

程季恒微微蹙眉，轻声说道："出去说吧。"

陶桃："好。"

随后两个人走出了女儿的公主房，站在了安静的走廊里。

程季恒从兜里拿出了一个深蓝色丝绒面的戒指盒，递给陶桃："我今天整理后备厢的时候发现的，上面刻着你的名字，应该是给你的。"

陶桃愣了好几秒钟才伸出手接过戒指盒。

打开盒盖，黑色的内衬上立着一枚璀璨夺目的钻戒，仿若天上的一颗星星落在了盒子里。

她的视线瞬间就模糊了，眼眶又酸又疼，吸了吸鼻子，她问他："你什么时候买的戒指？"

程季恒："我不记得了。"顿了一下，他补充道，"我只记得这辆车是四年前买的。"

陶桃呆住了。

所以，这枚戒指也是他四年前买的吗？

四年前他开着车回到云山，想跟她求婚，还在后备厢里给她准备了惊喜，她却离开了。

他们就这样错过了四年，不然他们早就结婚了。

她的眼眶更酸更疼了，眼泪像断了线的珠子似的，不停地往下落。

程季恒叹了一口气，回道："看来我们真的相爱过。"

陶桃眼泪汪汪地看着他，呜咽着说道："什么叫看来真的相爱过？本来就相爱过！"

程季恒："我的意思是，你没有骗我。"

陶桃："我本来就没有骗你，我本来就是你老婆！"

程季恒还是持怀疑态度："那你为什么拿不出我们的结婚证？既然我们相爱，为什么不结婚？"

陶桃没话说了，只能回道："还没来得及办呢。"

程季恒："真的吗？"

陶桃点头，斩钉截铁："真的！"

程季恒不置可否，继续追问："我们原来打算什么时候去办？"

这话倒是问住陶桃了。

之前他们根本就没商量过结婚的事情。

或者说，她从来没想过嫁给他。

她准备实话实说，却忽然意识到自己不能说实话——他一直让她拿出证据证明她的身份，但是她没有证据，如果说实话，他一定会更加怀疑她的身份。

犹豫了一下，她红着脸，小声说道："等小奶糕放寒假。我们商量好了要带着小奶糕参加我们的婚礼。"

程季恒还是一脸怀疑："真的？"

陶桃："真的。"

程季恒："你不会趁我失忆骗我吧？"

计谋被拆穿了，陶桃的脸更红了，她还有点儿恼羞成怒："我骗你干吗呀？你真的特别特别爱我，不然你干吗给我准备钻戒？"

程季恒："我真的说过要娶你？"

陶桃："千真万确！"

程季恒："你也想好要嫁给我了？"

陶桃很坚定地点头："嗯！"

程季恒："因为什么？因为孩子？"

陶桃："因为我爱你！"

程季恒蹙眉垂眸，沉思片刻，无奈地叹了一口气："既然是这样，那我们就按原定的计划领证吧。"

陶桃有些不满："你好像很不情愿。"

程季恒："我什么都记不起来了，你让我怎么情愿？"

"……"

他说得好像也有点儿道理，毕竟感情这种事不能强买强卖。

虽然她现在很想和他结婚，但是也不想逼着他娶她。

犹豫了一下，陶桃回道："如果你真的很不想娶我——"

然而她的话还没说完，程季恒就转身走了："我困了，有什么事明天再说吧。"

他人高腿长，走路飞快，陶桃几乎是小跑着才追上他，也不说话，就是跟着他。

走进卧室之后，程季恒停下脚步，扭头看着她："你干吗一直跟着我？"

陶桃声音小小地回道："睡觉。"

程季恒一脸诧异："你要跟我一起睡觉吗？"

陶桃又红了脸："不然呢？"

程季恒沉默片刻："你不会是……馋我的身体吧？"

陶桃："……"

她又气又羞："孩子都三岁了，我还不能跟你一起睡觉吗？"

程季恒反问："我们一直一起睡觉吗？"

陶桃低着头回道："不睡觉哪儿来的小奶糕？"犹豫了一下，她抬眸看着程季恒，脸颊绯红，小声询问，"你想不想和我做一些夫妻之间该做的事情？"

她看到那枚钻戒之后，对他的爱到了顶峰，炽热的爱意流淌进血液，融入她的四肢百骸，点燃了她的欲望。

她爱他的一切，迫不及待地想亲吻他，想和他融为一体，想听他在床上温声细语地对她说情话。

程季恒僵住了，喉结上下滚动了一下，嗓音微微发哑："什么是夫妻间该做的事情？"

陶桃羞得不行："你真的不知道？"

· 468 ·

程季恒："我不记得了。"

陶桃有点儿难为情，纠结地咬住下唇，犹豫了一会儿，踮起脚在他的脸上亲了一下。

程季恒："就这？"

陶桃目光灼灼地看着他，明媚动人的双眸中浮现着温柔的爱意，轻轻唤了他一声："程小熊。"

四年前的第一次，她也是这么喊他的。

程季恒的理智瞬间消失，他深深地吸了一口气，看着她问："你怎么知道我的小名叫程小熊？"

"因为你是我老公。"犹豫了一下，陶桃再次踮起脚，将唇附在他的耳畔，悄声说道，"我还知道你喜欢吃桃子。"

程季恒彻底忍不住了，直接将陶桃从地上横抱了起来，健步如飞地朝卧室中央的大床走去。

第二十章
桃子，你嫁给我吧？

吃桃子，令程季恒欲罢不能。

结束的时候，陶桃几乎累到虚脱，四肢百骸绵软无力，整个人像是刚从水里捞出来的，但她并没有老老实实地躺在床上休息。

他一躺回她的身边，她就趴到了他的胸膛上，紧紧地抱住他的脖子，细细密密地亲吻着他的脸庞，柔软的双唇从他的眉梢吻到眼角，再到鼻梁、双唇、下颌。

她的吻很轻，却满含爱意。

这份爱意滋生于内心，随着她的每一次心跳汇入血管，无法逆转地流淌于全身，令她躁动又令她失控。

她再也不想和他分开了。

亲够了之后，她松开了他的脖子，像一只小狐狸似的安静又妩媚地趴在他的胸膛上，他的胸膛宽阔紧实，心跳强而有力，令她十分安心。

程季恒将一只手枕在脑后，将另一只手搭在她纤细的腰上，垂眸看着她，神色中带着欢喜，又带着玩味："你一直这样吗？"

陶桃抬眸看着他，好奇地问："什么样？"

她的眼眸中依旧浮着一层迷离水雾，脸颊上的潮红也未退去，红唇饱满莹润，她看起来相当迷人。

成熟的桃子，越发诱人。

程季恒的眸子漆黑又闪亮，像是燃着一团暗火，他哑着嗓子说道："喜欢勾引我。"

陶桃理直气壮:"我才没有呢。"

程季恒置若罔闻,面不改色地说道:"我现在确定你没骗我了,我确实喜欢吃桃子。"最后,他慢悠悠地补充了一句,"两颗我都喜欢吃。"

陶桃的脸在瞬间红透了,几乎要滴出血来,她狠狠地在他的胸膛上打了一巴掌:"程季恒,你真不要脸!"

她这一巴掌着实不轻,程季恒的胸膛直接被打出了一个红彤彤的巴掌印,他却像感觉不到疼似的,还笑了一下,笑容中带着十足的痞气。

陶桃恼羞成怒:"你就是个臭流氓!"

程季恒一挑眉:"到底谁是流氓?我怎么不记得我的床头柜里有避孕套?"

这回陶桃的脸不只是发红,还开始发烫,她感到羞耻极了。

程季恒语调轻缓:"难道是一直都有的?"

陶桃垂下了眼皮,小声说道:"本来就是一直都有。"

她说话时毫无底气。

其实那盒避孕套是她从小超市拿回来的。

这个月五号小超市的租约就到期了,所以在他住院的第二天,她又抽空回了一趟小超市,找了辆货车,把超市里剩下的货物全部搬回了家,其中就有一些计生用品。

那个时候她就计划着和他睡在同一个房间里了,为了避免突发情况,就在床头柜里放了一盒避孕套。

现在看来,未雨绸缪是对的,但是她绝对不能承认,不然太丢人了。

也万幸他现在失忆了,避孕套的由来她可以随便编造。

为了使自己的话可信,她又特意补充了一句:"我们是夫妻呀,卧室里出现这种东西不正常吗?"

程季恒依旧持怀疑态度:"你不会是趁我失忆骗我吧?"

陶桃:"我骗你干什么呀?"

程季恒:"因为你馋我的身体。"

"……"

陶桃没好气:"我有什么好馋的,你本来就是我的。"

小狐狸宣告主权的样子,格外撩动人心。

程季恒很喜欢这种被她占为己有的感觉。

他目不转睛地盯着她看了一会儿,轻轻启唇:"想不想再来一次?"

刚才已经做了两次,陶桃现在累得要死,腰都酸了,态度坚决地回答:

"不想!"

程季恒抱着她翻了个身,再次将她压在身下:"行,再来一次。"

陶桃:"……"

我看你现在不只是有选择性失忆,还有选择性失听。

一直折腾到大半夜,他才让她睡觉。

第二天早上,陶桃差点儿没起来床。如果不是因为太想上卫生间,她一定不会离开温暖的被窝。

去上卫生间的时候她还有点儿迷糊,身体朝卫生间的方向移动,人却没醒。上完卫生间回来,她终于清醒了一点儿,这才发现房间里只剩下自己一个人了,程季恒已经起床了。

她抬头看了一眼时间,瞬间清醒——竟然已经七点半了,平时这个时候他们已经吃完早饭,马上要送小奶糕去幼儿园了。

她迅速地穿上了睡衣,急匆匆地离开了房间。

她来到一楼客厅的时候,程季恒还没带孩子出门,正蹲在地上给女儿系围巾。

小家伙今天穿了一件红色羽绒服,一条蓝色牛仔裤,一双可爱的小脚上穿了一双黑色的皮靴。

看到陶桃之后,小奶糕立即喊了一声:"妈妈!"

程季恒闻声回头:"你怎么不多睡一会儿?"

陶桃快步朝他们父女俩走了过去,同时检查女儿的着装:"睡不着了。"因为平时都是陶桃给女儿搭配着装、穿衣服,今天陶桃起晚了,所以这项任务不是阿姨完成的,就是程季恒完成的。

小家伙今天的服装搭配很好看,陶桃下意识地认定是阿姨给穿的,直到看到女儿头上的那两根歪歪扭扭的小辫子……

陶桃有种一言难尽的感觉。

陶桃没忍住问了一句:"你给她梳的头?"

程季恒点头,一脸期待地看着她:"好看吗?"

"……"

看样子你好像很满意自己的手艺。

陶桃不忍打击他的自信心,又不想让他盲目自信,想了想,回了句:"还行,但是还有很大的进步空间。"

小奶糕拧起了眉毛,一脸愁苦地看着妈妈。

程季恒倒是相当骄傲,一边给女儿戴帽子一边说道:"爸爸是不是没骗你？就是好看，妈妈都说好看！"

陶桃："……"

她忽然感觉自己像是在为虎作伥，真的特别对不起女儿。

小奶糕看了看妈妈，又看了看爸爸，叹了一口气："唉……好吧。"

这时门铃忽然响了，这么早会是谁来了？

陶桃立即朝玄关那边走了过去，开门之前，先看了一眼可视门铃，不由得一愣。

屏幕上出现了一个小家伙，是小奶糕最喜欢的白白哥哥，白家的小少爷白十五。

白十五穿戴整齐，肩头背着一个蓝色的小书包，脚边还放着一个儿童座椅，身边一个大人都没有，看起来跟离家出走了似的。

陶桃立即摁下了开门键，一边从鞋柜上方拿外套一边对着可视电话说道："十五，你怎么来了？"

白十五奶声奶气地回道："阿姨，我爸爸的车坏了，今天可不可以让程叔叔送我上学？"

"当然可以呀，阿姨现在就出门接你。"陶桃穿好了外套，正准备出门，小奶糕迅速地跑到妈妈的身边，超级激动地看着妈妈："是白白哥哥吗？"

陶桃先看了一眼跟在女儿身后的程季恒，果然，他的脸又黑了，神色还有点儿幽怨，像极了深宫弃妇。

不过这待遇也确实和弃妇差不多，刚才还独得女儿盛宠，白白哥哥一出现，程季恒就被打入了冷宫。

陶桃忍俊不禁，随后对女儿点了点头："对，白叔叔的车坏了，白白哥哥今天要和你一起上学了。"

小奶糕开心极了，一边跳一边开心地喊："耶！"

程季恒则气急败坏："他家有四辆车呢，全坏了？"

这是车坏了？这是图谋不轨！不对，是入室抢劫！

陶桃无言以对，仔细想想，四辆车同时坏的概率实在太低，好像是有那么一点点刻意了。

不过孩子已经站在家门口了，该接进来还是要接进来，换上外出穿的棉拖鞋后，陶桃打开了房门。

院门已经打开了，但是小家伙一直站着没动，估计是抱不动自己的儿童座椅。

陶桃先温声对程季恒说了句："你先去开车吧，我带着他们在门口等你。"随后走出了家门。

小奶糕则嗒嗒嗒地跟着妈妈跑了出去，速度比妈妈还快。

与此同时，白十五也朝小奶糕跑了过去。

"白白哥哥！"

"小奶糕！"

两个小家伙跑到彼此面前后，同时张开了双臂，给了对方一个热情的拥抱。

孩子的世界很简单，他们干净得像白纸，心中的那种喜欢也很单纯，不掺杂念，只是喜欢。

冬日清晨，朝阳下的一个拥抱，看起来美好极了，他们像两只互道早安的小兔子，陶桃真后悔没拿手机录下刚才的那个美好瞬间。

她笑着走到两个孩子的身边，柔声说道："我们去门口等吧。"

站在院门口等了不到一分钟，车库的大门就开了，程季恒将车开了出来，停在了他们面前，然后下车，去给白十五装儿童座椅。

装儿童座椅的时候，他问了一句："十五，你爸妈呢？"

白十五回道："他们去送我姐姐上学了。"

程季恒："你怎么来的我们家？"

白十五："爸爸送我来的，他帮我摁完门铃就走了。"

程季恒："……"

他想退货都找不到发货商。

他越发确定了这是一起有组织、有预谋的入室抢劫事件。

陶桃也听出了不对劲的地方，不过特别想笑，感觉白家人挺有意思的。

程季恒给白十五安装好儿童座椅后，又抱他上车，仔细给他系好安全带。与此同时，陶桃抱着女儿上车，系好安全带后，对两个小家伙说道："你们今天在幼儿园要乖乖听话哦。"

两个小家伙同时点头："好的！"

陶桃舒了一口气，关上了车门。

程季恒关上了另外一侧的车门，绕回来，走到驾驶室门外。开门上车之前，他忍无可忍地对陶桃说了句："白星梵绝对是故意的。"

陶桃无奈一笑："那你还能怎么办？你都把你女儿'托孤'给人家了。"

她指的是他去救她之前，给白星梵发消息让他照顾好小奶糕的事。

程季恒："那个时候除了他我还能找谁？"

陶桃叹了一口气："行了你，赶紧送他们俩上学吧，要不然一会儿俩孩子全迟到了。"最后，她又幸灾乐祸地说了一句，"你第一次送你未来女婿上学，千万不能迟到。"

程季恒："……"

他糟糕的一天从"未来女婿"这四个字开始。

深深地吸了一口气，他一脸严肃地看着陶桃："我这人记仇，除非你亲我一下，不然我不会原谅你。"

陶桃又气又笑，嫌弃地说道："你赶紧走吧！"

程季恒态度倔强："你不亲我我就不走，大不了大家一起迟到。"

陶桃无奈，只好踮起脚在他脸上亲了一下："满意了？"

程季恒："基本满意了。"

陶桃在他的胳膊上打了一下："快走！"

程季恒又在她的脸上亲了一下，才开门上车。

陶桃没有立即进屋，直到程季恒开着车带着两个孩子离开，她才转身往回走。

走到一半的时候，陶桃忽然顿住了脚步——他竟然记得绑架事件？将小奶糕托付给白家照顾，是跟她有关的事啊，他怎么会记得？

她越想越奇怪，不过一时半会儿也想不出个所以然，外面又冷，索性不想了，快步回了家。

到家之后，她先洗了个澡，然后吃早饭，吃完饭就钻进了书房，开始学习。

她今年的任务就是备考研究生。

人一旦投入到什么事情中，就会忘却一切。

陶桃从八点半开始学习，不知不觉就到了十点。

不过她也懂劳逸结合的道理，所以在开始学习之前给自己定了个休息闹钟。

十点钟，闹钟响起，她放下手中的笔，去拿手机关闹钟，发现自己有一通未接电话。

是程季恒的私人医生杨医生打来的。

开始学习之前，陶桃将手机调成了静音模式，所以没接到电话。

陶桃立即将电话回拨了过去。

杨医生很快就接通了电话，她先解释了一句："抱歉，我刚才在忙，没有看手机。"

杨医生回道："没事没事，我就是问问程总今天的情况。"

陶桃轻叹了一口气："和昨天没有区别，他还是没有想起我来。"

杨医生："那你找过周医生了吗？"

陶桃回道："找过了，周医生说有可能是精神刺激导致的失忆，但是他也不确定,因为他只是听我口述,没有亲眼见到患者。"

杨医生:"那你还是尽快带程总去看看吧。"

陶桃无奈地叹了一口气:"他不愿意去啊。"

杨医生:"哦……"

陶桃忽然想到了什么:"对了,您那天说有三个可能性,除了脑部受伤和精神刺激,第三个可能性是什么?"

杨医生没有立即回答问题,沉默片刻,问道:"程总最近受过什么刺激吗?"

陶桃:"没有呀,一直很正常。"

杨医生:"周医生说精神刺激的可能性大吗?"

陶桃如实相告:"也不太大。"

杨医生再次沉默片刻:"那只有……第三种可能性了。"

陶桃连声追问:"是什么?"

秉持着对病人和家属负责的原则,杨医生实话实说:"程总是装的。"

陶桃:"……"

挂了电话,陶桃气得浑身发抖。

她提心吊胆了这么多天,结果这人竟然是在装失忆!

程季恒这个骗人精、浑蛋、狗男人!

她越想越气,肺都快气炸了,恨不得立即抓着程季恒暴打一顿,但是人不在身边,只好把书桌当成了程季恒,连着捶了好几下桌面。

气极之下,陶桃几乎用上了吃奶的劲儿去捶,然而书桌是纯实木的,比她的拳头硬,她的手都被震疼了,书桌却纹丝不动,仅发出了几声闷响。

捶桌子完全不能泄愤,陶桃又拿起了手机,准备打电话骂程季恒是个绝世大骗子,在指尖即将落到拨号键上时,她忽然改了主意。

她想到了更好的惩罚办法。

她仅仅是骂他和打他,绝对不可能让他认识到错误!

她深深地吸了一口气,强忍着怒火,放下了手机,然后打开了笔记本,翻到最后一页,拿起笔,开始整理这几天发生的事情——这骗子的逻辑思维不是一般的强,她不做笔记压根儿理不清他的逻辑链。

她先在第一行写下了"住院"两个字。

她盯着这两个字蹙眉沉思了几秒钟后,又把这两个字画掉了,重新起了一行,写下了"跳楼"这两个字。

几秒钟后,她又画掉了,另起一行,写下了"程羽依给骗子发威胁视频"这几个字,起点应该就是这里。

连着起了三遍头,陶桃终于找到了他的逻辑链条的起始点,然后画了个向右的箭头,写下了"跳楼"两个字,随后又在"跳楼"两个字的正下方画了个向下的箭头,标注"此举风险太大,不可饶恕"!

做好标注后,她继续顺着"跳楼"往后理清逻辑链,昏迷、住院、失忆、转院、杨医生、周医生、出院、后备厢、钻戒……写下一个词画一个向右的箭头,中间还换了一次行,最后一个箭头指向了"领证"这两个字。

理清了这骗人精的逻辑后,陶桃终于明白了这个骗子装失忆的目的——骗婚!

她放下笔,从凳子上站起来,离开了书房。

回到卧室后,她换了一身衣服,然后出门。

出门前,陶桃特意把阿姨买菜用的那辆小拉车借了过来,然后去了超市。

她出门的时候,小拉车里空空如也,回来的时候,车里多出了两个大榴梿和一块搓衣板。

阿姨以为陶桃是想吃榴梿了,正准备帮陶桃把榴梿从车里拎出来,陶桃说了句:"不用拿出来,我要搬回卧室。"

阿姨一脸茫然地看着陶桃。

陶桃:"有用。"

阿姨:"……"

东西太沉,幸好家里有电梯,陶桃乘电梯上了二楼,用小拉车将榴梿和搓衣板拉进了卧室,在卧室里环顾了一圈,最后把东西放在了阳台上。

刑具准备妥当,这件事暂时告一段落,陶桃继续学习。

程季恒今天有点儿忙,下午没时间接女儿放学,就让司机先回家接陶桃,带陶桃去接女儿。陶桃将女儿从幼儿园接出来,司机又将她们母女送回了家。

晚上七点的时候,阿姨做好了晚饭。

平时开饭之前如果程季恒没回家,陶桃会先给他打个电话,问问他什么时候到家。如果他快到家了,她会等他到家再开饭。

但是今天她没有打电话,直接开饭了。

吃饭的时候,小奶糕还问了一句:"妈妈,爸爸什么时候回来呀?"

陶桃现在一想起这个骗子就来气,但是不能对女儿发火,压着脾气说了句:"马上就回来了,我们先吃饭。"

开饭不到五分钟,程季恒就到家了。

陶桃没搭理他，看都没看他一眼。

小奶糕倒是超级开心，坐在儿童餐椅上，欢快地喊了一声："爸爸！"

程季恒朝餐桌走了过去，笑着问："今天有什么好吃的？"

陶桃依旧没搭理他。

阿姨悄悄看了一眼陶桃的脸色，想到了榴梿和搓衣板，也不敢说话，当作什么都不知道，给小奶糕夹了一个鸡翅。

全家只有小奶糕对爸爸笑脸相迎，开心地回道："有鸡翅！"

小家伙坐在儿童餐椅上，胸前挂着一条粉红色的防漏围嘴，身前的小桌板上放着一个浅蓝色的分格餐盘，白嫩的小肉手里拿着一双同款的蓝色儿童筷子，小嘴巴油乎乎的，脸蛋儿上还沾了一颗米饭粒。

程季恒越看自己的闺女越喜欢，感觉自己的女儿就是世界上最可爱的小天使，目光越发温和，积攒了一天的疲惫在顷刻间一扫而空。

对他而言，每天最幸福的时刻，就是结束一天的工作后回家看到她们母女的这一刻。

走到餐桌边，他刚要拿筷子，手背上忽然挨了一下。

陶桃板着脸盯着他："你洗手了吗？"

程季恒非常听话，一本正经地回复："报告女王，我现在就去洗。"

小奶糕被逗得咯咯笑。

陶桃也差点儿笑出声来。

这人真讨厌！

但她还在气头上，很快就将笑意压了下去，没好气地说道："你少废话，快点儿去洗。"

程季恒："遵命！"

他离开后，陶桃叹了一口气。阿姨正要起身给程季恒盛饭，陶桃轻声拦下了阿姨："我来吧。"

程季恒洗完手回来后，碗筷已经准备好了，碗里也盛好了热气腾腾的米饭。

今天的天气不算冷，也没有风，吃完饭，两个人带女儿去了别墅区北边的广场——晚饭后带女儿去广场上玩已经成了他们家的惯例。

广场很大，坐落在山脚下，是东西两片别墅区的交汇处，每当夜幕降临的时候，这里就热闹非凡——家里有孩子的夫妻，大多会在晚饭后带孩子来这里玩，老人们也会在饭后来广场上遛弯。

小奶糕一到广场就听到有人喊她。

"奶糕。"声音苍老，却中气十足，说话的是位身强体壮的老爷子。

小奶糕循声看去，开心地朝老人挥了挥手："季爷爷！"

这位季爷爷不是季疏白的爸爸，而是他的爷爷。

十几年前，西畔别墅竣工后，季家和白家是最早搬过来的人家，正因如此，程季恒才会在东畔别墅竣工后特意给白星梵和季疏白一人留出一栋房子。

当时程季恒只是想着让兄弟和他们的家里人住得近一些，现在想想……当初就不该把事情想得那么简单。

季老爷子年逾八旬，依旧精神十足，看到小奶糕后脸上立即乐开了花，一边朝小奶糕走一边朝她招手："来爷爷这儿，爷爷今天给你带了巧克力饼干。"

小奶糕超级惊喜，立即朝季老爷子跑了过去。

季老爷子把饼干递给了小奶糕，笑呵呵地说道："小弟弟都想你啦，你跟爷爷去看小弟弟吧？"

他口中的小弟弟是季疏白的儿子，刚满六个月。

小奶糕超级喜欢小弟弟，刚想回答"好"，这时又有人喊了她一声："小奶糕，来白爷爷这儿，我也给你带了好吃的。"

这位是白星梵的爷爷。

季老爷子一看见白老爷子，当即气不打一处来："怎么又是你？"

白老爷子也吹胡子瞪眼："我专门在这儿盯你呢，就知道你不安好心！"

这两位老爷子，皆是东辅生意场上的传奇人物，年轻的时候一个比一个雷厉风行、能谋善断。

退休之前，两个人的关系还算融洽，虽然要强，但是不攀比，退休之后，二人就开始各种攀比，比爬山、比下棋、比放风筝……就没一天消停过，可谓是典型的"相爱相杀"。

看到季老爷子用饼干诱惑小奶糕之后，白老爷子快步走了过去，赶忙对小奶糕说道："十五等你很久啦，爷爷带你去找他。"

季老爷子瞪着白老爷子："你这人怎么这样？小奶糕都说了要去看小弟弟。"

白老爷子："丫头什么时候说了？我怎么没听见？再说了，你们家那个话都不会说呢，你能不能不要天天来捣乱？"

季老爷子："我们马上就会说话了！"

站在两位老爷爷中间的小奶糕长叹了一口气——唉，这两位爷爷为什么一直长不大呢？竟然又吵起来了！

之后小奶糕一叉腰，挺直了小胸脯，小大人似的对他们说道："你们不许吵架了，老师说了，吵架不是好孩子！"

白老爷子和季老爷子瞬间闭嘴，异口同声地回道："好好好，不吵了，听你的。"

随后小奶糕同时牵起了两位老爷爷的手,说道:"不吵架才是好朋友。"

季老爷子:"好,不吵架,我们去看小弟弟。"

白老爷子瞪了他一眼:"小弟弟要睡觉了,我们去找十五哥哥。"

小奶糕看着白老爷子,奶声奶气地说道:"季爷爷说小弟弟想我啦,我要去看看小弟弟,不然小弟弟会难过的,等看完小弟弟再去找十五哥哥好不好?"

白老爷子给了季老爷子一个得意的眼神:看看,小奶糕最后还是要去找我们十五。"

随后他笑呵呵地对小奶糕回道:"好!你说了算,爷爷都听你的!"

季老爷子满脸不服,还不屑地冷哼了一声。

小奶糕跟着两位老爷子离开后,陶桃看了程季恒一眼,在他的眼中看到了"生无可恋"这四个字。

她忍笑问道:"你怎么了?"

程季恒的视线一直追着自己的女儿,他幽怨地回答:"我感觉这两位老爷子根本就没把我放在眼里。"

陶桃忍不住了,直接笑了出来:"哈哈哈哈哈哈哈哈……"

程季恒叹了一口气,牵起了陶桃的手:"走吧,转转。"

陶桃瞪着他:"谁让你牵我的手了?"

程季恒一脸茫然,眼神中透着点儿无辜:"你不是我老婆吗?"

陶桃心想:你装得还挺像。不过她暂时没有拆穿他,准备等会儿一起算账。

差不多晚上九点的时候,两个人带小奶糕回家。

陶桃给女儿换上了睡衣,领着女儿去洗漱,程季恒给小丫头讲睡前故事,把孩子哄睡着后,二人回房。

一关上卧室的门,程季恒就将陶桃抱入怀中,温柔又缠绵地吻了起来。

陶桃推开了他,嫌弃地说道:"你去洗澡!"

"做完再洗吧。"

陶桃态度坚决:"你想得美。"她又推了他一下,"快去洗澡!"

程季恒无奈,只好松开了她。

他进浴室之前,陶桃特意叮嘱了一句:"出来的时候不许穿裤子。"

程季恒沉默片刻,认真地提出自己的建议:"如果你真的很着急,不如进去和我一起洗?"

陶桃脸红了:"去你的!"

程季恒置若罔闻,站在浴室门口真诚地邀请她:"你要进来吗?"

陶桃："不进。"

程季恒面不改色："你真的不想和我一起试试浴缸吗？"

陶桃："不想！"

程季恒不死心："浴缸特别大，还可以按摩。"

陶桃忍无可忍："我给你二十分钟的时间，二十分钟洗不完你今天就去客房睡。"

程季恒："……"

为了不去客房睡，他只能老老实实地去洗澡。

老婆还在床上等着，所以他洗得特别快，十分钟就洗完了，并且按要求没穿裤子，穿了件白色浴袍就出去了。

然而一打开浴室的门，他就蒙了。

陶桃盘着腿坐在床上，双臂环抱，面无表情地盯着他。

床边的地面上并排摆放着一个搓衣板和两个榴梿。

很明显，陶桃是要家法伺候，程季恒不由得屏住了呼吸，忐忑不安地看着陶桃，仿若惊弓之鸟。

陶桃瞪着他，压着脾气开口："我已经知道你是装的了。"

程季恒的心咯噔一下——他完蛋了！

陶桃："选一个吧。"

程季恒看了一眼榴梿，毫不犹豫地朝搓衣板走了过去，潇洒地撩开了浴袍下摆，端端正正地跪在搓衣板上，可怜巴巴地说道："媳妇儿，我错了，但我有苦衷，你能不能听我解释？求求你了！"

陶桃本以为这人会负隅顽抗一会儿，没想到他竟然这么快就认错了，可谓是能屈能伸之典范！

虽然他的认错态度不错，但她一点儿也不想听他解释，更不打算给他解释的机会，毫不留情地说道："从现在开始你不许随便说话，只有我问你的时候你才能回答问题，不然你就一直跪着吧！"

程季恒欲言又止，考虑片刻，点了点头，一点儿声音都没发出来，完美地遵守不能随便说话的要求。

陶桃从床上拿起了自己的笔记本，翻到最后一页，认真复习了一遍今天上午推理出来的逻辑链，越看越生气，最后气急败坏地合上笔记本，瞪着他问："你不怕死吗？"

话音落下，她的眼圈猛然红了，她既生气又后怕。

气他不把自己的身体当回事，气他用自己的命去赌，幸好当时没出什么事，如果真的出了意外，她和小奶糕该怎么办？

对于那种如果，她越想越怕。

程季恒知道她在问什么。

他不是不怕死，只是走了一步险棋。

在驱车前往废弃工厂的途中，他就策划好了一切。

抱着程羽依破窗而出，也在他的计划之内。

那个视频中只显示了工厂后面是东辅河，却没显示东辅河与工厂的距离，为了确定计划能否顺利实施，进入工厂之前，他还特意去工厂后方看了一眼。

如果墙体距东辅河太远，他一定会改变计划。他不会白白地送上自己的性命，也不能那么做，因为他的生命中还有两个重要的女人。

幸好，工厂紧邻河畔，他的计划得以顺利实施。

虽然跳楼是一步险棋，但是在当时的情况下，他不得不那么做，因为他心里清楚程羽依的目的是什么。

比起直接要他的命，她更想让他生不如死。

正所谓光脚的不怕穿鞋的，和程羽依比起来，他在乎的东西太多了，他有女人，有女儿，有家庭，程羽依什么都没有，唯一在乎的赵秦还被关在监狱里。她根本不会畏惧警察，更不会向警方投降，警察的出现只会加剧她切断绳索的速度。

他制伏她的唯一的机会就是警察出现的那一刻，其实他不必抱着她破窗而出，完全可以将她扑倒在地，但那样不能彻底除掉她。

四年前他已经犯了一次错，这次绝对不能犯同样的错误。

其实他也不能百分之百地确定自己不会受伤，所以有些赌的成分在里面。但为了保护陶桃和小奶糕，他宁可用自己的性命去赌。

结果是他赌赢了。

但是他现在绝对不能跟陶桃说实话，不然她会更生气。

为了安抚她的情绪，他态度极其端正地回答："我当然怕死，我还有你和小奶糕呢，怎么能不在乎自己的命呢？"

陶桃却更气了，直接抄起枕头朝他砸了过去："你怕死还敢跳楼？"

程季恒跪在搓衣板上，稳稳当当地接住了砸过来的枕头，一本正经地回答："我会游泳，我还考过潜水证。"

陶桃瞪着他："你少避重就轻！"

这人不光逻辑思维强，还能轻而易举地找到别人话语中的漏洞，然后钻空子回答问题，所以她只能直接圈重点："你不怕自己摔死吗？"

程季恒一脸无辜："我怎么不怕？我那么爱你，怎么舍得离开你？我最爱的人就是你。"

陶桃："不许学小奶糕，我不吃你这一套。"

程季恒："……"

气头上的女人，果然不好哄。

他只好安抚道："我这不是没事吗？"

陶桃严肃警告："没有下次了程季恒，以后你要是再敢做这么危险的事情，我就带着小奶糕嫁人，用你的钱养别的男人，还让小奶糕喊他爸爸！"

程季恒立即保证道："我已经深刻地认识到了自己的错误，以后再也不敢了。"

陶桃又狠狠地瞪了他一眼，再次拿起自己的笔记本——太生气了，气到忘记后面的逻辑链是什么了。

她重新复习了一遍笔记本上的内容，心头又燃起了新的怒火。

一想起他这几天装失忆，她就气到要爆炸！

她深深地吸了一口气，面无表情地盯着他："把枕头给我。"

程季恒立即把枕头递了过去。

陶桃："把榴梿抱起来！"

程季恒："……"

沉默片刻，他心虚地问了一句："一个吗？"

陶桃："两个！"

程季恒："咱们可不可以商量一下？"

陶桃反问："你觉得你现在有讨价还价的资格吗？"

没有，程季恒很有自知之明，叹了一口气，按照要求把两个榴梿全部抱了起来。

程季恒穿着浴袍跪在搓衣板上，左右手各抱一个篮球大的榴梿，世界上大概没有比他更惨的男人了。

陶桃并没有消气，气呼呼地瞪着他："装失忆，亏你想得出来！你就是想骗婚！"

程季恒不服气地反驳："我怎么是骗婚呢？咱们俩是两情相悦！"

陶桃："一码归一码！反正你就是个骗子！"

这回程季恒没再为自己辩解，他确实是骗了她，但目的不仅是娶她，更主要的是想让她解开心结。

483

四年前他晚归，那件事成了她的心结。

心结导致她对他不信任，他不能亲自向她说明自己晚回去两个月的原因，只能让别人说，最佳人选就是周医生。

最关键的是，他必须让她主动去找周医生，所以才想出了装失忆的办法，这也是他整个计划中最重要的一个环节。

那天从水里游出来之后，他就启动了第二步计划，一切进行得都很顺利。

他明明胜利在望，怎么会突然被她识破了呢？

他想破脑袋也想不出自己到底哪一步出差错了。

犹豫片刻，他试探着问了一句："你能告诉我你是怎么看出来的吗？"

陶桃义正词严："要想人不知，除非己莫为！"

程季恒："所以你是怎么看出来的？"

陶桃坚决不出卖杨医生："告诉你破绽好让你下次改进吗？"

程季恒："……"

行，我不问了。

陶桃："知道错了吗？"

程季恒表现得十分卑微："知道了，我再也不敢了。"

陶桃："明天忙吗？"

程季恒还以为她想让他陪她逛街，立即回道："不忙！"

陶桃："明天晚上九点之前给我交一千字的检查，不然你就接着跪搓衣板！"

程季恒："……"

想了想，陶桃补充道："手写档和电子档各一份，不许抄袭，我会查重！"

程季恒："……"

陶桃："记住了吗？"

虽然在公司写检查被人发现的话会很丢人，但程季恒只能点头："嗯……"大不了写检查的时候把办公室的门锁上，反正他是董事长，没人敢硬闯。

看在他认错态度比较积极的分儿上，陶桃没再跟他计较，但也没让他从搓衣板上站起来。

她没再搭理他，从床头柜上拿起了电视遥控器，打开电视后，设置了手机投屏。

今天是星期三，《唯独爱你》的更新日。

这部电视剧一周只更新三集，一共五十多集，她已经看了四个多月了，今天终于等到了大结局，所以今天哪怕是熬夜也要把结局看完！

程季恒原本安静地跪在搓衣板上，看到电视屏幕上播放的电视剧后，瞬间蒙了，难以置信地发问："还没演完呢？"

这部电视剧都播了几个月了？"东辅意难忘"吗？

陶桃没好气："不许说话，跪你的搓衣板！"

程季恒很想闭嘴，但又很好奇："新的一年到来了，男主角不会还不知道孩子是他亲生的吧？"

他可真烦人！

陶桃很想用胶带把他的嘴粘上，无奈地叹了一口气："人家早就知道了。"

程季恒："他怎么知道的？"

陶桃着急看电视剧，言简意赅地回道："孩子跟他越长越像了。"

程季恒："……"

他去做个亲子鉴定很难吗？

沉默片刻，他又忍不住问了一句："那孩子刚出生的时候为什么会和男配角像？"

陶桃都想打他了："你怎么这么多问题呀？"

程季恒实话实说："我好奇。"

这个世界上，能让他这么好奇的事情还真不多，这部离谱的电视剧成功地吸引了他的注意力。

陶桃又叹了一口气："因为女主角和男配角是同母异父的兄妹，也就是说，男配角是孩子的舅舅，所以才会长得像。"

程季恒："……"

这编剧，厉害。

陶桃警告了一句："不许再说话了，不然你就出去跪！"言毕，她没再搭理他，继续看电视剧。

程季恒只好老老实实地跪搓衣板。

这集电视剧差不多播到一半的时候，程季恒放在床头柜上的手机忽然振动了一下，他抬眸看了一眼，是老季发来的微信消息。

但是他手里还抱着榴梿，不敢轻举妄动，所以先乖巧地请示了一句："报告陶老师，我可以看看微信消息吗？"

陶桃还以为是工作消息，就同意了："看吧。"

程季恒放下榴梿，拿起手机。

季疏白:"你现在忙吗?"

忙,忙着跪搓衣板,但是程季恒肯定不能说实话,只能回道:"不忙,有事?"

季疏白:"给我打个电话,把我喊出去,求你。"

哟,老季都用上"求"了?看来老季现在的情况应该比程季恒好不到哪儿去。

程季恒好奇地问了一句:"发生什么了?"

季疏白:"你知道那个电视剧今天大结局吗?"

程季恒瞟了陶桃一眼,大概明白了老季此刻的处境,但是被老婆逼着看离谱的电视剧,总比跪搓衣板强吧?

老季多少有点儿不知好歹了。

程季恒义正词严地质问:"你为什么不好好陪老婆看电视剧?"

季疏白:"我不想再写观后感了。"

程季恒震惊又同情:"你这么惨吗?"

季疏白:"一集一写,大结局要写双倍字数。"

程季恒:"有原因吗?"

季疏白:"我只说了一句不好看。"

这好像比跪搓衣板还惨,程季恒顿时感觉心理平衡了不少,终于说了实话:"我在跪搓衣板,不太方便打电话。"

季疏白:"……"

程季恒:"你找老白吧,这个忙我帮不了。"

他刚把消息发出去,耳畔就传来了陶桃的质问声:"你给谁发消息呢?"还不等他回答,她就朝他伸出了手:"把手机给我。"

她盯着他看了半天了,通过表情判断,这人一定不是在忙工作。

程季恒无奈,只好把手机交了出去。

陶桃翻了一下程季恒和季疏白的聊天记录,然后气呼呼地说道:"你们俩在一起就不会商量好事。"

程季恒一脸无辜:"是他找的我,不是我找的他,而且我正准备批评他!"

陶桃压根儿就不信他的话,还是气呼呼的:"这电视剧怎么不好看呀?"

程季恒立即附和:"就是,多好看呀,要是我,我也罚他写观后感。"最后,他又严肃地补充了一句,"下次见面我一定批评他。"

陶桃这才放过程季恒,但没收了他的手机,以免他再和季疏白一起商量馊主意。

她继续看电视剧。

这集的结尾,女主就要恢复记忆了。等等,恢复记忆?失忆?选择性失忆症?

此时,陶桃恍然大悟。

合着她今天写的三四遍开头全是错的,他的逻辑链的起点压根儿就不是四天前,而是三个月前,程季恒这个浑蛋!

快要平息的怒火瞬间又燃起,她气急败坏地瞪着程季恒:"从今天晚上开始,你去客房睡!"

程季恒:"……"

由于今年过年比较早,所以幼儿园放寒假也很早。

一月十七日是小奶糕本学期上学的最后一天,明天她就要放寒假了。

下午五点放学,小奶糕乖乖地坐在板凳上,等老师喊她的名字。

"陶多乐,爸爸来啦。"

听到老师的声音后,小奶糕立即从小凳子上跳了起来,在全班小朋友羡慕的目光中嗒嗒嗒地朝教室前门跑去。

离开教室之前,她先跟班主任说:"邢老师再见。"然后她才跑出教室,来到爸爸面前,开心地说道:"爸爸,你今天又是第一!"

程季恒笑着牵住女儿的小手:"爸爸下次来还会是第一。"

小奶糕四处找妈妈,却没有看到,好奇地问爸爸:"妈妈呢?"

程季恒:"妈妈在家给你做好吃的呢。"

小奶糕的眼睛立即亮了:"什么好吃的?"

程季恒反问:"你早上说想吃什么?"

"肉包子!"

"对,就是肉包子。"

小奶糕惊喜得不行,原地跳了两下:"耶!耶!"

程季恒又被女儿逗笑了,随后和女儿一起去了他们班的宿舍,把铺在她小床上的被褥卷了起来,抱走。因为明天就放寒假了,被褥要带回家洗,今天他来接女儿之前,陶桃特意打电话叮嘱了他这件事。

他今天是自己开车来的。

车停在学校门口,上车之前,程季恒先把被褥放在儿童座椅旁边的位置上,然后将女儿抱上儿童座椅。给她系好安全带后,他一脸认真地对小家伙说了一句:"爸爸要给你安排一项非常重要的任务。"

487

小奶糕："什么任务？"

程季恒没有立即说明任务内容，而是先抛出奖励："如果你同意接受这项任务，爸爸就奖励你一盒巧克力，完成任务之后，爸爸会再奖励你一盒巧克力，一共两盒巧克力。"顿了一下，他补充道，"不告诉妈妈，单独给你。"

小奶糕瞪大了眼睛看着爸爸，激动又难以置信："真的吗？"

"真的。"程季恒又问，"你愿意接受任务吗？"

小奶糕点了点头，态度十分积极，大声说道："愿意！"

程季恒："任务很简单，你只需要……"随后他仔仔细细地跟女儿交代了一遍任务内容，然后询问，"记住了吗？"

小奶糕点头："记住啦！"

"很好。"程季恒举起了自己的右手，"来，和爸爸击个掌，一起加油。"

小奶糕立即伸出了自己的小手，拍在了爸爸的掌心，小奶音十分清脆："加油！"

程季恒："加油！"

到家之后，小奶糕按照爸爸的要求先进了屋。程季恒则留在了车库，打开后备厢，开始往楼上搬东西。

陶桃正在厨房和阿姨一起包包子。厨房是开放式的，小家伙一跑进客厅陶桃就看到了，惊讶地问："怎么只有你自己？爸爸呢？"

小奶糕面不改色："爸爸乘电梯上楼了，他说他要工作，我们不能打扰他，吃饭也不要喊他，他工作完就自己下来啦。"

"哦，行吧。"陶桃温声催促道，"你快去洗洗手，茶几上有水果，洗完手吃点儿水果。"

小奶糕点头："好的！"她把背在背上的小书包取了下来，放在了沙发上，脱掉外套后，乖乖地去卫生间洗手。

从卫生间出来后，小家伙没有去吃水果，而是朝楼梯走了过去。

她身上穿着一件白色的毛衣，头上扎着两个南瓜髻，故意放轻脚步走路的样子像极了一只偷油吃的小老鼠。

陶桃不经意间抬头，刚好捕捉到了一只鬼鬼祟祟的"小老鼠"："你要去干什么？"

小奶糕立即停下脚步，一双乌溜溜的大眼睛中写满了紧张。

陶桃还以为小奶糕要偷偷地去找程季恒，就说道："爸爸在工作呢，你一会儿再去找他。"

小奶糕按照爸爸教的回答:"我想去拿我的蜡笔和画画本。"

女儿很喜欢画画,陶桃也没多想:"那行吧。"但陶桃还是叮嘱了一句,"拿完了就快点儿下来,不要打扰爸爸工作。"

"好的!"答应完妈妈之后,小奶糕蹦蹦跳跳地跑上了楼梯,却没有回自己的房间,一口气跑到了顶层阁楼。

阁楼的屋顶是三角形的,墙壁是纯白色的,木质地板,看起来干净雅致。

南北两面的墙壁上各开了一扇高窗,朝南的窗户下摆了一张长沙发,朝北的窗户下摆了一个矮矮的书架,沙发和书架中间的地面上铺着一层白色的地毯。

小奶糕跑来阁楼的时候,程季恒正蹲在地毯中间用玫瑰花摆心形,地毯旁边的木地板上堆放的玫瑰花跟一座小山似的。

阁楼的门口还摆着几个空纸箱。

无论多大年纪的女人,都抵挡不了玫瑰花的诱惑,小奶糕从来没见过这么多漂亮的玫瑰花,不由得发出了一声惊叹:"哇!"

程季恒被女儿逗笑了,也知道小家伙来这里的目的,指了一下旁边的矮书架:"你的奖励。"

小奶糕顺着爸爸手指的方向看了过去,书架上放着一盒巧克力。

她开心极了,嗒嗒嗒地朝书架跑了过去,然后满脸期待地问爸爸:"我可以吃一颗吗?"

程季恒点头:"可以,但是只能吃一颗,吃多了会被妈妈发现。"

"好的!"小奶糕立即打开盒子,从里面拿出了一颗金灿灿的小圆球,小心翼翼地剥开巧克力外面的那层金箔纸,幸福地咬了一口巧克力球。

程季恒叮嘱道:"你拿回去之后一定要藏好,要是被妈妈发现了,咱们俩得一起挨骂。"

小奶糕重重点头,保证道:"我一定会藏好!"

程季恒:"接下来的任务你还记得吗?"

小奶糕自信地挺起小胸脯:"我可以的!"

程季恒不太放心:"你给爸爸说一遍。"

小奶糕:"不让妈妈上楼,吃完晚饭再让妈妈上楼。"

程季恒很满意:"非常棒!"

得到夸奖后,小奶糕开心地笑了,露出一排整齐的小白牙。

程季恒:"你快下去吧,不然妈妈一会儿要上楼找你了。"

"好的！"小奶糕非常有执行力，行动相当迅速，得到命令后，立即朝楼梯口跑了过去。

下到二楼后，她先回了自己的房间，按照爸爸的要求藏巧克力。

她把巧克力藏在哪里才不会被妈妈发现呢？

想呀想，她终于想出了一个好主意——藏在抽屉里！

她抱着巧克力跑到床边，打开床头柜最下层的抽屉，将心爱的巧克力放在了最里面，自信地关上了抽屉，又从床上抱下来几个玩偶，将它们整整齐齐地摆在抽屉前面。

摆好之后，她还认真地对自己的玩偶士兵们说了一句："你们一定要帮我保护好巧克力哦！"

陶桃刚把最后一个包子放在托盘上，女儿就从楼梯上跑下来了。当妈多年，她敏锐地捕捉到了小家伙不对劲的地方——上楼这么长时间，却是空手下来的，一定有鬼，并且百分之百和那个骗人精有关系！

下来之后，小奶糕正准备去吃水果，谁知道还没跑到茶几旁边，就听到了妈妈的喊声："小奶糕。"

小奶糕停下脚步，心虚地看着妈妈，声音小小地说道："怎么啦？"

陶桃朝女儿招了招手："你过来。"

小奶糕慢吞吞地朝妈妈走了过去。

陶桃一眼就看到了小家伙的白毛衣上沾着巧克力屑。

果然有鬼，这父女俩又搞什么名堂呢？

陶桃强忍笑意，故意板着脸问了一句："你是不是偷吃巧克力了？"

小奶糕拧起了眉毛，十分纠结，不知道应不应该跟妈妈说实话。

陶桃："老师说过，撒谎不是好孩子哦。"

小奶糕羞愧地低下了头。

陶桃："是不是爸爸给你的？"

小奶糕紧张兮兮地抠着手，红着脸点了点头。

陶桃："爸爸为什么给你巧克力？"

小奶糕又纠结了一下，然后对妈妈说道："我不可以告诉你，因为我答应了爸爸。"

陶桃只好换了个问题："爸爸在干什么呢？"

小奶糕："我也不可以说。"

陶桃拍了拍手上沾着的面粉："那我自己上楼看看。"说着，她作势朝楼梯的方向走。

小奶糕急得不行,立即跑到妈妈面前,张开小手拦住了妈妈:"不可以不可以!你不可以上楼!"

小家伙越是这样,陶桃就越想搞清楚这父女俩在搞什么名堂。

知女莫若母,陶桃很清楚该怎么从这个小丫头的嘴里套话,于是问道:"我不可以上几楼?"

小奶糕严肃地说道:"不可以上阁楼!"

陶桃差点儿就笑出来了:"好吧,我答应你。"

小奶糕长舒了一口气——哎,好惊险呀!

陶桃又问:"我现在要去二楼可以吗?"

小奶糕点头:"可以的,但是我必须跟着你去。"

陶桃心想:你还挺有责任心,怕我偷偷上阁楼。

母女俩来到二楼之后,陶桃直接朝女儿的房间走了过去。小奶糕吓了一跳,害怕自己的巧克力被发现,紧张地问了妈妈一句:"妈妈,你不去我的房间吧?"

小奶糕的话语中充满了"此地无银三百两"的味道。

陶桃赶紧捂住自己的嘴,以免让小家伙看到自己在笑。

陶桃就是试探这个小家伙一下,没想到小家伙这么快就不打自招了。

陶桃强压下笑意,说道:"妈妈有一本书找不到了,要去你的房间找一下。"

小奶糕想阻止妈妈,又不知道该怎么阻止,只能说道:"好吧……"

一走进女儿的房间,陶桃就被眼前的画面逗笑了。

床头柜前摆了一排小猪佩奇,女儿好像生怕别人发现不了抽屉里藏了东西。

"抽屉里藏什么了?"陶桃板着脸问女儿。

还是被妈妈发现了,小奶糕再次羞愧地低下了头,声音小小地说道:"爸爸给我的巧克力。"

陶桃:"爸爸为什么给你巧克力?"

小奶糕:"他给我安排了一项任务。"

陶桃:"什么任务?"

小奶糕纠结了一下:"我不可以告诉你,因为我答应了爸爸。"

小样,我还收拾不了你了?

陶桃保证道:"如果你告诉我,我就不没收你的巧克力。"

小奶糕眼睛一亮:"真的吗?"

陶桃点头："真的。"

小奶糕瞬间就把爸爸出卖了："爸爸让我拦着你，不让你上阁楼。"

陶桃："为什么？"

小奶糕："不知道，但是爸爸买了好多好多的花。"

他买了好多的花？他到底想干什么呢？

陶桃奇怪不已，为了避免自己再被程季恒算计，对女儿说道："去把你的巧克力拿出来，和妈妈一起上阁楼。"

她要带着人证和物证去抓现行！

程季恒把玫瑰花摆好之后，从兜里拿出了钻戒盒子。

这枚钻戒是他新买的，为了这次的求婚。

盒子是墨绿色的，正方体，看起来小巧又精致。

然而他刚打开钻戒盒子，楼梯间就传来了脚步声，几秒钟后，陶桃就牵着女儿的手出现在了阁楼。

对视的那一刻，两个人都有点儿蒙。

陶桃是震惊的蒙，呆呆地看着铺了满地的玫瑰花，忽然明白了什么，紧接着就开始后悔，恨自己这次如此明察秋毫。

她想要求婚惊喜！

程季恒是意外的蒙，没想到她会突然出现在阁楼，不过很快就明白为什么了——小家伙的另外一只手上抱着巧克力盒子，显然是已经"投敌叛变"。

空气中忽然升腾起了几分尴尬。

三秒钟后，陶桃伸手捂住自己的眼睛，大喊："我什么都没见！"说着她就要下楼。

"等等！"程季恒急切地拦下了她，"你先别走！"

陶桃顿住脚步，手却一直没从眼前放下来——只要一直捂着眼睛，惊喜就不会跑。

程季恒忽然有些紧张，深深地吸了一口气，然后朝陶桃走了过去，在她面前站定，舔了舔因紧张而发干的双唇："你来都来了，答应了再走吧。"

陶桃一愣，放下了手，瞪大了眼睛看着他——不会现在就要求婚吧？

下一秒，程季恒身子一矮，单膝跪地，举起手中的钻戒，目光专注地看着她，声音低沉，深情地说道："桃子，你嫁给我吧。"

你还挺能随机应变！

陶桃又气又感动，眼眶猛地红了，眼泪汪汪地看着跪在她面前的男人。

程季恒的神色中尽显柔情，他起誓般说道："我知道我这人特别讨厌，谢谢你不讨厌我，还这么爱我，也谢谢你给了我一个女儿，给了我一个完整的家庭。我绝对是用尽了前世今生的所有好运气才会遇到你，我这辈子一定会好好地爱你，绝对不会再辜负你。"

　　求婚誓言来得猝不及防，陶桃的心尖不停地发颤，她泣不成声。

　　全场只有小奶糕不在状态，因为根本不知道爸爸妈妈在干什么。

　　她奇怪地看看跪在地上的爸爸，又担忧地看看妈妈。这时，她听到爸爸对她说："小奶糕，你的任务还没完成呢，完成之后才能得到第二盒巧克力。"

　　哎呀，忘记啦！经爸爸提醒，小奶糕终于想起了自己的最终任务，立即对妈妈说道："妈妈，你答应爸爸吧，爸爸特别特别特别爱你！"

　　陶桃瞬间破涕为笑，无奈地看着女儿："你就会跟你爸一唱一和！"

　　小奶糕开始抱着妈妈撒娇："你快点儿答应爸爸吧，求求你啦！"

　　程季恒也学着女儿的语气撒娇："快点儿答应我吧，求求你了！"

　　陶桃又气又笑："你们俩真讨厌！"

　　程季恒："我们俩最最最爱的人就是你。"

　　小奶糕重重点头："对！"

　　陶桃冷哼了一声，对程季恒说道："你以后不许气我！"

　　程季恒非常卑微："别说以后了，现在我也不敢气你。"

　　陶桃："你不许再做危险的事情！"

　　程季恒："我发誓，一定惜命。"

　　陶桃："你不许再装失忆！"

　　程季恒依旧保持单膝跪地的姿势："不装了，我再也不装了！"

　　陶桃这才满意，认真地考虑了一下，确定了自己的心意后，伸出了自己的右手。

　　程季恒长舒一口气，立即将钻戒从盒子里拿出来，套在她的无名指上。

　　因为得到了两盒巧克力，所以小奶糕超级开心，晚上吃饭的时候一口气吃了三个小包子！

　　其实她还可以再吃一个，但是妈妈怕她晚上吃多了积食，所以没让她吃。

　　今天天冷，还刮风，陶桃和程季恒吃完晚饭没带孩子去广场，陪她在家里玩起了捉迷藏。

到了晚上八点半，陶桃领着孩子去洗了个澡，然后和程季恒一起哄女儿睡觉。

女儿睡着后，他们俩悄悄地离开了小家伙的房间。

这几天程季恒一直睡在客房，陶桃也没有任何让他搬回主卧的意思。

程季恒只能主动出击了。

关上女儿的房门后，程季恒一脸真诚地看着陶桃，客气有礼地询问："程太太，您需要客房服务吗？"

程季恒这态度，比五星级酒店的服务员还要好。

陶桃忍笑，态度坚决地回答："我不需要。"

程季恒面不改色，微微点头："好的，今晚将由我为您提供专属服务。"

陶桃又气又笑："都说了我不需要！"

程季恒："不行，你必须要。"

陶桃："我为什么必须要？你这不是强买强卖吗？"

程季恒一本正经地解释："和买卖无关，客房服务是求婚服务附带的人工服务项目，您既然接受了求婚服务，就必须接受客房服务。"

陶桃故意吓唬他："那我就退掉求婚服务。"

程季恒轻轻启唇，不慌不忙："抱歉，本店不提供退换业务。"

陶桃："你就是强词夺理！"

程季恒没再废话，直接把这颗桃子从地上横抱了起来，大步朝主卧走了过去。

陶桃气呼呼地看着他："你就会欺负我！"

程季恒垂眸看着怀里的姑娘，笑着问："我怎么欺负你了？"

陶桃没好气："这是什么客房服务？你就是想干坏事。"

程季恒认真地纠正："这叫正常的夫妻生活，不叫干坏事。"

陶桃瞪了他一眼："你洗澡了吗？"

程季恒："我洗过了！"为了节省时间，刚才陶桃带着小奶糕洗澡的时候，他也去洗了个澡。回答完问题后，他忽然想到了什么，"要不……咱们俩再去洗一遍？"

陶桃瞬间明白了他的意思，当即面红耳赤，还在他的肩头打了一巴掌："你少要流氓！"

程季恒遗憾地叹了一口气："行吧，改天再说，我们明天还要早起。"说着，他抱着她走进了卧室，侧身关上了房门。

陶桃明知故问："我为什么要早起？明天小奶糕放假，我要睡到自

· 494 ·

然醒。"

"不行。"程季恒抱着她朝大床走了过去，不容置喙，"我们明天六点起床，七点准时出门。"

陶桃气得不行："六点天还没亮呢！"

程季恒将她放在了床上，安抚道："领完证再睡，领完证你想睡到什么时候就睡到什么时候。"

他手不老实，已经开始脱她的睡裙了。陶桃双手环住他的脖子，轻声问了一句："你爱不爱我？"

程季恒的吻在她的颈间连绵落下，他呼吸急促，嗓音沙哑："我爱死你了。"

在他的撩拨下，陶桃不禁心旌摇曳，呼吸也变急促了，气息紊乱，满含爱意地在他的脸上亲吻了几下："你是从什么时候开始爱我的？"

这个问题，已经在她的心里藏了四年了。

其实程季恒也不太清楚自己到底是从什么时候爱上这颗桃子的。

那年夏天，他经历了一场人为的车祸，然后遇到了这颗傻桃子。

在遇到她之前，他的世界冰冷黑暗，并且孤独封闭，是她打开了他的世界的大门，为他带来了温暖与光明。

也是她教会了他什么是爱，如何去爱。

他清清楚楚地记得与她相遇后的点点滴滴，而且有几个瞬间令他终身难忘。

如果按照时间顺序将这几个瞬间排序，那么最早的一个瞬间，应该是他从昏迷中苏醒的那个瞬间。

那一天、那一刻的场景，他记忆犹新——

病房里光线充足，洁白明亮，姑娘穿着一条白色长裙，扎着简单的马尾辫，耳畔的碎发柔软地垂在脸的两侧，身材窈窕纤细，周身被镀上了一层融融暖光，整个人看起来干净、清透、灵气四溢，像极了一颗水蜜桃。

那一刻他真的以为自己升天了，不然怎么能遇见仙女？

或许，他就是从那一刻开始，对她念念不忘。

他脱掉了她的睡裙，喘息着回答："在医院。"

陶桃不太明白："你住院的时候吗？"

程季恒说了实话："我睁眼的时候。"

陶桃："……"

她气呼呼地看着他："所以你说的什么家规严格、守身如玉都是骗我的吗？"

时隔四年，程季恒终于坦白："家规严格是骗你的，守身如玉是真的。"他补充道，"在遇到你之前，我一直是清白之身，你摸了我，就必须对我负责。"

提起这事陶桃就来气："我都说了，我不是故意摸你的！"

程季恒做好了防护措施，捏住她的腿，将她的身体拉向自己，坏笑着说道："我不怪你，提前验货是个好习惯。"

陶桃："……"

他真是个流氓！

明天要领证，程季恒担心这颗桃子早上起不来，就没折腾得太狠。但陶桃还是累坏了，这个男人就是一匹狼，还是一匹不知道饱的饿狼！

第二次结束的时候，她几乎筋疲力尽，闭上眼睛后没过多久就缩在他怀里睡着了，并且睡得特别沉。

他让她很累，也让她很安心。

清晨，她觉得自己好像没睡多久就被喊醒了。

"桃子，桃子，起床了。"程季恒一边轻轻地戳她的脸颊，一边喊她起床，"再不起就迟到了。"

陶桃痛苦不已地睁开眼睛，迷迷瞪瞪地问了一句："几点了呀？"

程季恒急得不行："快八点了！"

都快八点了？陶桃一下子就从床上坐了起来，然而看到对面墙壁上挂着的表后，瞬间炸了，气急败坏地瞪着程季恒："现在才五点半！"

程季恒理直气壮："我给你留出了充分的洗澡和化妆的时间。"

陶桃："……"

我还得感谢感谢你？

这时她才发现浴室里亮着灯，看来这人早就起床了。

她又气又无奈，却也没了困意，气呼呼地瞪了他一眼，不情不愿地掀开了被子，去浴室洗澡。

从浴室出来的时候已经六点多了，她先去衣帽间换了衣服，然后坐在化妆台前。

她只会化淡妆，不会化那种很精致的彩妆。她也看过好多美妆博主发的视频教程，但就是学不会，或者说，脑子和眼睛学会了，但是手没学会。

她唯一会化的彩妆部位是眉毛，还是因为自己的眉毛本身就有眉形，化起来没什么难度。

对她来说，用眉笔在眉毛上随便扫两下就相当于画眉了。

她画完了左边的眉毛，正准备画右边的眉毛，程季恒忽然走进了她的衣帽间，她的手一顿，扭头看着他，一脸警惕："你要干吗？"

之前有一次她化妆的时候，他说想帮她画眉毛。那时她年轻，轻信了他的话，就将手中的眉笔交给了他，结果这人愣是把她的细长眉画成了张飞眉。

程季恒回答："我只是想看你化妆。"

他的神色和语气中透露着"真诚"。

白莲花的气息扑面而来，但陶桃就是无法拒绝。

陶桃警告："你只能看，不能动手！"

程季恒乖乖点头："好的。"随后他走到她身边，在另外一张凳子上坐了下来。

陶桃继续对着镜子描眉，然而刚描了两下，就听到这男人说了一句："让我给你画眉毛吧！"

陶桃："……"

我就知道你不怀好意！

她斩钉截铁："不让。"

程季恒："求求你了！"

陶桃斜眼瞧着他："你会吗？"

程季恒："不试试怎么知道会不会？再给我一次机会吧，求求你了！"

又是一副纯良的模样，陶桃根本无法狠心拒绝他。

这一刻她对男人面对白莲花时的心理活动有了更深的体会：但凡对方长得丑一点儿，自己也不用这么纠结了，偏偏长得这么好看，真是……毫无抵抗之力。

拒绝了他，就是自己不知好歹，咬了咬牙，她憋屈地把眉笔递给了他。

程季恒像个终于得到糖吃的小孩儿似的，喜上眉梢，立即拿起眉笔，用左手扶住她的脸，用右手抬起眉笔，认真地在她的眉毛上画了起来。

其实陶桃心里特别清楚这人为什么这么热衷于给她画眉——好玩。

男人都是幼稚鬼！

其实把眉笔递给他的那一刻，她就做好了卸妆重化的准备，然而没想到结果竟然出乎她的意料。

程季恒放下笔后，陶桃立即看了一眼镜子，惊喜地发现这回竟然画得还可以。

镜中人的眉毛细细长长如远山含黛,看起来十分温柔淡雅。

陶桃立即夸奖了一句:"你进步了!"

程季恒一本正经:"人不能在同一个地方跌倒两次。"

陶桃又气又笑。

她化好妆后,两个人一同离开了卧室,这时程季恒对她说了句:"你先下楼吧,我去喊小奶糕起床。"

陶桃急了:"现在还不到七点呢,你喊她干什么呀?"

程季恒:"我昨天答应了她要带她一起去。"

陶桃:"……"

合着只有我是被蒙在鼓里的那一个?

她无奈地叹了一口气:"我和你一起去喊她。"

爸爸妈妈来到小奶糕的房间时,小奶糕还在熟睡,小脸蛋儿肉乎乎、粉嘟嘟的,像极了一颗小苹果。

陶桃坐到女儿的床边,一边喊女儿一边轻轻摇晃女儿的小身体:"小奶糕,起床啦。"

小奶糕迷迷糊糊地睁开了眼睛,拧着眉头,一脸茫然地看着妈妈,迷糊了好几秒钟后,朝妈妈伸出了两只小胳膊,撒起娇来:"抱抱。"

小奶糕这副撒娇的样子,和她爸爸如出一辙。

陶桃根本无法抗拒,立即将女儿从床上抱了起来。

小奶糕身上穿着粉红色的睡衣,小手小脚都是肉嘟嘟的,由于刚睡醒,头发毛毛的,像极了一个小玩偶。

在妈妈的肩膀上趴了一会儿,她又朝爸爸伸出了手:"爸爸抱。"

陶桃心想:"你还挺知道'雨露均沾'。"

程季恒立即将女儿接入怀中,轻声哄道:"去洗脸吧,吃完饭爸爸妈妈就带你出去玩。"

小奶糕点点头,乖巧地说道:"好。"

程季恒带着女儿洗漱的时候,陶桃给女儿挑选衣服,本想给女儿穿那件粉色的中国风棉服,再搭配一条藕色襦裙和一双刺绣棉靴,让女儿今天走一下古风路线,结果翻遍了衣帽间都没找到那套衣服。

陶桃清楚地记得小家伙前天上幼儿园的时候还穿过那套衣服,是阿姨拿去洗了吗?

除了这个可能性,她也找不到其他可能性了。

加上时间紧迫,陶桃也没去阳台找,给女儿另选了一套衣服。

小家伙换好衣服后，一家三口下楼。

阿姨已经做好了早饭。

吃完饭，程季恒开车带着老婆和孩子去民政局。

民政局八点半上班，他们来到民政局门口的时候才七点四十，没办法，只好守在门口等。

也不知道今天是什么黄道吉日，来领证的情侣还挺多。八点之后，民政局门口就排起了小长队。

陶桃原本还觉得他们来得太早了，现在才觉得来早点儿是对的，不然办理每一项手续的时候都要跟在别人后面排队。

小奶糕扭头看了看身后的长队，不禁有点儿激动，兴奋地对爸爸妈妈说道："我们是第一！"

单纯的小朋友到现在还不知道这件事其实跟她没有关系，所以又问了一句："我们一会儿要干什么？"

他们俩肯定不能说实话，不然孩子会哭。

程季恒一脸认真地回答道："爸爸妈妈要办点儿事，然后才能带你去玩。等会儿进去之后，你的任务是帮妈妈背包，你能完成吗？"

被赋予了任务，小奶糕相当自信地挺起了小胸脯："我可以的！"

陶桃忍俊不禁：小奶糕但凡有个幼儿园毕业的学历，也不会被她爸爸忽悠成这样。

为了配合程季恒，在民政局开门之后，陶桃把自己的挎包给了女儿。小家伙相当负责，一直紧紧地抱着妈妈的背包，只在爸爸妈妈照相的时候很难过地问了句"你们为什么不带我照相？"，其余时间都是一个乖巧的小跟班。

对于孩子提出的"你们为什么不带我照相？"这个问题，程季恒是这么回答的："爸爸妈妈也想带你照，但是照相的叔叔说这里只有大人才能照相，小朋友不能照。"

小奶糕又好奇地问了一句："那我什么时候才能来这里照相？"

陶桃被孩子的这个问题逗笑了，然后看了程季恒一眼，果然，他的脸色又不好看了。

女儿来民政局照相，就意味着她被臭小子骗走了。

程季恒深深地吸了一口气，非常严肃地回答："二十八岁之前，你不许来这里照相。"

陶桃："……"

程季恒重点强调："你来这里照相之前，必须告诉爸爸。爸爸同意了，你才能来，明白了吗？"

虽然不太明白，但面对爸爸严肃的目光，小奶糕也认真地点了点头："明白了！"

程季恒长叹了一口气，心想：希望你真的能明白。

拍完结婚照他们就能领红本本了。

钢印盖下去的那一刻，陶桃的心尖微微一颤，她莫名地有点儿感动，又有点儿伤感，自己的单身生涯就这么结束了。

随后，她扭头看了一眼程季恒，发现这人眼底藏笑，嘴角还止不住地上扬，得意之情溢于言表。

陶桃有点儿想打人，又有点儿想笑。

他们拿着红本本从民政局出来的时候，外面已是艳阳高照。

天气虽冷，却晴空万里，目光所及皆是明媚，灿烂的阳光为万物镀上了一层金色。

陶桃以为领完证他们就直接回家了，程季恒却没往家的方向开。直到车子上了三环，她才反应过来不对劲，奇怪地问："你要去哪儿？"

你终于发现了。

程季恒笑着回："云山。"

陶桃十分诧异："现在？"

程季恒："对，就现在。"

陶桃气急败坏："我什么东西都没带怎么回去呀？"

要不是他正在开车，她一定要揍他。

程季恒不慌不忙："已经收拾好了，在后备厢里。"

陶桃："……"

陶桃忽然有种不太现实的感觉，真是猝不及防。

不过陶桃很快就想到了小奶糕那套莫名失踪的汉服——怪不得自己今天早上没找到，原来早就被他收进行李箱了。

她无奈地问："你什么时候收拾的东西？"

程季恒："昨天晚上。"

"……"

你可真是精力旺盛。

她知道他是一个很细心的人，收拾行李的时候绝对不会丢三落四。

陶桃还是不太安心，毕竟没体验过这种说走就走的旅行。

她想了想，问道："你不用去公司了？"

程季恒回道："我办了休假。"

为了这次的云山之行，他提前两个月就开始安排休假。此前，他四年没有休过假。

陶桃："你怎么也不提前跟我商量一下？"

程季恒："我想给你一个惊喜。"很早之前她就对他说过，想回云山看看，顿了一下，他很认真地说道，"下午去爬云山吧。"

陶桃一愣，诧异不已地看着自己的男人。

上午去云山，下午就要爬云山，仿佛他们去云山主要是为了爬山。

他这么怀念云山吗？

程季恒一字一句地说道："我要把锁重新挂上去！"

他语气坚决，甚至透着点儿偏执。

陶桃又无奈又想笑，同时还有点儿感动。

四年前，他们在云山结合，又在云山分离。

今天，他们要重新回到云山，去弥补四年前的那份遗憾。

最终，她向这个男人妥协了："行，下午就去爬云山。"

从东辅到云山，车程将近三个小时，程季恒将车开到云山脚下的时候，已经过了中午十二点。

小奶糕早就歪在儿童座椅里睡着了，程季恒喊了好几遍才把小丫头喊醒。

一家三口在山脚下找了一家馆子吃了顿午餐，然后就去爬云山了。

四年没有回来过了，从景区门口朝云山走的时候，陶桃不禁有了一种近乡情怯的感觉。

寒假来临，云山景区的游客多了起来，大部分游客还操着一口地道的云山口音。

这一切对陶桃来说既熟悉又陌生。

他们到了山脚下，通往山顶的方式还是两种——爬石阶或乘缆车。

陶桃很想爬上去，但还是要征询女儿的意见："小奶糕，你是想爬山还是想坐缆车？"

小奶糕从未爬过这么高的山，所以很想爬上去，但又想坐缆车，于是拧起了小眉头，开始纠结。

这时，爸爸给她出了一个主意："小奶糕，我们这几天会一直住在这里，过几天还会来爬山，所以你可以今天爬山，下次坐缆车。"

小奶糕很赞同爸爸的提议:"好!"

安抚好女儿之后,程季恒看向陶桃:"我背你。"

他还牢牢记得她对他说过的话。

挂结发扣之前,要将老婆背上云山,这是云山当地的规矩。

陶桃还是小姑娘的时候,很在乎这些不成文的规矩,不过现在已经是一个三岁多小姑娘的妈妈了,觉得这些规矩也没那么重要了。

更何况,他之前已经背过她两次了。

如果没带孩子来,陶桃再让他背一次也没什么,但是带了小奶糕来,情况就不一样了。

爸爸只背妈妈不背女儿,这小丫头一定会哭。

而且让这个小丫头一个人爬山陶桃也不放心。

陶桃叹了一口气,说道:"算了吧,还有小奶糕呢,要看好她。"说着,她牵起了女儿的手。

程季恒只好牵起女儿的另外一只手,和她们母女一起朝石阶的方向走去。

冬日寒冷且山道陡峭,即便是这样,来爬山的游客依旧络绎不绝。

爬到半山腰的时候,小家伙已经累坏了,说什么都不愿意往上爬了,刚好旁边有一座凉亭,陶桃和程季恒就带女儿去凉亭休息了。

凉亭旁边还有一间小卖部,程季恒去买了两瓶水和一瓶牛奶。

小卖部里有保温柜,这些东西都是热的。

小奶糕穿着一件米色的羽绒服,像个小面团子似的坐在爸爸的腿上,双手抱着牛奶瓶,幸福又开心地用吸管喝牛奶。

歇了有半个小时,陶桃觉得歇得差不多了,就站了起来,先把垃圾扔进了垃圾桶里,然后轻声对他们父女俩说:"走吧。"

"行。"程季恒刚想把小丫头放下去,结果小丫头死死地抱着他不撒手,接着开始撒娇:"爸爸,我好累呀,我不想爬了。"

程季恒笑着问:"那你想怎么办?"

"我想让你抱抱我。"小奶糕紧紧地抱着爸爸,继续撒娇,"求求你了嘛,人家真的好累好累呀。"

陶桃知道这小丫头是想偷懒了,故意板起了脸:"不可以,自己的事情要自己做。"

小奶糕噘起了嘴巴,声音小小地说道:"可是人家真的好累呀。"随后她又看向爸爸,继续撒娇,"爸爸,你抱抱我吧,我最最最爱的人就是爸爸！"

程季恒完全无法抵抗女儿的撒娇："好，爸爸抱你！"

陶桃急了："山这么陡，你怎么抱她上去，多危险呀？"

程季恒："没事，可以背着。"说着，他将小丫头放在地上，然后屈膝蹲在她面前，"上来，爸爸背你上去。"

"耶！爸爸最好了！"小奶糕超级开心，一下子扑到爸爸的后背上，紧紧地抱住爸爸的脖子。

程季恒笑着将女儿从地上背了起来。

陶桃瞪了他一眼："你就会惯她！"

程季恒理直气壮："公主就要惯着，是不是小奶糕？"

小奶糕点了点头："对！"她还笑嘻嘻地看了妈妈一眼，神色中略显得意。

陶桃又气又想笑，心理上还有点儿不平衡：霸占了我的男人，你还这么得意，你没出生之前，你爸爸背的是我！

随后，一家三口离开了凉亭。在走出凉亭的那一刻，陶桃忽然顿住了脚步，鬼使神差地回头看了一眼他们刚才坐的位置。

不知为何，刚才发生的事情，她有种似曾相识的感觉，像是曾经经历过。

或许，她是在梦里梦到过吧。

她没再多想，只回头看了一眼就离开了。

被爸爸背着上山，小奶糕十分惬意，像个随身音乐播放器一样，欢乐地唱了一路儿歌，并且每唱完一首就问爸爸一句："爸爸，我唱得好不好听？"

虽然压根儿听不出来这小丫头到底是在唱歌还是在念经，但对程季恒来说，他闺女唱歌就是最好听的，每次都是不假思索地回答："好听，特别好听！"

小奶糕特别开心："那我再给你唱一首好不好？"

程季恒："好，唱吧。"

每到这个时候，陶桃都不由得想离这对父女远一些——完全不在调上的自信歌声和老父亲闭眼夸赞的样子，多少有那么一点儿丢人。

到了山顶，程季恒将女儿放了下来，随后陶桃和程季恒一人一边牵着女儿的小手，领着女儿进了云山寺。

月老树高大粗壮的样子一如当年。

深冬腊月，树上的叶子已经落光，但月老树却依旧繁盛，因为上面挂满了红色的结发扣，如同开放在枝头的朵朵红梅。

小奶糕瞬间就被震撼到了，瞪大了眼睛看向月老树，不由得发出了一声惊叹："哇！"

陶桃和程季恒被她逗笑了，随后两个人带着小丫头去了后面的月老祠。

四年来，程季恒原本一直随身戴着他们的同心锁，后来陶桃将这把锁做成的项链挂在了女儿的脖子上，再后来程季恒给女儿换了一条项链，将这把锁拿了回来。

现在这把小银锁正放在他的大衣口袋里。

来到月老祠制作结发扣的地方他们被告知，现在不能随便挂锁了，因为月老树上挂的锁太多了，需要控制数量，所以在制作结发扣之前，必须出示结婚证。

程季恒随身带着结婚证，立即就拿了出来，特别理直气壮。

陶桃原本还觉得这人随身带结婚证的行为有点儿魔怔，现在不得不承认，这人是有先见之明的。

随后两个人重新剪了头发，重新做了结发扣。

包裹在头发外侧的红线是新的，色泽鲜艳；银锁是四年前买的，表面已微微氧化，色泽也略显暗淡，刻在上面的两个名字却未曾改变。

时间可以带走一切事物光鲜的外表，却带不走他和她的缘分，也无法改变他们对彼此的深情。

做好结发扣，系上同心锁，他们回到月老树下。

这回程季恒选了一枝更高的枝头挂结发扣，确保这颗桃子跳起来也够不到！

挂好结发扣之后，他还是没忍住问了一句："那么高的树枝，你到底是怎么够到的？"

陶桃沉默片刻，实话实说："庙里的人给取，不用我自己取。"

程季恒瞬间气炸了："寺庙怎么还能提供这种服务呢？这不是拆人姻缘吗？"

陶桃没好气地说道："姻缘是两厢情愿的，咱们俩那个时候决裂了。"

程季恒："是你单方面跟我决裂了！"

陶桃瞪着他："谁让你晚回来呢？"

程季恒不说话了，理亏。

陶桃冷哼了一声，严肃警告："这次拜月老树的时候你必须虔诚！"说完，她拉住了他的手，和他一起走到蒲团前。

两个人同时面向月老树，跪在蒲团上。

小奶糕急得不行，脸都急红了："没有我的位置啦！"

人家也要拜一拜！

陶桃和程季恒皆忍俊不禁，但又不得不哄小家伙。

程季恒一本正经地说道："小孩子不用跪，你站在爸爸妈妈中间就行。"

小奶糕立即站到爸爸妈妈中间，十分虔诚地合上了两只小手。

陶桃被女儿逗笑了，问："你也要许愿吗？"

小奶糕点了点头："对！"

陶桃："好，那你和爸爸妈妈一起许愿吧。"言毕，她再次面向月老树，双手在胸前合十，虔诚地闭上了眼睛。

她许愿，和他白头到老，此生再不分离。

程季恒看了陶桃一眼，随后也双手合十，闭上了眼。

他很虔诚，但虔诚的对象依旧不是月老，而是她。

遇到她之前，他是个没有信仰的人，遇到她之后，他的信仰就是她。

除了她，他不会对任何人虔诚。

他在心底发誓，今生今世绝对不会再辜负她，也不会再让她伤心难过，他会用自己的生命去爱她，直到他的生命终结。

少顷后，两个人同时朝月老树跪拜。

小奶糕则是鞠躬，深深地鞠躬，非常虔诚地鞠躬。她希望月老爷爷实现她的新年愿望。

起身后，陶桃和程季恒同时看向站在中间的女儿，异口同声地问："你许了什么愿望？"

小奶糕特别激动，大喊道："我想要一个小妹妹！"

程季恒满目称赞地看着女儿："好愿望，爸爸也想。"

陶桃："……"

番外一
蜜月旅行

拜完月老树,夫妻俩领着孩子在庙里玩了一圈,然后便下山了。

下山时,一家三口乘坐缆车。

小奶糕之前虽然坐过缆车,但只坐过动物园里的小缆车,从来没坐过这么高的缆车,上了缆车之后一动都不敢动,甚至不敢大口呼吸,一双乌溜溜的大眼睛中写满了"害怕",像极了一只受了惊吓的小兔子。

上缆车之前,陶桃还特意问了女儿:"宝宝,你是要坐在爸爸妈妈中间还是要爸爸抱着你?"

当时小奶糕还很有勇气,像个小大人似的回答:"要坐在中间,我马上就四岁啦,要自己坐。"

陶桃忍俊不禁:"好,那你就自己坐吧。"

然而缆车滑出站台还不到三分钟,小大人就变成了小兔子,紧张地看着爸爸:"爸爸,抱抱!"

程季恒笑了,立即将女儿抱到自己的腿上:"害怕了?"

依在爸爸的怀里,小家伙还是一动也不敢动,连头都不敢点一下。

陶桃一看小奶糕这样就想笑,轻轻地戳了戳女儿的小鼻尖:"你的胆子怎么这么小?"

小家伙脸红了,有点儿不好意思,噘起了小嘴,声音小小地回道:"人家才没有呢。"

程季恒想转移一下女儿的注意力,于是询问道:"你晚上想吃什么?"

小家伙的情绪果然被调动起来了，她立即回答："想吃鸡翅！"

程季恒："好，咱们一会儿就去买鸡翅，晚上吃可乐鸡翅。"

陶桃问道："怎么给她做呀？"

程季恒温声回道："放心吧，有厨房。"

陶桃还以为是酒店带厨房，就没有多想，甚至策划起了晚上的菜谱："那再做个汤吧。"随后她又询问女儿，"宝宝，你想不想喝牛肉羹？"

小奶糕终于不再害怕了，点了点头："想！"

陶桃笑了，心想：果然只有美食才能治愈你。

随后她又问程季恒，"你想吃什么？"

程季恒受宠若惊："我还有点菜的资格呢？"

陶桃道："我今天心情好，对你格外开恩。"

程季恒挑眉："你终于得到我了，心情怎么能不好呢？"

陶桃又气又笑："你再说一句废话我就取消你点菜的资格！"

程季恒叹了一口气，低头看向女儿："宝宝，你知不知道妈妈现在为什么对爸爸这么凶？"

小奶糕一脸懵懂，摇了摇头。

程季恒一本正经："因为她得到我之后就不知道珍惜了。"

陶桃气得直接在他的胳膊上打了一巴掌："你少跟她胡说八道。"

明明是程季恒挨了打，小奶糕却急了，拧着眉头看着妈妈，十分严肃地说道："妈妈，你不可以打爸爸，老师说打人不是好孩子。"

小家伙还挺有正义感。

程季恒附和："就是！"

看着他们父女俩这副一唱一和的样子陶桃就来气："咱们俩晚上再算账。"

程季恒眼睛一亮，忙不迭地说道："行，好，我等你！"

陶桃脸红了，想骂他是个流氓，但是当着孩子的面又不能骂人，只好气呼呼地瞪了他一眼。

下山之后，程季恒开车带老婆和孩子去了当地的一家大型超市。

进超市之前，一家三口先推了一辆购物车，放在购物车里的第一件"商品"是香甜小奶糕。

逛超市的时候，程季恒推着车，陶桃挽着他的胳膊，跟在他的身边。

春节将至，超市里四处挂着红色的中国结，广播里放着喜庆热闹的歌曲，年味儿很足。

超市最前方是年货专区，瓜果零食应有尽有，相当吸引小朋友的注意力。

小奶糕的眼睛都快不够用了，她看完巧克力看饼干，看完饼干看糖果，看完糖果看饮料，一颗小脑袋都快要扭成拨浪鼓了。

小家伙坐在购物车里，她的表现被爸爸妈妈看得一清二楚，把他们俩逗得合不拢嘴。

今天怎么说也是个大喜的日子，陶桃准备给女儿一个惊喜，主动从货架上拿下来一袋零食大礼包，放进购物车里，笑着对女儿说道："幼儿园老师今天上午在班级群里表扬你了，夸奖你本学期在幼儿园表现得非常棒，这是妈妈给你的奖品。"

陶桃没骗女儿，幼儿园老师确实在群里表扬了小奶糕。

小奶糕惊喜得不行，怀抱大礼包，十分开心地说道："谢谢妈妈！"

程季恒看着陶桃，满脸期待地问："我有奖励吗？"

你怎么跟小孩儿似的？陶桃忍笑，毫不留情："你没有，你表现得不好。"

程季恒不满："我哪里表现得不好？"

陶桃："你不听话！"

程季恒不服气："我还不够听话？你上次让我写一千字的检查我写了两千字！"

陶桃不为所动："那只能说明你认错态度好，不代表你没犯错误。"

程季恒："……"

陶桃还不忘拿这个现成的反面教材来教育女儿："宝宝，你以后一定要当一个诚实守信的好孩子，千万不能撒谎，不然就会像爸爸一样，不仅没有奖励，还要被批评、罚写检查！"

小奶糕抱紧了自己的零食大礼包，使劲儿点头。

程季恒叹了一口气，一脸幽怨地看着陶桃："我看出来了，一家三口，我排第三。"

陶桃笑得不行，正要说话，小奶糕却先开口了："不对！爸爸你不是第三！"

程季恒还以为闺女要给自己提升地位了，立即追问："那你说，爸爸是第几？"

小奶糕很认真地说道："你是第四，因为我马上就要有小妹妹了，妹妹是第三。"

小家伙对月老爷爷深信不疑，坚信月老爷爷一定会帮她实现愿望。

陶桃瞬间狂笑不止："哈哈哈哈哈哈哈……"

程季恒："……"

程季恒内心五味杂陈。

小奶糕又嘟了嘟嘴，望着爸爸，小声说道："我还想要一条小狗狗。"

程季恒难以置信："所以你要把爸爸排在第五吗？"

小奶糕以为自己伤了爸爸的心，立即安慰爸爸："我可以暂时不要小狗狗，等妹妹出生以后再要小狗狗，那样的话你现在还是第三！"

程季恒："……"

谢谢你体谅爸爸。

陶桃心想：只有你闺女治得了你了。然后她幸灾乐祸地问，"你闺女的逻辑思维好吧？"

程季恒一边点头一边无奈地回道："好，相当好。"

闺女把他的家庭地位安排得明明白白，连小妹妹和小狗都安排上了，可谓是好得不能再好了。

陶桃以为他们今晚住的酒店带厨房，就买了好多食材，准备今天晚上给他们父女俩做一顿大餐。

毕竟今天是她和程季恒领证结婚的日子，一家人总要庆祝一下。

从超市出来之后，陶桃问程季恒："你订的哪家酒店？"

程季恒一边开车一边回道："一会儿你就知道了。"

看着他微微上扬的唇角，陶桃越发好奇，很想知道他到底在卖什么关子，但没继续问。她太了解这个男人了——嘴巴严得很，只要是他想隐瞒的事情，别人就怎么都问不出来。

她只能静静地等待答案揭晓。

超市在西城区，程季恒开车一路向东。

四年没回来了，陶桃坐在车上，眼睛一直紧盯着窗外的景色，窗外的一切令她熟悉又陌生。

街道还是曾经的模样，但路过这一条条街时，却不是原来的感觉了，她不禁有些感慨，原来物是人非是这样一种心境。

程季恒朝右打了一下方向盘，车子转了个弯，陶桃忽然激动了起来——她曾经住过的那个教职工家属院就在这条路上。

也是在这时，她忽然猜到了什么，心脏开始狂跳，难以置信地看着程季恒:"我们是不是要回家?"

程季恒笑着回道:"不然呢?"

陶桃的眼眶一下子红了,她既惊喜又感动。

他把她的家买回来了。

那栋房子承载着她的童年记忆,承载着她对父母和奶奶的所有记忆,见证过她人生中最幸福的时光。

这一刻她真是爱死这个男人了,如果他不是在开车,她一定会抱着他疯狂亲吻。

这个世界上不会有男人比他对她更好了。

眼睛越来越酸,陶桃吸了吸鼻子,看着他问:"你什么时候买回来的?"

程季恒实话实说:"四年前。"

这栋小房子对她而言有着不同的意义,对他也是。

这栋房子不只承载着她的很多美好回忆,也承载着他人生中最美好的回忆。

四年前,和她同住一个屋檐下的那几个月,是他人生中最幸福的时光。

是她让他感受到了人间烟火气,是她给了他一个温暖的家。

那栋房子是她的家,也是他的家,所以他在发现她将房子卖掉了的第二天,就出了双倍的价钱将房子买了回来。

与她分开的那四年里,每当想她想到无法自控的时候,他就会回到这栋小房子里待一会儿。

四年来,他还积极参与了不少云山当地的招商引资项目,推动当地经济发展,只因这里是她的家乡。

他把她的故里当成自己的故里,用尽自己的全力去爱她所热爱的一切。

将车子转入家属院前的车道时,程季恒特意减速,然后踩下刹车,将车停稳后,回头看着女儿,又指了指家属院门口的竖匾:"看见那个牌子没?上面的字是姥爷写的。"

陶桃瞬间热泪盈眶。

竖匾上的"十九中教职工家属院"这几个字依旧笔走龙蛇。

竖匾的右下角刻着题字人的名字:陶明朗。

以前住在这里的时候,陶桃每次走到门口都很骄傲,因为门口这块竖匾上的字是她爸爸写的。

对她而言,这块竖匾是荣誉,是自豪,是爸爸对她的一种守护。

一看到这块匾，陶桃就会很安心。

在门口停了一会儿，程季恒才继续将车往院子里开。

陶桃目不转睛地看着窗外的一切，感觉很不真实，像是在做一场怀旧的梦。

目光所及，一切都很老旧，比四年前还要老旧，陶桃却觉得眼前的一切无比亲切。

低矮的灰色楼房，拥挤狭窄的过道，堆满废品的自行车棚，灰白色的棚顶比四年前破得还要厉害，四年前只是破了几个大洞，现在几乎只剩下了一个铁框架，棚顶早就不翼而飞了。

程季恒将车停在了最后一排家属楼的第二个单元楼前。

下车之前，陶桃还深吸了一口气。太久没回来了，她再次产生了一种近乡情怯的感觉。

程季恒抱女儿下车的时候，笑着问她："你知道这是哪里吗？"

面对陌生的环境，小奶糕一脸茫然地摇了摇头。

程季恒："这是妈妈小时候住的地方。"

小孩子对父母的童年都十分感兴趣，小奶糕瞬间睁大了眼睛："真的吗？"

程季恒点头："真的，爸爸马上就带你去妈妈以前的家。"

陶桃一直没说话，愣愣地站在车旁，仰头往上看，好像比小奶糕还要茫然。

她竟然……又回家了，带着她的老公和女儿一起回家了。

此时此刻，陶桃依然感觉自己在做梦。

楼梯间似乎比四年前更狭窄，因为堆放的东西更多了。

上楼的时候，陶桃一手拎着购物袋，一手牵着女儿的小手走在前面，程季恒拎着行李箱走在后面。

她清清楚楚地记得自己的家在三楼，然而到了三楼，看到西户的那扇熟悉的黑色防盗门后，竟然不确定了，扭头看着程季恒，紧张地问："是这里吗？"

程季恒被这颗傻桃子逗笑了，倒是也能理解她现在的心情，斩钉截铁地回道："是这里。"

"哦……"陶桃又愣了两秒钟，然后朝程季恒伸出手，"钥匙给我。"

程季恒立即从大衣口袋里掏出钥匙递给她。

开门之前，陶桃又深吸了一口气，努力使自己激动的情绪平复下来，然后才将钥匙插入锁孔。

她轻轻转动钥匙，锁舌弹回，门开了。

陶桃的心跳忽然加速，她抖着手打开了房门，牵着女儿的小手，紧张又激动地走进客厅。

房间里的一切摆设和四年前几乎一样，但仔细观察过后，她发现有许多不一样的地方：

电视换了，那台大屁股古董电视机换成了可以挂在墙壁上的薄薄的液晶电视。

空调换了，原来是窗机空调，每次用空调的时候整个窗户都跟着发颤，现在换成了可以安安静静立在墙角的立式空调，而且原来只有客厅有空调，现在每个房间里都安装了空调。

卫生间安装了浴霸。

暖气管道也换了，原来是那种深灰色的金属管，现在换成了铝塑复合材质的管道，光滑干净的白管比之前的金属管美观得多，屋子里也比之前暖和多了。

最后陶桃发现，沙发竟然也换了，原来的那张沙发是木质的，又窄又硬，现在换成了宽阔柔软的皮质沙发，看着就很舒服。

她忍不住朝沙发走了过去，坐在上面感受了一下，然后满脸赞赏地看着程季恒："你竟然把沙发也换了。"

程季恒："不换不行，原来的那张沙发一做起来就跟要散架了似的。"

陶桃先是一愣，紧接着脸红了，竟然听出了他用的是"做"而不是"坐"。

陶桃没好气地瞪了他一眼，没再搭理他，从沙发上站了起来，对正趴在她的卧室门口，好奇地探着小脑袋往里看的女儿说道："宝宝，过来，换鞋。"

小奶糕立即朝妈妈跑了过去："好的。"

棉拖鞋是他们刚从超市买的，依然是三双印着小猪佩奇的拖鞋。

换好拖鞋后，陶桃拎着购物袋去了厨房，准备做饭。程季恒将行李箱拉到了主卧，然后也去了厨房。

小奶糕乖巧地坐在客厅的沙发上看动画片。

程季恒走进厨房的时候，陶桃正在洗鸡翅，洗好的鸡翅装在一个白色的瓷盘中。

刚才走进厨房她才发现厨房里的设施也几乎换了个遍——碗柜、灶台、抽油烟机、洗手池全换了，比四年前先进得多，厨房看起来也比之前整洁得多。

她打开碗柜，发现里面锅碗瓢盆一应俱全。

听到程季恒的脚步声后，陶桃关上了水龙头，将盘子放到台子上，扭过脸看着他，说道："你过来。"

程季恒走了过去。

陶桃抱住他的脖子，满眼爱意地看着他："我爱你。"她又踮起脚，轻轻地在他的唇上亲了一下，"爱死了！"

程季恒挑眉，对这个奖励不太满意："这就完了？"

陶桃又亲了他一下。

程季恒蹙眉，像领导审查工作似的一本正经地点评："我怎么感觉你在敷衍我？"

陶桃又气又笑，再次将唇印在了他的唇上，主动吻了他。

她忽然想起来，他第一次亲她，也是在这个小厨房里。

那时天还很热，她本就热得浑身大汗，被他亲过之后更热了，感觉自己像一只被放进了蒸笼里的螃蟹。

程季恒一手揽着她的腰，一手覆在她的后脑勺儿上，深情地回吻着她。

在拥挤的小厨房里，两个人吻得难分难舍。

后来程季恒干脆将陶桃抱到了操作台上，手不老实地往她的毛衣下面伸。

陶桃赶紧抓住他的手腕，无奈地说道："孩子还在外面呢！"

程季恒嗓音沙哑："她不会进来。"

陶桃："那也不行，我还要做饭呢！"为了安抚这匹狼，她又红着脸小声说道，"晚上补给你。"

程季恒并没有松开她，而是讨价还价，一脸认真地看着她："那你再亲我一下。"

他跟要糖吃的小孩儿似的。

陶桃又无奈又想笑，再次将唇印在了他的唇上。

这时忽然响起了小奶糕的声音："妈妈！"

两个人同时一僵，赶紧分开。

小奶糕一脸疑惑地站在厨房门口，看看爸爸，又看看妈妈，发出了自己的疑问："你们在干什么？"

陶桃："……"

程季恒："……"

陶桃："在……嗯……在……"

程季恒："妈妈的眼睛里进东西了，爸爸帮她吹吹！"

陶桃："对，爸爸帮妈妈吹眼睛呢！"为了转移话题，陶桃赶忙问女儿，"你怎么了？"

小奶糕："我要去拉臭臭，来和你们说一声。"

程季恒："……"

陶桃："……"

小奶糕："我怕你们一会儿找不到我。"

陶桃："……"

程季恒："……"

你可真是一个细心体贴的好孩子。

陶桃做了四菜一汤，全是小奶糕爱吃的：可乐鸡翅，油焖大虾，清炒土豆丝，肉末炒青菜，西湖牛肉羹。

家里没有餐桌，一家三口一会儿要围着茶几吃饭。

爸爸每往茶几上放一道菜，小奶糕就幸福地哇一声。爸爸将最后一道可乐鸡翅端到茶几上之后，面对着满满一桌子的美食，小奶糕激动得不行，双眼闪闪发亮，最后还主动参与了劳动，嗒嗒嗒地跑到厨房，态度积极地说道："妈妈，我要帮你盛碗和筷子。"

陶桃此时正在盛西湖牛肉羹，听到女儿的话后，笑着说道："宝宝今天怎么这么棒？"

小奶糕骄傲地挺直了小胸脯："老师说小朋友在家里要帮爸爸妈妈做力所能及的事情，这样才是好孩子。"

陶桃又被逗笑了，放下手中的汤勺，拉开了碗柜，从里面拿出三个小白碗："你要拿好哦。"

小奶糕从妈妈的手中接过小碗，点了点头，自信满满地说道："放心吧！"

小家伙小心翼翼地捧着小白碗来到客厅，将碗放到茶几上，又去了一趟厨房，拿筷子和小勺子。

陶桃盛好汤后，程季恒将汤盆端了出去。陶桃取掉了围裙，洗了洗手，来到客厅，一家人开饭。

小奶糕还特别有仪式感，妈妈坐下之后，小奶糕立即说道："我来给你们发小碗。"然后小奶糕学着幼儿园老师的样子给爸爸妈妈分碗筷,最后还不忘叮嘱,"你们要好好吃饭哦,不许浪费,老师说浪费食物不是好孩子。"

陶桃和程季恒全被这小丫头逗笑了。

家里有个孩子,就会有无穷的欢乐。

开饭之后,程季恒压根儿顾不上吃饭,先给老婆夹了一个鸡翅,又给闺女夹了一个鸡翅,然后夹了一只大虾,开始剥虾皮。剥虾皮的时候,他故意逗女儿:"小奶糕想不想吃大虾?"

小奶糕点了点头:"想!"

程季恒:"爸爸给你剥。"他本来下一句想问的是"爸爸好不好?",谁知道还没问出口,小奶糕就自己给自己夹了一只大虾,还特别骄傲地对爸爸说,"我要自己剥,自己的事情自己做。"

程季恒:"……"

陶桃:"哈哈哈哈哈哈哈哈……"

老父亲此时此刻有一点儿尴尬。

程季恒沉默片刻,看向老婆,乖巧地说道:"我给你剥虾吃。"

陶桃没好气:"殷勤献不出去了想起我来了?我不需要!"她拿起筷子,给自己夹了一只大虾,"我自己剥!"

程季恒置若罔闻,剥好虾后,伸手将虾递到了老婆的嘴边,撒了个娇:"吃吧,求求你了!"

陶桃又气又笑,刚准备张嘴吃虾,结果坐在他们俩对面的小奶糕忽然拧起了眉毛,义正词严地说道:"不可以,爸爸你不可以喂妈妈吃虾,你要让妈妈自己吃饭,好孩子要自己吃饭。"

陶桃:"……"

程季恒:"……"

老父亲老母亲想在你面前浪漫一下是真难啊!

程季恒不得不对闺女解释:"爸爸是妈妈的老公,所以爸爸可以喂妈妈吃饭。"

陶桃点头:"对!"

小奶糕十分困惑:"为什么老公一定要给老婆喂饭?"

程季恒:"因为爸爸爱妈妈。"

陶桃:"妈妈也爱爸爸。"

谁知道小奶糕忽然噘起了小嘴,眼眶也红了:"你们不爱我了吗?"

程季恒:"……"

陶桃："……"

程季恒赶忙安抚闺女："爸爸妈妈最爱的人还是你。"

陶桃："对呀，妈妈爱爸爸，也爱你呀。"

小奶糕终于安心了，破涕为笑，开心地说道："我也爱你们，我最最最爱的人就是爸爸妈妈了！"

陶桃和程季恒同时舒了一口气，继而相视一笑，幸福又无奈。

可能是因为下午爬了山，小奶糕的胃口很好，她吃了两个鸡翅、三只大虾，还吃了不少青菜。

陶桃担心小家伙晚上吃多了会积食，只给小奶糕盛了小半碗米饭，又给小奶糕盛了一小碗西湖牛肉羹凉在一边。

小奶糕用小勺子吃了两小口米饭，忽然想起一件事情，抬头看着妈妈，提醒道："妈妈，你今天没给我放肉松。"

平时吃饭的时候，陶桃会在小家伙的米饭上撒一层海苔肉松，但是今天的菜比较丰盛，就没在米饭上下功夫，没想到小家伙竟然发现了。

陶桃跟小家伙商量："已经有鸡翅和大虾了，今天就不放肉松了好不好？"

小奶糕："可是人家想吃嘛……"

陶桃无奈地叹了一口气："好，给你拿。"

"我去吧。"行李箱是程季恒收拾的，所以他更清楚女儿的东西放在哪儿了。

放下筷子后，他从沙发上起身，去给女儿拿肉松。

拿回来之后，他打开肉松罐的盖子，在女儿的米饭上撒了一层肉松。

小奶糕特别开心："谢谢爸爸！"然后轻车熟路地用小勺子拌米饭。

陶桃被女儿的样子逗笑了，看着女儿喊了一声："小肉肉。"

小奶糕噘起了小嘴巴："人家才不是小肉肉呢。"随后她又看向爸爸，委屈地说道，"妈妈又说我胖。"

陶桃："……"

你现在挺会和你爸告状呀。

程季恒斩钉截铁地说道："胖什么？一点儿也不胖！"他又伸出手，轻轻地捏了捏闺女的小手腕，然后看着陶桃，严肃地说道，"她就剩下一层皮了，还胖呢？"

陶桃看了看闺女的小肉手，又看了看神情严肃的老公，实在想不明白到底是多深厚的父爱才能让他发出"就剩下一层皮"的心疼感慨。

陶桃觉得自己有必要把这个男人的认知拉回正常水平，想了想，说道："原来我们住的那栋房子的隔壁有个小女孩儿，小奶糕比她小七个月，体重和人家一样。"

程季恒面不改色："那是因为她吸收不好，我们小奶糕才是正常水平。"

小奶糕非常赞同爸爸的话，点了点头："对！"

陶桃："……"

行，当我什么都没说。

吃完饭，程季恒去刷碗，陶桃抱着女儿坐在沙发上看有关这栋老房子的照片。

她当年离开云山的时候，带走的东西不多，况且她一个人的能力有限，也带不走太多东西，只能带走必需品，其中就包括两本老相册，因为有关爸爸妈妈和奶奶的回忆，全在这两本老相册里。

陶桃觉得，照相机是人类最伟大的发明之一，它定格了爸爸妈妈和奶奶的美好瞬间，让自己有东西去怀念。

不过纸质照片易丢失易损坏，为保险起见，陶桃将这些照片全部扫描成电子版，保存在了云端。

程季恒做完家务从厨房出来就看到陶桃抱着女儿坐在沙发上，拿着平板给女儿看照片。

"看这张，是妈妈小时候。"陶桃伸手指着平板对女儿说道，"我当时站的位置就是咱们俩现在坐的位置。"

程季恒朝她们母女俩走了过去，坐到老婆身边，伸手搂住她的肩，和她们一起看照片。

他从来没看过自己家傻桃子小时候的照片。

照片中的小女孩儿看起来才五六岁大，站在当时还算是崭新的沙发上，头上扎着两个小辫子，身穿白色编织花纹的毛衣和那个年代最流行的灰色格子裤，小脸蛋儿白皙粉嫩，五官稚嫩，笑看镜头，眼睛笑成了月牙形，小嘴巴也笑成了月牙形，露出了一口整齐的小白牙，看起来又傻又可爱。

她从小就是一颗傻乎乎的水蜜桃。

程季恒被照片中的小桃子的笑容感染了，笑着问："你怎么这么开心？"

陶桃回道："我也记不清了，但是我问过我奶奶，奶奶说是因为我爸妈答应放寒假的时候带我去西辅玩。"说完，她又指了指照片中的自己，然后两眼放光地看着程季恒，"你看这件毛衣好看吗？"

程季恒不假思索："好看！特别好看！"

陶桃相当满意："我妈给我织的！"

程季恒认真地说道："咱妈手艺真好！"

陶桃被逗笑了："你改口还挺快。"

程季恒一本正经："应该的。"

陶桃笑着拨了一下屏幕，翻到了下一张照片。

这张照片中有两位主人公。

女孩儿扎着马尾辫，穿着一条白色小裙子，头上戴着一顶纸做的皇冠，身前的桌子上摆着满满一大桌菜，中间放着一个奶油蛋糕，上面插着七支蜡烛。

显然，是小女孩儿在过生日。

小女孩儿就是陶桃。

她旁边站着一个男孩儿，比她高出不少，看起来十二三岁的样子，身穿浅灰色运动外套和黑色运动裤，皮肤白皙，五官俊朗，气质卓然，显然，是个很帅的小哥哥。

小女孩儿站在他身边，笑容中带着几分害羞。

陶桃没想到会是这张照片，心里一激灵，赶紧划走了。

但是程季恒已经看到了，故作漫不经心地问："那是谁呀？"

陶桃已经闻到了空气中的醋味儿，不过不是很浓郁，大概是醋瓶翻了的程度，为防醋缸翻倒，面不改色地回答："就一个朋友。"

然而坐在妈妈腿上的小奶糕及时帮妈妈补充了答案："是苏叔叔。"

陶桃："……"

你知道的是不是太多了？

程季恒故作不在意："哦，原来是苏叔叔啊。"

陶桃："……"

醋缸翻了。

空气中弥漫着一股浓郁的醋酸味儿。

陶桃悄悄地看了老公一眼，这人虽然没再说什么，但是脸上已然写着"我吃醋了，受伤了，不高兴了，你快来哄我"。

陶桃虽然无奈，但不得不去哄人："这都是小时候的照片了，没什么意义。"

程季恒微微垂眸，轻轻点头，淡淡启唇："我知道，我明白。"他又微微抬眸，目光柔和又满含歉意地看着陶桃，真挚地说道，"你不用跟我解释这么多，你没有错，是我不对，我没有控制好情绪，和你没关系。"

见他这副样子，陶桃的心尖猛然一颤，她像是面对着一只受伤的小白兔。

她原本只是发愁该怎么安抚醋缸，并没有觉得事态有多严重，现在却忽然特别心疼他，还有点儿自责和愧疚，感觉自己给他造成了特别大的心理伤害。

她要好好弥补他才行！

想了想，她将手中的平板放在茶几上，对怀里的女儿说道："宝宝，我们去洗澡，然后睡觉觉。"

小奶糕不想去洗澡，还想多玩一会儿，扭头看着妈妈说道："可是人家不困。"

陶桃这次没有纵容女儿："洗完澡就困了。"为了哄骗小家伙赶快去睡觉，她又补充道，"早点儿睡觉，明天爸爸妈妈带你出去玩。"

小奶糕被"出去玩"这个条件打动了："那好吧。"

带小家伙去洗澡之前，陶桃特意对程季恒说："我去洗澡了。"

她这话里充满暗示。

程季恒端坐在沙发上，不为所动，只是点了点头："嗯。"

卫生间的门一关上，他就从沙发上站了起来，快步走进卧室，迅速打开行李箱，从里面翻出一盒计生用品，塞在枕头下面。

陶桃给女儿洗完澡、擦干身体、吹干头发后，又给女儿穿上了睡衣，然后打开卫生间的门，交代道："先让爸爸给你抹香香，然后让他哄你睡觉。"

小奶糕点了点头："好的！"从卫生间出去后，她立即去找爸爸，然后传达妈妈的任务。

程季恒接到任务后带女儿去了陶桃原来住的房间，先给女儿抹香香，手法一如既往地粗暴，按照陶桃的形容就是在擦皮鞋，然后给女儿读故事书，哄女儿睡觉。

小家伙早上起得很早，中午又没有睡觉，下午还去爬了山，刚才嘴上说不困，其实已经困极了，程季恒一篇故事还没读完，她就睡熟了。

孩子睡了之后，大人就可以为所欲为了。

程季恒从女儿的房间出来时，陶桃还没洗完澡。

女儿睡得太快了，以至于事情进行得太过顺利，时间提前了。

他如果不好好利用一下这段被节约出来的时间，似乎有点儿对不起女儿的善解人意。

想了想，他去了卧室，快速脱了衣服，在腰间围了一条浴巾，去了卫生间。

卫生间里的水流声哗啦啦不断。

程季恒没有直接开门而入，先敲了敲门，节奏不疾不徐，听起来相当斯文有礼。

陶桃用头发丝想也知道敲门的是谁，无奈地问："怎么了？"

程季恒一本正经："特殊服务。"

陶桃："……"

你还能再流氓一点儿吗？

她没好气地说道："我不需要！"

下一秒，门就被他打开了。

程季恒面不改色地走进了卫生间，反手锁上了门。

陶桃没想到他竟然会直接进来，羞得不行，被热汽蒸红的脸更红了。

卫生间的天花板上安装着浴霸，又热又亮，像一颗迷你太阳。

卫生间里的温度越来越高，仿若蒸笼。

明亮的灯光下，陶桃觉得自己的一寸寸疆土暴露无遗，并且无处可藏。

第一次这样明亮，也是第一次在卫生间。

她像是变回了小姑娘，脸一直红到耳根，白皙的皮肤也微微透出了粉色。

程季恒目不转睛地看着浑身湿漉漉的水蜜桃，眸光越发亮了，像是一头盯紧着猎物的猛兽，蛮横地说道："你需要。"

他的嗓音十分低沉，他说话时喉结上下滚动，十分性感。

他朝她走了过去。

陶桃害羞到局促不安，最不知道该往哪儿放的是眼睛。

他只在腰间围了一条浴巾。

他身形挺拔，胸膛紧实宽阔，围着浴巾的腰腹处线条分明，人鱼线夹着腹肌，腰身看起来就很有……力量。

陶桃根本无法抵抗，身体和心脏齐齐发颤。

程季恒走到她面前，抓住她的手，将她的手放在自己的浴巾边沿，笑着问道："你害羞什么？"

陶桃的手指不停地震颤，她小心翼翼地抓住浴巾，深深地吸了一口气，将他身上的唯一一件遮挡物取了下来。

她的脸更红了,她不好意思看,迅速地抬起了眼眸,却对上了他的目光。

他低头看着她,目光灼灼,眼睛里像是燃烧着一团暗火。

陶桃怔了一下,然后下意识地踮起了脚,在他的唇上亲了一下。

虽然只是很浅的一个吻,却带着陶桃浓烈的爱意。

程季恒低头俯身,咬住了她的唇,同时伸手揽住了她的腰,将她的身体紧贴自己。

程季恒这个吻肆无忌惮,一路向下游移。

浴室里的温度仿佛更高了,陶桃已然分不清自己身上的是水还是汗了。

陶桃被他抵在了墙上,脸颊绯红,下巴极力地仰着,脑袋抵着墙壁,红唇张开,双眸紧闭,睫毛却在阵阵发颤,身体也在发颤。

双手无处安放,想要抓住些什么,却总是抓空,还无意识地将淋浴器打开了,热水哗啦而下,后来她抓住了他的头发。

淋浴器是新换的,热水器也是新换的,出水量很大,沐浴器被打开的那一瞬间,热水如汹涌浪潮般向陶桃袭来,直接把她淋透了。

她双腿一软,几乎要瘫在地上。

程季恒站了起来,一只手抱住她的腰,另外一只手抬起她的一条腿。

陶桃双手环住他的脖子,在他的脸颊上亲吻了几下,温柔地开口:"我们过几个月再要妹妹吧,等到夏天,八月。"

程季恒的嗓音哑得厉害:"听你的。"

陶桃又解释了一句:"八月怀孕不耽误我考研,生孩子的时候不影响我面试,生完六月,也不影响我九月开学,你觉得怎么样?"

程季恒无奈一笑:"你都计划好了还问我?"

陶桃理直气壮:"我总要象征性地询问一下你的意见吧?"

程季恒的态度相当好:"我没意见,咱们家你说了算。"

陶桃相当满意,又在他的脸上亲了几下:"我们给小奶糕生个小妹妹。"

程季恒沉默片刻:"为什么不能是小弟弟?我不想再要女儿了。"

陶桃:"为什么?"他这么喜欢女儿,她以为他想再要一个女儿。

程季恒实话实说:"我现在想到小奶糕以后要嫁人心里就难受,一个女儿就够了,再来一个,我就要嫁两次女儿,这不是要我命吗?"

女儿是爸爸的心头肉,嫁一次女儿,就等于割掉了男人的一块肉。

陶桃又是心疼他又是想笑:"嫁出去了也是你的女儿呀。"

程季恒:"但是会便宜别人家的臭小子。"

陶桃轻轻地戳了戳他的鼻尖:"你现在也是占便宜的那一个。"

程季恒挑眉:"我是凭本事占的便宜。"说着,他又抬起了她的另外一条腿。

陶桃瞬间悬空了,像只考拉似的缠在他身上,双腿紧紧地盘着他的腰,脚趾紧绷:"你就是个流氓!"

程季恒不为所动:"你说晚上会补给我,现在就开始补吧。"

陶桃:"……"

常年的作息规律使程季恒醒得很早,一到六点半他就睁开了眼睛。

他怀里的桃子还在熟睡,白皙的脸颊上透着一抹娇嫩的粉色,看起来乖巧极了。

程季恒轻轻地在老婆的额头上亲吻了一下,然后才起床。

为避免打扰她的好梦,他起床时将动作放得很轻,穿上衣服就走出了房间,并关上了房门。

洗漱之前,他去女儿的房间看了一眼。

小家伙第一天在陌生的环境中睡觉,他担心她睡醒后找不到爸爸妈妈会害怕,结果一打开女儿的房门,就被眼前的画面逗笑了。

小家伙身上穿着一套粉红色的睡衣,乌黑的头发乱糟糟的,正撅着小屁股趴在床上偷偷看动画片,还聪明地戴上了耳机——降低被爸爸妈妈发现的概率。

也正因为戴了耳机,所以小家伙没察觉爸爸进了房间。

程季恒悄悄地走到女儿身边,站定之后,忽然故作严厉地说道:"你竟然偷偷看动画片!"

小奶糕大吃一惊,赶紧坐直,同时将右手食指竖在嘴巴前,煞有介事地嘘了一声:"小声点儿,不然妈妈会发现的!"

程季恒哭笑不得:"你怕妈妈发现,不怕我发现?"

小奶糕摘掉耳机,认真又紧张地回答:"妈妈会说我,你不会说我。"

看来你爸在你心里是一点儿威严都没有。

程季恒无奈一笑:"别看了,和爸爸去洗脸刷牙,然后我们下楼买好吃的。"

一听到有好吃的,小奶糕立刻两眼放光:"什么好吃的?"

程季恒:"到时候你就知道了。"

父女俩洗漱完就一起下楼了。

天刚蒙蒙亮，老家属院里的硬件设施不行，光线昏暗，程季恒怕女儿摔倒，出了家门后就一直抱着她，一路抱到大门口。

时隔四年，那家早餐店还在，门前依旧排着大长队。

四年前在云山的时候，他早上会来这家早餐店给那颗傻桃子买早饭。

排队的时候，程季恒牵住女儿的小手，温声询问："你一会儿想吃什么？"

小奶糕抬头看着爸爸，奶声奶气地问："都有什么？"

程季恒："喝的有豆浆、米粥、南瓜粥和豆腐脑，吃的有油条、包子、糖糕还有油饼。"

小奶糕认真地思考了一下："我想喝豆腐脑，吃肉包子，还想吃糖糕。"

程季恒："好，都给你买。"

要是妈妈的话，一定只让她选一样，但是爸爸都给她买，小奶糕特别开心："耶！爸爸最最最好了！"

炸油条的大叔还是几年前的那位。

油锅下烧着大火，刚好到小奶糕的头顶，程季恒担心火星会溅到女儿身上，于是又把她抱了起来。

大叔看了程季恒一眼，一边用长筷子翻腾着锅里的油条一边问："要几根？"

程季恒："两根油条，两个糖糕，再要两个肉包子，一颗鸡蛋。"

全部要两份是因为她们母女吃东西总喜欢吃一半，吃不下就会给他吃，所以他根本不需要考虑自己吃什么，等着吃剩饭就行了。

"好。"大叔正准备拿袋子给他装东西，头都低下去了，又忽然抬了起来，仔细打量了程季恒两眼，"欸，你不是那个谁谁谁吗？"大叔不知道程季恒叫什么，但是觉得程季恒面熟，"好长时间没见你了呀！"

程季恒笑着回道："是啊，四年了。"

大叔又看了程季恒怀里的小奶糕一眼："哎哟，孩子都这么大了？"大叔忽然想到了什么，"桃子是吧！孩子妈叫桃子！"

程季恒点头："对。"

大叔一边装东西一边问："这几年你们两口子去哪儿了？"

程季恒："在东辅发展。"

大叔："回来过年了？"

程季恒："嗯。"

"回来好,更好的是有家可回。"说着,他将手里的食品袋递给了程季恒,"这两个糖糕送你,祝你们十全十美。"

程季恒第一次来这里买早餐的时候,这位大叔就以为程季恒和桃子是新婚夫妻,送了程季恒两个糖糕,配上两根油条就是两个十,寓意十全十美。

对那件事程季恒印象很深刻,因为人间烟火气很重。

程季恒接过袋子,对这位大叔说了声:"谢谢。"

小奶糕也乖乖地说了声:"谢谢爷爷。"

大叔笑呵呵地看着小奶糕:"不客气。"随后大叔又看向程季恒,感慨道,"这丫头跟你长得真像,一个模子刻出来的!"

买完早饭后,程季恒就带着女儿回家了。

陶桃还没睡醒。

程季恒轻轻打开卧室门,对女儿说道:"去喊妈妈起床。"

"好的!"小奶糕像声控机器人似的,接收到爸爸的指令后,嗒嗒嗒地跑进卧室,撅着屁股爬上床,爬到妈妈身边,小奶音清脆又响亮,"妈妈起床,太阳要晒到屁股啦!"

陶桃蹙了一下眉,迷迷糊糊地睁开了眼睛,首先映入眼帘的就是女儿的那张粉嘟嘟的小肉脸:"你怎么起这么早?"

陶桃困意未消,语气中还带着点儿慵懒。

小奶糕不敢说自己偷偷看动画片了,只说道:"我和爸爸一起去买早饭了。"

陶桃枕着胳膊,笑着问女儿:"你们买什么了?"

小奶糕如数家珍般说道:"我们买了油条、包子、鸡蛋和豆腐脑,爷爷还送给我们两个糖糕。"

陶桃:"那你有没有对爷爷说谢谢呀?"

小奶糕点了点头:"说了!"

陶桃:"真乖。"

小奶糕伸出小手晃了晃妈妈的身体,半是撒娇半是催促:"妈妈快起床……"

唉,她想多在被窝里躺一分钟都不行。

陶桃无奈地叹了一口气,一边起身一边说道:"好,妈妈起床。"

小奶糕睁着乌溜溜的眼睛看着妈妈,好奇地问道:"妈妈,你睡觉为什么不穿衣服?"

陶桃:"……"

小奶糕又看到妈妈的胸前有好几个小红印,拧起眉头,担心地问道:"妈妈,你胸前是什么?"

陶桃:"……"

孩子到了好奇的年纪,当妈的十分尴尬。

陶桃赶忙套上睡衣:"没什么,妈妈过敏了。"穿好衣服后,陶桃领着孩子离开了卧室。

她一走进客厅就看到了摆在茶几上的早餐,那一刻像是忽然回到了四年前。

那时她八点上班,早上七点十分,他会准时敲响她的房门,喊她起床。

她起床之后就有饭吃,并且早餐都在茶几上摆好了,和此刻一样。

他说,很感激她给了他一个家,其实他也给了她一个家。

他们两个一起组成了一个家。

程季恒端着最后一个盛着豆腐脑的碗从厨房走了出来,看到陶桃后,温声催促了一句:"你快去洗漱。"

陶桃站着没动,等他将碗放到茶几上,走到他身边,踮起脚在他的脸颊上亲了一下。

程季恒扭头看了她一眼,眉头一挑:"你占我便宜。"

陶桃理直气壮:"你本来就是我的,我占也是占我自己的便宜。"

这颗桃子真是越来越霸道了。

不过他很喜欢她的这种霸道,喜欢她将他占为己有。

程季恒没再说什么,直接捧起她的脸,狠狠地亲了一口。

小奶糕站在一边,瞪大了眼睛看着爸爸妈妈,忽然急得不行:"人家也要亲亲!"说完便噘起了小嘴巴,仰着小脑袋,一脸急切地看着爸爸妈妈。

陶桃和程季恒全被这个小家伙逗笑了,随后按照小家伙的要求,一人亲了小家伙一下。

小奶糕终于心满意足。

陶桃洗漱完,一家人开饭。

陶桃喝了一碗豆腐脑,吃了一个肉包子和一个糖糕,吃完糖糕还想吃油条,但是只能吃一半,因为已经快吃饱了。

犹豫了一下,她用筷子夹起油条,扯下来小半根,把剩下的半根给了老公。

小奶糕也喝了一碗豆腐脑，妈妈给小奶糕剥了一个鸡蛋、掰了半个包子，剩下的半个给了爸爸。吃完包子小奶糕就饱了，没吃糖糕，剩下的那个糖糕也给爸爸吃了。

一切全在程季恒的意料之中，带老婆和孩子出门吃饭，他根本不用点菜，吃她们剩下的完全够。

吃完饭，一家三口收拾了一下，出门。

昨晚睡前，陶桃和程季恒商量好了，今天先去给她父母和爷爷奶奶上坟。

陶桃已经四年没回云山了，也就是四年没给父母和爷爷奶奶上过坟了。她当初毅然决然地离开了云山，后来想回来却始终没有机会。

生计和孩子将她束缚在了东辅，使她无法远离，每到父母和爷爷奶奶的忌日、清明节和中元节，她只能带着女儿在路口给他们烧纸。

四年没给父母和爷爷奶奶扫墓，她本以为两座墓碑一定脏极了——风吹日晒、霜打雨淋了四年，想不脏都难。所以临出门的时候，她准备了两块干净毛巾。下车之后，她还在陵园的销售处买了好多丧葬用品，冥币、元宝、供香、假花等。

虽然四年没来，但她依旧清楚地记得父母和爷爷奶奶的墓碑在什么位置。

她先去了爷爷和奶奶的墓前，走到近处却怔住了。

墓碑比她想象中的干净许多，上面挂着的假花依然很鲜艳，前面的石香炉中还堆满了香灰，完全不像常年无人扫墓的样子。

她猜到了什么，心尖一颤，诧异又感动地看向程季恒："你……每年都来吗？"

程季恒没多说什么，只嗯了一声。

陶桃忽然红了眼眶。

昨晚睡觉前，她还想过，如果人死之后有另一个世界，那么另外一个世界的爸爸妈妈和爷爷奶奶会不会同意自己嫁给程季恒。

现在她确定了答案，他们会同意的，一定会。

世界上不会有第二个男人像程季恒这么爱她。

一家三口在云山过了年，初四那天返回了东辅。

初五，程季恒带着陶桃和女儿回到了她们曾经住过的那个小区，去看望住在她们楼上的那两位老人。

在家休整了三天之后,程季恒和陶桃开启了蜜月旅行,当然要带上小家伙。

蜜月旅行的地点定在了欧洲,但由于小奶糕要上学,所以蜜月旅行的时间只有半个月,最多能去三个国家,不然实在太仓促,他们玩不好也休息不好。

程季恒曾在英国留学多年,所以他们先飞去了英国。

程季恒的外公和外婆也在英国。

陶桃知道他外公外婆这么多年一直不愿意见他,也知道原因,更知道这件事是他心头的一道疤。从飞机降落的那一刻起,她就感受到了他的失落。虽然他将这种情绪隐藏得很深,但她还是能感觉出来,因为她了解自己的男人。

他是一个内心强大、积极向上的人,很少有怅然若失的时刻,所以她很容易就察觉了他的异常。

坐了十几个小时的飞机,没到酒店小家伙就开始犯困了。到了酒店,陶桃赶紧带小家伙去洗了个澡,然后哄小家伙睡觉。

豪华套房里设施完善,客厅、餐厅、书房、卧室一应俱全。

小家伙睡着之后,陶桃离开了卧室,一进客厅就看到了坐在沙发上盯着手机发呆的程季恒。

她猜,他是在纠结要不要给外公外婆打电话。

轻叹了一口气,她朝沙发走了过去,坐在他身边,将脑袋靠在他的胳膊上。

程季恒放下手机,伸手搂住老婆的肩:"小家伙这么快就睡着了?"

"闭上眼就睡着了。"陶桃无奈一笑,"她睡前还不放心地跟我说'妈妈你不许和爸爸偷偷去吃好吃的,要带上我',你女儿就是个小馋猫。"

程季恒反驳:"能吃还不好?"

陶桃抬头看着他,没好气地说道:"反正你女儿在你眼里就没缺点,干什么都是好的。"

程季恒理直气壮:"本来就是!"

陶桃:"女儿奴说的就是你!"

程季恒:"我还是老婆奴。"

陶桃又气又笑:"就你嘴甜!"说完,她抱住他的身体,将头倚在他的心口,没再说话,安静地享受着难得的二人时光。

程季恒也没再说话，温柔地抱着她。

过了许久，陶桃轻声询问："你要去见他们吗？"

程季恒微微蹙眉，实话实说："我不知道。"

他曾在英国待了六年，那六年，找过他们无数次，因为外公外婆是他在这个世界上仅有的至亲了。

但是迎接他的永远是紧闭的大门。

陶桃从他的语气中听出失落与无措。

他很少在她面前流露出这样的情绪。

她的心开始疼，她抓住他的另外一只手，与他十指相扣，语气坚定地说道："你去，我和小奶糕就陪着你；你不去我们也不去；我们是一家人，永远不会分开，我和小奶糕会永远陪着你。"

程季恒不由自主地抱紧了她，她的话似乎给了他勇气和力量，促使他做出了决定："去吧。"

陶桃点了点头："嗯。"

程季恒低头看着怀中人，笑着问："你想不想去吃顿烛光晚餐？"

陶桃也笑了："不怕被你闺女发现？"

程季恒："她不是睡着了吗？"

陶桃："人家睡前可是特意交代了，不许我们单独去吃好吃的。"

程季恒："只要我们不告诉她，这件事就算没发生过。"

陶桃想去吃浪漫的烛光晚餐，可还是有点儿不放心："我担心我们出去之后她忽然醒了，会害怕。"

程季恒："要不电话订餐，让服务员直接送到房间吧。"

其实酒店房间里的环境也很浪漫，有独立餐厅，还有烛台，陶桃想象了一下烛光晚餐的画面，突然很兴奋，重重点头："可以！"

程季恒笑着在她的额头上亲吻了一下，然后给酒店的前台打了电话。

英国人做事慢条斯理，等了一个多小时客房服务人员才将晚餐送到。

服务员将西餐和红酒摆好，还贴心地把蜡烛点上了。

烛光摇曳，两个人情意绵绵，浪漫的氛围一下子就营造出来了。

服务员推着餐车离开后，程季恒和陶桃对坐在餐桌前。用餐之前，程季恒将红酒打开，倒入醒酒器。

世界上没有不喜欢浪漫的女人，陶桃也是女人，所以她也喜欢浪漫。

第一次和程季恒共进烛光晚餐，她激动又开心，心扑通扑通地跳，脸颊绯红，眼睛里映着烛光，星星般闪耀。

程季恒笑着问:"程太太,可还满意?"

陶桃道:"还可以,八十分吧。"

程季恒忍笑,真诚询问:"可以说一下那二十分扣在哪儿了吗?"

陶桃:"要是有玫瑰花就更好了。"

程季恒:"我明天就去给你买。"

陶桃双手托着脸,捂着发红的脸颊,内心有点儿羞赧,但还是说了出来:"我还想听你说情话。"

她的声音很小,却带着难掩的期待。

程季恒一本正经地询问:"哪方面的情话?"

陶桃一怔:"情话还分类型?"

程季恒:"当然分。"

陶桃:"有几种?"

"两种。"程季恒目光专注地看着她,温柔启唇,语调轻缓,声音低沉,"在床上的情话和不在床上的情话。"

陶桃听得脸颊微微发烫。

好好的一顿烛光晚餐怎么让你染上颜色了?

她又羞又气。

程季恒挑眉:"你要选哪种?"

陶桃:"……"

怎么还有点儿难选呢?

似乎是看出了老婆的纠结,程季恒贴心地补充道:"你可以选择试听服务。"

陶桃毫不犹豫:"那我选择试听!"

程季恒面不改色:"试听之前要支付体验费用。"

"……"

看着他这欠揍的样,陶桃一下子就想到了四年前的那个阴间游戏——还是原来的系统,还是熟悉的套路。

虽然有点儿想打人,但陶桃不得不承认,自己竟然有点儿怀念那个坑人的游戏。

沉默片刻,她问:"怎么支付?金币还是经验值?我原来的经验值还能用吗?我记得我还剩下好几万金币呢!"

她越说越激动,那些金币全是她的劳动所得呀!

程季恒:"都四年了,系统不升级吗?"

陶桃："……"

是我低估你了。

程季恒："升级之后，经验值和金币自动清零。"

陶桃气急败坏："凭什么？！"

程季恒："本游戏的最终解释权归系统所有。"

陶桃："我不玩了！"

程季恒："你怎么不问问现在是怎么得到金币呢？"

陶桃没经住诱惑，试探性地问道："怎么得到金币？"

程季恒："亲老公一下，可以得到一百个金币；抱老公一下，可以得到两百个；说一句'老公我爱你'，可以得到三百个，加上一句'我这辈子都离不开你'可以得到四百个；和老公进行夫妻生活，可以得到一千个，并赠送情话项目。"

陶桃忍着脾气把他的话听完了："你就是想让我和你进行'钱色交易'！"

程季恒："我是为了促进夫妻感情。"

陶桃："不玩了！"

程季恒并未放弃，轻叹了一口气，像个遇到难缠顾客的推销员似的，无奈地说道："这样吧，看在你是老玩家的分儿上，我先送你一百个金币，让你体验一下情话项目，你看行吗？"

态度良好，条件合适，陶桃有点儿心动。她现在也是个有经验的玩家了，深谙系统的狡猾，所以在开启游戏之前，先问了一句："体验一次要多少个金币？"

程季恒："一百个。"

陶桃："我只能体验一种情话项目吗？"

程季恒点头："是的。"

陶桃纠结了一下："那我选择不在床上的。"

"我爱你，你是我这辈子最爱的女人。三生有幸遇到你，往后余生，不论发生什么，我都不会离开你，你是我此生挚爱。"

他目光灼灼，眼中只有她一人，语气深情，声音诱人，他的情话像"语音春药"，令人欲罢不能。

陶桃的心尖一阵接一阵地发颤，她双目放光地看着他，满脸期待地等着他说下一句。

然而她一直没等到。

她不满地拧起了眉头："没有了？"

程季恒面不改色："体验项目只有一句。"

陶桃："……"

您还真是公事公办。

她很想拒绝这个烦人的系统，但又经不住诱惑，最终选择了"钱色交易"。

为了得到四百个金币，她没好气地说了句："老公我爱你，我这辈子都离不开你。"

程季恒："你这句话，我只能给你四十个金币。"

陶桃气急败坏："凭什么？你这不是欺负人吗？"

程季恒严肃地说道："因为你说得没有感情，不能打动我。"

陶桃："……"

深深地吸了一口气，控制了一下情绪，这回她走心了，目不转睛地看着他："老公我爱你，我这辈子都离不开你。"

程季恒满意地勾起了唇角，像个终于吃到了糖果的小孩儿。

陶桃知道自己有四百个金币到账了，忙不迭地说道："我要再体验一句！"

程季恒目不转睛地看着自己的女人："我只想和你上床，想听你在床上的叫声，听你哭着喊我老公……"

他的嗓音微微沙哑，带着十足的诱惑力。

陶桃的脸红到发烫，她羞耻到要爆炸。

虽然感觉很羞耻，但是她好想听下去……

体验过两种不同情境的情话之后，陶桃越发欲罢不能。

账户上还剩下三百个金币。

她体验一句需要支付一百个金币，实在是太不划算了，不知道有没有套餐服务？

思及此，陶桃双眼放光地看着老公："体验结束之后是不是可以购买产品了？"

程季恒一本正经："购买情话产品须支付一千个金币。"

陶桃微微蹙眉，对这个高昂的价格非常不满："一千也太高了吧？你就不能便宜点儿吗？我可是老玩家了！"

都学会讨价还价了，看来这颗傻桃子现在变聪明了。

程季恒忍笑，摇头，一本正经地回答："本游戏谢绝还价。"

陶桃叹了一口气，无奈地说道："那好吧。"为了尽快攒够一千个金币，她又连着说了两遍"老公我爱你，我这辈子都离不开你"，并且眸光缱绻、语调温婉、深情款款。

一遍是四百个金币，两遍就是八百个金币，加上刚才剩下的三百个金币，一共是一千一百个金币，她刚好可以买一个情话产品！

陶桃心里的小算盘打得好好的，却被程季恒的一句话浇灭了她所有的希望："程太太，非常抱歉，刚才忘了提醒您，系统升级之后，对玩家每日获取金币的次数设置了时间间隔，如果您想用同样的方式获得金币，需要间隔一个小时以上。"最后，他又补充道，"不过只有说'我爱你'这种方式有时间间隔，余下三个没有。"

陶桃："……"

余下三个，不就是亲亲、抱抱和夫妻生活吗？

程季恒这个流氓！

她气呼呼地说道："你就是想让我和你进行'钱色交易'！"

程季恒面不改色，神色真挚地重申："我是为了促进我们的夫妻感情。"

陶桃没好气："我和你没感情，我要吃饭，牛排都要凉了！"

说完，她拿起刀叉，开始愤愤地切牛排。

程季恒被她这副气呼呼的模样逗笑了，反问道："你亲我一下这么难吗？"

陶桃看都没看他一眼，一边切牛排一边骄傲地说道："我才不喜欢你呢，所以我不亲你！"

说着话，陶桃切好了一块牛排，用叉子将牛排送到嘴边，然而刚将牛排送入口，余光就瞥到了餐厅门口——小奶糕来了！

偷吃好吃的被小奶糕抓包，吓得陶桃直接把已经送进嘴里的牛排吐了出来。

小奶糕睡醒之后没看到爸爸妈妈，有点儿害怕，还很想哭。但是她很乖，强忍着没哭，自己爬下了软软的大床，穿上了小拖鞋，去找爸爸妈妈。

餐厅在卧室的对面，还亮着灯，所以小奶糕走出卧室后直接跑到了餐厅，结果一跑进去就看到爸爸妈妈在偷吃好吃的。

程季恒背对着餐厅门，没看到他闺女，看到老婆把牛排吐了，立即问道："怎么了？牛排不熟，还是变质了？"

陶桃赶紧舔了舔嘴边沾的酱料，坐直身体，刚想找补一句："你该去喊小奶糕起床了。"小家伙却在陶桃开口之前发出了质问，"你们在偷偷吃好吃的吗？怎么没喊我？！"

小奶音中饱含委屈和气愤，小家伙说着说着眼眶还红了，难过得不行——爸爸妈妈不爱我了，吃好吃的都不喊我！

爸爸妈妈瞬间觉得理亏，迅速地从凳子上站起来，快步走到闺女身边。

程季恒将女儿抱起来，一边给她擦眼泪一边哄道："我们没有偷吃，牛排刚送来，正准备去喊你呢！"

陶桃点头："对，正准备去喊你呢！"

小奶糕噘起了小嘴巴，毫不留情地戳穿了爸爸妈妈的谎言："人家都看到妈妈在吃牛排了。"

程季恒："妈妈那是尝尝牛排熟没熟，熟了才能喊你。"

陶桃点头，夫唱妇随："对！妈妈尝完就会让爸爸去喊你了。"

小奶糕吸了吸鼻子："真的吗？"

夫妻俩同时点头："真的！"

小奶糕终于相信了爸爸妈妈的话："那好吧，我原谅你们了。"

陶桃和程季恒同时舒了一口气。

幸好小奶糕幼儿园还没毕业，他们能轻松糊弄过去，要是拿到了幼儿园毕业证书，估计就不好骗了。

抵达酒店之前，程季恒就给前台打了电话，让他们在房间里准备一个儿童餐椅。

儿童餐椅就在餐桌边上放着，程季恒将女儿放进了儿童餐椅里，陶桃去给女儿拿儿童餐具。

因为是烛光晚餐，所以餐桌上只有两份牛排。

小奶糕坐下之后，看看妈妈的牛排，又看看爸爸的牛排，发出了疑问："为什么我没有牛排？"

程季恒立即说道："因为这里的牛排分量很大，咱们三个人要三份吃不完，所以才要了两份！"

陶桃继续夫唱妇随："对！妈妈吃不完一份，咱们一起吃。"

小奶糕点了点头："好的！"

陶桃和程季恒再次长舒了一口气，同时有点儿心虚。

有了孩子之后，他们想享受二人世界实在是太难了。

酒店礼宾部提供租车服务。

第二天一早，程季恒就开着车带陶桃和女儿去了他外公外婆家。

那是一栋红砖别墅，前后都带院子，环境怡人。

程季恒将车停在前院门前。

将车停稳之后，他却迟迟没有解开安全带，眉头微蹙，双唇紧抿，双手紧紧地握着方向盘。

陶桃感觉到了他的紧张与不安，抬起手，将手心覆在他的手背上，然后握住他的手："我和小奶糕会一直陪着你。"

她的手心很暖，这种暖意一直传递到他的心头，程季恒反握住她的手，深吸了一口气，解开了安全带。

一家三口下车之后，陶桃和程季恒一人牵着女儿的一只小手，朝院门走去。

那是一扇铁栅栏门。

刚走到门前，陶桃就看到了一对老夫妻。

两位老人满头白发，步履蹒跚，正手挽手朝院门走。

看到门口的人之后，老夫妻同时停下了脚步。

老爷子身形高瘦，看到程季恒之后，冷哼了一声，眼神中显露出了厌恶，转身就往回走。

老太太也一样。

程季恒僵立在门前，目光定格在两位老人渐行渐远的背影上，神色黯然。

这种情况已经出现过无数次了，但他永远无法习惯。

他们看向他的眼神，不只是厌恶，还有恨。

一直到现在，外公外婆都认定是程季恒害死了他们的女儿。

每次程季恒来，外公外婆不是闭门不出，就是转身走人。

这次来之前他就预料到了会是这种结果。

然而总有事情出乎他的意料。

老两口转身走出不到五步，陶桃忽然喊住了他们："你们给我站住！"她的语气中满含怒意。

尊重老人是美德，但前提是老人值得尊重，这两位老人分不清是非黑白，陶桃没办法尊重。

程季恒诧异地看了妻子一眼——他从来没见过这么凶的桃子。

小奶糕也十分诧异，仰着小脑袋，瞪大了眼睛看着妈妈，乌溜溜的大眼睛中写满了"害怕"。

老两口不由得顿了一下脚步，陶桃的怒火却没熄，她隔着栏杆气冲冲地喊道："你们就是两个老糊涂，宁可相信一个人渣的话也不愿意相信自己的外孙。你们从来没有真正地了解过你们的女儿婚后过的是什么样的日子，因为她从来不会把自己的委屈告诉你们，只会告诉你们她过得很幸福。你们一直以为程吴川是个好女婿，其实根本不是这样，你们的女儿一直在受苦、受委屈！"

这是老两口从未听过的话。

他们早就移民到了英国。女儿结婚后定居国内，他们对女儿的婚姻生活的了解只来自女儿的描述。

只要她说她活得很开心、很幸福，他们就会安心。

直到今天，他们都认为女儿生前活得很幸福，女婿对她很好，如果不是她生的那个小恶魔拔了她的氧气管，她会一直幸福下去。

他们转过身，诧异地看向门外的陶桃。

这些话程季恒从来不敢说，因为外公的心脏不好，他怕刺激到他们。

程季恒也没想到陶桃会说，担心刺激到外公外婆，想阻止老婆。谁知道他只说出了"桃子"两个字，就换来了老婆气急败坏的一句"你给我闭嘴！"。

程季恒："……"

行，我闭嘴。

小奶糕扭过脸，仰着小脑袋看着爸爸，眼神中充满了同情。

陶桃换了口气，继续喊道："我老公不告诉你们真相，是因为他担心你们的身体，季家人不告诉你们真相，是为了掩盖程吴川那个人渣的罪行，凭什么要让我老公一个人承担所有的委屈？凭什么他要被冤枉？那年他才五岁，已经过了二十二年，他凭什么要继续背负不属于他的罪名？他需要被公平对待，也必须被公平对待！"

老两口呆若木鸡地看着门外的漂亮女人。

陶桃："今天我就告诉你们，那件事不是我老公做的，是你们的好女婿做的！"她没有在话语中点明是什么事，因为女儿在场，"如果你们不相信我说的话，就打电话问问季家人，从他们那儿好好地了解一下你们的女儿婚后过的是什么样的生活。"

言毕，她转身就走。

她走了几步发现自己的老公和孩子没跟上来，回头一看，这俩人还在原地站着，正愣愣地看着自己。

一大一小，相似的脸，同样的难以置信的神情，这俩人一起拖后腿，一点儿也不潇洒！

陶桃气得不行："你们俩还站着干什么？过来！"

父女俩不敢违抗命令，赶紧迈开脚子，朝"女王"跑了过去。

开车去大英博物馆的途中，程季恒一句话都不敢说，安静地开车。

小奶糕也一样，安静地坐车。

过了好久，陶桃才冷静下来，后知后觉地有点儿不好意思，红着脸小声问老公："我刚才是不是特别凶？"

程季恒不假思索："没有！特别温柔，特别明事理！"

陶桃还是不好意思："但我感觉我刚才好凶啊。"

程季恒相当认真地说道："你那不叫凶，叫霸气，我现在特别有安全感。"

被他这么一说，陶桃还有点儿骄傲："真的吗？"

程季恒点头："真的！"

陶桃舒了一口气，想了想，说道："如果他们真的把我的话听进去了，一定会往季家打电话，向季家人询问真相。得知真相之后，他们肯定会给你打电话。如果他们不给你打电话，我们以后就不去了，反正说什么他们都不信，去了也是白去；如果他们给你打电话，我们再去，而且那样就是他们请我们去的了！做人，不蒸馒头还要争口气呢！"

程季恒满含敬意地看了自己的老婆一眼，由衷地感慨："媳妇儿，你真厉害。"

陶桃霸气地说道："你是我的人，我肯定不能让你受欺负，不然我的面子往哪儿放？"

程季恒："陶总，我这辈子就跟你混了，你一定要保护好我。"

陶桃："放心，跟着我，你绝对不会吃亏！"

十点钟，他们进入了大英博物馆。

下午一点左右，程季恒的手机响了，是外公外婆打来的电话。

番外二
父女歌唱比赛

蜜月结束后，一家三口回到了东辅，重新投入平淡又不失温馨的生活。

小奶糕上幼儿园，陶桃备考，程季恒工作养家。

时间眨眼就到了六月，六一儿童节幼儿园放假，小奶糕开心极了，因为爸爸妈妈答应带她去动物园玩，还要带她去吃她最最最喜欢吃的牛排。

六一儿童节的前一天，程季恒回家很早，因为他答应女儿今晚就带她去吃牛排，然而到家后他发现女儿竟然不在家。

今天是周日，小家伙应该在家的。

家里只有老婆和阿姨，阿姨在楼下洗衣服，老婆在楼上学习。他不敢打扰老婆学习，于是问阿姨小奶糕去哪儿了，阿姨的回答是："小奶糕总影响桃子学习，桃子把她送到白家了。"

陶桃不习惯被人喊"太太"，就让阿姨直接喊自己桃子。

程季恒心里有点儿不是滋味：这不是把我闺女往贼窝送吗？

"我现在就去把她接回来。"他说着就要走。

阿姨赶忙说道："先别，桃子给她订的蛋糕还没到呢，刚才桃子向小奶糕保证，她回家后就有蛋糕吃。"

程季恒无奈地叹了一口气，不得不耐心等待老婆订的蛋糕送达。

蛋糕一到，他就要去接小奶糕。

他坐在一楼客厅的沙发上，一边翻手机一边等蛋糕。

茶几上放着一个透明的饼干盒，盒身贴着一圈粉红色的彩纸，彩纸上有几个用蓝色蜡笔写的歪歪扭扭的字：送给你。

旁边还画了一朵可爱的小黄花，花茎是用绿色蜡笔画的，一看就是小奶糕的杰作。

盒子里的饼干形状各异，大小不一，显然也是小家伙的"杰作"。

肯定是小奶糕送给爸爸的饼干！

小奶糕想给爸爸一个惊喜！

老父亲感动得不行，立即放下手机，拿起饼干盒，迅速打开盒盖，迫不及待地拿起一块饼干送进嘴里。

酥脆香甜，入口即化，程季恒觉得这是自己这辈子吃过的最好吃的饼干，没有之一！

陶桃很有自制力，从下午两点开始学习，一直到五点才结束，准备下楼吃点儿水果补充补充能量。

她从楼上下来的时候，程季恒已经吃了大半盒饼干。

看着即将见底的饼干盒，陶桃急得不行："你怎么把饼干吃了？"

程季恒蒙了："这不是送给我的吗？"

陶桃："谁说是送给你的？这是小奶糕送给白白哥哥的儿童节礼物！"

程季恒："……"

陶桃长叹一口气："我陪她做了一个中午呢。"

程季恒的内心不平衡到了极点，他气呼呼地说道："你们俩做了一个中午，只做了一盒？没有一个人想到我？我不配吗？"

陶桃："……"

小作精上线警告。

为避免发生大型家庭不和谐事件，她不得不安抚自己家的这个小作精，立即哄道："材料不太够，所以我给你订了蛋糕，马上就到！"

程季恒面无表情地拆穿了老婆的谎言："阿姨说那是你给小奶糕订的蛋糕。"

陶桃："……"

程季恒轻叹了一口气，无力地靠在沙发上，微微垂下眼帘，缓缓启唇，语气凄惨："我不怪你们，是我的错，是我做得不够好才没让你们第一时间想起来我，是我不对，你别往心里去，也别管我，我自己难受一会儿就行了。"

这语气，伤感得真实自然。

这神情，柔弱得毫不做作。

虽然早已身经百战，但陶桃还是对白莲花毫无抵抗力，心疼得不行，立即坐到老公身边，又是哄又是安慰："我不是没有想起你，一直都想着你呢，但这不是六一儿童节嘛，肯定是以孩子为主呀，你的礼物在父亲节。"

程季恒依旧是一副很委屈的表情："真的吗？"

陶桃点了点头："真的！"

程季恒追问："那我的礼物是什么？"

陶桃："是惊喜，到时候才能告诉你。"

程季恒又叹了一口气，看起来并没有被安抚好，依旧可怜巴巴，看着老婆："你能亲我一下吗？如果你不想亲，我也不勉强，但你亲我一下，我可能会好很多。"

陶桃无奈又无法拒绝，立即在他的脸上亲了一口："好了吗？"

程季恒强压着想要勾起的唇角："还差一点儿。"

陶桃瞪着他，没好气地说道："你就装吧。"但她还是又亲了他一下。

这时门铃响了，程季恒一下子就从沙发上弹了起来："我去开门！"

陶桃："……"

你心里没有我了，只有你闺女。

程季恒本以为是送蛋糕的，结果一看门口的视频电话，脸色瞬间晴转多云。

显示屏上：门口停着一辆儿童四轮黑色敞篷越野电动车，宾利的车标，车上坐着俩小孩儿。

驾驶座坐着白家小十五，他旁边坐着小奶糕，看起来还挺像那么回事……

紧接着，视频电话里传来了小奶糕的声音："妈妈，白白哥哥送我回家啦，你快给我们开门呀。"小奶糕的声音听起来十分开心，还隐藏着几分小女生独有的娇羞。

程季恒忽然感觉心口疼。

唉，女大不由爹，这才四岁，以后可怎么办？

伤感归伤感，他还是要给闺女开门。

他长叹了一口气，摁下了开门键。

院门自动开启，白十五没有立即启动自己的小汽车，而是先贴心地对坐在他旁边的小奶糕说了句："我要开车啦，你要坐稳呀。"

小奶糕点了点头："好的！"

白十五这才踩下启动按钮，小车立即行驶了起来，稳稳当当地顺着院子里的小路朝别墅大门驶了过去。

程季恒站在门口，面无表情地看着那辆黑色的小车驶到自己面前。

白十五停好小车后，立即解开了自己的安全带，准备下车去给小奶糕开门，但是程季恒没给白十五这个机会，直接弯腰把闺女从车里抱了出来。

你还想献殷勤给我闺女开车门？门儿都没有！

白十五一怔，呆呆地看着程叔叔。

程季恒抱着女儿对白十五说道："谢谢你送小奶糕回来，赶紧回家吧，不然你爸爸妈妈该担心了。"

白十五："不会的程叔叔，你放心吧，是我爸爸妈妈让我送小奶糕回家的，我爷爷还说让我在这里多玩一会儿。"

程季恒："……"

臭小子小小年纪就学会搬出你爷爷来压我了，长大了还了得？

这时，小奶糕忽然想到了什么，立即对爸爸说："爸爸你快放我下来，我有事情要和白白哥哥说。"

程季恒："……"

你是抛弃爸爸了吗？

内心虽然伤感，但程季恒还是按照闺女的要求，把她放了下来。

小奶糕立即对白白哥哥说道："我给你准备了六一儿童节礼物！"

白十五一脸惊喜："什么礼物？"

小奶糕："我做的饼干，我带你去拿！"说完，俩孩子就手拉手跑进了屋。

程季恒孤零零地站在门外，叹了一口气，步伐沉重地往屋里走。

小奶糕记得自己出门前把饼干放在了茶几上，然而跑到茶几旁边发现饼干竟然快被吃完啦！

她瞪大了眼睛看着空了大半的盒子，一双乌溜溜的大眼睛中全是难以置信，看向坐在沙发上的妈妈，脸都急红了："妈妈，我的饼干怎么少了？"

陶桃："……"

妈妈知道"凶手"是谁，但是不能说，毕竟犯罪嫌疑人是自己的老公。

这时，程季恒走进了客厅，蹲到女儿身边，一脸愧疚地对女儿说道："对不起，是爸爸的错，爸爸今天工作特别忙，回到家之后饿坏了，所以没忍住把你的饼干吃了，我真的不知道饼干是你送给十五的礼物，不然我一定不会吃，是爸爸的错，爸爸向你道歉，但爸爸确实是饿坏了。"

陶桃："……"

骗人，你如果知道只会尽快吃光！

小奶糕的眼圈红了，愧疚自己食言了，没办法给白白哥哥饼干了，但是又心疼爸爸，因为爸爸实在是太饿了才会吃掉饼干。

她吸了吸鼻子，含泪看着爸爸："那好吧，我原谅你了，但是你下次吃饼干之前一定要先问问我。"

程季恒点头，保证道："爸爸下次一定先问你。"顿了一下，程季恒又看向站在旁边的白十五，"十五，你千万不要怪小奶糕，都是我的错，你怪我吧，和小奶糕没有关系。"

陶桃看得目瞪口呆。

小奶糕急了："不要，不是我爸爸的错，我爸爸就是饿了！"

白十五立即说道："你放心吧，我不会怪程叔叔，也不会怪你，不是你们的错。你亲手给我做了饼干，而我什么都没准备，只给你准备了一包糖果。"

小奶糕眼睛一亮："真的吗？"

白十五点了点头："真的！我本来想明天再送给你。"

小奶糕笑弯了眼睛："谢谢你！"

白十五："不客气，我们是好朋友。"

小奶糕："我妈妈昨天给我买了一套洋娃娃，我们去玩过家家吧！"

白十五："好的！"

说完，两个小家伙就手拉手跑走了。

程季恒的脸色已经多云转阴了，甚至有点儿气急败坏："怎么就成他的错了？什么叫什么都没准备，只准备了一包糖果？"

陶桃一直在憋笑，此时终于忍不住了，直接笑出声了："哈哈哈哈哈哈哈哈哈哈……"

还真是卤水点豆腐，一物降一物。

程季恒："这小子心眼儿太多了！"

陶桃擦了擦笑出来的眼泪："你把十五的饼干吃了，又顺带着在你闺女面前演了一出戏，博足了闺女的同情心，还不许十五反击一下？"

程季恒："他才五岁就这样了，以后还能了得？"

陶桃安慰道："你应该这么想，他是你的未来女婿，以后就是你的半个儿子，聪明点儿是好事。"

程季恒："……"

你还不如不安慰我。

他长叹了一口气，无力地坐到沙发上："我感觉我一瞬间老了二十几岁，年过半百，无人问津。"

陶桃："哈哈哈哈哈哈哈哈……"

程季恒伸手搂住陶桃的肩，发自内心地说道："我是真的不想再要女儿了，一想到女儿以后要被臭小子骗走我就难受。"

陶桃下意识地将手搭在自己的小腹上，看着他问："如果又是个女儿呢？"

程季恒："那我还能怎么办？我只能痛并快乐着。"

陶桃放心了，也被逗笑了："哈哈哈哈……"

跟这个男人生活在一起，她真的每天都很开心。

两个人又在沙发上依偎了一会儿，陶桃从沙发上站了起来："我去给他们切点儿水果。"已经有了前车之鉴，以防这人再次心理不平衡，她立即补充了一句，"也给你切点儿。"

程季恒："我就知道我老婆最最最最爱我了。"

陶桃白了他一眼，去了厨房。

她将切好的水果分成了两盘，先去游戏室给孩子们送了一盘，然后端着另一盘回到了客厅。

程季恒正在看手机。

陶桃坐下后，也拿起了手机，刚巧收到了小奶糕幼儿园班主任在群里发的消息："@所有人，父亲节将至，为了促进亲子关系，加强家庭凝聚力，给孩子们留下美好的童年记忆，幼儿园将在父亲节当天举办以父子/女为单位的歌唱比赛，比赛当天电视台幼儿频道将进行现场直播，想参赛的家长和小朋友可以在群里报名。"

陶桃只看了一眼就把手机放下了。

歌唱比赛这件事应该和他们家的这对父女毫无关系，他们俩参赛的话只能是丢人现眼，何况还有电视台现场直播。

陶桃压根儿就没想过让这对父女参赛。

然而就在她把手机放到茶几上的那一刻，黑漆漆的屏幕忽然亮了，弹出来一条微信消息。

发信人是一位群昵称为"陶多乐爸爸"的家长："老师，陶多乐和她爸爸报名。"

陶桃："……"

由于电视台要直播父亲节的亲子歌唱比赛，所以比赛现场定在东辅电视台的演播厅。

比赛下午三点钟开始，幼儿园要求参赛家庭在下午一点半之前到场，因为要化舞台妆。

陶桃和程季恒吃完午饭就带孩子出门了，那个时候还不到一点。

班主任提前通知过，在爸爸和孩子上台演出的时候会有妈妈的镜头。到时候妈妈会坐进一间采访室，通过墙壁上的大屏幕观看现场直播，与此同时，摄像机会记录下妈妈观看节目时的表情和反应；比赛结束后，还会有主持人采访妈妈的感受和对父子/女的表现的评价。

陶桃得知自己还要上镜和被采访的那一刻，整个人都蒙了，倒不是因为不好意思上镜，也不是因为不好意思被采访，而是实在没有那么好的演技，很难在他们父女俩上台唱歌的时候表现出尴尬之外的表情，但还要直播，那么多观众都在看，又不能表现出太嫌弃他们父女的样子。

太难了，真的太难了，单是这几天听他们俩在家练歌，她就已经快有心理阴影了。

选什么歌不好，还非要选朋克摇滚风的歌曲，这对父女给出的理由是为了调动现场气氛，以争取更高的分数。

完全找不到调的唱法加上摇滚风的曲子，简直是对听众的耳朵的双倍伤害，两个人加一起，就是四倍的伤害，六指琴魔跟他们俩比起来都算是温柔的。

更可怕的是，程季恒还请了吉他老师，美其名曰为了提升舞台效果，但陶桃心里一清二楚，这家伙就是为了玩！他闺女也是！

这对父女简直乐此不疲！

就是可怜了吉他老师——半个月换了三个吉他老师。但凡他们父女俩有一个能找到调，老师们也不会接二连三地辞职……

一想到比赛当天的现场观众，陶桃就愧疚、自责、心疼，他们什么都没有做错，却要承受这样的惩罚。

陶桃最心疼的是她老公的好兄弟——老季。

参赛家庭可以邀请亲友去现场观演，陶桃家那口子邀请了季疏白和他老婆。

季疏白很了解程季恒，说什么都不愿意去，但是他老婆陈知予好奇心比较重，想去听听到底有多难听，所以拍板要去。胳膊拧不过大腿，季疏白只好硬着头皮陪老婆去现场。

陶桃和陈知予的关系不错，两个人上次一起逛街的时候，陈知予不小心说漏嘴了，陶桃才知道，季疏白特意上网买了两副防噪声耳塞……

陶桃一点儿也没有不高兴，反而表示理解，非常能理解，要不是因为自己要上镜，一定也会买一副耳塞。

陶桃还好心地劝陈知予，到时候一定要听老季的劝告，戴上耳塞。

但人总是有逆反心理，别人越是说难听，陈知予就越想听。

这位身材窈窕红唇黑发的性感女人，不仅顾盼生辉风情万种，还有着一颗与成熟知性截然相反的叛逆心。

被陶桃劝戴耳塞的时候，陈知予特别难以置信："不至于要戴耳塞吧？"

陶桃实话实说："为你好。"顿了一下，她想到了一个特别合适的形容，"你记得《哈利·波特》里的魔法植物曼德拉草吗？"

陈知予点头。

陶桃："差不多就是那种杀伤力。"

陈知予："……"

陈知予更想听听了！

半个月的时间匆匆而过，即便再不情愿，陶桃还是要陪着他们父女俩去参赛，没办法，谁让他们是相亲相爱的一家人呢。

因为要上镜，她特意穿了一条好看的裙子，背了个拿得出手的包，又去做了个一次性的发型，虽然没化妆也没穿高跟鞋，但是很美。

临出门的时候，陶桃才发现他们父女俩除了后背上各自背了一把吉他，两个人手上还拎着两个一模一样的黑色运动款亲子包。那一刻，她心理不平衡到了极点："你们俩买包竟然不带我？！"

程季恒立即跟老婆解释："这包不是买的，是我们买舞台装的时候店家送的。"

小奶糕点了点头："对！是送的！妈妈你不用买舞台装，所以才没有你的。"

陶桃更惊讶了："你们俩还买了舞台装？"

父女俩同时点了点头。

陶桃："为什么不给我看看？"

小奶糕："因为我们要保密，爸爸说了，这是舞台机密。"

陶桃："……"

就你们俩的水平，你们根本不用特地准备惊喜，一开口就"曲惊四座"。

长叹了一口气，陶桃从包里拿出了自己的帽子、墨镜和口罩，逐一戴上，把自己的脸捂得严严实实——虽然上镜不能戴口罩、墨镜和帽子，但录节目前和录节目后，还是戴着好，尤其是录节目后。

她唯一能安慰自己的一点就是：看少儿频道的人应该不多，直播的话看的人应该更少。

她"全副武装"的行为却引来了这对父女的不满。

程季恒首先表达了自己的不满，幽怨地看着陶桃："你为什么要戴口罩？你是嫌我们丢人吗？"

陶桃："……"

大作精上线警告。

小奶糕也噘起了小嘴巴："妈妈你不可以这样，我和爸爸会难过的！"

陶桃："……"

小作精上线警告。

大小作精同时上线的警告，真的难以忽视，但陶桃还是想最后挣扎一下，故作镇定地说道："外面太热了，我在防晒。"

程季恒："我们开车去。"

小奶糕："不用走到太阳下面，妈妈你不会被太阳公公晒到的。"

陶桃："……"

行，你们赢了，我输了。

为避免发生大型家庭不和谐事件，陶桃屈服了。

就这样吧，破罐破摔吧，长叹一口气，她不情愿地摘下了自己的帽子、口罩和墨镜。

录制比赛的演播厅在电视台七楼，爸爸和孩子化妆换装的时候，妈妈可以在旁边的休息室等候。

在休息室，陶桃遇到了苏颜和白星梵的大女儿白七七。

休息室里有许多张圆形玻璃桌，每张桌子上都放着一盘点心和一盘水果，旁边摆着四张椅子。

时间还早，此时休息室里人不多，苏颜和七七那桌只有她们母女二人，陶桃看到她们母女后立即朝她们挥了挥手，同时朝她们走了过去。

苏颜也笑着朝陶桃挥了挥手。

陶桃刚坐下,就听到苏颜小声问了一句:"几个月了?"

陶桃一惊,瞪大了眼睛看着她,同时压低嗓子回道:"你怎么看出来的?我老公都没看出来。"

苏颜:"你走路和原来不一样了,气色也不一样了。"具体哪儿不一样她也说不上来,但是当过妈妈的人一眼就能看出来。

陶桃将手覆在小腹上,笑着回道:"不到两个月。"随后陶桃又将上半身靠近苏颜,悄声说道,"我半个月前就知道了,一直没告诉我老公,准备给他一个父亲节的惊喜。"

苏颜惊讶不已:"你胆子可真大,也真够沉得住气!"

陶桃:"注意点儿就好了。"这半个月,她一直没敢和他同房,理由也很固定:学习很累。

苏颜:"这回想要个男孩儿还是女孩儿?"

陶桃:"我那天特意问了我老公这个问题,他说想要男孩儿,因为不想嫁两次女儿。"

苏颜笑着回道:"男人都一样,我怀二胎的时候,我老公也是这么说的。"

陶桃轻叹了一口气:"但我觉得他要失望了,我有预感,这回还是女儿。"

苏颜:"女儿多好呀,听话懂事,看看你们家小奶糕多乖呀,我们家十五可调皮了。"

陶桃:"我觉得十五很听话呀。"

苏颜:"他只有在你们家才表现得好。"

陶桃没忍住笑了。

苏颜坐的位置正对休息室的门,她们说话间,走进来一位漂亮女人,身形高挑,媚眼红唇,如墨般漆黑浓密的波浪长发随意披散在肩头,穿着一条黑色长裙,走起路来裙摆翩翩,韵味十足。

苏颜笑着朝来人招了招手,同时对陶桃说道:"知予来了。"

陶桃立即回身,也朝陈知予招了招手。

陈知予快步朝她们走了过去。

陈知予坐下之后,陶桃问了句:"你们家老季呢?"

陈知予:"门口站着呢。"

陶桃:"怎么不进来?"

陈知予:"他一看这里面全是女人和孩子就自动退出去了。"

陶桃和苏颜全被逗笑了。

陈知予反问她们俩："你们家那位呢？"

陶桃："化妆去了。"

苏颜："你们两口子今天可以先感受一下，过几年也要上台了。"

想到自己的儿子，陈知予的笑容中多出了几分慈爱与温婉："还要等两三年，我儿子现在还不到一岁呢。"

陶桃："马上就一岁了吧？"

陈知予点头："下个月就一岁了。"

苏颜："考虑要二胎吗？"

"没想好呢，等孩子大一点儿再说吧。"说到这儿，陈知予想到了什么，看向陶桃，问道，"你们要二胎吗？"

陶桃笑着摸了摸自己的肚子："已经有啦。"

陈知予眼睛一亮："已经有啦？"

陶桃："……"

我怎么感觉，你比我还激动？

苏颜抿唇一笑，倒是很能理解陈知予的心情。

这时陶桃的手机振动了一下，她拿起来看了一眼，是程季恒发来的微信消息。

我那个小作精老公："我们俩化好妆了，你要不要来看一眼？"

陶桃又气又笑："不是舞台机密吗？"

我那个小作精老公："我们俩最最最爱的人就是你，所以可以让你提前看。"

陶桃无奈一笑，也有点儿好奇这对父女到底准备了什么样的造型，于是决定去看看。

跟苏颜和陈知予打了一声招呼，陶桃就离开了休息室。

陶桃前脚一走，陈知予就迫不及待地问苏颜："他们想要男孩儿还是女孩儿？"

苏颜："桃子感觉是个女孩儿。"

陈知予由衷感慨："那可真是太好了！"

苏颜："恭喜。"

陈知予："同喜，以后咱们就是一家人了。"

化妆室就在休息室旁边，陶桃一走进化妆室，就看到了她家的那对父女——

黑背心、牛仔裤、铆钉靴、烟熏妆，脑袋上还顶着咖啡色的爆炸头假发，胸前挂着一把吉他，可谓是摇滚到了极点。

　　一大一小，一模一样的五官，一模一样的妆容，一模一样的穿搭，一模一样的非主流气息，套娃一样的造型，陶桃瞬间觉得丢人程度翻倍。

　　那一刻，陶桃恨不得直接在地上打个洞，把自己的脑袋埋进去。

　　还要直播，这可怎么办呀……

　　人生第一次，陶桃深切地感受到了什么叫作"尴尬到窒息"。

　　看到他们父女俩的那一刻，陶桃仿若跳进了大海。

　　陶桃下意识地往后退了一步，想要假装自己走错了房间、无声无息地离开，然而未遂。就在陶桃准备移动脚步的那一刻，小奶糕看到了妈妈，同时激动地大喊了一声："妈妈！"

　　小奶糕一边喊一边兴冲冲地朝门口跑。

　　那一刻，化妆室里所有人的目光都集中在了陶桃身上，有好奇的目光，有打量的目光，但更多的是同情的目光。

　　在场的所有人，除了这对非主流造型的套娃父女，多少都有点儿尴尬，替这对父女尴尬，更替当妈的尴尬。

　　这对父女却兴致勃勃。

　　面对着正朝自己奔来的非主流小奶糕，陶桃的头皮一阵阵地发紧，陶桃很想装作什么都没听见的样子直接走人，但是女儿毕竟是自己亲生的，再丢人也要忍住。

　　紧跟着女儿的脚步，程季恒也朝自己的老婆走了过去。

　　那一刻，陶桃真是想喊救命。

　　这对父女脸上的烟熏妆，比头上戴的假发还要非主流。也不知道是程季恒的表达能力太好还是化妆师的理解能力过硬，反正这副"浓墨重彩"的妆容真的很符合他们的这身穿搭——狂野、叛逆、杀马特。

　　陶桃真的很想转身走人，但又担心父女俩跟着出去，被外面的人看到的话，会再丢一次人。

　　既然她已经在化妆室里丢过人了，就别出去丢第二次人了。

　　虽然她今天已经注定了要丢人，但还是能少丢一次就少丢一次吧。

　　陶桃硬着头皮站在门口，强颜欢笑，迎接他们父女俩的到来。

　　小奶糕开心地跑到妈妈面前，仰着小脑袋，两眼放光地看着妈妈，满脸期待地问："妈妈，你看我和爸爸酷不酷？"

程季恒跟在女儿身后接了一句:"你看我俩帅不帅?"

父女俩心有灵犀,程季恒的话音刚落,父女俩同时潇洒地伸出右手,比画了一个摇滚文化中常见的金属礼手势,可谓是自信到了极点。

陶桃简直不知道该摆出什么样的表情。

与此同时,化妆室里陷入死一般的寂静。

可能这父女俩的座右铭是"只要我不尴尬,尴尬的就是别人"。

陶桃感觉自己的脸颊滚烫,很想就地和这对父女划清界限,但她不能这么做,毕竟是亲女儿和亲老公。

既然不能打击这对父女的积极性,陶桃只能……咬牙融入。

陶桃深深地吸了一口气,当着化妆室里所有人的面重重地点了点头,语气坚定地回答:"酷!帅!特别棒!"

化妆室里的其他人:"……"

不是一家人,不进一家门。

只要你们一家三口不尴尬,尴尬的就是我们。

得到了妈妈的夸奖,小奶糕特别开心,蹦蹦跳跳地抬起两只小胳膊,同时比出一对剪刀手:"耶!耶!耶!"

程季恒对老婆的这番评价相当满意,满脸赞赏地看着老婆:"我就知道你最最最懂我了!"

陶桃僵硬一笑:"啊……是啊。"

程季恒再次举起右手,掌心对着陶桃:"来,击个掌。"

小奶糕也伸出了自己的手:"我也要我也要!"

为了配合他们父女俩,陶桃只好抬起右手,先跟老公击了个掌,又跟女儿击了个掌。

最后,这对套娃父女又互相击了个掌。

就冲这份蓬勃的自信心,化妆室里的其他家长以为这对父女能稳拿第一,他们俩胸前还挂着吉他,看起来相当专业。

他们绝对没想到,这对父女一开口会对现场所有观众和评委的耳朵造成巨大的伤害。

比赛三点开始,一共三十对父女参赛。

现场有三位评委,每人手中有 20 分,三百位现场观众,每人手中有 1 分,初赛即决赛,得分越高,排名越高,总排名第一的父子/女组合是本届比赛的冠军。

参赛选手的出场顺序由系统抽签决定。

程季恒和小奶糕抽到了第五组。

得到抽签结果之后，程季恒还特意给老婆发了一条语音微信，语音内容是小奶糕说的："妈妈，我们抽到了第五个出场！"

父子/女组合在后台候场的时候，妈妈们要在休息室里等待，然后按照自家老公和孩子的出场顺序进入采访区。

陶桃听完女儿的语音后，回了一句："宝宝，你和爸爸要加油！"

虽然她心里清楚加油并不能改变等会儿要丢人的事实，但该走的流程还是要走。

小奶糕的语音很快就回了过来："我们一定会加油的！"

紧接着是程季恒发来的语音："放心吧媳妇儿，我们绝对不会辜负你的厚望。"

陶桃："……"

我对你们根本没有厚望，只求你们不要太丢人。

三点整，比赛开始，前十分钟是主持人的开场白，开场白结束后，比赛正式开始。

第一组出场的是一对父子，两个人都圆滚滚的，穿着亲子装——格子衬衫和背带裤，看起来平平无奇，谁承想在台中央站定的那一刻，父子俩同时从兜里拿出口风琴，先来了一段口风琴二重奏，惊艳全场！

休息室的妈妈们可以通过墙壁上的大屏幕观看直播，这对父子俩亮出口风琴的那一刻，休息室里也跟着热闹了起来，妈妈们开始七嘴八舌地议论起自己家老公和孩子的登台准备来。

有人说："我们家的什么都不会，只会弹钢琴，所以他们俩准备四手联奏，但我觉得还是他们这组的口风琴好，多独特呀。"

有人说："我们家的那两位祖宗也是，什么都不会，只会拉小提琴，完全没有特色，这种比赛呀，肯定是越有特色越出彩，刚才我去后台的时候，还看见有人准备古筝和琵琶呢。"

又有人说："我们家的还行吧，但也没有多出彩，我老公学过美声，我女儿现在参加了少儿合唱团，单论唱功的话，我们家那两位肯定没问题，但这是比赛，肯定还是看综合实力。"

在场所有妈妈都在明贬暗夸自己的老公和孩子，只有陶桃没有说话，并且越听心里越没底——

人家嘴上说着什么都不会，其实是什么都会，什么都有，她家的那两位，除了非主流造型和盲目自信，真的是什么都不会，连五音都不准。

这可怎么办呀？！

苏颜就坐在陶桃身边。

见陶桃一直没说话，苏颜好奇地问道："你们家那两位准备表演什么？"

他们俩大概是表演如何以最自信的姿态丢人吧。

陶桃在心里叹了一口气，却不得不强颜欢笑，硬着头皮说一些场面话："没特地准备什么，也不是为了比赛，主要是为了练练小奶糕的胆子。"

苏颜回道："我和老白也是这么想的，不过十五倒是挺热衷于参赛的。"

陶桃："为什么？"

苏颜："为了显摆他会敲架子鼓呗。"

陶桃惊讶不已："你们家老白也会架子鼓吗？"白星梵看起来斯斯文文的，还会敲架子鼓？

苏颜点头："会，但是他今天不敲鼓，我儿子敲鼓，他弹吉他。"

陶桃："……"

这才是专业的摇滚组合。

陶桃没有别的希望了，只希望老白和十五的出场顺序不要和她家的伪摇滚组合挨在一起，不然真的会让她无地自容。

咬了咬唇，陶桃紧张地问："十五和他爸爸第几个出场？"

苏颜叹了口气："第六个，特别靠前，不太好。"

陶桃："……"

陶桃在心里大喊：完蛋了！

沉默片刻，陶桃认真地对苏颜说道："放心吧，你们家那两位一定能得第一。"

苏颜笑着问："你怎么知道？"

因为有对比才有差距，我们家那两位非主流选手已经为你们家的摇滚组合铺好了康庄大道。

但陶桃不好意思说实话，只能回道："我的预感。"

第一组选手表演结束后，现场投票，现场出分。

总分 360 分，这对父子最终得到了 274 分。

此分一出，再次引发了休息室的妈妈们的讨论。

"怎么才 200 多分？这也太低了吧？"

"要我看怎么也得 340 分以上，口风琴吹得多好呀！"

"三个专业评委打分打得倒是挺高，就是现场观众打分打得低了，我觉得是他们的曲子选得不好，太舒缓了，开始的时候是挺惊艳，但是一曲下来观众内心的波动不大，所以总分不高。"

这位妈妈分析得比较有道理，在场众人纷纷点头表示赞同。

唯有陶桃看着屏幕上的 274 分，眼神中流露出了羡慕之情。

她家那两位只要能拿到 150 分，她就心满意足。

第二组上台的是一对父女，父女俩一人抱了一把琵琶，爸爸身穿白色真丝唐装，女儿身穿同色系的儿童款旗袍。

造型方面，这对父女别出心裁。

陶桃坐在休息室里望着前方的大屏幕，怎么都想不明白她老公到底是从哪里得到的造型灵感，他哪怕是随便穿件白衬衫都比穿背心戴假发强！

他明明长得那么帅，偏要把自己往非主流的方向打扮！

但是现在陶桃说什么都没用了。

第二组登台表演的父女得到了 286 分。

第三组登台表演的也是一对父女，美声组合，唱了《歌剧魅影》的经典片段，得到了评委组给出的最高分——54 分，最终得分也是前三组中的最高分——301 分。

第四组是一对父子，尤克里里组合，唱了一首比较清新欢快的歌曲，最终得分 272 分。

第五组，就是非主流套娃组合。

爸爸和孩子上台表演的时候，妈妈要进入采访室接受同步采访。

第四位妈妈一从采访室出来，主持人就将陶桃喊进去了。

说实话，往采访室走的时候，陶桃的内心相当抵触，十分抗拒，她甚至想暂时和那对非主流套娃父女断绝关系。

看过前四组的表演，她已经预料到接下来的场面会如何尴尬。

虽然觉得这对父女很丢人，但陶桃又不能真的抛弃这对父女，谁让他们是相亲相爱的一家人呢……

最终她还是硬着头皮走进了采访室，内心紧张又慌乱。

采访室里连凳子都没有，妈妈们只能站在房间中央观看大屏幕上的直播。

陶桃一站定，就在屏幕上看到她家的那对非主流套娃父女登台了。

如出一辙的叛逆造型，如出一辙的自信步伐，如出一辙的傲视全场，丝毫没有怯场与紧张，这俩人好像不是来参加比赛的，更像是来开演唱会的。

这俩人头上戴的爆炸头假发是整个造型的"点睛之笔",将"狂野"表现得十分到位。

程季恒和小奶糕往舞台中心走的时候,主持人开始了对陶桃的采访。

这是一位少儿频道的女主持人,声音很甜,神色也很温柔:"妈妈对爸爸和宝宝的得分有预期吗?"

陶桃硬着头皮点了点头。

女主持人笑着追问:"多少分?"

陶桃咬了咬牙,抿了抿唇,蹙了蹙眉,纠结了一会儿,深深地吸了一口气,最终选择实话实说:"150分。"

女主持人的笑容中闪过了惊讶:"只有150分吗?"

陶桃心想:150分都算高的了。然而面对着镜头,她不得不说一些场面话,"得分肯定是次要的,参加比赛也不是为了夺冠,主要还是想练练孩子的胆量。"

主持人边听边点头,最后还发自内心地对陶桃的发言表示了高度赞扬:"看来您对比赛这种事情看得很通透。"

陶桃:"……"

主要是因为我们家那对非主流选手的水平不行,但凡行一点儿,我也不用这么通透。

父女俩已经走到了舞台中央站定,表演即将开始,主持人暂停了采访,陶桃的心脏已经提到了嗓子眼儿。

陶桃虽然早就预料到了他们会非常丢人,但谁也不能冷静地目睹自己的老公和孩子当众丢脸。

最终得分要是还不到100分,那他们可真是……丢人丢到家了。

陶桃这边紧张兮兮,心脏怦怦跳,台上的非主流父女却一点儿也不紧张,气定神闲到了极点,甚至有点儿胜券在握的感觉。

他们俩在舞台中央站定之后,镜头给了这对父女一个特写,与此同时,采访室里的陶桃终于发现了她家这对父女的优势——身材好。

程季恒的身材本就高大挺拔,宽肩窄腰大长腿,肌肉线条匀称紧实,看起来相当有男人味儿,黑色背心配牛仔裤,更是将他的好身材衬托得恰到好处。

烟熏妆虽然非主流,但他五官立体英俊,黑色的眼影还为他增添了几分妖娆与魅惑之感。

小奶糕则是另外一种气质——狂野的可爱。

小家伙现在已经四岁了，比去年高了不少，依旧是粉粉嫩嫩的，露在背心外的两只小胳膊又白嫩又肉乎，特别想让人咬一口，虽然胸前挂着一把小吉他，但藏不住圆滚滚的小肚子。

老公帅，女儿可爱，这一刻，陶桃忽然也有了自信。

我们家非主流套娃组合是最棒的！

然而下一秒，她的自信心就被这对父女的开场动作击垮了……

比赛开始，舞台灯光就位，伴奏开始——五月天的《离开地球表面》，摇滚曲风，开场就激情四射。

音乐已经开始，这对父女却不着急表演，而是齐刷刷地摘掉了挂在背心前的墨镜，又齐刷刷地抬起手戴上墨镜。

动作整齐划一，神情冷酷猖狂，将非主流、杀马特的气质推向了更高峰。

刹那间，全场沸腾，灯光闪耀，掌声如潮，非主流套娃组合凭借一个戴墨镜的动作成功地将比赛现场的气氛推向了前所未有的高潮。

无论是观众还是评委，都在热烈地鼓掌，并且对这组选手抱以极高的期待。

台下只有一个人没有鼓掌——程季恒的好兄弟季疏白。

在台上的那对非主流套娃父女戴上墨镜的这一刻，季公子面无表情地拿出了两副超强防噪声耳塞，先递给了自己老婆一副。

陈知予正在疯狂鼓掌，看到耳塞后，瞪了自己老公一眼，没好气地说道："你这人怎么这么扫兴啊？"

季疏白并未为自己辩解，叹了一口气，一言不发地将一副耳塞放到老婆的腿上，继而默不作声地打开自己手里的耳塞盒，迅速将耳塞塞进自己的两只耳朵里，塞得严严实实，不打算给噪声任何可乘之机。

陈知予相当无语——就算是难听，还能难听到哪儿去？他至于戴耳塞？

热情四射的前奏结束，全场观众对台上这对非主流套娃组合的表演的期待值也飙升到了顶峰！

只有季疏白和陶桃知道，尴尬场面即将到来。

最先演唱的是小奶糕，开唱之前，小家伙还有模有样地跳了几下，同时酷酷地扫了几下吉他，看起来相当专业。

然而在她开口的那一刻，全场哑然……

"丢——掉手——表，丢外——套，丢——掉背——包，再丢唠——叨；丢——掉——电——视，丢——电脑——丢掉大——脑，再丢烦恼——恼——恼——"

演播厅的音效特别好，刹那间，完全找不到调的稚嫩歌声如无形的刺刀般环绕全场，无差别地攻击着在场所有人的耳朵。

现场的观众和评委顷刻间齐刷刷地露出了纠结的表情。

刚才的期望值有多高，他们现在的受害程度就有多大。

但是大家并没有彻底死心，或许爸爸唱得不错呢？

在煎熬与折磨中，台上的小家伙终于唱完了第一段，爸爸无缝隙地接过了第二段：

"一颗——心——扑——通扑——通地狂跳——，一瞬——间烦——恼——烦恼烦——恼全忘——掉，我——再——也不——要——再也——不要——委——屈自——己一秒——秒——秒——"

五声音阶，他们俩没有一个音是唱准的，歌词与伴奏也没有一个字对得上。

无论是爸爸还是女儿，都在自由发挥，完全不按这首歌原来的调唱，可谓是颠覆性创作，教科书级别的车祸现场，殿堂级别的杀伤力，不只摧残众人的耳朵，还摧残众人的心灵。

演播厅内的全方位环绕立体音响更是将这种杀伤力放大了无数倍。

魔音贯耳不过如此，杀人无形也就这般。

六指琴魔来了也得甘拜这父女俩下风。

全场观众的眉头越蹙越紧，表情也越发凝重，有些人的坐姿甚至已经开始发生变化，仿若被人冲着腹部狠狠地打了一拳，抱着腹部蜷缩在座位上。

陈知予感觉自己的耳膜已经快爆炸了，满面愧色地看了自己老公一眼，默默地打开了装耳塞的盒子，不假思索地戴上了防噪声耳塞。

刹那间，她感觉世界一片清净。

陶桃隔着屏幕都能感觉到演播厅内的尴尬氛围，全场所有人都在尴尬，替台上的这对非主流套娃父女尴尬，除了这对父女。

虽然他们俩唱歌水平不行，但台风绝对是专业的，无论是程季恒还是小奶糕，丝毫不在意台下观众的反应，自顾自地唱，尽情投入地唱，旁若无人地唱，完全沉浸在自己的表演中，可谓是"千磨万击还坚劲，任尔东西南北风"，不管你们是什么感受，我就是要唱，并且要唱得响亮。

不听声音的话，这俩人的舞台表演水准堪比表演艺术家。

就是苦了现场观众，这大概是他们这辈子所经历过的最恐怖的一次观演体验。

随着表演的进行，陶桃对比分的预期值越降越低，逐渐从150降到130，又从130降到100，最后直接降到了60。

满分360，只要这对父女得到60分，陶桃就心满意足。

那位女主持人也是在此刻才明白这位妈妈的心理预期为什么这么低——不是因为豁达，而是心里有数。

对现场观众来说，和别的组比起来，这对非主流套娃组合的表演似乎异常漫长，每一秒都是折磨，所以在这对父女表演结束的那一刻，现场气氛再次被推向高潮——终于结束了！

大家鼓掌狂欢，放声呐喊，仿若在迎接新生。

冠军组都没有他们这组获得的掌声多。

面对台下如此热情的掌声，台上的父女俩相视一笑，开心地击了个掌，好像胜券在握。

陶桃："……"

你们俩能不能清醒一点儿？！人家不是给你们鼓掌，是给自己鼓掌，庆祝自己被你们俩摧残完还活着！

现场的三位评委全是专业的音乐老师，其中一位还是幼儿园聘请的外教。

每组选手表演结束后，三位评委都会给出一段简单的点评。

非主流套娃组合的表演结束后，三位评委却陷入了沉默。

按照顺序，这回应该是外教先发表点评。

这位外教的性格比较开朗，而且他倡导鼓励式教育。前几组的表演结束后，外教发表了许多称赞性的评论。但是此时此刻，面对着台上的这对非主流套娃父女，他忽然不会说话了，不会说汉语也不会说英语了。

程季恒和小奶糕全都在满脸期待地看着他。

欲言又止数次，这位外教老师露出了一个勉强的微笑，从牙缝中挤出了一个单词："Special。"

另外两位评委也效仿：

"特别。"

"很特别。"

点评到此结束，开始现场打分。

采访室里的陶桃已经紧张到窒息了，这可怎么办呀？他们俩要是得了0

分怎么办呀?

陶桃在心里祈祷：60！60！拜托了，一定要到60分！

三位评委秉持着不打击孩子自信心的原则，各自给出了10分——前几组至少都是15分。

陶桃看到评分后，不禁长舒了一口气，已经得到30分了，离成功还有一半的距离！

接下来是现场投票环节，陶桃又陷入了紧张状态：不会1分都没有吧？不会只得30分吧？不会这么惨吧？

一分钟后，投票结束，大屏幕上显示出了最终得分——159，这是目前的全场最低分。

陶桃呆呆地看着屏幕上的分数。

这个分数，是她预期的两倍多。

几秒钟后，她发出了一声激动的尖叫，同时手舞足蹈："159！159！"

女主持人："……"

这位妈妈这么容易满足吗?

震惊归震惊，主持人也没忘记自己的本职工作，继续采访："您觉得孩子和她爸爸的表演怎么样？"

陶桃不假思索："特别棒！最棒的一次！"她真的满意极了！

女主持人："……"

果然，不是一家人，不进一家门。

参加比赛的父子/女下台之后，也会有主持人对他们进行采访。

程季恒和小奶糕走出舞台镜头，继而走进了采访主持人的镜头。

这是一位男主持人，先采访了爸爸："您觉得自己和孩子今天发挥得怎么样？"

程季恒不假思索："特别棒！最棒的一次！"

男主持人哈哈一笑，又蹲下身，将话筒举到小奶糕嘴边："小宝贝，你觉得自己今天的表演怎么样？"

小奶糕骄傲地挺起小胸脯："特别棒！最棒的一次！"

男主持人："可是你们今天的分数好像不太理想，拿不到第一你会难过吗？"

小奶糕摇了摇头："不会的，我爸爸说了，只要我觉得自己是第一，我就是第一。"

男主持人："……"

这个小朋友够自信。

采访结束后，父女俩迈着同样自信的步伐，昂首挺胸地离开了采访区。

下一组上场的是白家父子，高水平的摇滚乐表演，成功治愈了现场所有人受伤的耳朵与心灵，最终得分360，是全场第一个也是唯一一个满分组合，毫无悬念地夺冠了。

比赛结束，非主流套娃父女组合毫无悬念地垫底。

但是人家不在乎，离开电视台后，一家三口还去吃了一顿大餐庆祝今天的表演圆满成功。

晚上，陶桃洗完澡躺在床上，程季恒还在浴室洗澡。她睡前没事干，想看看微博，点开热搜，看到热搜第一的词条后，整个人都是蒙的——#史上最自信一家人#。

陶桃点进去之后，最先看到的是东辅电视台官方微博发的一段视频，视频内容就是她家那对非主流套娃组合今天下午的表演全过程，结尾是他们一家三口对这段表演的点评，点评内容惊人地一致——"特别棒！最棒的一次！"。

这一家人确实是自信到了极点。

看到视频中的自己的那一刻，陶桃瞬间满脸通红。

完了完了，他们一家丢人丢到全国人民面前去了。

这段视频刚发出两个小时，评论已经破两万了。

陶桃根本不用想，评论区一定全是无情的嘲笑。

她虽然有点儿害怕被嘲笑，但又忍不住想看看大家对他们一家人的评价，大概是好奇心在作祟。

陶桃深深地吸了一口气，抖着手点开了评论区。她本以为热评一定全是说这对父女唱得难听的，要不就是说他们一家人盲目自信，谁知道竟然是："这个爸爸是我们董事长，给你们看一张去年年会的时候我同事偷拍的照片。"评论下面附了一张图片。

陶桃好奇地点开了图片。

照片中的程季恒坐在舞台下方的第一排观众席正中央，身穿一袭笔挺的深蓝色西装，身姿挺拔，气质卓然，皮肤白皙如玉，五官立体，眼眸冷峻，眉宇傲然，薄唇浅淡，看起来既优雅又不怒自威，相当霸总。

陶桃的脸更红了，她不是因为觉得丢人，而是因为激动、害羞。

我老公好帅啊。

这条评论下面的跟评区很热闹，获赞最多的一条跟评是这条评论的作者发的："在看到这条热搜之前，我们整个集团的员工都以为董事长是个霸总，谁知道竟然是个搞笑男……"

获赞量第二的跟评："好好一霸总，怎么就长了这么一张嘴？"

获赞量第三的跟评："其实烟熏妆也很帅，长得好看的人果然怎么折腾都看好。"

获赞量第四的跟评："你们董事长纳妾吗？"

陶桃看到这条评论后缩在被窝里小声哼了一声，语气坚决地对着手机屏幕说道："不纳！"

随后她退出了跟评区，继续往下看评论。

评论区比她想象中的要和谐许多。

热评第二的获赞量有三万多："有什么好嘲的？我觉得这种家庭氛围很好啊，从小树立孩子的自信心不对吗？而且人家小女孩儿没有盲目自信，主持人也问了，得不了第一会不会难过，她回答的是不会，说明她心里清楚自己的分数低，但是她没有对分数和排名表示不满或者委屈，最后还很坦然地就接受了自己是倒数第一的事实，才四岁内心就这么强大，难道不是父母培养得好吗？评论区的大多数人都做不到这么坦然吧？"

陶桃看到这条评论后，反手就给了一个赞。

热评第三："这孩子是爸爸一个人生的吧？妈妈好像完全没有参与设计。"

这条评论的获赞量是两万多。

陶桃："……"

这条评论我说什么都不会点赞！

热评第四："难听是真难听，自信是真自信，可是我觉得这家人好可爱啊，尤其是妈妈看到得分的时候，感觉像是高出了她的预期不少的样子。"

陶桃又是反手一个赞。

这时程季恒洗完澡从浴室出来了，浑身上下只在腰间裹着一条浴巾。

陶桃没看他，一直在专心致志地看评论。

老婆不搭理自己，程季恒只好主动寻找存在感，一边朝大床那边走一边问："你看什么呢？"

"看热搜呢。"陶桃终于给了他一个眼神，"你和你闺女火了，都上热搜了。"说着，她伸直胳膊，将手机递给他。

程季恒走到床边，接过手机，只随便看了两眼就把手机放到了床头柜上，完全不在意自己是否上了热搜，直接掀开被子上床，一把将老婆搂进怀里，翻身压在她身上。

陶桃吓坏了，连忙用力推他："起来，别压到我！"

程季恒："……"

陶桃蜷起膝盖抵着他的身体，一本正经地说道："走开，我心里有别人了，以后你不能碰我。"

程季恒的眼睛中浮现出了幽怨之情，他委屈地说道："这就是你给我的父亲节惊喜？"

他的眸光暗淡，又闪烁着悲伤，此时的他像极了一头受伤的小鹿。

陶桃强忍笑意，理直气壮："对，这就是我给你的父亲节惊喜。"

程季恒叹了一口气，面带忧伤，语调低沉："你能告诉我那个人是谁吗？我到底哪里不如他？你告诉我，让我死心。"

"……"

你还给我演上偶像剧了？

陶桃毫不留情："你比他老！"

程季恒："但我老当益壮。"

陶桃："……"

程季恒："不信可以试试。"

陶桃这回没再卖关子，直接说道："走开，你压到你闺女了！"

程季恒浑身一僵，瞬间傻了。

陶桃忍俊不禁，又推了他一下："快起来。"

程季恒立即起身，还是很蒙，入定了似的坐在床上，呆若木鸡地看着她。

陶桃又被他逗笑了，也从床上坐了起来，伸出手握住他的左手手腕，将他的手拉向自己的身体，又将他的手心贴在自己的小腹上，温柔地看着他，温声说道："恭喜你呀，又要当爸爸了。"

又怔了好几秒钟，程季恒才回神，左手却止不住地微微颤抖，目不转睛地盯着她的肚子，既紧张，又激动，和第一次见到小奶糕时一样激动。

深深地吸了一口气，他抬眸看向陶桃："多久了？"

陶桃："七周了。"

程季恒反应过来了什么："你什么时候知道的？"

陶桃有点儿心虚，小声说道："半个月前。"

程季恒的眉头瞬间蹙了起来，他无奈又生气："你为什么不早点儿告诉我？"

陶桃："人家不是想给你一个惊喜嘛！"

程季恒："出事了怎么办？"

陶桃瞪着他："我都说了想给你一个父亲节惊喜，再凶我今天你就去客房睡！"

来自老婆的生气警告。

程季恒瞬间气焰全消，乖巧地说道："我很惊喜，特别特别惊喜。"

哼，这还差不多，陶桃放过了他，然后跪坐在床上，朝他伸出双手："抱抱。"

程季恒立即将老婆拥入怀中，同时在她的额头上用力地亲吻了一下。

陶桃仰头看他，问："你高兴吗？"

程季恒又在她的脸颊上用力亲了一下："高兴死了！"

陶桃："小奶糕还不知道这件事呢，我也对她保密了。"

程季恒无奈地叹了一口气："你也是厉害，能瞒我这么久。"顿了一下，他又说道，"如果是我的话……"

说到这儿，程季恒却不再往下说了。

陶桃还挺喜欢这人的奇思妙想的，因为特别有意思，于是急切地追问："如果是你的话，你会怎么样？"

程季恒："我一定会立即告诉你我怀孕了，一分钟也不耽误，同时要对我老公亲亲抱抱。"

陶桃笑着问："我凭什么要对你亲亲抱抱？"

程季恒："因为我在这件事上做出了不可磨灭的贡献。"

陶桃又气又笑。

程季恒："你现在是不是应该亲我一下？"

陶桃："不亲！"

程季恒微微垂眸，轻叹一口气，幽幽启唇："原来在你眼中我只是一个工具人，你有孩子了，就不需要我了，对你来说，我是可有可无的。"

陶桃："……"

偶像剧里的女主角都没有你演得好。

虽然知道他是在装可怜，却完全无法抵抗。

虽然已经经历过无数次这种场面，但陶桃依旧无法习以为常。

他这副柔柔弱弱的模样，仿若一朵刚刚出水的娇嫩白莲，风一吹就轻轻颤动，惹得人心尖也跟着颤。

于是，陶桃再一次选择了装瞎，对他的白莲行为视而不见，双手捧住老公的脸颊，主动将唇印在他的唇上，非常有诚意地亲了一下："够了吗？"

程季恒微微蹙眉，轻声说道："还差一点儿。"

陶桃忍笑，又亲了一下："够了吧？"

程季恒一脸不满意，说道："你是不是不会亲人？我教你吧，包教包会，教会为止！"

陶桃一愣："我不——"

"唔！"

话还没说完，她的唇就被堵上了，下一秒，牙齿也被他霸道地撬开了，与此同时，一双大手覆在了她的后脑勺儿上，令她动弹不得，她如被放在刀俎上的鱼一般"任其宰割"。

程季恒这个流氓！！！

程季恒这个有心机的流氓！！！

程季恒吻了好久才松开她。

一吻结束，陶桃气喘吁吁，脸也红了，气呼呼地瞪着他："你就会欺负我！"

程季恒置若罔闻，眉头一挑："你学会了吗？"

陶桃："……"

她回答会了，他可能会让她演示一遍。

她回答不会，可能还要继续被"教学"。

这是一道无解的陷阱题。

程季恒："不会我可以继续教你。"

陶桃没好气："你就是想要流氓！"

程季恒抬起手，轻轻地捏了捏她的脸，笑着说："我是喜欢你。"

陶桃："……"

她不得不承认，他这句话真的好动听。

临睡前，夫妻俩商量了一下，决定第二天早上一起将家庭即将迎来新成员的消息告诉小奶糕。

第二天是周一，小奶糕要去幼儿园。

早上七点，陶桃和程季恒一起去喊女儿起床，并且相当有仪式感，陶桃拿了两个红色的沙锤，程季恒拿了手铃鼓和口哨，他们准备用一种热情洋溢、锣鼓喧天的方式叫女儿起床。

然而夫妻俩一走进女儿的房间，就被小家伙的睡姿逗笑了——脸对着枕头，撅着小屁股睡，看起来既好玩又可爱。

小奶糕身上穿的这套睡衣是陶桃新买的，浅蓝色的睡衣上印着点点樱花，相当文艺唯美。

陶桃本想让女儿走一下文艺路线，然而无论什么风格的睡衣，穿在小奶糕身上都是可爱风。

夫妻俩笑够了，悄悄地朝公主床走了过去，打开了床头灯，继而对视一眼，共同伸手比画"一、二、三"，然后同时摆弄手中的乐器，安静的公主房瞬间变成了夫妻俩"卖艺"的场所。

陶桃卖力地摇动着手里的沙锤，程季恒一边响亮地吹口哨一边拍打手铃鼓，明明只有两个人，却硬生生地搞出了一个热闹非凡的大场面。

小奶糕的耳朵不堪重负，不到三秒钟小奶糕就被这对神经病爹妈搅碎了美梦，迷迷糊糊地睁开了眼睛，蒙了两秒钟，起身坐在床上，拧着眉头看着正在拼命"卖艺"的爸爸妈妈，神色中尽是茫然。

爸爸妈妈在干什么？

爸爸妈妈不会是变成傻子了吧？！

刹那间，小奶糕担心得不行。

看到女儿醒了，陶桃和程季恒停止了表演，并肩站在女儿的床前，神色如出一辙地庄重。

小奶糕则紧张兮兮。

程季恒先开口："小奶糕，爸爸妈妈今天要告诉你一个好消息。"

陶桃补充说明："一个惊喜。"

小奶糕依旧是一脸茫然，呆呆地问："什么惊喜？"

程季恒："你有什么愿望？"

陶桃："你的愿望马上就要实现了！"

小奶糕眼睛一亮，看着爸爸妈妈，兴奋地大喊："我想要一条小狗狗！"

程季恒："……"

陶桃："……"

你这孩子怎么不按套路出牌？

程季恒只好继续问："除了小狗狗，你还想要什么？"

陶桃："你去年跟月老爷爷许了什么愿望？"

小奶糕："我对月老爷爷说我想要一个小妹妹。"

程季恒用力地拍了一下手铃鼓："对！就是小妹妹！"

陶桃："你可能马上就要有一个小妹妹了！"

小奶糕特别开心，激动得不行："真的吗？"

陶桃点头："真的！"

小奶糕追问："小妹妹在哪里？"

程季恒："还在妈妈的肚子里，你要过几个月才可以和她见面。"

"耶！耶！耶！"小奶糕兴奋地在床上蹦来蹦去。

床垫很有弹性，她跳的时候浑身的小肉肉都在跟着颤，尤其是圆滚滚的肚子，整个人看起来像极了一个小面团。

陶桃和程季恒全被女儿逗笑了。

随后陶桃走到女儿的床边，朝女儿张开双臂，笑着说道："你先冷静冷静，一会儿还要去幼儿园呢。"

小奶糕立即扑进妈妈的怀里，仰着小脑袋看着妈妈，满脸期待地问："我已经有小妹妹啦，可以再要一条小狗狗吗？"

陶桃很想答应女儿，但是老公怕狗，所以只能拒绝女儿，摇了摇头："不可以。"

小奶糕开始撒娇："可是人家真的很想要一条小狗狗。"

陶桃轻叹了一口气，刚准备继续拒绝女儿，这时程季恒走了过来，温声说道："给她买吧，我没事。"

小奶糕激动得不行："啊啊啊啊！爸爸最最最好了！"她毫不犹豫地脱离了妈妈的怀抱，朝爸爸的怀抱扑了过去，以自己的实际行动诠释了什么叫墙头草。

陶桃扭头，诧异地看着程季恒。

程季恒一本正经："人在成长的过程中会遇到许多困难，总要学会克服。"

陶桃："……"

女儿奴就是女儿奴，干吗还把自己说得这么正能量？

陶桃越想越不平衡，没好气地说道："你之前怎么不克服呢？你闺女一说想养狗你就克服了？你就会在我面前装可怜！"

程季恒面不改色："我没有装可怜，我只是享受被老婆呵护的感觉。"

陶桃又气又笑："你就会说好听的哄我！"

程季恒理直气壮："你是我最最最爱的女人，我不哄你哄谁？"

虽然……但是这句话真的好动听，陶桃不自主地勾起了唇角，心里像吃了蜜一样甜。

小奶糕完全没有发现爸爸妈妈在打情骂俏，非常关切地问了一句："我们什么时候去买狗狗？"

陶桃本来想说给你一周的表现时间，这周表现得好就带你去买，然而程季恒却抢先发了话："等你放学就去，今天就买。"

小奶糕又跳了起来，还边跳边转圈："耶！耶！耶！"

程季恒："爸爸好不好？"

小奶糕："超级好！我最最最爱的人就是爸爸！"

陶桃对这对父女无语到了极点，故意板起了脸："妈妈呢？你不爱妈妈啦？"

小奶糕立即补充："我也最最最爱妈妈！"

陶桃忍笑，催促道："快去洗漱，还要吃饭呢，再晚一会儿你就要迟到了。"

小奶糕点了点头："好的！"

随后程季恒带女儿去卫生间洗漱，陶桃去衣帽间给女儿挑今天穿的衣服。

一家人全部穿戴整齐后，下楼吃饭。

早饭刚吃到一半，门铃忽然响了，阿姨起身去开门。

三分钟后，阿姨领着白家小少爷进来了，还拎回来一个行李箱和一个儿童座椅。

看到白白哥哥，小奶糕特别开心："你怎么来啦？"

程季恒的心情则晴转多云，尤其是他看到那个行李箱之后。

陶桃一言不发地看好戏。

程季恒深深地吸了一口气，问白十五："你爸爸妈妈呢？"

白十五乖巧地回答："我爸爸妈妈陪我姐姐去西辅参加芭蕾舞比赛啦，这几天我家里没有人，爸爸妈妈就把我送过来啦。"

程季恒压着脾气问："你爷爷家不就在湖对面吗？"

白家人的目的是不是太明显了？

白十五："我爷爷和太爷爷说晚上会来看我的。"

程季恒："……"

陶桃已经忍不住了，捂着嘴偷笑，果然是卤水点豆腐，一物降一物。

小奶糕更开心了："你这几天要住在我们家吗？"

白十五没说话，而是看向了陶桃，很礼貌地问："阿姨，我可以住在你们家吗？"

小伙子眼光很独到，知道这个家谁说了算。

陶桃笑着说道："当然可以啦，你想住多久就住多久。"

白十五："谢谢阿姨。"最后他还不忘补充道，"也谢谢程叔叔。"

程季恒："……"

我什么时候答应你了？

陶桃看着程季恒一脸吃瘪的表情就想笑，但是当着孩子的面又不得不忍笑，不然实在是太不给白十五的未来岳父留面子了，只好转移话题："十五，你吃早饭了吗？"

白十五点了点头："我吃过啦。"

陶桃："那你等我们一会儿好吗？我们马上就吃完啦，吃完就送你和小奶糕去幼儿园。"

白十五："好的。"

白白哥哥来了之后，小奶糕加快了吃饭的速度，拿起杯子，一口喝完了自己的牛奶，然后急切地对爸爸说道："爸爸爸爸，快把我抱下来，我要去找白白哥哥玩。"

程季恒并没有按照女儿的要求做，不满地说道："你才吃了多少？再吃点儿，不然上学的时候该饿了。"

小奶糕："可是人家已经吃饱啦。"说着，她还拍了拍自己圆滚滚的肚子，以证明自己吃饱了。

她才四岁就这样了，以后爸爸该怎么办？

程季恒惆怅不已地叹了一口气，不得不把她从儿童餐椅上抱下来。

双脚刚挨着地面，小奶糕就嗒嗒嗒地朝白十五跑了过去，边跑还边开心地说道："白白哥哥，我要和你分享一个好消息！"

白十五非常配合，兴致勃勃地问："什么好消息？"

小奶糕跑到白十五面前，激动地说道："我要有小妹妹啦！"

白十五："真的吗？"

小奶糕点了点头："真的，爸爸妈妈告诉我的，爸爸妈妈还答应给我买小狗狗，今天放学就去买！"

白十五："恭喜你！"

小奶糕："我已经给我的小妹妹想好名字啦。"

白十五："你给她起了什么名字？"

小奶糕："我要叫我的小妹妹小蛋糕。"

白十五非常捧场："超级好听！"

得到了白白哥哥的认可，小奶糕特别开心。

两个孩子的稚嫩声音毫无遮挡地传进了餐厅，程季恒冷哼一声，淡淡启唇，不屑地说道："这臭小子就是在拍马屁。"

陶桃笑着问："小蛋糕不好听吗？这可是你女儿起的名字啊。"

程季恒："我女儿起的名字当然好听，但这臭小子就是在拍马屁。"

陶桃："只允许你拍你女儿马屁，不允许你未来女婿拍你女儿马屁？"

程季恒："我是真心实意，他是不怀好意。"

陶桃哭笑不得："人家怎么就不怀好意了？"

程季恒："他就是个贼，偷小奶糕的贼。"

陶桃："……"

有你这种软硬不吃的岳父，你未来女婿也挺可怜。

东辅西郊有一条窄巷，巷子里全是卖狗的，故而被称为狗市。

小奶糕和白十五五点放学，陶桃和程季恒接到两个孩子之后，直接带他们去了狗市。

狗市前有一片停车场，供来买狗的人停车。

停好车后，陶桃和程季恒一人一个将俩孩子从车上抱了下来。

双脚刚挨着地面，俩孩子就嗒嗒嗒地朝彼此跑了过去，并紧紧地牵起了小手。

陶桃特意叮嘱了他们一句："你们两个一定要牵好手啊，千万不要走散了。"

小奶糕和白十五同时点头，异口同声，奶声奶气地回答："放心吧！"

程季恒冷冷地看着俩孩子牵在一起的小手，内心十分不满，但又不能让他们松开，因为他们俩拉着手才最安全，也好看管。

程季恒憋屈到了极点。

陶桃忍着笑走到老公身边，主动伸出手，拉住他的手，温声道："走吧，我牵着你走。"

程季恒长叹了一口气，嘴上说着："现在没有什么能安慰到我。"行动却很诚实，他反手将老婆的手握在手心，并与她十指相扣。

陶桃看着他，担忧地问了一句："你真不怕？"

程季恒紧紧盯着那两只紧紧牵在一起的小手，实话实说："我现在已经没有心情害怕了。"

陶桃被逗笑了："哈哈哈哈……"

这个时间段，狗市的人比较多，所以陶桃和程季恒走到巷子口的时候松开了彼此，然后一人一边分别拉着两个孩子的另外一只手，让孩子们走在中间。

一走进巷子，空气中就弥漫着一股狗身上独有的气味。

巷子两边摆满了各式各样的狗笼子，笼子里装着的基本是幼犬。

俩孩子从来没见过这么多小狗,眼睛瞪得一个比一个大,左看看,右看看,怎么都看不够。

陶桃和程季恒也是第一次来狗市,但他们俩不像俩孩子那样好奇,注意力也不在狗身上。

陶桃的注意力全在自己男人身上。

虽然他嘴上说自己不害怕,但是她能感觉到他的紧张。从踏入狗市开始,他就微微蹙起了眉头,薄唇也紧紧地抿着。

童年阴影很难消除,有些甚至会伴随人一生。

他内心深处还是害怕的。

耳畔充斥着狗叫声,他不由自主地回想到那间漆黑又封闭的杂物间,还有那条冲他撕心裂肺地咆哮的藏獒。

但为了不让女儿的童年有遗憾,他在努力克服内心的胆怯。

他要尽全力满足她的所有愿望,给她一个不留遗憾的童年。

陶桃明白程季恒的用心,他确实是一个好男人、好爸爸。

想了想,她忽然喊了他一声:"程季恒。"

程季恒猛然扭头,一脸困惑地看着她:"你喊我什么?"

陶桃忍笑:"程季恒。"

程季恒沉默片刻,紧张兮兮地问:"我……我犯错误了吗?我没有吧?我没犯错误吧?"说话的同时,他已经在脑子里将自己这几天的行为过了一个遍,仔细回想自己到底有没有犯错。

陶桃摇头:"没有。"

程季恒长舒一口气,但还是心有余悸,甚至忘了自己身处狗市,无奈又后怕地对老婆说道:"有事就喊老公,不要随随便便喊我大名,挺吓人的。"

陶桃又气又笑:"去你的!"

程季恒:"您有什么事情吗?"

陶桃:"没事,我就是想跟你说句话。"

程季恒:"什么话?"

陶桃:"无论在哪里,无论什么时候,我都会一直陪着你。"

程季恒怔了一下,随后眼中浮现出了温柔的笑意,目光专注地看着她,起誓般说道:"我也是,只要有我在,你永远不用害怕。"

陶桃勾起了唇角,神色中尽是甜蜜。

这时他们忽然听到一阵脆亮的狗叫声,这声音在嘈杂的狗市中特别突出。

两个大人和两个孩子的注意力全被这阵狗叫声吸引过去了，循声望去，他们看到了一个粉红色的狗笼子，里面装着两条圆滚滚的萨摩耶幼崽。

就是这两条幼犬在冲他们叫。

萨摩耶幼崽白胖如面团子，圆头圆脸圆耳朵，哪儿哪儿都是圆的，十分可爱。

两个小家伙的注意力瞬间就被吸引过去了，同时松开了陶桃和程季恒的手，却没有松开彼此的手，一路手拉手，嗒嗒嗒地朝粉红色狗笼子跑了过去。

陶桃和程季恒紧跟在俩孩子的身后。

小奶糕和白十五一跑到狗笼子旁边，笼子里的两条小狗就开始奋力地扒狗笼，还不停地摇尾巴。

女孩子永远无法抵挡可爱的东西，小奶糕的心都快化了："好可爱呀！"

十五也很喜欢这两条小狗，紧紧地盯着这两条小狗："它们好像想让我们把它们抱出来。"

程季恒看出了俩孩子的心思，没再犹豫，直接询问老板："多少钱一只？"

老板："最后两只了，卖完我就收摊，本来卖三千元的，算你们两千八百元吧。"

陶桃从来没养过狗，也没了解过行情，被这个价格震惊到了："怎么这么贵？"

老板："我这可是纯种的萨摩耶，不纯我倒给你三千元！"

陶桃还是觉得贵，可是俩孩子喜欢，于是决定跟老板砍砍价："再便宜点儿吧，我们家俩孩子呢，要买两只。"

白十五扬起头："阿姨，你也要给我买吗？"

陶桃："当然啦，你和小奶糕一人一只，以后你们俩一起去遛狗。"

白十五拧起了眉毛，纠结着道："可是我不知道爸爸妈妈让不让我养狗狗。"

陶桃愣了一下，也是，万一白家有人对狗毛过敏怎么办？

想了想，她说道："要不这样吧，阿姨先给你妈妈打个电话，问问她的意见。"

白十五点了点头："好。"

这时，程季恒揉了揉白十五的小脑袋："喜欢就买，别管那么多，你爸爸妈妈不让你在家里养的话就养在我们家。"

白十五十分惊喜："真的吗？"

程季恒点头："真的。"

白十五激动得不行，都原地跳起来了："谢谢程叔叔！"

程季恒："不客气。"

陶桃瞧了自己老公一眼，没忍住笑了一下，但很快就将唇角压了下去——这人就是刀子嘴豆腐心。

程季恒还是捕捉到了她的笑容："你笑什么？"

陶桃："没什么。"随后她继续砍价，相当有气势地对老板说道，"一只两千五百元行吗？我们第一家店就来的你们家，还不因为俩孩子喜欢吗？不然我们肯定要多看看，而且你就剩最后两只了，便宜点儿卖给我们你也能提前回家吃饭了，两全其美呀。"

老板连忙挥手："不行不行，你这两千五百元也太低了，整条街上都没有卖这个价的。"

陶桃又适当地添了点儿："两千六百元？不卖的话我们就走了。"

老板："你再添点儿吧。"

陶桃："那算了，我们再去别家店看看吧。"说完，她转身就走，身后的一大两小也很配合，紧跟着她的脚步走人。

老板犹豫了一下，最终长叹了一口气，冲着陶桃的背影喊道："回来吧回来吧，两千六百元给你了！"

陶桃勾起唇角，在心里喊了声"yes"，收敛了笑容后才转身，看向自己的老公，下命令："掏钱。"

程季恒："收到！"

买狗的同时，他们还买了狗笼子、狗窝、狗粮、狗盆等必不可少的东西。最开心的还是小奶糕和白十五。

老板把小狗从笼子里抱出来直接递给了俩孩子。

两只小狗刚好是一公一母，老板将母狗给了小奶糕，将公狗给了白十五。

两只幼犬都很听话，被孩子们抱进怀里后，不乱叫也不抓人，将两只前爪搭在孩子们的肩头，伸出舌头不停地舔他们稚嫩的小脸。

脸蛋儿被舔得痒痒的，小奶糕和白十五都在咯咯咯地笑。

孩子们开心了，当家长的也跟着开心。

回家的路上，俩孩子坐在儿童椅上，中间放着一个纸箱，里面装着刚买回来的小狗。

小奶糕和白十五一路上都在热烈地讨论给自己的小狗狗起什么名字。

小奶糕："我想叫它美美，因为它是个女生，是个漂亮的女生。"

白十五："我想叫它擎天柱，《变形金刚》里的擎天柱最酷最厉害！"

程季恒正在开车，听到这话后，不赞同地蹙起了眉头。

明明是威震天最帅，虽然他最坏，但他就是最帅的，没有之一，而且要不是编剧偏心，没人赢得过威震天。

这臭小子眼光不行，配不上我女儿。

时间匆匆，转眼就到了十月，入秋了，天气逐渐凉爽起来。

再过两个月就要考研了，陶桃不由得有些紧张。

陶桃大学毕业至今已经五年多了，重返考场，难免会有压力。

按理说人有压力是好事，因为压力可以转化成动力。

但陶桃不敢给自己太大的压力，怕影响肚子里的小家伙的情绪。

妈妈在孕期的情绪会影响宝宝的性格，她希望自己的孩子是一个开朗乐观的宝宝。

所以一察觉自己的情绪不对劲，她就会立即转移自己的注意力，比如去花园浇浇花，去遛遛美美。

美美刚买回来的时候才一个多月大，现在已经五个月大了，和她的孕龄差不多。

刚买回来的时候，美美哪儿哪儿都是圆的，像个白面团子。随着时间的推移，它现在长开了不少，除了眼睛依旧是圆溜溜的，耳朵和脸形都变尖了，圆滚滚的身体也变长了，不过还是一如既往地可爱。

白星梵和苏颜允许儿子养狗，所以擎天柱跟着白十五回了白家。小奶糕和白十五约定好了，每天晚上吃完晚饭后，他们要一起带着美美和擎天柱去广场上玩。

白天老公和孩子都不在家，陪伴陶桃的只有阿姨和美美。

美美很听话，陶桃学习的时候，它从来不会打扰她，只有在陶桃休息的时候，它才会变得黏人。

陶桃浇花的时候，它会在花园里跑来跑去；陶桃去遛它的时候，它也不会跑得很快，仿佛知道女主人的肚子里有个小宝宝，所以很体谅她；陶桃躺在沙发上或者床上看手机的时候，它会乖乖地趴在她的身边，或者趴在她圆滚滚的肚子上。

时间长了，陶桃觉得美美比老公还听话。

但老公还是无可替代的，因为老公会宠着她惯着她。

有时候学习压力大，加上孕期情绪不稳定，她会横竖看程季恒不顺眼。即便他现在已经很卑微了，她还是会找点儿事跟他闹脾气，像个任性的小孩子，他必须好好哄她才行。

有时正学习着，她会莫名其妙地忽然很想他，或者说是很需要他，因为担心自己考不上研究生，担心自己失败，担心自己再也无法重新走进梦寐以求的校园，担心自己无法实现梦想。

每到这种时候，她就会感到恐惧。

有人为生存而活，有人为生活而活。

生存是一种本能，而生活是一种态度。

她经历过为生存而活的日子，不想再经历；她想追求生活，让自己成为一个可塑之才。

但她很害怕自己无法成功。

她想成为一名大学教授，考研只是实现梦想的第一级台阶，如果连这级台阶都上不去，何谈成功呢？

每每思及此，她就会惶恐，会焦虑，然后就会想他，因为他会给她力量。

但又不知道他是不是在忙，只好努力使自己的情绪平静下来，去浇花、遛狗，或者看看手机上女儿的视频或照片，到了午饭时间，她才会拿起手机，给他发一条微信："你吃饭了吗？"

如果他没回，说明他在忙。

如果他回了，她会很开心地给他打一个电话，不过一般是他主动给她打视频电话。

只要跟他说几句话，她就会轻松很多。他总是能让她感受到爱与支持，让她明白自己不是一个人在奋斗，她还有他。

挂了电话，她会重新斗志昂扬，然后吃午饭、小睡一会儿，醒来继续学习。

陶桃有自己的学习计划，也有自己的学习方法，懂得劳逸结合，也时刻谨记着自己是一个妈妈。小奶糕放学回家后，陶桃一定会抽出时间陪女儿玩。晚饭过后，陶桃会和程季恒一起带女儿和美美去小广场上遛弯，而且孕妇多动动也是应该的。

医生说孕期爸爸妈妈要多跟肚子里的孩子说说话。

怀小奶糕的时候，程季恒不在身边，每天只有陶桃一个人对着肚子说话。

现在陶桃身边不仅有程季恒，还有小奶糕。每晚睡觉前，这对套娃父女都会围坐在陶桃身边，一唱一和地对着陶桃的肚子说话，跟说相声似的。这对父女还会时不时地对着陶桃的肚子唱歌，每当这时陶桃会很担心，担心肚子里的这个小家伙的音感会被影响。

一家四口，三个没有五音，那也太可怕了。

但这还不是陶桃能想到的最可怕的事情，最可怕的是以后父女三人一起登台参加歌唱比赛……

想想这画面，陶桃就胆战心惊。

但她又不能阻止这对父女唱歌，毕竟是一对作精，谁都得罪不起，得罪了任何一个都会引发大型家庭不和谐事件。

所以她只能听他们俩唱，反正听着听着就习惯了。

陶桃的生活依旧是平淡而不失温馨，偶尔还会出现一些小插曲。

这天上午，陶桃正在书房学习，忘了将手机调成静音模式，放在文具盒旁边的手机忽然振动了一下。

她下意识地抬头看了一眼，是陈知予发来的微信消息："我的酒吧重新装修好了，你来玩吗？"

陶桃的注意力瞬间就被转移了。

她以前从没去过酒吧，所以一直很想看看酒吧里到底是什么样的，不过又觉得酒吧这种地方有点儿陌生，陌生就容易降低安全感，所以不敢去，除非是熟人开的。

陶桃身边开酒吧的人只有陈知予。陶桃很早之前就想去看看了，但陈知予的酒吧在重新装修，所以一直没去成。

现在终于装修好了，陶桃不禁有些心动。

可是她要学习，今天的学习计划还没完成呢。

思来想去，陶桃给陈知予回了一条微信："我想去，可我还要学习，怎么办？"

陈知予："多学一天不一定能考上研究生，少学一天不一定考不上研究生，不差这一天半天。"

陶桃："……"

她说得竟然好有道理。

陈知予："来不来？来的话我开车去接你。"

陶桃又做了半分钟的思想建设："那我……去吧。"

陈知予："五分钟后见。"

陶桃："这么快吗？"

陈知予："我开我的敞篷跑车去接你。"

陶桃："哇！"

陈知予："跟姐姐混，姐姐一定会让你成为最有面儿的妹妹。"

陶桃笑了，还娇羞地捂住了嘴。

既然陈姐说了要让陶桃成为最有面儿的妹妹，陶桃绝对不能拖陈姐的后腿。

说走就走，陶桃二话不说就合上了书，匆匆地洗了一把脸，对着镜子扎了个马尾辫，然后迅速去了自己的衣帽间，穿了一件白色的打底衫，又在外面搭了一条宽松的牛仔裙，刚好把自己五个月的孕肚挡住。

她的四肢依旧纤细，五个月的孕肚还不算太大，从背后看，她一点儿也不像孕妇。

她又背了一个芬迪经典款小怪兽的黑色双肩包，站在镜子前扭了一圈，美滋滋地出门了。

今天是星期一，小奶糕上幼儿园不在家，但是程季恒在家，他今天休息。

陶桃背着包下楼的时候，他正在厨房给她炖汤。

早上送完小奶糕从幼儿园回来后，他就开始炖汤，一直炖到现在，终于快炖好了，正准备上楼喊老婆吃午饭，结果老婆却要出门了。

程季恒奇怪地问："你要去哪儿？"

陶桃的眼睛里闪烁着难掩的激动："陈老板要带我去她的酒吧玩！"

程季恒："陈老板？"

陶桃："就是陈知予。"

程季恒无奈："马上十二点了，你吃完饭再去。"

陶桃态度坚决："我要去酒吧吃饭。"

程季恒："……"

她怎么忽然开始叛逆了？

但他也不敢有意见，只好苦口婆心地劝说："酒吧是喝酒的地方，不是吃饭的地方，而且外面卖的饭没营养，听话，你在家吃饭，吃完饭我送你去。"

陶桃："我不要你带我去，陈老板开着她的敞篷车来接我了。"

程季恒："咱们家也有敞篷车！"

陶桃："那我也不要，陈老板说要让我当最有面儿的妹妹！"

程季恒又急又无奈："我也能让你当最有面儿的妹妹！"

陶桃："不一样，你不懂！"话音刚落，兜里的手机振动了一下，陶桃立即拿出手机，是陈知予发来的语音消息："宝贝儿，到哪儿了？我已经在你们家门口了。"

陶桃迅速回复："我马上就来！"说着她就往门口走，匆匆换上白色运动鞋，快步出门。

自始至终，她没给老公一个眼神。

程季恒不太放心，穿着拖鞋就追了出去，身上还系着围裙。

陶桃一走出自家大门，就看到了一辆火红色的敞篷跑车。

陈知予双臂环抱，背靠车头站着，长发披肩，乌黑浓密，媚眼迷离，红唇水润，身材高挑，凹凸有致，牛仔裤包裹着的双腿笔直修长，脚上穿着一双及膝的黑色皮靴，上身穿着黑色紧身吊带，外搭短款皮夹克。

陶桃看到陈知予后，瞬间就被惊艳到了，感觉陈知予甚至抢了那辆火红色的敞篷跑车的风头。

陈知予将女人的性感之美发挥到了极致。

别说男人看了陈知予会心动了，陶桃一个女人看了都心动了。

老季真是好福气。

陶桃双眼放光，瞬间变成了小奶糕，嗒嗒嗒地跑到陈知予身边："我们走吧！"

陈知予朝大门那边扬了扬下巴："不跟你老公说声再见？"

陶桃回头一看，这才发现老公竟然跟出来了。

唉，他太黏人了。

"你赶紧回去吧。"陶桃朝老公摆了摆手，"不用担心。"

程季恒的内心相当憋屈，他盯着陈知予说道："她还没吃饭呢。"

陈知予："放心吧，酒吧有厨子，旁边还有饭店。"说着，陈知予伸手搂住陶桃的肩，跟程季恒保证，"我肯定会照顾好她。"

程季恒咬了咬牙，将目光转向自己的老婆，无奈地说道："你记得吃饭，我下午去接你。"

陶桃："知道了！你快回去吧！"

说完，陶桃和陈知予一起上了车。

敞篷跑车开走之后，程季恒面色铁青地拿出了手机，气急败坏地给季疏白发了一条语音："你能不能好好管管你老婆？别让她天天出来勾搭别人老婆！"

季疏白："我一直在管。"

程季恒:"她把我媳妇儿骗走了,这就是你管的效果?"

季疏白:"说明我管不了她。"

程季恒:"……"

陈知予的酒吧叫"南桥",离东辅市著名的光和广场很近。

光和广场周围是一片大型商圈,高楼林立,繁华热闹,不仅吸引了许多本地人来这里购物,还吸引了许多外地游客来这里游玩,每天的人流量都很大。

广场东边有一条小巷子,是东辅市有名的酒吧一条街。

南桥酒吧在这条街的最深处。

陈知予开车绕到街尾,将车停在路边。

陶桃和陈知予一同下车。

这是陶桃第一次来酒吧,心情不由得有些激动。

在她的想象中,酒吧应该是五光十色的,带有强烈的金属与朋克气息,每到夜幕降临,就灯光闪耀,如电光般刺目,从音箱中传出的摇滚乐曲震耳欲聋,直击心脏。

南桥却与她想象中的酒吧截然不同。

这条街东西通透,街尾也算是街口。

南桥酒吧位于街口北侧,是一栋两层的红砖建筑,中式尖顶造型,屋顶上层层叠叠地覆盖着灰瓦,黑色的铁艺门窗,有点儿民国建筑的风格。

大门是拱形的,两侧挂着复古的铁艺挂灯,左边的那盏灯下吊着一张圆形的黑色铁牌,上面用金色的艺术字体写着"南桥"两个字。

临街的那面墙上开着一扇落地窗,落地窗外是一条小街,街道两侧种满了高大挺拔的梧桐树;落地窗内是一张散座:细长的铁桌脚,圆形的玻璃桌面,桌子两侧放着两把黑色的铁艺靠背椅。

陶桃愣愣地在路边站了好久,怎么看也看不出这是一间酒吧,更像是一间文艺气息浓重的咖啡馆。

但是陈老板怎么看都不像个安静的文艺女青年……

陈知予似乎猜透了陶桃的想法,解释道:"这酒吧原先是我哥盘下来的,他是个典型的文艺青年,所以就装修成了这样。"

陶桃这才了然,还捕捉到了一个信息,好奇又有点儿羡慕地问道:"你还有个哥哥?"

陈知予沉默片刻:"以前有。"

这三个字，分量很重，陶桃嗅到了故事的味道。

陈知予本身就是一个有故事的女人。

陶桃也不是小孩子了，知道什么能问，什么不能问，所以选择了闭嘴。

随后陶桃跟着陈知予一起朝酒吧大门走去。

大门也是黑色的铁艺框，上面镶嵌着透明玻璃。

隔着玻璃，陶桃看到了酒吧里面。

一般来说，酒吧上午是不营业的，因为没人会大白天来酒吧。

放眼望去，整条街上只有南桥这间酒吧开门了，但和不开门也没什么区别，里面一个客人都没有，座位基本是空的。

门上挂着迎客铃，陈知予一拉开大门，迎客铃就发出了清脆的响声。

陶桃跟在陈知予身后走进了酒吧。

吧台正对着大门，此刻一个身穿小西服的胖子正懒洋洋地趴在吧台上玩手机，听到铃响后，慵懒地抬了一下眼皮，那懒散又不屑一顾的样子像极了加菲猫。

看到老板娘后，加菲猫也没有做出积极工作的样子，装都没装一下，又把眼皮垂了下去，继续目不转睛地盯着手机屏幕，一边划拉手机一边漫不经心地汇报店内情况："小王在打王者，小红在玩奇迹暖暖，我在看女神直播，没空招待您，您自便吧。"

陈知予："……"

陶桃："……"

陈知予不由自主地攥紧了双拳，深深地吸了一口气，强压下想揍人的冲动，皮笑肉不笑地从牙缝里挤出了几个字："来客人了。"

加菲猫再次抬起了眼皮，这回终于看到了跟在老板娘身后的客人——马尾辫，背带裙，黑书包，运动鞋，还长得这么嫩，一看就是个学生妹！

加菲猫紧紧地蹙起了眉头，义愤填膺地对陈知予说道："就算是没有生意，你也不能诱拐高中生啊！"

陶桃："……"

他的话音刚落，不知道从哪里传来了一声尖锐又清亮的女声："什么高中生？男的女的？"

陶桃循声望去，看到了一张黑色软皮沙发，一位身穿红色 lo 裙（lolita 裙，西欧洛丽塔风格的裙子）的女孩儿正仰面躺在沙发上玩手机，着有白色长筒袜和黑皮鞋的小细腿还一翘一翘的，有点儿可爱。

她旁边的沙发上窝着一位身穿白 T 恤、牛仔裤的清秀男生。

陶桃心想，他们俩大概就是加菲猫口中的小红和小王。

加菲猫扯着嗓子回答："女的。"

小红："那我没兴趣。"

加菲猫："小王也不会有兴趣。"

陶桃一脸震惊——这间酒吧里面到底还有没有正常人了？

这到底是不是一家正常营业的酒吧？

陈知予彻底炸了，恶狠狠地瞪着加菲猫："再说一句废话，你这个月的奖金就没了！"

奖金促使加菲猫敬业，他瞬间换了一副嘴脸，放下了手机，沉稳端庄地站在吧台后，对客人笑脸相迎："您好女士，请问您需要点些什么呢？"

小王和小红丝毫没有危机意识，一副事不关己高高挂起的样子，继续心安理得地窝在沙发里打游戏。

陈知予给了加菲猫一个警告的眼神，又扭头看向依旧窝在沙发里的小王和小红："你们两个起来，招待客人！"

小红长叹了一口气，不情不愿地放下手机，从沙发上坐起来："总共就一个客人，还需要三个人招待吗？"

小王："整条街估计就这一个客人，谁家酒吧大白天营业？"

小红和加菲猫附和："就是。"

小王："你为了占国庆节抽中的'本月水电全免'的一等奖的便宜，搞得人家还要白天上班，真讨厌！"

小红和加菲猫附和："就是！"

小王："我就没见过你这么抠门儿的老板娘。"

小红和加菲猫附和："就是！"

陈知予："……"

陶桃："……"

这几位到底是店员还是祖宗？

抱怨归抱怨，小红和小王还是从沙发上站了起来，两个人先叹了一口气，继而将手伸进兜里，拿出印有收款二维码的胸牌挂在胸口，全套动作整齐划一。

小王："我是本店的散台服务生王三水。"说着，他又伸手指了指自己的胸牌，"支付小费可以扫码。"

小红："我是本店的卡座服务生红啵啵。"她也伸手指了指自己的胸牌，"我也可以扫码。"

加菲猫见状也赶紧拿出自己的胸牌挂在胸口："我是本店的调酒师兼高台服务生茅飞迦，我也可以扫码的哟。"

陶桃："……"

茅飞迦？加菲猫？

加菲猫补充说明："给小费这种事，一块两块我们不嫌少，一百二百我们不嫌多，您给多少我们就要多少，就图一吉利，开门红嘛。"

小红和小王附和："对！"

这三个人是标标准准的无利不起早。

陶桃这回确定了，这间酒吧的店员，没有一个是正常人。

陈知予长叹一口气，彻底败给了这几个家伙。

这三个全不是省油的灯，陈知予一个也惹不起，干脆不惹。陈知予对陶桃说了句："你随便找个地方坐吧，我去给你倒点儿喝的。"

陶桃点了点头："好！"其实她在进来之前就想好了要坐在哪里——她在外面看到的那张紧邻落地窗的位置。于是她直接朝那个位置走了过去，然而刚走到那张玻璃桌的旁边，还没来得及拉开椅子坐下，就同时听到了加菲猫、小红和小王的声音。

加菲猫："那个位置不能坐！"

小红："那是我们老板的专座。"

小王："是我们老板娘对我们老板的做作的爱。"

加菲猫和小红附和："对！"

陶桃："……"

什么叫"做作的爱"？

陈知予的额头已经鼓起了青筋，她深深地吸了一口气，先是和颜悦色地对陶桃说道："你坐吧，没事，随便坐，我马上就给你订饭。"然后暴跳如雷，冲着另外三个人咆哮，"你们三个，全部上楼，开会！"

三个人瞬间蔫了，一边耷拉着脑袋朝楼梯上走，一边小声嘀咕——

小红："我听人说呀，只有业绩不好的公司才会天天开会。"

小王："要不是老板给的工资高，还有五险一金，这儿根本留不住我的心。"

加菲猫："也不能这么说，咱们老板娘也是凭借着自己的努力为大家找来了这么一个能发得起工资的老板，不然我们怎么能摆脱曾经那种吃了上顿没下顿的贫苦生活奔小康？"

小红和小王连连点头："有道理！"

陈知予气急败坏,冲到三人身后,一手一个揪起了小红和小王的后衣领:"闭嘴!快走!"

小红身材矮小,还不到一米六,差点儿被扯得悬空:"哎哎哎我新买的裙子,好几百呢,你小心点儿,别给我扯坏了!"

小王倒是挺高,但是完全不是老板娘的对手:"你怎么不扯加菲猫?"

陈知予:"我扯不动他。"

加菲猫:"……"

四个人上楼之后,一楼彻底清静了,世界也跟着清静了,陶桃长舒了一口气,揉了揉自己的肚子。

既然这张桌子是季疏白的专座,她也不好意思鸠占鹊巢,于是坐到了旁边的散座上。想了想,她拿出手机,给程季恒发了一条微信:"老公,你来过这家酒吧吗?"

我那个小作精老公:"去过,怎么了?"

陶桃:"我总觉得这里的人全都怪怪的。"

我那个小作精老公:"连人带猫,没有一个正常的。"

陶桃一愣:"猫?!"

她刚把消息发出去,耳边就传来了一声霸气的猫叫:"喵!"

抬头一看,陶桃吓了一跳,一只身形圆润的大橘猫正蹲踞在她对面的椅子上,瞪大了眼睛盯着她看。

这时楼梯上传来了噔噔噔的脚步声,是小红下来了,下到一半就停了下来,趴在栏杆上望向那只大橘猫,扯着嗓子喊:"陈千杯,上来开会!"

被称为"陈千杯"的大橘猫对小红的喊声不屑一顾,还轻蔑地将自己的脑袋扭了过去,神色中皆是唯我独尊。

小红:"老板娘准备让你减肥,减少你的猫粮开支!"

陈千杯猫躯一震,嗖的一下就从椅子上跳了下去,朝楼梯狂奔过去,用实力演绎什么叫作灵活的胖子。

陶桃目瞪口呆……这猫是成精了吧?

等等,它叫什么来着?陈千杯?

如果陶桃没记错的话,陈知予和季疏白的儿子大名叫季云舟,小名叫……陈不醉。

陈知予开会的时间不长,主要是给三名员工上思想教育课以及商讨是否让陈千杯减肥等事宜。

不到十五分钟,陈知予就下楼了,身后跟着三名高矮胖瘦不一的员工,以及一只垂头丧气的大橘猫。

看样子,陈千杯减肥的计划已经定下来了。

陶桃靠在椅背上,揉了揉自己的肚子,内心有一些羡慕,虽然这个酒吧里的人都奇奇怪怪的,却像其乐融融的一家人,整间酒吧热闹又不失温馨。

陈知予先去吧台给陶桃倒了一杯柠檬水,然后才去找陶桃,将柠檬水放到陶桃面前,在陶桃对面的椅子上坐下:"你饿吗?饭马上就到了。"

陶桃:"还行,我十点的时候吃了一顿加餐。"

怀孕之后,她早上总是没什么胃口,所以早饭吃得不多,会在十点多的时候吃一顿加餐。

陈知予:"那就行,我可不能饿着你,不然你老公跟我没完。"

陶桃笑着回道:"你不用搭理他。"

陈知予笑了,接着问道:"孩子的名字想好了吗?"

陶桃低下头,目光柔和地看着自己的肚子,轻轻地揉了揉,温声道:"想好了。"

陈知予:"叫什么?"

陶桃:"叫程多暖,小名叫小蛋糕。"

陈知予:"好名字!"

陶桃:"我和我老公商量了一下,小奶糕不改名字了,还让她姓陶。"

陈知予:"挺好的,公平!"

没过多久,陈知予订的饭菜就到了。

小王、小红以及加菲猫一桌,陈知予和陶桃一桌。

正准备吃饭,陶桃的手机忽然振动了一下,是小奶糕的班主任发来的午餐照片及视频。

陶桃立即拿起手机,看群消息。

今天中午幼儿园吃馄饨,配菜是醋熘土豆丝和卤鸡翅。

小奶糕既喜欢吃馄饨又喜欢吃鸡翅,现在一定开心极了。

思及此,陶桃不由得勾起了唇角,这时陈知予忽然问道:"你晚上想去吃火锅吗?"

陶桃双眼一亮,重重点头:"想!"

陈知予:"那晚上就去吃吧,我一朋友开了一家火锅店,让我和老季去捧场,你和老程也去吧,咱们四个一起。"

陶桃:"可是我们晚上要接小奶糕呢。"

陈知予:"带上孩子一起去呗。"

陶桃:"主要是不确定她晚上有没有作业。"

陈知予蒙了:"幼儿园还有作业呢?"

陶桃叹了一口气:"基本是手工作业,说是给孩子留的作业,还不如说是给家长留的作业。有一次手工老师布置作业,让孩子独立设计一套首饰,并用彩纸制作出来,还要拍照片,做宣传海报,一个星期之后交作业。我老公是我女儿的御用模特,拍照片那天晚上,他的造型比超级名模还要时尚。"

陈知予被逗笑了。

陶桃:"今天她要是没作业的话,我们就去吃火锅,她要是有作业就没办法了。"

陈知予点头:"行。"

随后陶桃给程季恒发了一条微信,跟他说了晚上吃火锅的事情。

小奶糕五点放学,手工老师并没有在群里发作业,陶桃不由得长舒了一口气,既庆幸自己可以去吃火锅,也庆幸不用被奇奇怪怪的手工作业支配。

程季恒在去幼儿园之前,先开车去了一趟陈知予的酒吧,去接自己的老婆。

快到酒吧的时候,他给陶桃打了一个电话,让她出来等他。

陶桃还以为他是赶时间,就没多想,跟陈知予确定了一下火锅店的位置,然后就背着包走了,站在路边等老公。

五分钟后,她的视线中出现了一辆红色的敞篷超跑。

车主很有范儿,身穿浅灰色休闲西装,高挺的鼻梁上架着一副墨镜,气质优雅又带着点儿玩世不恭。

第一眼看到这辆车的时候,陶桃还没什么反应。她在等一辆黑色宾利,只觉得那辆红色的车很酷,开车的男人也很酷,像极了小说里写的霸总。

后来猛然想到了什么,她又扭头看了一眼那辆正在朝自己这边驶来的红色敞篷跑车,越看越熟悉。

这不是一直停在她家车库里的那辆敞篷车吗?

定睛一看,开车的不是她老公吗?

那一刻她简直不知道该摆出什么表情,内心对车主的欣赏瞬间变成了嫌弃——好端端的耍什么帅呀？太阳都快下山了你还戴墨镜？

程季恒将车停到老婆面前，抬手摘掉墨镜，朝旁边的副驾驶座位扬了扬下巴："上车，哥带你飞。"

陶桃："……"

谢谢哥，但我不需要。

陶桃虽然很嫌弃，但没办法，谁让这人是她老公呢？她只好无奈地开门上车，但还是没忍住问了一句："好端端的你干吗开这辆车呀？"

程季恒："让你当最有面儿的妹妹。"

"……"

我竟无言以对。

紧接着，陶桃忽然反应过来了什么，难以置信地看着自己的老公："你不会连女人的醋都吃吧？"

程季恒面不改色，一本正经："怎么可能？你最最最爱的人一定是我，我没必要吃别人的醋。"

他说得倒是好听。

陶桃没搭理他，系好安全带后，低头看着自己的肚子："宝宝，你以后千万不能像爸爸一样爱吃醋，要当一个心胸宽广的好孩子。"

程季恒一脸无辜地看着自己的老婆："我没有吃醋，只是太在乎你了。"言及此，他轻叹了一口气，"如果你觉得我这样做不对，那我跟你道歉。对不起，我是太爱你了，没有控制好自己的情绪，不过，你最最最爱的人还是我，对吧？"

陶桃又气又笑，却又无法抗拒他的情话："对，我最最最爱的人就是你！"

程季恒："我最最最爱的人也是你，时时刻刻都爱你，少一分钟都不行。"

情话的魅力无穷大，陶桃瞬间上瘾了，满脸期待地看着自己的老公："你能再说一句吗？"

程季恒一边踩油门一边面不改色地启唇："抱歉，您的系统账户里没有金币了。"

陶桃："……"

你是不是太现实了？

她气得不行："我都说了我最最最爱的人就是你，凭什么不给我金币？"

程季恒："你刚才没有开启游戏。"

陶桃："不玩了，我要卸载游戏！"

程季恒："抱歉，系统一旦开启，终生无法卸载。"

"你这是强买强卖！"陶桃不服气得很，下意识地打开中央扶手盒，结果盒盖卡住了，低头看了一眼，却看到一包没有抽完的烟，瞬间气炸："程季恒！停车！"

程季恒蒙了："怎么了？"

陶桃瞪着他："我让你靠边停车！"

虽然不知道发生了什么，却能清楚地感受到老婆的怒火，程季恒二话不说靠边停车。

陶桃立即把中央扶手盒里的半包烟拿了出来，面色铁青地瞪着他："这是什么？！"

程季恒浑身一僵——这是什么时候剩下的烟？

找到她们母女俩后，他就把烟戒了，并且把家里所有的烟、酒以及打火机全扔了，在将她们母女接回家之前，还和阿姨一起把家里的角角落落全部检查了一遍，唯独忘记检查这辆车了。

从相识至今，他一直在她面前装乖，从未暴露过自己有吸烟的习惯。

现在忽然要露馅儿，他说不紧张是假的。

紧张到后背开始冒冷汗，他却摆出了一副惊讶不已的表情："我车上怎么会有烟？"

陶桃瞪着他："你车上怎么会有烟你自己心里不清楚吗？"

程季恒一脸无辜："我真不知道。"

陶桃不吃他这一套："你是不是偷偷吸烟了？"说到这儿，她忽然想到了什么，更气了，"我怀孕的时候你也吸烟了吗？"

程季恒保证道："你怀孕的时候我绝对没有吸烟！我发誓！"

陶桃："那这是谁的烟？！"

在继续编瞎话和坦白之间纠结了一会儿，程季恒最终选择了坦白，争取宽大处理："我以前吸，但是早就戒了，戒了一年多了！"

陶桃并未消气，继续质问："我怀小奶糕的时候你偷偷吸烟了吗？"

程季恒知道她在担心什么，立即说道："没有，在云山那两个月我一根都没抽过！"

陶桃放心了不少，可还是生气，没再搭理他。路边刚好有个垃圾桶，她毫不犹豫地解开安全带，开门下车，将那半包烟扔进了垃圾桶里。

重新回到车上后,她面无表情地看着程季恒,警告道:"以后不许再吸烟了,不然你别想再踏进卧室一步!"

程季恒立即保证:"我以后肯定再也不吸烟了,除非……"言及此,他忽然停下不说了。

陶桃气呼呼地瞪着他:"除非什么呀?你还敢有除非呢?"

"除非你离开我。"程季恒目不转睛地看着她,语气深切有力,"我只愿意听你的话,如果你不要我了,我不会继续听话。"

"……"

刹那间,气消了一大半,陶桃又气又感动,没好气地说道:"你就会跟我说好听的!"

程季恒犹豫了一下,索性全部坦白:"遇到你之前,我根本不是个好人,从来不相信这个世界,是你让我爱上了这个世界。"

陶桃半信半疑:"我有那么厉害吗?"

程季恒点头:"有,因为这个世界上有你。"

孕妇容易情绪激动,陶桃鼻尖一酸,红着眼看他:"你真讨厌。"

程季恒笑着回道:"我还有更讨厌的事呢,上学的时候吸烟、喝酒、打架,这些你都不知道吧?"

陶桃:"你不是说你回回考试年级第一吗?又骗我?"

程季恒:"当校霸不影响我当学霸。"

陶桃没忍住笑了,这时手机振动了一下,拿起来看了一眼,是陈知予发来的微信消息:"我和我老公出发了。"

陶桃赶忙对自己的老公说道:"快走快走,知予和老季马上就要到火锅店了。"说完,陶桃给陈知予回了一条消息:"刚才路上出了点儿状况,耽误了点儿时间。"

陈知予:"怎么了?"

陶桃:"我发现我老公有抽烟史,气死我了!"

陈知予:"那我老公?"

陶桃的手微微一抖——妈呀,她闯祸了!

陈知予:"帮我问问你老公,我老公抽不抽,谢谢。"

陶桃犹豫片刻:"要不……你自己问吧。"

陈知予:"除非我抓到证据,不然他不会跟我说实话。"

陶桃心想:也是,她今天要不是找到了铁证,这个男人能瞒她一辈子。

想了想,陶桃回了一句:"我可以帮你问,但我觉得,我们家那口子也不会说实话，他和你们家老季可是穿一条裤子的。"

陈知予："我明白，我也会问问我老公你老公抽不抽烟，他们俩要是同时回答不抽，就说明都抽。"

陶桃："陈姐你好厉害！"

陈知予："我等你消息。"

陶桃放下手机后，先缓缓地吸了一口气，酝酿了一下情绪，然后问道："知予让我问问你，老季是不是也抽烟？"

程季恒不假思索："不抽。"

陶桃没有就此罢休，又诈了他一下："真不抽？知予可是早就开始怀疑了。"

陈知予早就怀疑了？

唉，老季怎么这么不小心？

程季恒在心里叹了一口气，却面不改色，目光直视前方道路，语气坚决："不抽，绝对不抽。"

"哦。"陶桃没再多问，给陈知予回了消息。

陈知予放下手机，微微侧头，看向正在开车的老公："桃子怀疑她老公抽烟，让我找你求证。"

季疏白言简意赅："不抽。"

陈知予微微眯起了眼："真的不抽吗？桃子要是没发现什么，肯定不会无缘无故地怀疑他。"

老程怎么这么不小心？

季疏白在心里叹了一口气，表面却依旧镇定自若，直视前方道路，语气坚决："不抽，绝对不抽。"

陈知予冷笑："你们男人都是狗！你最狗！"

季疏白："……"

陶桃收到回复后，紧紧地拧起眉头，越想越生气，扭头瞪着自己的老公，气急败坏："你们男人都是狗！你最最最狗！"

程季恒："……"

幼儿园五点放学。

两个人从幼儿园把小奶糕接出来后，一家三口就去火锅店赴约了。

店是陈知予的朋友开的，老板特意给他们留了一个包间。

程季恒走进包间后，直接看向季疏白。

季疏白也看向程季恒。

对视的那一刻，二人的眼神中同时流露出了无奈与谴责的意味——以后办事小心点儿，我不能帮你兜一辈子的底啊！

时间转眼到了十二月下旬，考研这场没有硝烟的战争逐渐拉开了序幕。

十二月二十二日上午八点半开始考试，陶桃不到六点就醒了，具体来说是去上了趟卫生间，回来之后就睡不着了。

她现在已经怀孕七个月了，起夜特别频繁，睡眠质量本就不太好，加上考试紧张，睡眠质量越来越差。

程季恒睡得也轻，倒不是因为被打扰了，而是因为不敢睡得太沉，以免她半夜需要帮忙的时候他察觉不到。

女人孕后期起床很不方便，每当她掀开被子准备起床的时候，他都会起身去扶她，今天也一样。

其实陶桃一点儿也不想吵醒他，每次起床时都会将动作放得很轻，因为知道他工作很忙，所以想让他睡个好觉，但他每次都会醒。

从卫生间回来后，她重新躺回被窝，又对他说了一遍："以后不用管我，你好好睡觉。"

程季恒："你是我老婆，我不管你管谁？"她的肚子现在已经大了，睡觉时需要抱枕辅助，他没办法将她搂进怀里，但还是侧身与她相对。

陶桃心疼地看着老公的黑眼圈："管好你自己。"

程季恒："你不爱我了。"

陶桃："……"

小作精上线警告。

她叹了一口气："我就是太爱你了，所以才想让你睡个好觉！"

程季恒安抚道："放心吧，我睡得挺好。"说着，他摸了摸她的脑袋，温声哄道，"别多想了，快睡觉。"

陶桃："哦。"

她再次闭上眼睛，可怎么都睡不着了，满脑子里想的全是几个小时之后的考试。

她已经五年没参加过考试了。

程季恒一直没睡，见她的眉头越蹙越紧，无奈地叹了一口气，伸出手捧住她的脸，用拇指轻揉她的眉心，温声安抚道："别想了，也别给自己太大的压力，你已经很棒了。"

陶桃睁开眼睛，犹豫了一下，还是没忍住把自己的烦恼全部说了出来："我很担心自己考不上，可能要再准备一年，但我第一年没考上，第二年能考上吗？万一我一辈子都考不上怎么办？"

程季恒被她这副困扰不已的表情逗笑了："你怎么想这么多？"

陶桃不高兴地看着他："你笑话我！"

"我没有笑话你！"程季恒赶紧收敛起了笑容，"你不用担心那么多，考试是考试，能力是能力，一个人会考试并不代表他能力强，能力强的人也不一定回回考试都能考得好，所以你不用把一场考试当成鉴定自己能力的标准。"

陶桃："可是我现阶段除了考研究生，也没什么人生目标了，如果考不上，我也不知道自己还能去干什么。考招教我也超龄了，东辅市这边的招教报名简章上写了，毕业三年之内的才能参加招教，我都毕业五年了……"

程季恒不假思索："我给你开个学校，让你当校长。"

陶桃没好气："你正经点儿！"

程季恒面不改色："我很正经。或者你看咱们家入股的那几所学校有没有喜欢的，喜欢哪所去哪所，随便挑。"

"……"

陶桃这才想到，去私立学校当老师不需要通过招教考试。

程季恒从他奶奶那里继承了好几所私立学校的股权，还全是最高股，小奶糕上的爱乐国际幼儿园就是其中之一。

董事会最大的股东想在学校里安排个人也就是一句话的事，更何况这人还是他老婆。

背靠大树好乘凉，这句俗话说得真是一点儿也不假。

虽然内心有了些许安慰，但陶桃还是过不去心里这道坎儿，她严肃地说道："我想凭借自己的努力成功。"

这颗傻桃子还是这么有原则，程季恒忍俊不禁。

"你又笑话我！"陶桃气呼呼地看着他，腮帮子都鼓起来了。

程季恒立即解释："我没有笑话你，我是觉得你可爱。"

陶桃没好气："我觉得你讨厌！"

程季恒再次用手捧住她的脸颊，继续安抚道："今明两天的考试，只是一场小考试，不用担心那么多，这场考试考得好不好，也不影响你以后的人生道路，不论你考成什么样，我都会陪在你身边，支持你的任何决定。"

陶桃："我要是没考上，你会笑话我吗？"

程季恒："我为什么要笑话你？我家庭地位倒数第一，还敢笑话你呢？我不想活了吗？"

陶桃又气又笑："去你的！"

程季恒一本正经："我这叫有自知之明，安分守己。"

陶桃又被逗笑了，心情也跟着好了许多，想了想，她又问："我今年要是没考上，明年能再考一次吗？"

程季恒："当然可以，你想考几次都行。别说你没考上了，就算你考上了，明年想再考一次都行。"

陶桃："我都考上了干吗要再考一次？"

程季恒："追求刺激。"

陶桃："……"

程季恒没再跟她闹，看着她的眼睛，语气认真地说道："你是我老婆，你做什么决定我都会支持你。"

陶桃的心头一暖，她忽然特别感动，眼睛都有点儿酸了："老公，谢谢你。"最后她又来了个小奶糕式的表白，"我最最最爱的人就是你了！"

程季恒笑了一下，轻轻拍着她的后背，哄孩子似的说道："快睡觉，闹钟还没响，你再睡一会儿。"

心情轻松了不少，陶桃也有了困意，立即乖乖闭上了眼睛，没过多久就睡着了。

程季恒在她的额头上亲了一下，随后也闭上了眼。

七点整，闹钟准时响起，两个人一同起了床。

今天是星期六，小奶糕十点钟有英语课，夫妻俩没打算这么早喊女儿起床，谁知道小家伙竟然早就醒了。

陶桃和程季恒刚换好衣服，卧室门就被敲响了，紧接着，门外传来了小奶糕的声音："爸爸妈妈是我，我是你们的女儿，我可以进来吗？"

老师说过，进房间之前要先敲门，然后表明身份，主人同意了才可以进，这样才是懂事的好孩子。

陶桃和程季恒全被小家伙的那句"我是你们的女儿"逗笑了。

小家伙的这番自我介绍，真是相当会抓重点。

陶桃正坐在梳妆台前擦脸，程季恒去给他闺女开了门。

小奶糕穿着一套浅粉色的睡衣，乌黑的头发披散在肩头，有点儿乱，却很可爱。

房门打开后，小家伙并没有立即走进房间，而是仰着小脑袋看着爸爸，一脸认真地询问:"爸爸,我可以进去吗?"

程季恒忍笑,侧身让步:"当然可以。"

小奶糕朝爸爸笑了一下,然后嗒嗒嗒地跑进了房间。

陶桃也擦完了脸,从衣帽间走了出来,笑着问女儿:"你今天怎么起得这么早?"

小奶糕:"爸爸说你今天考试,我要来给你加油!"

陶桃特别感动:"谢谢宝宝。"

小奶糕又抬起小手,轻轻地摸了摸妈妈的肚子,小大人似的对着妈妈圆滚滚的肚子说道:"小蛋糕,你要听话哟,妈妈考试的时候你要乖乖睡觉,不可以打扰妈妈考试,不然姐姐会教训你的!"

小奶糕用最奶的声音,说最狠的话。

陶桃和程季恒皆忍俊不禁。

教育完妹妹,小奶糕再次扬起小脑袋,并挺直了小胸脯,信心满满地对妈妈说道:"妈妈,你放心吧,我已经跟妹妹说过啦,她不会打扰你考试的。"

陶桃忍笑:"我相信你,有你这么认真负责的好姐姐,妹妹一定会听话的。"

小奶糕特别骄傲:"人家已经是四岁的大姐姐啦,当然要认真负责。"

夫妻俩又被这个小家伙逗笑了。

程季恒带着女儿去洗漱,陶桃给女儿挑选今天要穿的衣服。

打扮好小家伙之后,一家三口下楼,还没等他们下到一楼,一猫一狗就闻声朝楼梯口跑了过来。

狗是美美,现在已经七个月大了,还在飞速成长中,体重也越发惊人,陶桃已经抱不动它了。

猫是糖糖,也是小奶糕给起的名字。

糖糖是一只混血公猫,妈妈是纯种美短,爸爸是橘猫陈千杯。

据它的奶奶陈知予描述,陈千杯在所有人都不知晓的情况下偷偷和隔壁酒吧的母猫谈起了恋爱,母猫一窝生了六只混血宝宝。

美短的身价是四千,陈千杯的身价,嗯……它没有身价,它是它的爸爸妈妈从臭水沟里捡回来的。

闺女被糟蹋,隔壁老板痛心疾首,要求陈知予赔偿他女儿的精神损失费以及产前、产中、产后的所有费用,并负责其中三只幼猫的抚养问题。

陈知予本想抵死不认，奈何整条街上只有她养了橘猫，无法赖账，只好赔偿对方一千元钱，并带走了三只幼猫。

她自己留下了一只，将另外两只送人了，一只送给了白家姐弟俩，一只送给了小奶糕。

小奶糕对糖糖爱不释手，这就导致美美对糖糖充满敌意——争宠之恨，不共戴天。

糖糖还小的时候，打不过美美，每次双方起争执，糖糖都是被摁在地上摩擦的那一方。

随着时间的推移，糖糖长大了，猫的灵活性就展现出来了，美美再也无法将糖糖摁在地上摩擦了，一猫一狗总是打得不可开交。

一天，美美和糖糖又在打架，无意间打翻了客厅里的一个花瓶，小奶糕生气地批评了它们两个，并让它们去墙角罚站。

小主人生气了，美美和糖糖就变乖了，从那之后，它们再也没打过架。

那天，陶桃看着面壁思过的美美和糖糖，仿若看到了几年后的小蛋糕。

妹妹不听话，自有姐姐教训她！

经过几个月的相处，美美和糖糖现在已经不打架了，并且相处得十分和谐。

看到美美和糖糖之后，小奶糕加快了下楼的速度，跑到它们俩面前之后，小大人似的对它们俩说道："今天妈妈考试，我们都要给妈妈加油，我已经加过油了，你们也要给妈妈加油。"

美美闻声而叫："汪汪！"

糖糖不甘示弱："喵——喵——"

小奶糕："特别棒！"说着，小家伙还蹲在它们俩中间，亲昵地揉着它们的脑袋。

看到这幅画面，陶桃的眼睛莫名一酸，吸了吸鼻子，看向身边的程季恒："老公，我忽然好想哭呀。"

程季恒赶紧哄人："不用哭，我们一直都在。"

陶桃："有你们真好。"

程季恒笑着回道："你是我们最最最爱的人。"

陶桃："我也最最最爱你们！"

吃完早饭，程季恒开车送她去了考场。

她的考场在东辅九中，冬日寒风瑟瑟，考场门口人山人海。

考试要求提前十五分钟进场，他们抵达考场的时候，还差两分钟八点十五。

陶桃透过车窗看着考场外的人群，忽然又开始紧张了，扭脸看着自己的老公，忐忑不安地问："他们都是我的竞争对手吗？"

程季恒："不，他们都是你的手下败将。"

陶桃："……"

程季恒虽然这话很狂，但很动听。

程季恒转身，看向坐在儿童椅上的小奶糕："宝宝，妈妈马上要进考场了，再给妈妈加个油。"

"好的！"小奶糕的执行力很强，收到了命令后，她立即开启加油模式，声音又奶又清脆，"妈妈加油！妈妈你是最最最棒的！妈妈一定可以考第一名！"

有了老公和女儿的支持，陶桃的紧张情绪瞬间就被驱散了，她深深地吸了一口气，斩钉截铁地对他们父女俩说道："我一定会加油的！"

套娃父女异口同声："我们最最最相信你！"

八点十五到了，考生们可以进入考场了，人头开始攒动。

陶桃再次深吸一口气，解开了安全带："我要走啦。"

程季恒："等一会儿，现在人多。"他担心她被挤到。

陶桃："不行，我得先去趟卫生间。"

孕妇的需求必须满足，程季恒陪她下了车，也带上了小奶糕。

父女俩一起将陶桃送进了考场。

八点半考试，考试开始后，程季恒才开车带着女儿离开。

小家伙十点钟有英语课，现在离上课的时间还有一会儿，他先带女儿去公园玩了一圈，到了九点半，将她送去上课，随后又开车回到了九中门口。

十一点半结束考试，陶桃一走出考场就看到了老公，直接扑进了他的怀里。

程季恒抱紧了自己的老婆，温声询问："你累不累？你饿了吗？你有没有不舒服的地方？"

陶桃仰头看着他，好奇地问："你怎么不问我考得怎么样？"

程季恒："不用问，我知道你一定考得很好。"

陶桃笑了，心里暖洋洋的："不累，没有不舒服的地方，就是有点儿饿了。"

程季恒:"我们现在就去吃饭。"

陶桃:"小奶糕怎么办?"

程季恒:"我让阿姨去接她了。"顿了一下,他补充道,"我们今天不带她,去过二人世界。"

陶桃撇了撇嘴:"我就应该用手机把你这话录下来,然后放给你闺女听。"

下午两点开始考试,中午回家有点儿来不及,程季恒就在考场附近的一家五星级酒店订了一间套房。

他先带老婆去吃了午饭,然后带她回酒店休息。

下午考英语。

第二天的两场全是专业课考试。

陶桃考试之前很紧张,但是考完第一场后就不紧张了,反而越考内心越平静,也越发得心应手了起来。

第二天下午五点结束考试,程季恒和小奶糕一起站在考场门口迎接她,随后一家三口一起去吃了顿大餐。

第二年的二月下旬出考试成绩,查成绩那天,距离陶桃的预产期还有十天。

陶桃紧张得不行,比考试之前还紧张,都不敢自己去查,让程季恒去帮她查。

成绩不错,成功过线。

得知自己成功通过了初试,陶桃激动得不行,结果激动过头了,导致肚子里的小家伙提前出生了十天……

程季恒全程陪产。

夫妻俩迎来了他们的第二个爱情结晶。

有了小妹妹,小奶糕开心极了!

四月,陶桃参加了东辅大学的复试,发挥稳定,成功上岸。

八月,她和程季恒补办了婚礼,自带花童——小奶糕。

九月,她在老公和两个女儿的陪同下,重新踏入了久违的校园。